《儒藏》精華編選刊

北京大學《儒藏》編纂與研究中心 編

〔明〕顧憲成 撰
董　平 校點
陳瑞新

北京大學出版社
PEKING UNIVERSITY PRESS

圖書在版編目(CIP)數據

涇皋藏稿 /（明）顧憲成撰；北京大學《儒藏》編纂與研中心編. ——北京：北京大學出版社，2025.4.（《儒藏》精華編選刊）. ——ISBN 978-7-301-36182-5

Ⅰ.I214.82

中國國家版本館CIP數據核字第20253TF406號

書　　　名	涇皋藏稿 JINGGAO CANGGAO
著作責任者	〔明〕顧憲成　撰 董平　陳瑞新　校點 北京大學《儒藏》編纂與研究中心　編
策劃統籌	馬辛民
責任編輯	盧　旭　魏奕元
標準書號	ISBN 978-7-301-36182-5
出版發行	北京大學出版社
地　　　址	北京市海淀區成府路205號　100871
網　　　址	http://www.pup.cn　　新浪微博:@北京大學出版社
電子郵箱	編輯部 dj@pup.cn　總編室 zpup@pup.cn
電　　　話	郵購部 010-62752015　發行部 010-62750672 編輯部 010-62756694
印　刷　者	三河市北燕印裝有限公司
經　銷　者	新華書店 650毫米×980毫米　16開本　21.75印張　261千字 2025年4月第1版　2025年4月第1次印刷
定　　　價	88.00元

未經許可，不得以任何方式複製或抄襲本書之部分或全部内容。
版權所有，侵權必究
舉報電話：010-62752024　電子郵箱：fd@pup.cn
圖書如有印裝質量問題，請與出版部聯繫，電話：010-62756370

目錄

校點說明 ································· 一

涇皋藏稿第一卷 ······················· 一

丁亥三月 ······························· 一

覯事激衷恭陳當今第一切務懇乞聖明
特賜省納以端政本以回人心事疏 ····· 一

癸巳二月 ······························· 六

建儲重典國本攸關不宜有待懇乞聖明
早賜宸斷以信成命以慰輿情事疏 ····· 六

癸巳三月 ······························· 九

感恩惶悚循職披忠懇祈聖明特賜照察
并乞休致以安愚分事疏 ··················· 九

癸巳三月 ······························· 一〇

聞命惕衷自慚獨免恭陳愚悃以祈聖斷
事疏 ·································· 一〇

癸巳十一月 ··························· 一一

患病不能供職懇乞天恩俯容回籍調理
事疏 ·································· 一一

己酉十一月 ··························· 一二

聞命呕趨屢牽夙疾懇乞聖恩俯容休致
事疏 ·································· 一三

涇皋藏稿第二卷 ······················· 一四

上鄒龍翁老師書 ······················· 一四

上相國瑤翁申老師書 ··················· 一六

上穎翁許相國先生書 ··················· 一七

再上相國瑤翁申老師書 ················· 一九

與王辰玉書 ····························· 二〇

上婁江王相國書 ······················· 二三

復王辰玉書 ····························· 二三

與李見羅先生書	二五
復鄒孚如孝廉	二七
與孫柏潭殿元	二八
涇皋藏稿第三卷	三〇
上婁江王相國	三〇
寱言	三一
寱言	三三
與王辰玉	三五
附錄	三六
王相國復書	三六
王辰玉復書	三八
自書束末	三九
涇皋藏稿第四卷	四一
與李養愚中丞	四一
與鄒孚如銓部	四三
復楊中台計部	四五

復陳侍御南濱	四六
柬澥墅榷關使者	四七
與吳郡博書	四九
與袁邑博書	五〇
答友人	五一
復耿庭懷明府	五三
復徐匡岳	五四
復李涵虛	五四
答周仲純	五五
簡伍容菴學憲	五五
與董思白學憲	五七
答友人	五七
與諸敬陽儀部	五八
與錢受之	六〇
簡王弘陽少司空	六〇
與吳文臺比部	六一

二

與丁大參勺原公子……六一
與李見羅中丞公子……六二
簡李元冲銀臺公子……六二
復方本菴……六三
復唐大光……六四
與魏念圯……六四
與周中丞懷魯……六五
復董玄宰學憲……六五
復儀部丁長孺……六六
與張繼山……六六
簡觀察鄒龍翁老師……七〇

涇皋藏稿第五卷

簡鄒孚如吏部……七二
復夏璞齋書……七三
復錢抑之書……七三
與陳鑑韋別駕書……七四

簡修吾李總漕……七五
與趙太石吳因之二銀臺……七七
與南垣劉勿所書……七八
與檢吾徐中丞書……七九
復錢繼修太僕……八〇
與湯海若……八一
與陳仲醇……八一
復虞來初明府……八二
與陳赤石少參……八三
與湯賓齋侍御……八四
簡吳徹如光祿……八四
簡史際明太常……八五
與李孟白方伯……八五
與周念潛太史……八六
與李方伯孟白……八七

三

復祈夷度駕部 … 八七
簡高景逸 … 八八
與郭明龍宗伯 … 八八
復許中丞少微 … 八九
與徐十洲侍御 … 九〇
與友人 … 九一
與鄒南皋 … 九四
與伍容菴 … 九四
答友人 … 九五
與姜景尼 … 九六
復段幻然給諫 … 九六
與李漕撫少宗伯 … 九七
答高邑趙儕鶴 … 九八
復吳安節太僕 … 九八
與吳懷野光祿 … 九九

柬高景逸 … 一〇二
與史玉池 … 一〇九

涇皋藏稿第六卷
朱子節要序 … 一一一
朱子二大辨序 … 一一二
刻學蔀通辨序 … 一一四
中丞脩吾李公漕撫小草序 … 一一五
景素于先生臆語序 … 一一七
心學宗序 … 一一八
五經繹序 … 一一九
崇正文選序 … 一二一
信心草序 … 一二二
英風紀異序 … 一二四
願義編序 … 一二六
鶴峰先生詩集序 … 一二七

涇皋藏稿第七卷

遼陽稿序 ……………………………… 一二八
中丞懷魯周公疏稿序 ………………… 一二九
萬曆奏議序 …………………………… 一三〇
重刻萬曆丙子南畿同年錄序 ………… 一三一
石幢葉氏宗譜序 ……………………… 一三二
貴溪縣志序 …………………………… 一三三
周左卿熊南集選序 …………………… 一三四

涇皋藏稿第八卷 ……………………… 一三五

贈鴻齋喬君令洪洞序 ………………… 一三六
贈鳳雲楊君令峽江序 ………………… 一三七
贈葵菴楊君擢守永州序 ……………… 一三八
送肖桂朱先生守懷慶序 ……………… 一三九
贈巽川李先生擢守漢中 ……………… 一四〇
贈松陵尹徐仁宇入覲序 ……………… 一四一
贈山東僉憲李道甫叙 ………………… 一四三
贈桂陽聚所羅侯遷兗州少府序 ……… 一四四

壽蓉溪葉翁六十序 …………………… 一四七
送遲菴譚先生遷岷藩教授序 ………… 一四八
贈宜諸歐陽郡侯擢任潁州序 ………… 一四九
賀太宗伯太室徐先生六十序 ………… 一五〇
送敬所周先生擢守平樂序 …………… 一五二
贈聚洲王給諫自京口還滇中省墓序 … 一五三

涇皋藏稿第九卷 ……………………… 一五四

奉賀脩吾李先生晉左副都御史序 …… 一五四
贈劉筠橋還楚序 ……………………… 一五五
奉壽慕閑沈老先生八十序 …………… 一五六
贈蒲州楮先生序 ……………………… 一五七
贈郡伯象玄杜公入覲序 ……………… 一五八
奉壽沈相國龍江先生八十序 ………… 一五九
壽南皋鄒先生六十 …………………… 一六一
奉壽安節吳先生七十 ………………… 一六二
壽念庭周老師七十序 ………………… 一六四

贈少府榮洲連公擢南民部郎序………一六六
贈中丞懷魯周公晉秩總河序…………一六七
奉賀邑侯石湖陳父母考績序…………一六八
贈本菴方先生還里序……………………一七〇

涇皋藏稿第十卷……………………………一七二
愧軒記……………………………………一七二
游月巖記…………………………………一七三
尚行精舍記………………………………一七五
虞山書院記………………………………一七七
陸文定公特祠記…………………………一八〇
龔毅所先生城南書院生祠永思碑記…一八二
重脩二泉書院記…………………………一八四

涇皋藏稿第十一卷…………………………一八六
虎林書院記………………………………一八六
天授區吳氏役田記………………………一八八
脩復冉涇箭河碑記………………………一九〇

日新書院記………………………………一九一
重脩常熟縣學尊經閣并釐復祀典創
　置學田記………………………………一九二
長治縣改建學宮記………………………一九四
石沙王先生祠記…………………………一九六
常鎮道觀察使者虛臺蔡公生祠記……一九八

涇皋藏稿第十二卷…………………………二〇〇
斗瞻說贈陳穉騛…………………………二〇〇
三變說……………………………………二〇一
兩忘說贈赤崗王先生……………………二〇二
庸說與邵貞菴論拙齋蕭先生軼事作…二〇三
朱子二大辨續說…………………………二〇五

涇皋藏稿第十三卷…………………………二〇七
題中流砥柱圖……………………………二〇七
殫心錄題辭………………………………二〇八
題閭予諸友會規…………………………二〇九

一元巨覽題辭	二〇九
題丹陽丁氏追遠會簿	二一〇
題同生許明府冊	二一〇
鄭母呂太夫人七十祝言	二一一
待旦堂漫談題辭	二一二
冰川詩式題辭	二一二
題姚玄升諸友會約	二一三
題鄒貞女傳	二一三
題婁庠政略	二一四
重刻懷師錄題辭	二一五
題周氏譜錄	二一六
題石幢葉氏世德傳	二一六
題邑侯林平華父母赴召贈言	二一七
程行錄題辭	二一八

涇臯藏稿第十四卷 .... 二一九

華從玉歷試考卷題辭	二一九

馬君常制義題辭	二二〇
錢受之四書義題辭	二二一
題南游草	二二二
題施羽王制義選	二二二
惺復錢公四書制義題辭	二二三
題吳允執梅花樓藏稿	二二四
題孫恭甫行卷	二二五

涇臯藏稿第十五卷 .... 二二六

二儁留勝圖題辭	二二六
法喜志題辭	二二七
題華羽士卷	二二八
題魁星圖	二二八
簡明醫要題辭	二二九
題鄒忠餘收骨行	二三〇

涇臯藏稿第十六卷 .... 二三一

明故學諭損齋張先生墓誌銘	二三一

明故翰林院庶吉士完初唐叔子暨配蔣孺人合葬墓誌銘 …… 二三五

明故孝廉靜餘許君墓誌銘 …… 二三八

吳母毛太宜人墓誌銘 …… 二四一

浦母華太孺人墓誌銘 …… 二四五

高室朱孺人墓誌銘 …… 二四六

處士晴沙談翁墓誌銘 …… 二四八

涇皋藏稿第十七卷 …… 二五〇

明故承德郎山東濟南府別駕蓮巖黃先生暨配許孺人合葬墓誌銘 …… 二五〇

明故處士景南倪公墓誌銘 …… 二五三

明故禮部儀制司主事欽降南陽府鄧州判官文石張君墓誌銘 …… 二五六

薛母劉太孺人墓誌銘 …… 二六一

明故貞節錢母卞太孺人墓誌銘 …… 二六三

涇皋藏稿第十八卷 …… 二六五

育菴盧公暨配趙太孺人合葬墓表 …… 二六五

龍洲顧公暨室徐孺人合葬墓表 …… 二六七

明故贈文林郎錢塘知縣少源聶公墓表 …… 二六八

涇皋藏稿第十九卷 …… 二七〇

雲浦陳先生傳 …… 二七〇

鄒龍橋先生傳 …… 二七三

鄭大夫平泉公傳 …… 二七四

陳贈公暨杜太恭人合傳 …… 二七六

涇皋藏稿第二十卷 …… 二七九

哭莫純卿文 …… 二七九

祭陳雲浦先生文 …… 二八一

哭劉國徵文 …… 二八三

哭魏懋權文 …… 二八四

再哭魏懋權文 …… 二八五

祭王澤山太親翁及陳太親姆文 …… 二八七

涇皋藏稿第二十一卷

祭中丞魏見泉先生……二八八
祭龍崗施老師……二八九

涇皋藏稿第二十一卷

先贈公南野府君行狀……二九一
母氏錢太安人六十徵言……二九六
奉祝伯兄伯嫂雙壽六十序……二九八
鄉飲介大兄涇田先生行狀……三〇〇
奉壽仲兄涇白先生六十序……三〇五

涇皋藏稿第二十二卷……三〇八

先弟季時述……三〇八

校點說明

顧憲成（一五五〇—一六一二）字叔時，號涇陽，南京無錫涇里（今江蘇無錫張涇）人。明萬曆四年（一五七六）鄉試第一，八年成進士，授户部主事。十一年，請告歸三年，聚諸生講學。名其居曰「小心齋」，生平即以「小心」爲工夫。十四年，假滿，補吏部主事。十五年，上《恭陳當今第一切務疏》不合，被旨切責，尋謫桂陽州判官。後遷處州推官。丁母憂，服除，補泉州推官。二十年，升吏部員外郎。二十二年，宰相王錫爵將致政，朝廷推舉代者，顧憲成舉故大學士王家屏，因忤帝意，削籍爲民。

憲成居家，以讀書講學爲務。萬曆三十二年，與其弟允成重修「東林書院」。憲成主持講壇，制定會規，一時學者雲集，高攀龍、錢一本、薛敷教、史孟麟、于孔兼等，皆爲同志。「當是時，士大夫抱道忤時者，率退處林野，聞風響附，學舍至不能容。憲成嘗曰：『官輦轂，志不在君父；官封疆，志不在民生；居水邊林下，志不在世道。君子無取焉！』故其講習之餘，往往諷議朝政，裁量人物，朝士慕其風者，多遥相應和。由是東林名大著，而忌者亦多。」（《明史》本傳）三十六年，起爲南京光禄寺少卿，不就。四十年，卒於家。天啓初，贈太

常卿。崇禎初，贈吏部右侍郎，謚端文。

憲成早年遊薛應旂之門，對於當時「離行言知，外事言學」（薛應旂語，《明儒學案》卷二十五）的學術風氣深感不愜，主張學問必貫徹於日用倫常之實地踐履，尤須體現於對國家天下的現實關懷。其早年所撰名聯「風聲雨聲讀書聲聲聲入耳，家事國事天下事事事關心」，正可謂其一生生活之寫照。在學術上，憲成對朱熹的格物說和王陽明的致良知說都能認可，認爲朱熹的格物學說即在時時處處講求天理，而不獨在一草一木上講求。論王陽明，則謂：「文成認識爲知，便走入玄虛去，故就上面點出一『致』字，其意最爲精密。」（《小心齋劄記》卷四）然憲成對王陽明的「無善無惡」之說，則持激烈否定態度，以爲「謂人之心原自無善無惡也，本體只是一空，謂無善無惡惟在心之不着於有也，善惡必至兩混」（《涇皋藏稿》卷六）。至以爲王門後學脫略工夫的一切弊病皆從此四字出。他強調：「語本體，只是『性善』二字；語工夫，只是『小心』二字。」（《小心齋劄記》卷十八）性體即善，上自聖賢，下至學人，都必須小心翼翼實落爲善工夫，才不至於脫離天道。

顧憲成的著作較多，由其後代遞相整理刊刻，蓋以清光緒十二年（一八八六）涇里宗祠

校點説明

完成的《顧端文公遺書》爲最全，共收書十九種，其中《年譜》由顧憲成次子與沐「記略」，《小辨齋偶存》爲憲成弟允成所作。而《小心齋劄記》及《涇皋藏稿》，則爲顧憲成次子顧與沐《顧端文公年譜》(後文簡稱《年譜》)載：「(萬曆)三十九年辛亥，六十二歲。十二月，刻《涇皋藏稿》。集生平書、疏、記、序、傳、誌諸文，詳加删訂，手自編次，爲二十二卷。」由此可知，《涇皋藏稿》由憲成親自編定，首刻於萬曆三十九年。顧貞觀《年譜述》云：「後夔州公重刻《涇皋藏稿》，名《顧端文公集》，微有增删。」「夔州公」者，即憲成次子顧與沐。由此則知顧與沐於明末重刻《涇皋藏稿》，乃更其書名爲《顧端文公集》，馬世奇與錢謙益皆爲之序。❷

此次整理，底本爲北京大學圖書館所藏明末刻本。該本半頁九行，行十九字，白口，四周單邊，八册。魚尾處有「涇皋藏稿卷某」字樣。卷一首頁版心下鐫「錫山施繼封書，何愚刻」。因《涇皋藏稿》顧與沐重刻本已更其名爲《顧端文公集》，則此所謂「明末刻本」者，當

❶《顧端文公遺書》初刻于康熙三十六年(一六九七)收書十一種，現收入《續修四庫全書》，其中没有《涇皋藏稿》。光緒三年(一八七七)重刻，據目録，當時準備刻書二十五種，有十一種標注爲「嗣刻」，而《涇皋藏稿》不在「嗣刻」之列。據《四庫存目叢書》所收光緒三年刻本，也没有收入《涇皋藏稿》。而光緒十二年完成的《顧端文公遺書》，收書十九種，已收入《涇皋藏稿》。

❷ 按：該本崔建英《明别集版本志》著録爲「明崇禎刻本」「版心鐫「端文公集」」。

三

爲萬曆刻本。惟此本略有剜改，如目録卷四末剜去一行❶，卷首目録殘缺一頁（今據正文補），卷二十二第二十六頁爲手抄補入。校本有二：一爲影印文淵閣《四庫全書》本（簡稱「文淵閣本」），一爲光緒十二年顧氏涇里宗祠《顧端文公遺書》所收録的《涇皋藏稿》（簡稱「光緒本」）。文淵閣本「提要」未交代版本來源，無序文、目録，但從其内文看，例如卷一首篇《覯事激衷恭陳當今第一切懇乞聖明特賜省納以回人心事疏》，光緒本省作《恭陳當今第一切務疏》，而文淵閣本篇題與底本同，其他篇題光緒本有省者，文淵閣本均同於底本，不省，似可初步斷定，文淵閣本所據底本，與本次整理所據底本爲同一版本。光緒本由憲成九世孫顧文煒題簽，存顧與沐重刻《顧端文公集》時馬世奇所作之序，名《原序》，而無錢謙益之序，似可初步推斷光緒本所據底本爲顧與沐重刻之《顧端文公集》。

比較底本與兩個校本，主要差別如次：

一、文淵閣本、光緒本卷四缺《與錢受之》一文，卷十四缺《錢受之四書義題辭》一文，而

❶ 查北京大學圖書館藏另一《涇皋藏稿》著録爲「明刻本」者（與「明末刻本」乃同一書板印刷），目録卷四末行爲《簡觀察鄒龍翁老師書》，而正文實未收此文，「明末刻本」剜去此題，與正文合，故此本乃萬曆刻本之校改本。因「明刻本」有缺頁，且多處字跡模糊，故取「明末刻本」爲此次整理之底本。

底本均存。錢受之，即錢謙益，删去與錢謙益有關的兩篇文章，恐與其降清有關。明末重刻《顧端文公集》時，錢謙益尚爲之序，則此二文之删，或即四庫館臣所爲。

二、文淵閣本卷五第三頁缺《復錢抑之書》一文，館臣將原置於本卷末的《與史玉池》三通中之前兩通放到此處，卷末保留第三通，更名爲《又與史玉池書》。另，文淵閣本卷十七首有闕文。參考底本及光緒本，所缺爲《明故承德郎山東濟南府別駕蓮巖黄先生暨配許孺人合葬墓誌銘》一文的前半部分，殘缺二百六十六字。

此次整理，由陳瑞新完成初稿，並據内文重新編訂目録，再由董平審定。校點者囿於學識，錯誤在所難免，仍祈海内外方家予以匡正爲盼！

校點者　董平　陳瑞新

涇皋藏稿第一卷

無錫顧憲成著

丁亥三月

覩事激衷恭陳當今第一切務懇乞聖明特賜省納以端政本以回人心事疏

臣於本月初一日接得邸報，四川等道御史高維崧等一本乞恩認罪事。

奉聖旨：「用人出自朝廷，你每不論是非，輒肆行攻擊，抗旨求勝。及有旨着推舉，却又推諉支吾，好生恣橫反覆。本都當重治。姑念人眾，為首的高維崧着降三級，趙卿、張鳴岡、左之宜各降一級，俱調外任。其餘的各罰俸一年。吏部知道。欽此。」

臣見之，且疑且駭。退而思之，憂結盈腹，誠不自知其然也。今夫工部尚書何起鳴，君子歟？小人歟？其訐都御史辛自修也，果有據歟？無據歟？而御史高維崧等之合糾起鳴也，公歟？私歟？此皆章章較著，不待辨而知者也。皇上為起鳴罷自修，謝之矣；而又降及高維崧等四御史，何歟？皇上以為用人出自朝廷是也。今者起鳴訐自修則罷自修，訐維崧等則降維崧等，可謂出自朝廷歟？皇上亦嘗謀諸執

涇皋藏稿

政大臣歟？其謀之而不以告歟？其告之而不以聽歟？意者第謀之左右而已歟？或他有所獲罪而起鳴因而擠之歟？皆不得而知也。

夫自修者，其賢與否，臣姑無論也。職司考察，反被中傷，大計重典，一朝而壞，臣亦姑無論也。惟是謂維崧等之疏出自承望，則臣以爲謬甚矣！臣竊見邇年以來，人心日下，猜忌繁興，讒誹殷積。或曰「某也，某黨也」，或曰「某也，某仇也」，或曰「某也，陽爲某而陰爲某也」。所附在此，則濟其私不濟其公；所傾在彼，則覷其非不覷其是。遂乃飾無爲有，騰一爲十，塗豕盃蛇，俱成公案。甚矣，時俗之過爲揣摩，幸人之災而不樂成人之美也！幸而昨者本部奉旨考察，無論恩怨，一秉至公。命下之日，中外翕然稱服，以爲我皇上之明，二三執政之有容如此，無不愧恨其昔之窺之者太淺而求之者之太深也。① 亦可以見人心之公不容泯而挽回有機矣，何意復覷是紛紛乎？在起鳴既疑以宿釁蒙搆，在自修又疑以忤時招尤；在起鳴既見有援而巧爲排，在自修又見以受屈而急於辯，皆過矣。顧獨坐維崧等，承望何爲耶？即爾彼給事中陳與郊等之計，臣以爲莫若各務自反而已。起鳴當思何以爲衆論所鄙，自修當思何以爲儕友所猜，維崧等當思何以詆自修，何爲者耶？何怪乎人言之嘖嘖也？若曰一則公，一則私，臣不能解也。試使兩者平心定氣，易地而觀，臣恐我之所謂公，固即彼之所謂私，而彼之所謂私，亦即我之所謂公耳。奈何舍我而罪彼哉？爲今之計，執政大臣，尤應倍加檢省，風厲百僚。已雖有善，不敢輕以言出而召侮，與郊等當思何以言出而啓疑。至於

① 「而」，原作「也」，查北大圖書館藏另一萬曆刻本作「而」，此處乃因版片模糊而後印時誤改者。

自滿；人雖未諒，不敢重以尤人。若無若虛，孜孜汲汲，積而久之，精神透徹，誠意藹如。本無偏惡，誰能求同？本無偏好，誰能求異？

元輔申時行，虛衷雅度，天下共推。次輔許國、王錫爵，一心一德，和衷弼理。偕臻斯道，正自不難，要在卓然以皋、夔、稷、契相勖，不但如近時所稱名相而已，庶幾可以答天下耳。仁義道德之用，而競巧拙於毫毛，假饒得濟，終屬雜霸雜夷，非今日所宜用也。先是，御史甘士价進「和衷」之說，其指甚美。第不務拔本塞源，而徒欲調停於聲色之間，其究非强上以狥下，則强下以狥上。雖外貌可觀，病根終在。扁鵲盧醫，望而却走；而庸人方以爲無足憂，此臣之所以不容已於言也。抑臣又因而有感焉，請畢其說。

臣竊見今之時，凡非科道而建言者，世必訕之，曰是出位，曰是好名，又曰是爲進取之捷徑耳。不然，則又曰是多行不韙，計畫無之，聊借以蓋醜而脫計網也。斯四者，亦誠有之矣，而不可不求其故也。臣嘗妄謂，明興二百餘年矣，西漢之經術，東漢之節義，唐之詩詞，宋之理學，並彬彬稱隆，而獨言官之氣稍不振。無論其遠，即如我皇上涖祚，故相張居正用事，數年之內，言官有相讚頌已耳，有相率保留已耳，有相率祈禱已耳，以求吳、趙、鄒、沈、王、艾之儔，何寥寥也？又如近日維崧等合糾起鳴，本屬公議，及皇上詰責所以，輒惶恐推避，莫適爲首，惟有謝罪不暇已耳，亦無能自見始末，開廣聖心者。曾不思皇上聰明睿智，從諫如流。有如維崧等，披露情愫，曉暢事實，章晰誼理，剴篤言辭，即皇上

一覽而悟，未可知也，臣甚惜之。由此觀之，假令言官不爲利誘，不爲威惕，無事不瑣屑以取厭，有事不依回以取容，牽裾折檻，時不乏人，他亦無繇而奮其說矣。然則使人之得以出位而言者，臺省之爲也。夫人情未有不喜順而惡逆者也，而況于居尊顯者乎？彼其喜也，能令人榮，其惡也，能令人辱。一旦時移事改，是非論定，夫安得而不加殊擢至廢棄，廢棄之不足而至摧折，則天下皆怫然不平於其心。名高矣，而當之者方苦於不堪，厭恨之不足而所喜，千其所惡，端言正色，侃侃不顧，夫安得而不名高也？天下非盡中行也，食肉者非盡賢與能也，屈者藉其伸者也，退者佐其進者也，斷必有藉爲口實者矣，又安得而不姑舍是也？是故抑者予其揚者也，褒其直不嗔其狂，欣其誠不虞其矯，我用其言，何必醜可醜？我不用其言，何必疾其人？審如是，人人而能言也，何名可貪？何利可徼？而亦何醜可蓋？非徒然也，而我反因之獲容直之名，收用言之利矣。然則使人之得以貪名，得以徼利，得以蓋醜者，廟堂之爲也。至於建言者，其人大都負氣自喜，不耐矜束，濶略於規矩，遇事發憤，往往過當。聽者方内懷不服，退而詢其行事，又不足以滿其意，則曰：「爾以古人畜我，何不以古人自畜？」而前後之人察見意指，又因而媒孽之以取媚，尋垢索瘢，無所不至。於是遂置其言不復採，而并其人亦賤之矣。假令士能潔躬脩行，入不愧妻子，出不愧朋輩，則其人重，其言亦重，夫安得而無聽？然則使人之得以舉而納諸群訴之中者，建言者之爲也。故臣以爲亦莫若務自反而已。自反則上何暇以言爲罪？下何暇以言爲高？惟各盡其在我而已矣。

先是，都給事中楊廷相條陳考察事宜，意欲痛懲矯激之非，蓋亦有說，第人之常情，自是逆指者少，順指者多。不知自反而徒彼此相尤，其究必多者日勝，少者日負，將來之患，正恐不在矯激耳。如曰：「曩居正用事，宜尚異。今非其時也，宜尚同。」則唐虞之際猶然，朝有吁咈，野有誹謗。而孔子亦云「邦有道，危言危行」。方今君聖臣賢，千載一會，不以唐虞有道望斯世斯民，而僅僅較短長於居正柄國之日，此臣之所痛也。是故彼一時也，上下雍隔，群邪朋興，雖無一事不出於私，人皆以為常。此一時也，上下寅恭，衆正彙集，少有一事不出於公，人皆以為異。此臣之所以尤不容已於言也。

臣腐儒也，無所知識。生逢明聖，思見太平，情激乎中，不能默默，輒以自反之說進。熟念當今第一切務，無過此者。其用心寬而動物速，其操術簡而收效宏。夫惟皇上超然遠覽，穆然深思，凝然獨立，反躬責己，端本澄源。無論大臣小臣，近臣遠臣，而皆視之為一體；無論諷諫直諫，法言異言，而皆擇之以用中。仍諭大小臣工，無猜無忌，自責自修，勿惜任怨之名以逢君欲，勿希將順之美以便己私，勿狥一時之喜怒以貽禍將來，勿執一己之是非以誤傷國體。至于左右近侍，亦時以此照察之，使其各知愛惜，共享榮名。其維嵩❶等四御史，勿令照舊供職，則皇上何以不若堯、舜？在廷諸臣何以不若皋、夔、稷、契？天下何以不若唐、虞？蓋變化人才、轉移世道之機，實在于此。《大學》曰：「自天子以至于庶人，一是皆以脩身為本。」《中庸》曰：「正己而不求於人，則無怨。」《孟子》曰：「行有不得者，皆反求諸己。其身正而天下歸之。」又

---

❶ 「嵩」，前文作「崧」，文淵閣本、光緒本亦作「崧」。下「維嵩」字同。

曰：「以善養人，然後能服天下。」臣誠不勝惓惓，惟皇上裁察焉。

奉聖旨：「這本黨護高維嵩等，肆言沽名，好生輕躁！顧憲成姑着降三級，調外任用。前有旨，特諭各部司屬，欲陳所見的，都呈稟堂官定議具奏。顧憲成曾否呈稟堂上官也，着回將話來。」

甥王永圖錄次

癸巳二月

建儲重典國本攸關不宜有待懇乞聖明早賜宸斷以信成命以慰輿情事疏

吏部四司公本

臣等伏見皇上思祖訓立嫡之條，欲將三皇子暫一併封王，以待將來有嫡立嫡，無嫡立長。於此知皇上之心有惕然其不敢自專者，而必以上合聖祖之心爲安也。又見皇上諭輔臣王錫爵等：「朕爲天下之主，無端受誣，以爲可痛可恨。」於此知皇上之心有歉然其不敢自適者，而必以下合天下之心爲安也。有君如此，豈不真聖君哉！乃臣等退而思之，惟是待之一言，有不能釋然而無疑者。皇上之所據以爲得在此，而天下之所共據以爲失亦在此。此吉凶之原，安危之幾，不可不早辨而慎防也。夫太子，天下本。立本所以不忘天下也。豫定所以固本也，如之何其可緩也？是故有嫡立嫡，無嫡立長是也，待嫡非也。就見在論嫡之有無，是也，待將來論嫡之有無，非也。夫待之爲言也，濡滯而鮮決，懸設而難期，撓不刊之典，潰不易之防，隳不攜之信，叢不解之惑，開不救之釁，貽不測之憂，甚不可也。臣請得而歷數之。

皇上之稱祖訓，惓惓矣。顧其所言「立嫡」「待嫡」二條，意各有主。質以建儲之事，判然不類。皇上第以其合於己，援而附之，是爲尊祖訓乎？是爲悖祖訓乎？其不可一也。

嘗考我朝建儲家法，東宮原不待嫡，元子並不封王。廷臣連章累牘，言之甚詳，歷歷可按。皇上以其不合於己，置弗爲省，豈皇上創得之見，有加於列聖之上乎？其不可二也。

臣等聞之，凡有天下者稱天子，天子之元子稱太子，太子之元子稱太孫。故親之主邕承祧於是乎在，不可得而爵者也。天子繫乎天也，君與天一體也。太子繫乎父也，太孫繫乎祖也，父子、祖孫一體也。今欲並封三王，元子之封，何所繫乎？無所繫則難乎其爲名，有所繫則難乎其爲實。其不可三也。

皇上亦曰權宜云耳。夫權者，不得已而設者也。元子升儲，諸子分藩，於理爲順，於情爲安，於分爲稱，於訓爲經，有何疑顧？有何牽制？有何不得已而然乎？耦尊鈞大，偪所繇也。偪則凌，凌則僭，厲所階也，豈細故哉！而姑任之，其不可四也。

皇上以聖祖爲法。夫權者，不得已而設者也。皇上尚不難創其所無，後世詎難襲其所有。自是而往，幸而有嫡可也，不然，是無東宮也；又幸而如皇上之英明可也，不然，是凡皇子皆東宮也，無乃釀萬世之大患乎？臣每念及此，無乃悵萬世之大計乎？皇上獨能宴然而已耶？其不可五也。

且夫皇后者，所與皇上共承宗祧者也。期於宗祧得人而已。宗祧得人而皇后之職盡矣，豈必有嫡而後爲快？夫皇上以父道臨天下者也，皇后以母道臨天下者也，一體也。是故皇上之元子，即皇后之元子也，

雖恭妃不得而私之也。皇上之諸子，即皇后之諸子也，雖皇貴妃不得而私之也。何者？統於尊也。今庶民之家，妾之有子，亦以其妻爲嫡母，固其定分然耳。豈必自己出而後爲子？又豈必如輔臣王錫爵之請，須拜而後稱子哉？皇上何不斷以大義而爲此區區乎？其可六也。

況始者奉旨，少待二三年，則是二三年而已，俄而改於二十年，則亦二十年而已，俄而又改於二十一年，則亦二十一年而已，猶可以歲月爲期也。今日「以待嫡嗣」，則未可以歲月爲期也。德音方布而忽更，聖意屢遷而彌緩，非由預漬，非由衆激，何以謝天下？其不可七也。

善乎皇上之言之也，曰「朕爲天下之主」。夫爲天下之主者，未有不以天下爲心者也。自並封之命下，聞者莫不悵然若失，愕然若驚，一日之間，叩閽而上封事者不可勝數。至於間巷小民，亦囂然聚族而議也。是孰使之然哉？人心之公也。而皇上猶責元輔王錫爵擔當，錫爵夙夜趨召而來，正欲爲皇上定此一大事。排群議而順上旨，非所謂擔當，豈其願之？惟是日夜惶悚，矢志積誠，必欲納皇上於無過之地，乃真擔當耳。不然，皇上尚不能如天下何，而況錫爵哉？其不可八也。

凡人見影而疑形，聞嚮而疑聲。皇上神明天縱，信非溺寵狎昵之比，而不諒者一意揣摩，百方猜度，始難以家喻而戶曉也。是故皇上方以爲無端受誣，天下且以爲無端反汗。無端受誣，豈惟皇上有所不堪，即臣等亦爲皇上不堪。無端反汗，豈惟臣等不能爲皇上解，即皇上亦不能爲臣等解。皇上盛德大業，比隆三五，而乃來此意外之紛紛，不亦惜乎？其不可九也。

凡此九不可，皆「待」之一言爲之也。故曰待者，事之賊也。猶豫則亂謀，優游則妨斷，因循則失時，徘

徊則啓伺，遷延則養禍，豈非天下之大戒哉！伏願皇上反觀默省，長慮却顧，以成憲爲必不可違，以輿論爲必不可拂，以初命爲必不可爽，以新諭爲必不可行。斷自宸衷，亟舉大典。皇元子首正儲位，皇第三子、皇第五子併錫王封，庶幾父父子子，君君臣臣，兄兄弟弟，宗廟之福，社稷之慶，千萬世無疆之休，悉萃於此矣。臣等曷勝惓惓願望之至！

癸巳 三月

感恩惶悚循職披忠懇祈聖明特賜照察并乞休致以安愚分事疏

代孫堂翁立峰作

臣自惟奉職無狀，具疏上陳：聖德如天，曲賜寬假，慰之以清慎，督之以救正，勉之以供職。展誦再三，且感且愧，夫復何言！獨念人臣之罪，莫大於專權；國家之禍，莫烈於結黨。臣日夜彷徨，莫知所以，不得不爲皇上一陳之也。

夫權者，人主之操柄也。人臣所司，謂之職掌。吏部以用人爲職，進退去留，一切屬焉。然必擬議上請，奉旨而後行，則所謂權者，固自有在，非人臣可得而專也。是故職主於分任而權則無所不統，權主於獨斷而職或有所不伸。君臣之分，於是乎在，蓋其際嚴矣。臣世受國恩，皇上又不以臣爲不肖，令待罪銓曹。臣感激殊遇，勉圖報塞。受事以來，矢志奉公。内之不敢一毫有所顧戀，外之不敢一毫有所畏忌。夫孰非恃皇上之信之也？其或進或退，或去或留，夫孰非皇上之靈命英爽也？是謂之守職則可，謂之專權似未

癸巳三月

聞命惕衷自慚獨免恭陳愚悃以祈聖斷事疏

頃者皇上覽科臣劉道隆疏，切責吏部專權結黨。隨奉旨回話。

同考功司員外郎李復陽上

也。今以議留二部臣爲專，則無往而非專矣。愧行能淺薄，無當聖心，至於疑貳沮撓，動成掣肘，自失其職，而更責以專權乎？若夫黨之一字，漢、唐、宋傾覆之原皆在於此。臣非特口不忍言，目不忍見，抑且耳不忍聞，若之何其以爲戲也？況鄒元標諸人，海內日引領望其柄用，顧屢推屢格。臣方內覆議，自有去留，即外計拾遺亦然。今以議留二部臣爲結黨，則無往而非黨矣。且宋臣歐陽修言，「君子有朋，小人無朋」。方今在廷，惟是人各有心，形跡岐而猜忌漸起，精神隔而議論漸煩。臣忝爲首臣，方愧不能雍容調劑，合君子而爲一，以共贊太平之治，而更責以結黨乎？夫銓曹，重地也，非其人則不當居其地。業已使之居其地，則不當疑其人。昔之專權結黨者，亦往往有之矣。誠使自臣始，臣之專權結黨爲嫌，畏縮消沮，自救不暇，則銓曹之輕，自臣而始，亦臣之大罪也。即以專權結黨爲嫌，畏縮消沮，自救不暇，則銓曹之輕，自臣而始，亦臣之大罪也。臣憂結於中，不忍默默，輒用披露。俾專權結黨之說終不明於世，來者且以臣爲戒，又臣之大罪也。伏乞皇上矜其愚，不錄其罪，特加省察。并望賜臣骸骨，歸老林泉，與田夫野叟共祝聖壽於無疆，皇上之恩，真同天地矣。臣無任悚息待命之至。

皇上將該司郎中趙南星降調外任，一時聞者洶洶，相與求其故而不得。乃臣等退而思之，惟有惶悚而已。竊念臣等與南星生平以道義相期許，及在同部，又以職業相切磨。惟茲內計之典，始而咨詢，繼而商確，臣等皆與焉。至於議留虞淳熙、楊于庭二臣，臣等亦以為誼出憐才，嘗從臾之。今南星被罪，臣等獨何辭以免？南星一意奉公，不以情庇，不以勢撓，庶幾少挽頹風以報皇上，而竟不免於罪。況臣等自揣才識不逮南星遠甚，其迂戇椎魯又或過焉。若復靦顏在列，將來招釁速戾，有不止於南星者矣。然則與其去南星，孰若去臣等，其迂戇椎魯又或過焉？與其留臣等，孰若留南星？用是不避煩瑣，仰瀆宸聽。伏惟皇上擴天地之量，垂日月之明，念南星自謀則拙，謀國則忠，還其原職，以示任事者之勸，無徒快被察諸人之心，臣愚幸甚。倘始終以為專權結黨，乞將臣等一併罷斥，無令南星獨蒙其責，臣愚亦幸甚。臣等曷勝惶悚待命之至。

癸巳十一月

患病不能供職懇乞天恩俯容回籍調理事疏

臣章句書生，遭際明時，誤被甄收，浮歷今秩。聖恩如天，慚無寸報，何敢言私？奈臣稟氣素弱，居平恒喜靜而厭動。一遇煩勞，寢食俱廢。近者不意驟陟選司，諸務猥雜，朝夕拮据，遂致心脾受傷，頭目昏眩，兼之入冬以來，積感風邪，痰火寒熱，諸疾一時併作。延醫胗視，咸謂元氣下墜，邪氣上乘，非謝絕群囂，投

己酉十一月

聞命呱趨屢牽痎疾懇乞聖恩俯容休致事疏

臣直隸常州府無錫縣人，由萬曆八年進士，歷任吏部文選司郎中，至萬曆二十二年罷歸。尋蒙恩詔復官，至萬曆三十六年十月二十一日，接得邸報，吏部一本開讀事，奉聖旨：「顧憲成起陞南京光祿寺少卿添註。欽此。」

臣聞命自天，不勝感激！謹望闕叩首謝恩訖。竊念臣猥以疎劣，重負任使，歸田以來，日夜省惕。皇上宥弗爲討，亦已過幸，更荷聖慈，哀然優錄，誼當竭蹶而趨，捐軀圖報，遂於今春二月啓行。不意行至丹陽所患眩暈之症，壹時陡發，不能前也。吏部業爲寬限矣。延醫調理，至八月稍可勉爲啓行。不意十五年前而加劇焉，又不能前也。吏部又爲寬限矣，豈非不忍臣之卒廢於明時哉！獨計臣少不自愛，踰壯便衰。行年六十，目昏耳聾，老態盡見，已不足效馳驅，備鞭策，況今病入膏肓，糾纏無已，奈何尚欲僥倖於萬一也？恝然置安危理亂於不問，以自便其身圖，臣之所大恥也。明知身且夫入山惟恐不深，入林惟恐不密。

閒靜攝，難冀痊可。隨具呈堂官，堂官再三督臣之出。文選司郎中鄒觀光，因病自疏乞歸，荷蒙俞允。臣於此進退維谷，實爲狼狽。萬不得已，仰瀆天聽。查得萬曆二十年五月內，文選司郎中趙參魯見有此例，伏乞勅下本部，照例放臣回籍調理。倘犬馬餘生，僥倖不先朝露，尚得從田夫野老，祝聖壽於無疆也。臣曷勝迫切懇祈之至！

之不能前矣，猶然徘徊道路，遷延歲月，偃蹇簡書，遲速惟意，以自陷於大戾，尤臣之所大懼也。查得吏部職掌弘治四年題准：「凡自願告休官員，不分年歲，俱准致仕。」又嘉靖十年題准：「今後內外官員有疾，願告致仕者，聽。」臣謹瀝誠上請，伏乞勅下該部，查臣別無假托，容令休致。自今以往，得保餘生，與間閻父老歌堯天而詠舜日，皆皇上再造之恩矣。臣無任迫切懸企之至。

涇皋藏稿第二卷

無錫顧憲成著

上鄒龍翁老師書

不肖憲之走金陵而就試也，家嚴呼而謂曰：「孺子何知，遂哀然而冠諸童儒，倖耳；又得隨諸茂才與觀場之列，又倖耳。倖不可屢徼，敢他望乎？吾有一心事，孺子能爲我了之，勝於獲雋百倍矣。」憲跽而對曰：「惟大人之命。敢請。」家嚴曰：「吾所識窮乏唐應麒者，其父居邑之市中，日接四方之游商而主之，藉以生活。方江寧盜蔣六飾裝而至其家，初不意其爲盜。逮至江寧，父遘累而亡，子遘累而繫，出鄉井，入囹圄，積歲月而不解。蓋其所與之相抵易者，既援以爲贓，遂得罪，而虛捐其一倍之費。無何，蔣六敗而株連之。其援以爲贓者，則又不止於其所抵易也。而藉口於一事之實，刀筆之吏從而羅織之，遂得罪，則應麒之所坐可原也。且應麒之繫迄今不解也，爲其贓未償也。而贓則赦矣。在應麒煢煢獨夫，非敢抗而不償，實惟遘累之後，止存赤骨。即欲償不能。又以爲赦既及，即不償無害也，竟惟日日待赦。在當事者按舊贓，奉新例，非不能赦一未償之贓，實疑應麒之產尚可以償。又以爲赦而償，償而赦，則可以收其實利而與之虛名也，竟惟日日待償。審如是也，一日不償，一日繫矣；終身不

償,終身繫矣。相彼獨夫,欲覓其身命易耳,舍此而更有所督責,將持何者而應之?則應麒之所處,可憫也!應麒有母而未老,有妻而未歸。母恐其子之須臾死也,請于其妻之家曰:『吾子可以無妻而不可以死,吾可以無婦而不可以無兒,願返我聘,不願歸我婦也。』妻之家持不可,母堅請之,益堅持不可。誠謂其赦也,而不意當事者迫之償也。是使為母者既失其婦,又失其子,為子者既失其妻,又併其軀命而不保也,則應麒之為計,可哀也!孺子識之,此吾之所寤寐疚心也。」憲復跽而對曰:「大人此一念,天地鬼神實鑒臨之。兒何敢忘!惟是眇眇一書生,何能為?」家嚴曰:「吾亦籌之矣。聞江寧侯與上元葛二尹同里,而葛二尹實嘗丞吾邑,可以情控也。」憲曰:「兒未識葛二尹,奈何?」家嚴曰:「鄒龍翁父母見官兵曹,不嘗國士遇汝者耶?當葛二尹丞吾邑時,此老為之長,最相知。誠得此老慨然達之葛二尹,葛二尹轉而達之江寧侯,則其事可立白,是一言而起一家之生也。應麒在繫,饑無食,寒無衣。近復罹疫症,體稿而色不人,諸同繫者皆危之。其存與亡也,蓋在旦夕。誠欲援而生之也,亦惟在旦夕。拯溺救焚,勢不容少緩。孺子識之,此吾之所倚門倚閭,盼盼而引領也。」憲喜曰:「鄒老師,仁人也。事其濟乎!」遂頓首受命而行。

茲敢一一述諸老師,老師何以裁之?即曰:「是故吾赤子,吾不忍其坐斃。」揮而叱之耶,即不肖庶幾有以復於家嚴矣,是老師之賜也,不肖之幸也。抑曰:「若書生耳,何為強與人事?」矜而許之耶,不肖庶幾有以見家嚴,何辭以謝?是應麒之窮也,不肖之罪也。老師,仁人也。於斯二者,必有擇矣。臨緘曷勝懇迫

上相國瑤翁申老師書

此稿已削，適從敗篋中檢得初稿，追念往事，不忍棄也，聊復存之。

憲聞之，君子在朝則天下必治，小人在朝則天下必亂。雖欲從而亂之，不可得而亂也。夫何以治也？君子正也，正則所言皆正言，所行皆正行，所與皆正類，凡皆治象也。雖欲從而亂之，不可得而亂也。夫何以亂也？小人邪也，邪則所言皆邪言，所行皆邪行，所與皆邪類，凡皆亂象也。雖欲從而治之，不可得而治也。

憲，書生也，何敢妄相天下士？及來長安，跡耳目之所覩記，往往不能釋然於心，聊掇其概。吏部掌邦治，果清通簡要之品乎？戶部掌邦計，果廉介恭儉之品乎？禮部掌邦教，果端凝淵穆之品乎？兵部掌邦政，果磊落奇傑之品乎？刑部掌邦禁，果公平明恤之品乎？工部掌邦土，果精嚴練達之品乎？都察院掌邦憲，果剛方直亮之品乎？斯不亦善乎？如其未也，將無僅僅備員而已乎？然則在朝者君子乎？非君子乎？憲不得而知也已。

徐而按之，賢如鄒公元標、沈公思孝、艾公應禎，軍伍矣；賢如劉公臺因伍矣；賢如趙公用賢、吳公中行、朱公鴻謨、孟公一脈、王公用汲，民伍矣；賢如徐公貞明、李公楨、喬公巖、趙公參魯，雜職矣；賢如趙公世卿，王官矣。然則君子者，在朝乎？不在朝乎？憲不得而知也。則又伏而思之，君子在朝也，非君子自能在朝也，本之君子之領袖為之連茹而進也。今寧無君子之領袖乎？有之，則宜君子日多，而何未見其多也？小人在朝，非小人自能在朝也，本之小人之領袖為之連茹而進也。

今寧有小人之領袖乎？無之，則宜小人日少，而何未見其少也？憲不得而知也。不知故疑，疑故懼，輒敢於老師乎私質焉。

竊以爲當今皇上之所倚重，無如首揆。海內之所仰重，亦無如首揆。老師與之朝夕共事，必能洞徹其真精神所在。其毅然以宗社生靈爲己任，而是非利害不足動其心者歟？抑猶未免於自用歟？而老師之於首揆也，其相知相信，可以披肝瀝膽，盡言而不諱者歟？抑亦體貌之間而已歟？然則老師將如之何而可歟？其一切順而聽之歟？抑亦思以逆而挽之歟？順而聽之，吾懼其爲隨，究也必至於兩相扶同，以成壅蔽之害，而國家之事壞；逆而挽之，吾懼其爲激，究也必至於兩相矯異，以成乖暌之害，而國家之事亦壞。意者不隨不激之間有妙用存歟？凡此皆憲之所願聞也。老師其遂進而提命之，曠然有以大發其蒙歟？抑亦曰「有是哉？爾之迂也」，姑笑而置之歟？敬九頓以請。

上穎翁許相國先生書

竊惟天下之事，所以至於破壞而不可收者，其初起於一人之私而已。夫誠一人之私，天下誰不知其非者？於法未足以壞也。蓋有附之者焉。其附之者又皆庸衆細人，名醜實惡，天下又誰不知其非者？於法又未足以壞也。蓋又有效之者焉。其效之者，又皆其匹類，要以互相爲利而已，天下又誰不知其非者？於法終又未足以壞也。惟其日積月累，循以爲俗，雖夫端人正士，亦安然居之而不疑，然後遂破壞而不可收也。憲不敏，不省其他，竊恐今之貢舉將類於是。是以不得不謁之明公也。

夫明興二百餘年矣，其執政者非盡周公旦、召公奭也。其壞法亂紀亦多有之矣，獨未有及於是者也。焦氏芳朝及之而夕敗，翟氏鑾夕及之而朝敗，自是無敢爲鑾也者。及江陵沒，一切秕政日銷月鑠，幾至於盡，惟是不變也。非徒不變也，又或從而甚之矣。此天下之所以喟然嘆恨也。然而往者懲於江陵之威，徒以積其憤於胸中，卷口結舌，今者又徘徊觀望，莫肯發語，其故何也？天下大矣，非遂無賈傅、梅尉、劉宗正其人也。意者以爲有明公在，可無虞也。明公之端人正士也。往聞江陵不丁父憂，明公不是也。廼者江陵病，諸公卿爭爲禱于東岳，明公又不是也。明公之不佞也如是，何獨於此而不然。故曰：「有明公在，可無虞也。」雖然，又有從而爲之辭者矣。曰：「科場，公典也。不可意也。意而收之，曖也；意而棄之，矯也。二者其失等也。付之無心而已。」愚以爲是言也，乃雍容之雅談，而非救時之切論，正孔子之所謂佞也。夫救時者未有不用矯者也。夫矯之爲不可也，惟其乖世忤俗，用於家而家非之，用於國而國非之，用於天下而天下非之，故不可。若其移而用於今日之科場，以裁宰輔之子弟，將賜谷以西，昧谷以東，人人快之，不勝其是也，夫何病於矯？夫明者，衆所依以視也；聰者，衆所依以聽也。今明公行將主南宮政，人人視聽之，不勝其是也，夫何病於矯？夫明者，衆所依以視也；聰者，衆所依以聽也。今明公行將主南宮政矣，天下之視聽於明公者不少也。即欲慨然出而救之，使國家興賢育材之制將壞而復完，是惟明公之，用於天下而天下非之，故不可。若其移而用於今日之科場，以裁宰輔之子弟，將賜谷以西，昧谷以東，人人快之，不勝其是也，夫何病於矯？夫明者，衆所依以視也；聰者，衆所依以聽也。今明公行將主南宮政矣，天下之視聽於明公者不少也。即欲慨然出而救之，使國家興賢育材之制將壞而復完，是惟明公所謂佞也。

明公當世之端人正士也，其必有以慮之矣。憲也辱在執鞭之末，每見明公，明公輒以德義勖，以故不敢愛其昧昧之思，率爾宣露，惟明公進而可否之。幸甚！

再上相國瑤翁申老師書

昨言魏、李兩君於老師，老師欣然不爲忤，竊有窺於老師之大也。獨元相所稱某甲子之說，非特中魏侍御而已，且并侍御弟允中而中之，憲甚惑焉。竊惟自江陵諸公子相繼登第，人情洶洶，嘖有煩言，爲日久矣。前者憲不避紛瑣，屢肆陳說。惟是之故，信如某甲子之說，憲亦何求而不得乎？嗟乎！當江陵擅國，諸言事者無不被罪去，以是臺諫緘口結舌，天下傷之，至於今稍稍能以直言振矣。顧亦往往有所揣摩緣飾而然，其真痛真癢處，亦逡巡觀望，莫之敢及，則科場一事是也。執政於此兩人能優容之，是爲真能優容。獨魏侍御不忌而抗疏言之，李民部不忌而抗疏救之，是爲真能直言。亦不仁也已矣。夫此何病於兩君也？凡進言者，大率其中有不可忍者耳。其意非望於求完也，夫惟不完而後其名高。即完矣，久而積嫌積毀，日銷月鑠，不保其卒，天下必曰「是嘗用某事忤貴人也者」，相與太息而追賞之，即其名又高。而我乃獨受其蔽言咈諫之咎耳。所得在彼，所失在此，是何其愛執政以姑息，而愛兩君以德之甚也！《詩》曰：「取彼譖人，投畀豺虎。豺虎不食，投畀有北。有北不受，問彼昊天。」❶憲誠不勝過慮，再用披露，庶幾老師始終矜而察之，以兩君完，俾天下後世咸有窺於老師之大也，不肖憲幸甚！世道幸甚！臨械惶恐。不次。

❶「問彼昊天」，文淵閣本作「投畀有昊」，與《毛詩·巷伯》合。

與王辰玉書

僕不敏，幸獲與足下生而同壤，又幸往年從長干、雨花之間望見末光，足下無鄙而好進之，雖誠欲貢其虀鹽，念之累旬，旋發旋輟，深惟足下玄覽峻詣，人倫之美。僕奈何有蓬之心，束於固我，膠而不決，遂用披露，未足以方其暢也。自審疎薄，無能爲役，不敢有所稱效，託於氣類，時復瞻企，喟然而已。乃者誠欲貢其虀鹽，願足下少察之。

竊惟國家設科以取士，鉅典也，上不得以私其下，下不得以私其上。明興二百餘年矣，未有能干之者也。干之自張江陵始。張江陵既沒，諸一切穢政次弟罷免，獨於是未有能革之者也。是故魏直指朝諷之而夕以竄，丁直指夕諷之而公卿大夫朝而競求其瑕，遂令邪說朋興，至于今猶然譁而未已。吁，何其甚也！夫士亦何擇於貴賤也！貴而取貴焉，賤而取賤焉，惟其當而已。往者謝氏之有丕也，商氏之有良臣也，於其時並以爲華，何獨今者乃並以爲訴？夫非其愛憎殊也，彼其中誠有不可解者耳。見以爲自然，何巧也？見以爲偶而進，無或後也；雁行而列，無或先也；卒而擬之，徐而按之，無或爽也。若夫執事則異於是，僕非敢爲謾也。相國先生履仁蹈義，屹然與古之五臣十友頡頏千載之間。暨於足下，少有至性，長而彌茂，曠然萬象之表，天下即欲進而以足下投先生，退而以先生投足下，不得也，有默沮逆折已耳。而今而往，足下其一舉而最秋闈，再舉而最春闈，三舉而最大廷，天下不疑，何者？誠信之也。雖然，竊有懼焉。賢者不幸而與不肖者同形，其究也將無以別其賢。不肖者

幸而與賢者同形，其究也將有以飾其不肖。無以別則蒙，有以飾則固。往者不慚，來者不創，不亦與於干之者哉！斯僕之所爲懼也。夫豈惟僕，其在天下猶是志也。

僕不量，竊以天下爲執事計，以執事爲天下計，莫若逃之而已。夫豈惟天下，其在執事猶是志也。

吾求不愧於心而已。避嫌，德之衰也。跡僕所聞，始于不類。談者必曰：「無庸。是避嫌也，與其避之，寧其忘之。」昔者堯讓天下，舜去而之河南；舜讓天下，禹去而之陽城；周公攝政，流言勃興，去而之東；孔子轍環至衛，有邀而卿之者，正色而卻之，去而之陳、蔡之間，雖絶糧不慍。此皆天下之大聖人也，一帝、一王、一相、一卿，不足以磷其内，丹朱、商均、管、蔡、彌子之徒，不足以緇其外，而惴惴焉畏之若是，何也？夫固有所避也。故曰「進以禮，退以義」，又曰：「富與貴，人之所欲也，不以其道，不處。貧與賤，人之所惡也，不以其道，不去。」難進易退，則是以進爲嫌也；有擇於富貴，無擇於貧賤，則是以富貴爲嫌也。聖人視富貴貧賤等耳，第求不愧於心，可矣，何必拘拘乃爾？然則聖人之意見矣。

而足下之於是，得之無加，失之無損，不急於栖栖皇皇東西南北之人也。厚可損而薄爲戀，輕可虞而重爲狙，急可委而緩爲狗。故嘗試論之。猥曰：「吾求不愧於心而已，何嫌之與有！」則是四聖人者，徒爲小廉曲謹，無當也。必不行矣。即足下芥拾一第，紹明纓簪之業，輝映後先，顯名也。夫名者庸衆之所艷，而實者賢雋之所欽也。足下芥置一第，抗志東海以待天下之清，顯實也。之兩者之相去，豈不遠哉！不可不審也。

僕故曰莫若逃之便。蓋張江陵之不直於天下，其大者莫如爲子而蔑其父，又莫如爲父而瞶其子。方五君子昌言於朝，張江陵恚甚，並得罪。先生解之不克，遽拂衣東還，修萊、曾之樂，庶幾

以身爲諷。當是時，實聞足下手寫陶彭澤《歸去來辭》獻焉。然則天下所以無父而有父，足下之爲也。於是特採狂論，一矯頹俗，脫然無復一毫濡忍之意。仁人所憂，志士所憤，庶幾以身爲防，俾世之競進而不已者有省焉。然則天下所以無子而有子，足下之爲也。不已烈哉！足下勉之。僕與足下踪跡寥濶，顧其慕説足下特甚，敢有蔽志。語曰「山藪藏疾，江海納垢」，藉令漫無中於大道，應知足下不我讓也。敬頓首以請。

上婁江王相國書

昨所請教册立之事，實百其難。明旨一定，何以轉移？人情洶洶，何以鎮定？上欲不愆于明旨，下欲不駭于人情，故曰難也。過趙定老問之，亦喟然太息，只懇懇拈出閣下一片心相向耳。究竟則請期一着，尚自可圖，然而非閣下莫能任也。

蓋自萬曆十四年以來，廷臣之以建儲請者，先不啻數十疏，而皇上之旨亦幾變矣。然而曰待二三年則是二三年而已也，曰待過十齡則是過十齡而已也。期既至而請之，皇上亦何辭以謝天下？此遷延之法，可得而窮者也。期未至而請之，皇上得執激擾以爲罪。從令以往，誰復能關其説乎？即皇上札諭業已曰數年之後矣，廷臣復何所據以請乎？此假借之法，不可得而窮也。閣下以爲無虞乎？語云：「不見其形，願察其影。」閣下試端意而思之，皇上之旨所以屢定而屢遷者，何也？建儲，盛典也，九廟之所式臨，兩宮之所欣願，百官萬姓之所瞻企，而言及者輒生嫡子爲辭，

獲罪，若有大不滿其意者，何也？亦可推矣。閣下不念之耶？昔者秦皇漢武寧不蓋世之雄，一念小偏，便墮入婦人女子之手，骨肉之間頓成胡越意及此乎？司馬溫公曰：「天若祚宋，必無此事。」夫此何事也，可得而嘗之哉？而徒諉諸天也。若曰「有嫡立嫡，無嫡立長」兩語炳若日星，誰能奸諸？則長幼有序之說，明旨不啻再見，何至今日乃更益立嫡之條。重之以祖訓，藉之以中宮，彌縫轉易，挽回轉難，日復一日，月復一月，歲復一歲，不知何所底止。閣下之責，方自此始未艾也。

竊意以爲宜聽九卿科道，仍尊屢旨，合辭以請，而閣下從中調停，懇示定期，即其遲不得越一年而遙，庶幾聖心確有所主，不開窺伺之端，人心專有所屬，不萌二三之釁。議論方囂而復定，國本幾搖而獲安，此真閣下事矣。脫或一請不當則至於再，再請不當則至於三，甚而至于十至于百，至于去就可也，至于死生可也。《論語》曰：「大臣以道事君，不可則止。」《孟子》曰：「惟大臣爲能格君心之非。」可不勉哉！若乃上懸不必然之說，以蓋其立長之成命，下又操必不然之見，以成其立嫡之托辭：則是皇上負閣下，閣下負皇上，非所望於今日之君臣也。臨紙耿耿，不盡。

復王辰玉書

深哉！門下之言之也。門下其有天下心乎！再誦扇頭韻言，又何婉篤而可諷也。憲于是喟然三嘆焉，而又竊以爲：昔之患，患在閣部異同；今之患，患在君相異同。閣部異同，天下按其是非而交責之。君

相異同，天下舍吾君而責吾相，此紛紛之議所由起也。且閣部異同其爲證也顯，君相異同其爲證也微，故君相異同之形一眩則閣部異同之影猶存，此紛紛之疑所由起也。夫疑者億詐逆不信，以小人之心相揣摩也。議者求全責備，以君子之道相程督也。彼以小人之心求我，我拒而不受則可，彼以君子之道求我，我拒而不受則不可：此紛紛之爭所由起也。

蓋伊尹之言曰：「予弗克俾厥后爲堯舜，若撻于市。一夫不獲，時予之辜。」而在有宋，韓、富諸君子即復偃臥田間，每當朝廷有大政，輒慨然手疏以聞，上不與人主分爾我，下不與曹偶分去就。古之君子其任天下之重如此。竊見皇上之于諸公卿，若泛泛然。而邇年以來，獨往往督過吏部，今且微連都察院矣。此其指良不可測。而幸尚知有執政諸老先生，即諸老先生中更知有尊府君。旋轉一脈，寔惟尊府君是繫。往嘗獻其區區，尊府君許之，亦曰吾欲云云，寧忘之耶？門下試以請于尊府君，其務深思極慮，以始終無替伊尹之耻而比跡于韓、富，天下之幸也。

憲最無似，乃有門下于尊府君，即尊府君所爲拉拭百方，卒以狂昧取罪，重負尊府君。方當日夜悚惕，勉思補過，敢復肆然闕及天下事！顧其一腔熱腸，猶然如昨。俄又爲門下提動，不覺信口傾吐，門下以爲何如？率爾報謝，尚餘耿耿。聞台駕旦夕南，庶幾請須臾之間，以究所懷。不備。

又

寬嚴之說，意慮深遠，誠非愚陋所及。乃弟意則又妄謂嚴者相之事，寬者天下之事。相自嚴則天下寬

與李見羅先生書

憲不敏，竊聞海内有見羅先生久矣。昨日從李令君、羅茂才游，受明公之書而讀之，益深向往，思爲執鞭而不可得。何意門下不遺淺薄，儼然賜問！若以憲爲可與語，欲援而納諸道者，即而今而往，得以依歸下風，與於暴濯之末，少窺萬一，皆明公之貺矣，何其幸也！竊惟明公表章聖學，揭正時趨，距詖放淫，功齊兼抑，天下不可無此人，萬世不可無此論，斯已偉矣。獨自嫌其異於陽明先生也，而曰：「求諸心而得，雖其言之非出於孔子者，亦不敢以爲非也；求諸心而不得，雖其言之出於孔子者，亦不敢以爲是也。」此陽明先生語也。若曰：「如是則何嫌之有？」其亦可也。雖然，脩身爲本，非明公之言也，孔、曾之言也，異不異尚何計焉？乃陽明此兩言者，憲猶然疑之，未能了也。私以爲陽明得力處在此，而其未盡處亦在此矣。請略陳之而門下裁焉。

今夫人之一心，渾然天理，其是，天下之真是也，其非，天下之真非也。然而能全之者幾何？惟聖人而已矣。自此以下，或偏焉，或駁焉，遂乃各是其是，各非其非，欲一一而得其真，吾見其難也。老之無、佛之虛，楊、墨之仁、義，彼非不求諸心也，其渾然者未能盡與聖人合，是以謬也。故陽明此兩言者，其爲聖人設乎？則聖人之心，雖千百載而上下冥合符契，可以考不謬，俟不惑，恐無有求之而不得者。其爲學者設乎？則學者之去聖人遠矣，其求之或得或不得，宜也。於此正應沉潛玩味，虛衷以俟，更爲質諸先覺，考諸

古訓，退而益加培養，洗心宥密，俾其渾然者果無愧於聖人，如是而猶不得，然後徐斷其是非未晚也。苟不能然，而徒以陽明此兩言橫於胸中，得則是，不得則非，雖其言之出於孔子與否亦無問焉，其勢必至自專自用，憑恃聰明，輕侮先聖，註脚六經，高談濶論，無復忌憚，不亦誤乎？自宋程、朱既没，儒者大都牽制訓詁，以耳目幫襯，以口舌支吾，矻矻窮年，無益於得，弊也久矣。陽明爲提出一「心」字，可謂對病之藥。然心是活物，最難把捉。若不察其偏全純駁何如，而一切聽之，其失滋甚。即如陽明穎悟絶人，本領最高，及其論學，率多杜撰。若「明」、「親」、「格」、「致」、「博」、「約」諸義，雖非本色，尚自半合半離，可以推之而通。甚而謂性無善無惡，謂朱子等於楊、墨，以學術殺天下後世，是何識見？只緣自信太過，主張太勇，忘其渾然者之尚異於聖人，而惟據在我之得不得爲是非的然之公案，是故理不必天地之所有，而言不必聖人之所敢，縱橫上下無之而不可也。

陽明嘗曰：「心即理也。」憲何敢非之，然而言何容易？孔子七十從心不踰矩，始可以言心即理。顔子其心三月不違仁，始可以言心即理，三月以後，尚不知何如也。以前，尚不知何如也。漫曰心即理也，吾問其心之得不得而已，此乃無星之秤，無寸之尺，其於輕重長短，幾何不顛倒而失措哉？然則陽明此兩言者，却又是發病之藥。故曰陽明得力處亦在此，而其未盡處亦在此也。《書》曰：「人心惟危，道心惟微，惟精惟一，允執厥中。」《語》曰：「吾嘗終日不食，終夜不寢以思，無益，不如學也。」又曰：「學而不思則罔，思而不學則殆。」詳味數言，而陽明之得失亦略可覩矣，不識門下以爲然否？

憲少不知學，始嘗汨没章句，一旦得讀陽明之書，踴躍稱快，幾忘寢食。既而漸有惑志，反覆參驗，終以

復鄒孚如孝廉

兄已得舉子業第一諦，何復下詢？弟實未有知也。敢舉其聞之師者求正。弟始從邑中少弦張師游，師教之以博，曰：「『讀書破萬卷，下筆如有神』此事不可拘拘只在佔𠌫中求。」已從原洛張師游，師曰：「此事只在一處，不可向外浪走。」蓋又教之以約。弟舉少弦師語，師笑而不答。弟退而思之，未有湊合處。一日再舉少弦師語，諷咏數過，忽有省，曰：「是矣！是矣！妙在一『破』字。」夫何故讀書至萬卷？直是不捨一字，謂之「破」則又不取一字矣。不捨不取一字之謂博，不取一字之謂約。不捨不取之間，有妙存焉，非言解所及也。因謁東里雲浦陳先生而質之，先生首肯。先生才甚豪，意不可一世。少嘗以時義贄於方山薛夫子，薛夫子大驚曰：「非王震澤莫能辦此。」流聞坊間，遂梓入王震澤稿中。至今家傳户習，以為真出自震澤手，莫知其自，若《有朋自遠方來》、《上者為巢下者為營窟》等篇是也。先生復從容言：「子曾見王崑崙山人詩乎？當為子坐進一格。」因出其《題淮陰侯廟歌》，及《擬杜七歌》視弟。弟所聞如是，敬為兄誦之。高明謂何？所拮据擬議，一時蕩盡，了無影響。歸而再質之原洛師，師亦首肯。弟受而讀之，頓覺胸中廓然，累年歌錄覽。弟至今嚴事山人，在師友之間云。

與孫栢潭殿元❶

弟向來築室枯里中，日出而起，日中而食，日入而寢。其意以詩書爲仇，文字爲贅。門以外黑白事，寂置不問。客有持《殿元錄》報我者，不覺舌端生鋒，談之無休時也。

吾錫天下稱鉅，精采神耀黯焉未光者凡幾百年。一旦足下持黃卷，貢之丹扆，玉立雲霞之上，間巷間樵嬰牧稺，榛叟桑嫗，聞足下嘖嘖而賞，異之若以爲足下四目兩鼻。彼夫長軀偉骨之士，視功名如拾唾者，亦頓足斂手，不復得以區區傲足下。九龍之巔，梁溪之溜，真可驕太行而輕溟渤矣。弟何無怏也！抑弟聞之，知已難也。魯孔氏、鄒孟氏，自離襁褓，能開口說一二三四五，便有天下心。及其長也，東馳西驅，南奔北走，千幾十君王侯，齒朽髮落，曾無憐而收之者，不得已姑自解曰「天未欲喪斯文也」「如欲平治天下，舍我其誰」。嗟嗟！接淅之缶，宿畫之茵，其後竟如之何也？今聖天子當陽，洗心濯意，冀獵海內豪俊，首起足下而坐之重席之左，有英雄之才而又有英雄之遇。一入孔孟之耳，當揚聲大呼曰：「吾不如孫郎矣！」願足下益讀孔孟書，砥操礪行，俾文章德業合而爲一，亦可以明男子之得志也。足下官華魏赫，椌籟之聲填戶，❷而不能容，稍稍狼籍衢路，脫弟復厠片言於其間，殊不足以重足下，故三千里呼足下而規之，足下得無

❶「元」下，文淵閣本有「書」字。
❷「椌」，文淵閣本作「槿」。

曰「顧生故迂戇，今又妄發」耶？

古之居者、行者，各相贈處。弟之所爲足下處者，則若此矣。其何以贈我，使得宴息於青泉白石也？燕吳相阻，對面無期。倘彼此不負，又何患焉？若乃漫爲好語，道寒暄而止諒，足下所厭聞也。不及。

涇皋藏稿第三卷

無錫顧憲成著

上婁江王相國

恭聞新命，不勝踴躍，此宗社生靈之福也。追惟不肖於戊寅之歲，聞先生之不難以寧親諷張江陵也，誠中心欽之仰之，以爲古大臣之風規如此也。於癸巳之歲，見先生之不難以引咎悟皇上也，誠中心訝之惜之，以爲古大臣之肝膽如此也。已而先生有所不滿於志，四顧躊躇，輒致其政而歸，則又中心欽之服之，以爲古大臣之肝膽如此也。已而先生耕閒釣寂，浹一紀而餘矣，天下之故，國家之表裏，當益籌之熟矣。向之所見以爲是，究竟是乎否也？向之所見以爲非，究竟非乎否也？又益閱之精矣。雄心銳氣，日銷月鎔，翼翼乎，休休乎，斷斷乎，穆穆乎，浩浩乎，中和之體備矣。是故根深者未必茂，源遠者流必光。雲龍風虎，萬物快覩，將令天下後世咸知吾君吾相之能相與大有爲也，豈不卓哉！於是中心欣之願之，庶幾不日而身親覩之，以爲古大臣之作用如此也。先生其何讓焉？

盼望行色，心旌搖搖，旋感一兆亟圖，躬詣請正，屬遘家難，逡巡不果，敢次第具列以聞。倘蒙垂察，裁其可否，則又幸矣。抑昔朱子之告孝宗，有曰：「臣之得事陛下，于今二十有七年。而於其間得見陛下，數

三〇

不過三。自頃以來，歲月逾邁，如川之流，一往不復。不惟臣之蒼顏白髮，已迫遲暮，而竊仰天顏，亦覺非昔時矣。」每覽斯言，當年一腔苦心，千載如見，令人遙對彷徨，歔欷嘆息，不能自禁。今先生之相皇上後凡幾何年？得見皇上凡幾何時？

憲自甲午別先生於春明門外，於時先生角巾布袍，擁傳而南，翩翩若登仙然，不知年來神采視昔孰勝？茲入而觀皇上，伏覩天顏，不知視甲午之前又何如也？殆亦不能無朱子之感也已。因特爲先生誦之而復贅之曰：「時乎！時乎！往者不可追，來者不可再。時乎！時乎！」惟先生三思，惟先生珍重，惟先生加飯！

寱　言

七月一日之晡，方隱几而卧，有東里塾叟過訪，予起迎之。坐定，問曰：「聞婁江王相國有新命，信乎？」予曰：「信。」曰：「君謂應出否？」予曰：「是有説焉。出而大展平生，旋乾轉坤，慰滿四海喁喁之望，上局也；出而循守故常，如入寶山，空手而回，下局也；堅卧不出，無咎無譽，中局也。衆揣相國意，大半且就中局耳。」叟曰：「相國而庸人也則已，相國而大豪傑也，殆不其然，且老人固有願於相國也。」予曰：「何？」叟曰：「老人日爲童子課句讀耳，何知朝廷事？獨好從縉紳先生借觀邸報。竊窺當今執政，後先相承，總一心訣：順之則安，即天下交口而譁之，偃然無恙也；逆之則危，即天下引領而屬之，莫能久於其位也。是故趙蘭溪至於叢群垢以死而後已，猶得厚蒙恩恤，如在位有大勳勞然者。沈四明至於十分狼狽而後

去，猶得特蒙溫諭，如眷眷不能一日離左右然者。乃王山陰晨請罷而夕報可矣，沈歸德夕請罷而晨報可矣。果直道難容，枉道易合，自古而然耶？抑一時氣運爾爾耶？不然，或有密操其線索者耶？吾願相國出而爲之一轉移於其間也。」余默然。

叟曰：「猶未也。惟吏部亦然。久莫如海豐，順也；促莫如平湖、餘姚，逆也。說者謂宰相以知人用人爲職。故吏部與閣臣斟酌天下賢不肖，以俟朝廷處分，其體勢固難遽避，亦難異同。而近世閣臣懼威福之名，不復問吏部，吏部懼權貴之名，不復問閣臣；遂至互相冰炭，而朝亦不復信部閣矣。似也，請得而質之。吏部不問內閣，正矣；內閣不問吏部，公矣。何以致相冰炭？揆厥所由，將內閣欲進賢退不肖，而吏部尼之耶？抑吏部欲進賢退不肖，而內閣尼之耶？而朝之不復信部閣也。將吏部碍內閣，從而媒孽內閣致之耶？抑內閣碍吏部，從而媒孽吏部致之耶？夫如是，得無吏部之不問是真，內閣之不問是假耶？此不可不詳察也。更請得而推本言之。吏部與內閣，信應共相斟酌，難爲異同矣。要之，亦須爲吏部者有不問閣臣之心，而後其斟酌也始出于正，不出於阿奉權貴；爲閣臣者有不問吏部之心，而後其斟酌也始出於公，不出於播弄威福。此所以一德一心，渾無異同之跡也。否則分宜、江陵，殷鑒不遠，尚不如不問之爲愈耳。況至今日，平湖、餘姚一綫之脉，依希欲絕。曾何冰炭之慮而慮內閣權輕吏部權重耶？委如所慮，何不見吏部之逐內閣，而但見內閣之逐吏部耶？吾願相國出而爲之一表正於其間也。」余又默然。

叟曰：「猶未也。近者竊又有以窺執政之微指矣。若曰吳、趙、鄒、沈等之君子太勁而苦，胡、王、陳、曾等之小人太靡而穢，用之不雅，莫若擇謹厚一路人而用之。此一路人既不喜爲危言危行，輕作

寱言

風波以梗我，亦不恣爲蕩言蕩行，重潰隄防以濺我。此不可疵其爲小人。人皆曰君子宜親，此不可疵其非君子。人皆曰小人宜遠，此不可疵其爲小人。執兩端而用中，其庶幾矣，足以息阿比之端，絕喧囂之竇，平偏黨之論，杜好事之口，而天下且帖然馴服，無所施其紛紛矣。曾不思此一路人據其跡則然，徐而按其實，正孔子所謂『德之賊』，孟子所謂『非之無舉，刺之無刺，同乎流俗，合乎汙世，居之似忠信，行之似廉潔，衆皆悅之，自以爲是而不可與入堯舜之道』者也。三代而下，高官大祿，大率此一路人居多，即遇之猶恐不能絕，而況樹之幟而導之趨？將見上好之下必甚之，一倡之衆必和之，人人以模稜爲工，事事以調停爲便，遇賢否不欲兩下分明別白，混而納之於平等，而曰『吾能剖破藩籬』。遇是非不肯一下直截擔當，漫而付之於含糊，而曰『吾能脫落意見』。久之，正氣日消，清議日微，士習日巧，宦機日猾。卒乃知有身不知有國家，知有私交不知有君父，本欲懲東京之矯激，而反弄成西京之頑鈍，其釀禍流毒，殆有不可勝言者矣。而獨若輩外不失名，內不失利，安富尊榮，優游坐享，漠然不介於理亂安危之故，如張禹、胡廣，比比而是，豈不恨哉！吾願相國出而爲之一挽回於其間也。」於是予復隱几而臥。客不悅曰：「老人失言矣。」遂拂衣去。

叟既去，予繹其三言，殊不草草。出步中庭，徘徊往來，展轉至數百次不能已已。迨夕就寢，猶耿耿方寸間，良久始成寱。忽夢相國過錫，予遇之於芙蓉湖上。相國一見，遽曰：「君必有以助我。」予曰：「憲何知？只是當今有一大冤，須先生昭雪耳。」相國愕然問曰：「冤何在？」予曰：「在皇上。」相國益駭異。予

曰：「先生勿詫也，請以憲所親歷對。當憲之待罪考功也，適鄒南皋具疏謝病歸，左堂見麓蔡公時掌部篆，謂予曰：『此疏宜如何覆？』予曰：『惟老先生主張。』蔡公曰：『昨晤王相國，言皇上遣一中貴，持鄒疏至閣，着放他去。』予曰：『此却更宜斟酌。試思皇上此念從何而來？是耶，宜將而順之；非耶，宜匡而救之。若不問所以，皇上曰如是，相國遂亦曰如是，部中遂亦曰如是。相國且謂可以，惟其言而莫之違也，非所以光君德也。惟老先生再加斟酌。』相國曰：『姑徐之。』數日見蔡公，又問，予對如前。又數日，蔡公召不肖謂曰：『近思之，南皋委宜擬留，君所執良是。』予遂如諭題覆皇上，竟報可，不責也。及予待罪文選，請於堂翁心谷陳公，擬升江念所光禄寺少卿。念所故受知於皇上，中因山陵事罷歸數年矣。疏上，皇上御筆親書『江東之升光禄寺少卿』九字。吏垣許少微見而異之，特攜示予曰：『故事惟大九卿親書，此特筆也。』自是稍遷至大理，出填雲南，已而爲言官所摘，復聽歸。由前而觀，皇上胸中固自有念所也。由後而觀，皇上胸中又未嘗有念所也。推類具言之，不可勝數，蓋皇上之無成心如此。今大僚不補，歸之皇上；科道不選，歸之皇上；廢遺不起，歸之皇上。豈非一大冤耶？且間閻匹夫匹婦之冤，則有司爲之昭雪，有司不能則監司爲之昭雪，監司不能則兩臺爲之昭雪。其控愬之途甚寬，而其主持之人亦所不能則有擊登聞鼓，轉而聞諸皇上者矣，於是皇上下公卿爲之昭雪。乃皇上之冤，獨有内閣能爲之昭雪耳，願先生留神焉。」

相國曰：「善則稱君，過則稱己，古之道也。公言甚當。」予曰：「先生所言，猶體面語也。憲所言，則腹心語也。竊嘗計之，事英明之主，寧不易於開導？然或挾才自用，喜怒不測，則調停難，以其不足於寬大在不乏，無憂覆盆也。

與王辰玉

昨聞尊府君先生新命，識者莫不以爲太平之理可計日而待，轉相告語，爲皇上賀也。僕更默默爲先生賀。爲皇上賀，賀皇上之有先生也；爲先生賀，賀先生之有足下也。君臣知己，父子知己，天啓其逢，一朝合并，上下千古，寥寥有幾？足下即欲不厚自勉，安可得哉！却聞足下每語客曰「不意病頓中又加此一服毒藥」何也？不肖始而訝，中而疑，卒乃豁然而悟，曰：「是矣！是矣！」今夫履高據顯，天下之至樂也，遺大投艱，天下之至可憂也。庸衆所覩在彼則甘之，明哲所覩在此則苦之。甘之，苦在其中矣；苦之，甘在其中矣。有味乎毒之爲言也！

昔伊尹一盡瘁於鳴條，再盡瘁於桐宮，晚而告歸，爲太甲陳一德之訓，肫肫懇懇，猶若不能釋厥衷者。

周公思兼三王,一沐三握髮,一食三吐哺,終其身未嘗一日逸焉,用能造商救周,流光至今,此豈偶然而已哉!故謂阿衡之任,伊尹之一服毒藥,可也;謂負扆之托,周公之一服毒藥,可也。是天之所以成二聖也,足下其知之矣。進而與先生共嘗之,真父子知己矣;先生知之,進而與皇上共嘗之,真君臣知己矣。夫如是,太平之理真可計日而待矣。然則先生之一服毒藥,即先生之九轉靈丹也,是天之所以成先生也。故曰:「危者,安其位者也;亡者,保其存者也;亂者,有其治者也。」又曰:「若藥不瞑眩,厥疾不瘳。」僕不揣,謬有一言之獻,業已呈諸先生,并望足下假燕閒一寓目焉。不審亦可備藥籠中物否!語不云乎,「天下事非一家私議」,此僕之所以自忘其僭也。❶ 又不云乎,「天下之寶,當爲天下惜之」,此僕之所以自忘其愚也。臨緘不勝惓惓。

附　錄

王相國復書

適正聞有賢次兄之變,以爲吾丈哀荒中必無暇遠存故人。乃今兩箋垂誨,累千百言。讀之且駭且服,以爲今之道學文章家,胸中曾有此刮劃,有此議論否?而惜乎未審不佞情事,浪以黃金擲虛牝,可

---

❶ 「僭」,文淵閣本作「儳」。

嘆也。主恩至此,世耳傳聲,以爲千古快事,因遂欲以歷年秕政、久鬱人情,盡舉九鼎重擔而歸之謬悠。此爲天下謀,爲不肖謀,則誠忠誠厚已。然抑有説。使不肖果已扶服裝行,責成未晚。今一門疾痛,滿座巫醫;其身之死生未卜,焉卜出處?又焉卜理亂?教中上中下三局,今不得已請就其中無咎無譽者。不佞愚人也,誠不知閣部以何時異同,分宜、江陵亦何曾見有異同之跡。且如蔡太宰以鄒南皋見廢,駕言不佞,此異同在閣乎?在部乎?又如平湖公向嘗乞哀瑤老與不佞之前,柔若無骨,而一旦推轂柄事,高自標榜以盡飾前醜。瑤老初不覺而累揭薦之。不佞嘗私語山陰公曰:「異時首叛大防者,必楊畏也。」已山陰公果與爭事不合,兩罷。

此往事總不必言,以足下之愛我而教我也,聊爲效其款款如此。至於教尾皇上大冤一段,則不佞方與病兒言此,何其先得同然!然鄙意特疑内臣弄權,歸冤主上,而尊意却專指閣中撓部權,使不佞果能出也,則舉止言動,誰非竊鈇,而可一一自明耶?以此斷從中局之爲是,而吾丈當亦可以諒我矣。丈縷言鄒南皋,疑必有人中之。夫中人而及南皋,非但不佞不承,即教中最鄙薄趙、沈諸公,亦未必敢承也。嘗記銓郎得忤時,如鄒,如足下,不佞未嘗不力爭。至於得請,瀕行之日,留有密揭以示小兒,戒之勿洩,而外人至今未之聞也。今吾丈既顯爲皇上訟冤,則不佞當亦陰爲皇上引咎。身雖永廢,持此求信於知己者,而其他非所妄對已。

賢次兄高風介節,何年之不永?頗亦聞劉兵部諱元珍者,清譽略同,今無恙乎?病體方苦嘔泄,困劣占此報謝,不莊,幸亮之。

王辰玉復書

馳企日積，自顧塵土面目，不堪厠弦歌之堂，踟躕而止。比疾病纏歷，疑于大賢聲咳絕矣，不圖教命遠辱。命童子倚案讀之，爲之慨然。居平謂「忠恕」二字難體貼，斯何時也，翁乃以伊、周相業爲家君勸駕，即此似亦體貼未盡處。使出而如姚崇，十事應答如響，則爲姚崇亦足矣。如其不然，求復其十四年前伴食面孔尚不可得，何論伊、周耶？精神力量，長短自知。其次則知父者莫若子。衡一身之外，惟知爲老親營菟裘、課魚鳥而已，此外非所敢聞命矣。當今時事雖大詘，然較量亦有勝前代者。惟學術濫放，不可復理。初猶不肖者自占便宜耳。今遂欲掀翻孔、曾棋局，以妖髡代之，此何可長？言伊言周，總是畫餅。於此下一砥柱，乃是真勳業。要其道，亦惟大聰明人守村學究蒙說，如是而已。蓋道本無不明，談道者自晦之。開門戶則自不免多生徒，多生徒則自不免立異說。即南宋大儒，吾未敢以爲不落窠臼也。先生爲斯文宗主，幸少加意。病劇占復，語不及多，惟亮之。

又

東林二刻，曾索之瑯琊兄而不得也。承賜教，豈勝欣躍！令弟先生大諱，朝野共惜。我翁人琴之感，其且奈何！不能走唁，輒此附訊。作書甫竟而家君以長箋見示，愈感相愛相成之雅。但微旨中多未明，如鄒南老一事，家君大笑，以爲絕無影響，或中有駕之說者。他事非不敏所知。要以二三遺佚，

自書柬末 ❶

顧憲成曰：愚得相國書，展誦再過，竟自茫然。追憶王山陰以諍立儲去，陸平湖以被讒去，兩不相蒙。今曰「爭事不合兩罷」，以是為部逐閣之證，不可曉也。平湖之乞憐於相國，誠不知其作何狀。至其秉銓，鑿鑿乎舉久抑之君子而登進之，舉久昵之小人而擯斥之，略無顧忌，一時人心翕然風動，至今語及之，猶有生氣，恐亦不得而過訕之者。今以其推轂由我而不惟我之頤指氣使，遂科之曰叛，然則必吳嘉禾、王陽城乃為忠順耶？如是而猶曰「不知閣部以何時異同」，然則平湖何名為叛耶？不可曉也。且閣銓之間，兩下皆公，則兩下以公相成，固無異同之跡；兩下皆私，則兩下以私相成，亦無異同之跡。要其所以然，則天淵矣。今不問其所以然，而概之曰「分宜、江陵亦何曾有異同之跡」，是不等秦符之獨斷於晉武，概二世之專任於齊桓耶？不可曉也。若鄒南皋請告一節，見麓蔡公且命予面商諸相國。及聞公擬留之諭，乃已。今謂蔡公駕言，意相國偶忘之耶？又謂「中人而及南皋，即趙、沈兩公

❶ 「自書柬末」四字，原無，據是書卷前目錄補。

不承」。趙不敢過求,至四明公曾不難加歸德以滅族之罪,又何有於南皋,而欲以身保之耶?不可曉也。反覆躊躇,不得其說。又不可再瀆,姑記所疑而存諸篋中。

涇皋藏稿第四卷

無錫顧憲成著

與李養愚中丞

天惠東南，獲徼臨照。伏見下車以來，剛柔並運，瞻聽一新。其於品藻人倫，激揚吏治，既已覽昭曠而越拘攣矣，不肖何能贊一辭！謬不自量，欲有所請，不識臺下且許乎否也？竊惟仕途，獨甲科於格最高，乙科次之，貢生又次之，其下貤生，最下吏員。總而言之，皆不若貢生為難。何者？其出身不如甲乙二科，其多藉不若貤生，其巧慧而習事不若吏員也。竊見本府趙別駕，貢生也。故名家子而軌，即德鈞才敵，亦應人一己百，人十己千，始堪牽比耳，故曰難也。其審役一節，參伍斟酌，折衷秉概清嚴，蒞事明決，左右懾息，莫能假其一噸一笑。嘗攝敝邑篆，邑人安之。又竊見敝邑王二尹，貢生也。實自允當。後來閔節推再四研覆，卒無以易，而始喟然嗟嘆，服其公且明也。令尹量移，而孜孜奉公，絕不作遷官態。至其三尺無撓，一塵無染，婦人女子皆信之。以致四封之內，諸無賴惡少，斂手以避，相戒勿犯。殆非聲音笑貌之為而已。方今明公正身率物，郡邑之間相顧競勸，一時號為多賢。僕所欲為臺下誦正自不少，而獨於兩君倍有惓惓，誠感兩君所處，獨當其難，不可以他例也。倘蒙加

察,果鄙言不繆,特假餘靈,破格與進,俾激於殊遇,益思奮勵,勉圖報塞,惠此元元,其造福地方,豈淺淺哉!臨緘曷勝懸望之至!

又

不肖之辱收於臺下有年矣。昨者先慈見背,重辱矜念,特賜寵奠,感刻肺腑。苦土悽其,未遑叩謝。及台旌過幸九龍,不肖僅從諸縉紳之末,一望清光,亦無由少伸款款。缺然之懷,如何云喻!茲有一言之獻,徘徊累旬,仰惟臺下深心廣度,方軌古昔,不可以凡情測也,敢遂陳之。蘇郡石太守雅稱潔己愛民。當臺下秉憲時,業嘗知其賢而進之矣,公也。屬以錢糧那移事,恐將爲弊藪,不得已而疏論焉,亦公也。不肖夫復何言!雖然,石守之疏略可罪,而其能爲德于蘇可錄。兩者固自不相掩也。今者直指陳公祖方行查勘,輕重之權實在臺下。倘蒙曲示寬假,速賜結局。始焉不以其可錄而原其可罪,所以伸國家之法;既焉不以其可罪而沒其可錄,所以慰間閻之情。此老公祖始終曲成無涯之至德,一時順應無迹之妙用,兩者亦自不相悖也。《語》曰:「惟仁人能好人,能惡人。」好而知其惡,是謂能好;惡而知其美,是謂能惡。臺下,仁人也。故不揆其愚而有布焉。願垂神察之!臨緘皇悚。

又

頃間正以石守事顓緘請教,非敢冒瀆,實惟淺劣,過叨超格之愛,苟有一念,不敢欺隱。適接大教,則門

與鄒孚如銓部

諸景陽丈行曾附致尺一爲候，忽忽又歲寒矣。聖明御極，政柄屢更，否泰剝復之機，其將在此。足下適當用事之位，登賢黜邪，益得沛然愉快于志意，可謂千載一時也。弟更何以效其愚？無已，則有三焉。

一則願足下求賢以自廣。可事者折節而事之，可友者推心而友之。時時就而謀焉，相與切磋天下之人材，以辨其用。同事諸僚，相勉以一體之誼，俾各竭所知。允則採而行之，否則渾而含之。精神血脉流貫爲一，無復毫髮猜貳于其間。嘗思祖宗設官，獨于吏部案省而定其人，正虞庭四門四聰四目之指，❶不可不察也。一則願足下沉幾獨運，❷操其不測于規矩準繩之外。其人果賢歟，即臺諫撫按或以爲當黜，而吾不可；

其人果不肖，而不肖之所爲披露于左右者，臺下定不以爲大謬也。幸甚！幸甚！臺下之于石守，知之原不爲不深，而不肖之所爲披露于左右者，臺下定不以爲大謬也。幸甚！幸甚！臺下素心卓節，海内信之，刻于不肖！流俗靡靡，妄相猜度，曾何足云，而以塵下問！蓋臺下之不自滿也如此。此聖賢之用心也，不勝佩服！獨計門下疏論石守錢糧之事，若出于侵罔，則其罪莫贖，若出于那移，則其情可原。兩者之分，毫厘千里。誠以石守此一端質諸其生平之所爲，特賜寬假，則臺下之于善善也長，于惡惡也短。其所培養成就，尤不小矣。恃愛不厭瑣瑣，伏惟原亮！

❶「聰」，底本漫漶，補作「總」，據文淵閣本、光緒本改。
❷「運」，底本漫漶，補作「遇」，據文淵閣本、光緒本改。

其人果不賢歟，即臺諫撫按或以爲當陟，而吾不可。即如近日李中丞之刺石蘇州，孰曲孰直，衆口昭然。昨弟貽書中丞言之，中丞亦欣然不以爲忤，正宜成中丞之美。畢竟束縛格套，不免議調。此非三代直道而行之心也。向令撤去此障，一切裁以至公，尊貴無狥，卑賤無抑，其於世道人心，夫豈小補！若内欲存臺諫之體，外欲存撫按之體，反將銓衡之體作第二義看，又何用吏部爲也？一則願足下革除宰相朝房請教陋規。此規嚴分宜時始有，至張江陵彌甚。蓋分宜當國，有所指授，尚令其子邀選君於家，客而觴之，既歡洽而後列牘授之，某願選某缺，某願陞某缺。至江陵，直役之矣。彼不肖者無足論，賢者亦習以爲固然，隨波逐流，沿而不返。其究至於有所進也，但進得相門之君子，而四海九州所共瞻仰之君子反不能進；有所退也，但退得相門之小人，而四海九州所指斥之小人反不能退。堂堂天曹，翻作内閣牛馬走，而猶號於人曰：「吾欲同心以相濟也。」夫誰欺？欺天乎！

弟之所請於足下者以此。足下其謂之何？自惟足下深衷傑抱，弟何能望萬一？即殫其固陋，寧裨足下萬一？第吾二人生平之交，相期于德義，不相期于事功。事功可雜採而就，德義須直心而行，有真德義然後有真事功也。又念數年前，吾二人時游懋權、國徵之間，皆曰「異日吾欲」云云。不意二子夭亡，弟復狼籍田野，壯志都耗。獨幸足下得道得位得時，兼三不易以行於世，千古之責，居然一人獨肩之。凡弟所爲惓惓，亦二子之志也。足下之志伸，即弟之志伸；弟之志伸，即二子之志伸矣。努力！努力！

又

諸景陽行，曾附尺一。去冬敝邑華春元北上，復附得數行，托景陽轉致。中薄有所効，不知足下以爲何如？弟庸劣無似，頃者誠不意有泉郡之命，又不意哀然冠旌籍之首，以忝大典。當是足下欲玉于成，使其縱欲自暴自棄而不得然。而弟則何以稱塞也！徒有愧悚而已。足下誠不我捐，且不忍傷知人之明，願更進而提策之。至懇！至懇！

近見邸報，益覺時事紛紜，不勝太息。惟是直道昭明，亦未有如今日者。此中消息，似易而難，似難而易。足下適當在事，殆天之所以試足下也，足下何以圖之？膽欲大，心欲小，行欲方，智欲圓：此四言最盡。所當君子，破格而進之，所當小人，破格而退之，大也；好問好察，小也；悅之不以道不悅，方也；高下洪纖，不拘一轍，圓也。足下辦此矣，在加之意而已。

近歲燕中所相與切磋佳士爲誰？乞以見示。此是足下今日第一義也。努力！努力！

復楊中台計部

承問吳、趙是非，僕何能知之？竊以爲須就此兩人心事，與皇天后土參對一番，方可下語。若但在形跡上校勘，恐未免落第二義也。高明以爲何如？伏惟裁教，幸甚！

復陳侍御南濱

承教皆確論也，敢不佩服！省中遷轉，信乎太驟。前時亦曾與一二同志商之，緣都給事中係是正官，似難虛懸。歷查內外大小衙門，並無懸正官不補之事。獨左右不妨稍緩，又似無甚關涉也，如主事之員外郎，員外郎之郎中耳。北中或三四年而不轉，❶南中或一二月而即轉。總之，齊於俸而止，無淹速之嫌也。南人歸南，北人歸北，不易至理。到得勢之所窮，有不容不稍變通處，似難固執。此特十之一二，亦只就近推移而已。窮而又窮，如雲貴、兩廣，則以優缺處之，借以慰悅其心而展布其氣，亦無可奈何耳。

即如近日教官一節，就教官論，南人應陞者多，北人應陞者少。如教官為准，因其陞而定其取之人與其取之數，則貢生有年深而不取，年淺而反得取者矣，恐無以服貢生之心。如以貢生為准，因其取而定其陞之人與其陞之數，則教官有俸深而不陞，有俸淺而反得陞者矣，恐無以服教官之心。若教官只論教官之俸，貢生只論貢生之年，一陞一取，南北之間，自有參差，不能一切符合。只得就中調停，經其八九而權其一二。要之亦不至十之一二，僅百之一二而已，其大體固自南者南，北者北耳，可按而覆也。若北之應陞者若而人，北之應取者恰若而人；南之應陞者若而人，南之應取者恰若而人，并此一二而無之，豈不大善！天道人事似不能如此之巧也。

❶「北」，原作「此」，據文淵閣本改。

近日兩司遷轉，大略亦多在本省。惟按察使有不能太拘名者，亦無幾耳。遇有帶銜按察使，便用填補，則益少矣。此外則邊道、學道而已。初意欲將此事商確一至當之說，具疏題請著爲令。籌來籌去，並未免有一二碍處。到得碍處，便是廢法之端。不若就方寸間，默默調停，到碍處亦可活處。日接月續，後先同心，三年之外，遠省者可漸漸移至近省，近省者可俱就本省轉動。蓋法方而意員，法有窮而意無窮。此非面丈不能悉至。其間畢竟有調停不來處，亦非丈不能發其蒙而開其蔽也。感丈厚念，先此布復，尚祈叩謝，并請終教。

柬澍墅榷關使者

竊惟國家之設關政，將假商稅以佐農賦，其意甚遠，於法自不得不嚴。於法既嚴，即漏稅之禁，自不得不重。此理也，亦勢也，夫誰得而干諸？惟是頃者陳明等一呈其中原委曲折，有更僕未易數者，請陳其概，伏惟門下少垂鑒焉。

當歲癸卯、甲辰間，稅棍俞愚、金陽等，所在恣行，民不堪命。敝里有牙行趙煥者，慨然發憤，具呈前撫院曹嗣老公祖，盡暴其奸。俞愚一班痛恨入骨，適遇煥於江陰之長涇，縲綁之而去，殺而沉其屍於河。則是趙煥爲地方而受禍也。當有夏川等具呈於敝府，歐陽宜諸公祖以爲地方大變，因具揭聞諸兩院、兩道，且屬敝邑林父母刻期檢解。乃俞愚等並係隔郡人，百計延捱。煥子希賢、妻金氏告道告院，矢不共天，卒無奈之何。愚復搆夥顧堂，顛呈撓稅，巧圖抵遏。比今周懷老公祖廉知其狀，督責甚切。而首惡俞愚且逃矣，迄今

尚未得結局，致累希賢、金氏飲恨茹悲，伶仃萬狀，傾家蕩產，渺無子遺，而煥也剖骸析骨，沉淪九泉之下。行道聞之，盡爲酸楚。適夏川等再呈撫院，行縣樹碑，各閒僻去處，永永遵守。一時縉紳及諸父老咸喜而助成其事，亦因以慰亡煥之魂。俄聞有惡其害已而毀之者，希賢、金氏奔往視之，陡遇金陽、吳淵等於王莊，即前之共謀殺煥者。在此既積恨不平，在彼復恃強不下。兩相争鬨，驚動地方。於是淵、陽仍祖顧堂故事，搆出陳明捏呈漏稅爲先發制人之計。誠就其言而核之，尚不知孰爲玉石，孰爲叚廂，青天白日之下，造出諸般鬼話，不可踪跡，不可影響矣。而且波及王溪等，甚而鬼名鬼姓，而況曰邀搶，曰拒捕哉！則是地方又爲趙煥而受禍也。嗟嗟！死者方銜未雪之冤，生者更遭無窮之累。趙煥已矣，又欲并其子若妻而斃之；其子若妻已矣，又欲并一方而羅織之，豈不痛哉！此不肖之所以不能不代爲一鳴於仁人君子之前者也。

至於漏稅一事，亦尚有當請裁者。始趙煥未死，敝里人至城市貨而歸，至中途興塘等處，各稅棍必指爲漏稅，詐而取之，往往只剩得一空手。及煥被殺，當路聞之，莫不驚愕，共相告語，共相檢飭，乃始漸漸斂跡耳。竊計敝里之去城則四十里也，去滸墅則百里也。貿遷在四十里之近，輸稅在百里之遠，無乃非人情乎？而況轉水河頭，恰當城郭之間，業有柵爲之限乎？又況所市者類皆小民日用飲食之需，不必展轉行販謀子母也。長此不已，只出里門，便應有稅矣。只一疏一腐，皆應有稅矣。民何所措手足乎？今碑禁所列陳市、王莊等數處，視興塘等處之於滸墅，遠更倍之，其中往來，大半民户耳。間有一二經紀，多不過數金，上下所歷，遠不過數里，内外必責之越百里而輸稅焉。然則興塘等處，亦將復脩癸卯、甲辰故事乎？由是推之，凡爲漏稅之説者，公乎？私乎？抑亦假公行私乎？竊恐官受其名，彼享其實；民受其害，彼叨

其利。碑禁之設，正爲此輩。而猶相欺相詿，略無忌憚乎？且夫善用法者不盡法。當今新例加嚴，法網加密，據呈東西南北，四圍重重盤詰，在在關防，必無漏矣。縱或有之，亦千萬之十一耳。行不得已之事，存不得已之心，若爲不知也者而置焉，不亦可乎？此又不肖之所以不能不代爲再鳴於仁人君子之前者也。不肖抱痾杜門，何敢越俎妄談？惟是目擊心恫，桑梓一體，惻不自禁，徘徊累日，竟忘其僣，冒昧披瀝。所呈倘蒙門下不見爲大繆，特賜詢察，嘉與主持，將金陽、吳淵及陳明等面加曉諭，警其既往而遏其將來。姑寢不問，嗣後有以漏稅告者，必係奸人，願斥而去之。出諸身則爲德政，徵諸民則爲德碑。在今日則惠澤覃敷，人人歌詠；在異日則模範具存，人人誦法。造福無窮，而流芳亦無窮矣。不肖幸甚！地方幸甚！臨緘曷勝懇迫之至！

與吳郡博書

抱病下里，未獲請御，良切耿耿。適吳直路到舍，謂小兒與沐以德行舉。此門下如天之誼，能無銘刻！退而思之，沐孱然稚子耳，何所短長，至煩採擇？反覆尋求，不得其故。意者因向時曾齒錄於前任王鍾嵩老公祖而及之歟？此則自有說，試陳其略。

王公祖校士，盡絕請託，二百年來所僅覯。諸見遺者，群而譁於王公祖之前。于時沐兒在寓，杜門不出。王公祖偶廉得其狀，召而問之，且曰：「子屢試俱列高等，即今爲子稱屈者，正自不少，子獨默默，何也？」沐對曰：「老公祖一秉至公，沐實心服，何敢有言？」王公祖曰：「有是哉！可不謂知義安分乎！」遂

逢人稱說，且爲推轂於楊學院。其意蓋欲借以風衆，遏競息囂，一時激揚之微權也。僕聞之，業跼蹐不安矣。及溫鹽院行部猥復及之，益跼蹐不安矣。乃可按以爲常乎？況沐也齒尚少，門下誠欲玉之於成，正望徐而養之，使之闇然内脩，進而圖其遠者大者。若爾區區，重相表暴，至再至三，猶然不已，沐將日「名之易徵如此，人之易蓋如此」必俯然而不復求向上一步矣。非所以琢磨此兒也。又令聞且見者相率而議曰：「人也以退爲進，以屈爲伸，其巧如此，其詎便宜如此」沐亦無辭以解矣。非所以保全此兒也。

夫人情未有不愛其子者也。姑無計是非，有利焉，未有不欲爲之趨而就之者也，有害焉，未有不欲爲之趨而避之者也。而所謂利害，有虚實之辨。或似利而實害，或似害而實利。兩者之分，毫釐千里，又不可不察也。今兹之舉，驟而觀之，不耕而穫，不畜而畬，豈不厚幸！徐而揆之，一則疚心，一則賈議，一則折福。利耶害耶？亦不待智者而辨矣。是用披瀝肝膽，九叩以請，仰祈矜察，特賜罷免。此之爲愛，真倍恒情百萬，憲等宜何如感也！宜何如報也！臨縅曷勝懇切之至。

與袁邑博書

新春尚未及面候爲歉。昨施直路到舍，謂小兒與淳以德行舉，此門下如天之誼，敢不九頓以謝！惟是駭而聞之，不勝驚愕，不勝慚愧。徐而思之，有二不可，有三不便，蓋萬萬不敢當者。敬爲門下誦之。

竊惟德行一途，至重典也。當路所以搜揚幽懿，簡迪殊絕，爲世作範，於是乎在。必其涵養之純，踐履之篤，抱負之宏，人倫推服，乃堪應選。兒有是否？一不可也。又必其閱歷之深，謇諫之

久，積累之厚，年近老成，乃堪應選。兒有是否？二不可也。是兒生長田間，碌碌無聞，猶幸赤子之心未盡漓耳。一旦被之以過情之譽，倘不善體玉成至意，退而砥礪，將無闌入聲華塲中，鑿厥混沌？一不便也。邑故多賢，端脩卓詣，當自不乏。而猥及是兒，人將曰：「此而可舉，孰不可舉？」其為門下知人之累大矣。二不便也。僕最無狀，生平於「廉恥」二字亦頗識得。況知子莫如父，愛子莫如父，乃坐視其叨冒僭越，靦顏儕輩之間乎？行見有識者，且不以嗤稚子而以嗤僕矣。三不便也。

語云「君子愛人以德，不以姑息」。門下之加惠於愚父子至矣，能無銘刻！獨其迹有類於姑息，不敢不披瀝以請，仰祈矜察，特賜罷免，去其所不可而貽之可，去其所不便而貽之便。此之為德，宜何如感也！

臨緘無任迫切之至！

答友人

自孔孟既没，歷千餘年，始有周、程諸大儒，其所以開示來學，乃從上相傳一滴真血。既是親生，又是親乳，故撫摩鞠育，周慮曲防，無所不至。看到瑣碎處，愈見懇惻。只緣從一肚皮中出，自然如此。近儒直指單提，豈不徑捷！却只說得一邊話。諺所云「不哭的孩兒誰不會抱」，此之謂也。足下蓋見諸大儒於說本體處，往往引而不發，於說功夫處則津津不憚煩，近於勞苦費力，便擬為乳娘；見近儒於說功夫處，往往薄而不屑，於說本體處，則津津可喜，近於親切貼肉，便擬為親娘：似非究竟義

平心論之，近儒的念頭亦與親生親乳一般，但緣他看得自家易長易養，遂認孩兒都易長易養，不甚以乳食爲意。諸大儒却知孩兒有易長的，亦有難長的，有易養的，亦有難養的，縱一胞胎中生，尚自兩般三樣❶，不能不多方呵護耳。竊有一疑，堯舜孔孟，豈不大聖大賢，而兢兢業業到老，汲汲皇皇到老，君臣儆戒，師弟切磨，不遺餘力，將其難長難養，反不如近儒易長易養耶？抑其繩拘尺縛，尚不知有單提直指之妙訣耶？殆非也。「人心惟危，道心惟微」❷毫髮放鬆，淵墜冰陷。是故見其易者，未必果易，還是心粗，見其難者，未必果難，還是心細。足下試看，細的是本體，粗的是本體；這本體即在功夫之中，還在功夫之外，便知那箇是親娘，那箇是乳娘也。

足下又遡自有宋及於我明後先諸儒，考其因時立教之方，謂仁義禮智，互相補救。今宜實之以信，大意亦近。至自按垂髫異於童稚，有室異於垂髫，深覺信之難全，欲求返異歸同，最是切問。《孟子》曰：「人少則慕父母，知好色則慕少艾。仕則慕君，不得於君則熱中。」這便是垂髫異於童稚，有室異於垂髫的公案。所謂「人心惟危」以此，「道心惟微」以此。堯舜之不能不兢兢業業，孔孟之不能不汲汲皇皇，亦皆以此。須辨取明白，一刀斬斷，拔

────

❶「般」，原作「獻」，據文淵閣本、光緒本改。

出自家一箇身子來，然後要為善便真能為善，要不為惡便真能不為惡。仁真仁，義真義，禮真禮，智真智，恰好鑄成一箇信字也。陳白沙先生曰：「人須有鳳凰翔於千仞之意。」每誦之，輒為洒然。若識不破，跳不過，終日營營，只要陪奉這軀殼，其與糞壤之蠅蛆何異？到裏無論親娘乳娘，都救不得也。足下其歸而體之，如有可否，願以復我。

復耿庭懷明府

承示《大學讀》，喜甚。老父母卓絕之識，乃肯如此細心體究，真大勇也。竊意吾輩於此事，或靜中有得，或動中有證，隨時拈出，密自參考，未為不可。如將古人經典枝分節解，恐未免有無事生事處，非所望於門下也。二千年來，訓詁家只推得朱夫子一人，說者猶嫌其多了此子，況吾輩，可效之乎？恃愛直布其愚，不識高明以為何如。

復徐匡岳

建祿至，拜教之辱，頗以為慰。弟自分衰劣，業具疏乞休，何能副雅念萬一也！《天命》《志學》二繹，仰荷印可，甚幸！總之，何能逃於知止、知本之外？且愧尚茫然言銓，未能實有諸己，不知吾丈又何以策之耳？李先生《經說》，向嘗卒業。茲蒙再頒，一番拈動一番新，當於此默自證焉。公祠之舉，甚愜輿情，不腆附往，聊寄仰止之私而已。相望千里，把臂未期，便中彼此無忘，寄聲為願。

又

來教「誠明」之説甚當，非愚劣所及。乃聖賢於此，有專言者，有偏言者，有互言者。知及仁守，則所重在誠，行著習察，則所重在明。會而通之，各有攸當。丈以爲何？見羅先生被誣之事，業言諸伍容老，據云非敢誣也，一一得自邸報耳。但「裸體」等語，委覺不雅，當爲刪之。此老自是君子，而多主先入之説，久之或更有悟也。《輯要》之賜，如獲真珠船，俟從容卒業請益耳。建祿還，附此，百不宣一，願言自愛。

復李涵虚

向辱枉教，良慰傾企。再承頒示誨言，讀之益爲豁然。「其」字指作本來面目，不若將來作「時習之」「之」字。「斯之未能信」「斯」字更妙。「見」字似宜活看，不得着相。丈以爲何如？管東溟先生，一世人豪，蓋至今時時夢寐見之，特以凡襟急切，難於描寫，尚在徐徐耳，不敢忘也。拙記求正，幸不鄙而裁之，懇懇！率爾布謝，不盡，欲請尚圖顒候。

答周仲純

得示，具見用心之密。静坐是入門一妙訣。李延平先生教人看喜怒哀樂未發作何氣象，乃就中點出一

個活機,又靜坐一妙訣。學是學個恁麼,當於此有會,不必問孔孟有是與否,亦不必問克己與不遷不怒同乎異乎也。無已,即兄所舉「學而時習之」一章,參之世間物事,那箇是時時不離的,那箇是人人一樣的,那箇是人知之不加,人不知不損的,那箇是最可悅最可樂的,自應了了矣。兄以爲何如?便中幸不惜裁教爲望。

又

所需架頭書數種奉上。人有福方肯讀書,書有福方遇肯讀者。今人與書,可謂兩相遭矣。

簡伍容菴學憲

浙爲材藪,得年丈主其學政,甚善!所以甚善,非僅僅文藝,間懲德行,❶明示予奪,真有一段風采,令人改觀易聽,此方是第一功德。非足下孰與望之!若夫杜請託,抑奔競,此又年丈餘事,不須喋喋耳。如何?平湖陳員嶠儀部,年丈所知也,不幸夭亡,而又無子。凡在人倫,莫不傷悼。顧不知曾俎豆于賢祠否?此君渺然無年,乃其志節耿耿,自可千秋,寧以此舉爲重輕?要以表章揚勵,軌示來者,則當路之責,君子之事,在年丈尤是今日第一舉也。偶便附此于湯見弦年兄,伏惟亮裁,幸甚!

---

❶ 「懲」,文淵閣本作「徵」。

涇皋藏稿第四卷

五五

歸田以來，惟有杜門養痾。一片狂心對松菊冷冷，不復着影于胸中矣。丈念我勤渠，高誼干雲，祇增愧悚。讀手教，又知浙中督學之難。邇來士習日下，奔競成風，丈毅然障狂瀾而東之，何以副群小之望？即此便是丈生平學力，他又何論？古今惟鄉愿有譽無毀，丈自待何如？能若是乎否也？惟丈益崇令德，盡其在我而已。前沈几軒太史乃郎過此，已知丈垂情圓嶠陳丈之至。一死一生，乃見交情。門下其是乎？景逸丈令祖復蒙檄祀名宦。丈之敦賢崇化，昭示風軌，雖古人何以加！在弟且不勝嘆服，即景逸之感刻可知矣。秋風漸爽，願言珍重。

又

辱念良荷知己之誼。讀《外臺事紀》，一言一動，皆關世教。即乃真著述，何謙謙也？弟居病數年，此生已自分與藥石作伴。丈亦有何清恙乎？詢使知且脫然，信松栢之姿不同蒲柳也。方今無善無惡之說盈天下，其流毒甚酷。弟不揣，僭有推敲，正爲高明所笑，丈乃謬有取焉，竊以自信文成自是豪傑，異時尚當從丈面證。今未敢漫爾相復也。

與董思白學憲

向聞楚中督學之命，竊爲楚賀得丈。楚實材藪也，又爲丈賀得楚。計今便且浹歲，錫極提衡人倫，象指衡岳、洞庭之間，所爲瞿然顧化者，當有不減於文清之山東，文莊之江右者矣。甚願與聞焉，千萬無讓無吝。鄒太僕孚如先生，丈所知也，其操概皭如，其事業朗如，其文章炳如。計必採輿論，俎豆鄉先生之祠矣。乃其山居之日，特建尚行精舍，與多士相切磋，尤其精神所注。竊以爲宜并祀乎如於此中，非謂孚如藉此爲重，表往者乃以勵來者，俾其邑人士自今以後，世世有所觀感而興起，以不負孚如一片心，實主張世教第一事也。丈以爲何如？久欲相聞，未得良便。適從馮元敏詢有鴻鯉，輒爾投寄，懸知丈有同心，千里一堂，不俟辭之畢也。嗚望嗚望。

答 友 人

足下滿腔赤心，神明自異。衰憒如僕，殊賴洗發。世趨愈下，岐路紛然，誠如來諭。要之，其無常者不可測，其常者則在我。夫亦守其在我而已。昔宣尼思狂狷而賊鄉愿，其論與人，則曰「矜而不争，群而不黨」，良有味乎其言之也。敬爲足下誦之。長安名賢，不乏可事可友，何容當面蹉過？其大本大原，夫亦在我而已。恃愛僭布其愚，高明以爲何如？

與諸敬陽儀部

當足下朝釋褐而夕爲海忠介發憤，偕彭旦陽及吾家季抗疏闕下，浩然棄一第而歸。弟聞之，作而嘆曰：「有是哉！其芥視軒冕也！」久之，起秉南陽之鐸。適鄒孚如銓部北上，特過而訪足下，突入卧室，見破幃敝衾，蕭然書生，甚爲嗟異。退而割囊中二金，遺之曰：「聊以佐苜蓿。」比升任到京，復躬自齎還，封識宛然，益爲嗟異，遂以能甘清苦舉。已請告家居，郭希宇中丞自楚餽五金，足下破其械，析受五星而返其餘焉。弟聞之，又作而嘆曰：「有是哉！其塵視金玉也！」中心誠愛之欽之，願爲執鞭，惟恐其不得當也。乃數年以來，所聞浸異，一而至，置之矣，再又至焉，再而至，亦置之矣，三又至焉。迄於今猶然嘖嘖未已也。乃始不能釋然，因而從中細加體察。平心而論，竊以爲有可原者，又有可訝者，有可惜者，又有可喜者，請得爲足下詳之。

足下滿腔是直腸，偶有所激而不平，遂往往至於犯衆忌，言人之所不敢言。又滿腔是熱腸，偶有所憐而不忍，遂往往至於冒衆嫌，言人之所不肯言。多口之招，大半由之。故曰可原也。惟是人言具在，其果一一是誣耶？吾既不敢信此而疑彼。兩下推求，莫得其故，故曰可訝也。雖然，是有説矣。隨俗易，自立難。足下而甘爲庸衆人也，人亦不庸衆之矣，其責備必寡。今足下而不甘爲庸衆人也，人亦不庸衆之矣，其責備必多。是故堅而磷反不若未堅而磷者鮮受磨之跡也，將何以謝

是真耶？今日之敬陽即昔日之敬陽也，何判然兩截如是？吾既不敢信彼而疑此，今日之人心即三代直道而行之人心也，何顛倒不情如是？又不敢信此而疑彼。

此堅？白而緇反不若未白而緇者鮮受涅之跡也，將何以謝此白？故曰可惜也。幸而毘陵座上啓新丈所促膝而規，極其峻厲；東林齋頭景逸丈所秉燭而諭，極其激切，在子弟輩猶難甘受，而足下怡然承之，略不少介辭色，即本來面目依然不失，乃是起死回生一大機，良可喜耳。

抑聞之所貴乎知過者，非貴其知之已也，貴其改也；所貴乎改過者，非貴其草草塗抹於一時已也，貴其洞照病根，一刀兩斷，永絶而不復萌也。假令今日有一錯焉，第自認曰「吾不是」，明日有一錯焉，亦第自認曰「吾不是」。徐而按之，轉口而未必轉步，轉步而未必轉身，竊恐暫開之一竅易塞，夙染之熟處難忘，所謂「野火燒不盡，春風吹又生」，竟此生無廓清之期也。然則如之何？其必返照初心，斷以聖賢豪傑自期待，堅砥末路，痛以盜賊禽獸自刻責。日新而又新，又新而日新。向來滿腔直腸，不但用之他家，而必用之自家；向來滿腔熱腸，收之桑榆，異時無常到日，不至吃閻羅老子棒耳。

庶幾失之東隅，收之桑榆，異時無常到日，不至吃閻羅老子棒耳。

蓋弟凤企玉峰兩賢，一為張可菴給諫，則擬諸劉季陵進，一為足下，則擬諸杜太僕。曾於給諫以杜太僕進，今於足下當以劉季陵進。損有餘而補不足，自是相成之誼，其何敢水濟水，火濟火，有負足下！足下能為人盡言，必能受人盡言，知亦不我負也。嗟嗟！日月如馳，人身難得。足下行年六十有二矣，還能再活六十二否？此時一蹉，永劫難補，可容兒戲！弟誠不勝惓惓，輒此饒舌。惟足下作一竹竿到頭人，惟足下作百尺竿頭進步人。惟足下一生行徑，於此結局，惟我二人三十年交情，亦於此結局矣。弟言有盡，弟意無盡，念之！念之！

又

足下受善之勇，真不可及，敬服！敬服！聞琴川、松陵各有寄莊戶，此必迫於親交之情，不得已而應之耳，急須除之。君子自愛、愛人，皆以德不以姑息。萬勿再爲因循，冒虛名而貽實玷。此非特弟之意，實諸同好之意也。努力！努力！

與錢受之

敬陽儀部畢竟是君子，頃面効其狂言，了不爲忤。非特不爲忤，且覽且喜，且感且謝，不啻其口。已復促膝細談，不覺淚下，曰：「世安有愛我如君者！」此一副心腸，從何處得來？大凡人之過出於有心，則有遮護，其改之也難；出於無心，則無遮護，其改之也易。以此知儀部必能始終爲君子，不至半途而墮落也。計足下所樂聞，特及之。

簡王弘陽少司空

周懷老公祖極荷知己之愛，感不啻口。此老不特撫吳之績，文襄以後鮮見。自其釋褐之初，即與交好。及進臺中，所當儕鶴、徹如諸君子，机桯間皆有以自立，非謾然與世浮沉者。近日忽致紛紛，牽粘不已，幾若兩截然，良所未解。得不見棄於大君子，其亦可無憾矣。如何？如何？

與吳文臺比部

近來奇事種種不乏,乃不肖觀於臺下,則又奇之奇也。曾有名實雙茂如臺下,敭歷多所如臺下,四十甲科如臺下,猶然郎署者乎?此不肖之所不解也。以爲世莫之知耶,何以物色之寂寞偃蹇之中?以爲知之耶,一歲九遷,茲其時矣,何尚遲遲也?此又不肖之所不解也。雖然,於臺下則奚損焉?非惟無損,乃益見臺下耳。

不肖脩行無力,動而招尤,老而不改。臺下念一日之雅,嘉與拂拭,至取敝帚而千金享之,既感且愧。而今而往,其何以報?惟應痛自鞭策,謹保桑榆,以無重門牆之辱已。尚願不鄙而加督焉,幸甚!率爾申候,不盡積企。倘因緣九龍之靈,得以便徼台旌之辱,即摳衣請御,舒我饑渴,實至願也。臺下其許之否?

與丁大參勻原公子

楊建祿來,以尊府君之訃告。初恍惚如夢,既而知其真也。相對流涕覆面,肝腸爲裂,竟不能出一語。

與李見羅中丞公子

伏惟尊府君老先生主盟斯文，直接孔、曾不傳之緒，海內學者莫不奉爲正宗。一旦山崩木頽[1]，悢悢無依，莫不相顧嗟悼。而不肖辱在陶鑄之末，尤有百倍於恆情者，則亦惟虔奉遺訓，見於羹，見於墻，庶幾先生之默鑒之，不忘夙昔之鞭策而已。相望千里，衰病之軀不能匍匐以趨，敬薦瓣香，薄申生死之感，幸門下吡而致之先生之靈。門下紹隆家學，擔荷良重，百凡自愛，慰我同好。

簡李元沖銀臺公子

昨秋忽聞尊府君老父母之訃，不勝震驚。追憶生平，不自知其淚之淫淫下也。邑中諸父老子弟，轉轉

---

[1] 「頽」，文淵閣本作「壞」。

傳告，❶咸相向哭失聲。諸子衿遂合辭爲聞於當路，俎豆名宦，若曰「庶幾得以朝夕瞻拜焉」，聊自解慰云爾。非老父母實心實政，淪膚浹髓，何以致此乎？敬若孝子慈孫，願以聞於老父母之靈也。而不肖且薄薦瓣香，一申生死之感，幸并爲我叱而致之。賢金玉紹隆世美，擔子良重，所以不泯尊府君者，應自有在。僕老矣，尚拭目而觀之，無徒以哭泣爲孝也。如何？如何？臨風耿耿，不盡所懷。

復方本菴

不肖下里之鄙人耳，無所聞知。少嘗受陽明先生《傳習録》而悦之，朝夕佩習不敢忘。獨於天泉橋「無善無惡」一揭竊訝之。間以語人，輒應曰：「此最上第一義也。」則益訝之。俯仰天壤，幾成孤立。頃歲從令郎老公祖受《心學宗》，讀之不覺躍然起曰：「孔孟之正脉，其在斯乎！」是天之不棄吾道，而以先生畀之也。於是竊自幸有所歸依矣。而又愧管蠡之效，未足以揚搉萬一也。乃辱翁臺俯加採擇，惠然與進。千里騰書，益以四集，得未曾有，且爲預訂秋水之約，此正不肖之所當齋沐而求，竭蹶而趨者，何乃坐而得之於翁臺哉！且喜且驚且愧，是又天之不棄不肖，而以先生賜之也。謹九頓以謝！《蕘語》二種附呈，統祈斧正爲荷。

❶「轉轉」，文淵閣本、光緒本作「輾轉」。

復唐大光

足下睠焉有意乎家世，道脉甚卓，「求放心」三字又切問也。竊以爲心之爲物，與鷄犬不同。鷄犬放而在外，收而在內，有方所可求。至於心只在人欲上便是放，在天理上便是收。天理本內也，因而象之曰在內，人欲本外也，因而象之曰在外，非有方所可求。知此則知把柁之所在矣。今曰：「着意收也，恐收即成碍。任其走作，腔子裏何物把柁？」似只在方所上揣摩，不見箇安頓。而不於理欲關頭討箇分曉，將來恰成一弄精魂漢，乃放心，非求放心也。如何？如何？足下試歸而體之，或然或否，不妨再作商量耳。

與魏念圮

不肖竊從令甥敬陽丈習聞高雅，欣爲執鞭久矣。病懶相仍，未能摳衣請御。藥椀之餘，聊有記存，生平缺漏，一一迸出，尚未及就正有道。何意門下采葑采菲，謬見收錄。甚而不惜災木，嘉與流通。自省薄劣，何顔而可以承此！至如莊簡先生二集，正生平之所羮墻夢寐。一旦儼然分庭授之，餘而畀之，如天之睍，堪爲世寶，又不知何脩而可以對此也。且愧且感，且感且悚。九頓鳴謝，尚應徼敬陽丈之靈，紹介左右，以遂登龍之願。不宣。

與周中丞懷魯

世路羊腸，自古爲然，至今而甚，至老公祖而加甚。鴻飛冥冥，弋人猶慕，老公祖其如彼何？乃江之東，百萬生靈，家戶户祝；江之西，三逕無恙，松菊有主。一身輕而萬事足，呼牛呼馬，直付之洒然。彼亦無如老公祖何也。獨不肖弟忝附縉紳之末，又辱道義之好，竟坐視滔滔，無能有所效其萬一，仰懸知己，下懸父老，以此日夜耿耿耳。相望各天，靡由縮地，聊此遣候，薄舒夢思。一絲附將，庶幾時得周旋於玉體云爾。臨風神結，不盡欲言。伏惟加飯，慰我同好。

復董玄宰學憲

承示方正學先生《求忠書院記》。時且欲就寢，復燒燭讀之。至「孔朱」、「忠臣」二語，不覺爲之且驚且喜，且喜且驚，遂不覺遙爲之下拜也，曰有是乎！舉我太祖紀綱，一世之精神，及吾夫子紀綱，萬世之精神，等閒收攝盡矣。此所謂有關係文字也。不肖方當揭諸日月，與天下共之，其何敢私？又何敢謝？謹復。

復張繼宰山

不肖憲竊從陳雲浦先生橋梓獲聞大雅久矣，不謂門下胸次間亦有菰蘆一腐生也，伏讀手箋，勤渠鄭重，何敢當？何能當？將無假此啓我以嚮往，策我以前途耶？則亦何可不勉圖淬礪，以求報稱也！再讀教

與儀部丁長孺

聞公南宮之報，甚慰。近來士風茅靡，亡論患得患失，如鄙夫之為也者，即如應對唯諾間，以方之諸生之時，大徑庭矣。始而以為不得不然，既而以為當然，久而不覺與之俱化。進身之始，不得不為賢者勘破耳。

又

前自武林還，初意欲相期一晤，已而竟不果。得諭，良荷注存。承示新功，甚善。周子揭「主靜」是得手事，程子見人靜坐便嘆其善學是入手事，李延平教人靜中看喜怒哀樂未發氣象，又就中點出一活機。此大儒留下海上單方也。新秋枉訪，當有以相証焉。

聞自赤心，非深造自得，何以有此！至所表章，特於周、程諸大儒為惓惓，取日虞淵，作世手眼，其匡維不小矣。欽服！欽服！不肖憲毫髮無聞，兼之精力盡消，衰病交迫，悠悠此生，莫知下落。不揣漫以蕪刻求正，幸蒙門下始終不鄙，痛賜鍼砭，以求報稱也！望之！望之！馮少墟侍御向在都門，曾有一日之雅，不謂別來卓詣如此。雲浦先生家世清白，自長公物故，益復蕭然，今其子伯純至不能保鳴玉數竿。伯純有兩郎，僕以小孫女字其次郎，亦愧未能相為潤也。辱念寄存，生死肉骨，誼高千古矣。役旋謹復并謝！

又

久不得晤言之好，良以爲懷。蒙手翰之辱，閱知足下年來用心之密，喜不可言。竊惟此事只有一條路，日用之間縱千蹊萬徑，亦總歸於一條路，吾輩於此默默體察，切切持循，積累久之，自當有進。過去未來，皆不必計，所謂先事後得也。足下以爲然否？九月之會，數日以俟，此時當得面商也。

又

別來忽又冬半矣。日月如飛，眞自可惜！向所面商，似屬第二義，要之亦只看理會處何如。即所謂第一義亦不在門面上也。便中乞有以示之。養沖一疏，甚爲世道之光，他又何言？徹如入宮見妬，至今尚爲不了公案。不知當事者果何意也。

又

先有八行，附中甫寄上。隨得手教，并作報，想當不浮沉耳。救荒無奇策，自古難之。如足下所云，才誠兩合便是奇策也。周中丞業疏報全荒，且請全蠲，不知果何如。總之，此老甚留心地方。甘紫老亦正不減。兩地所恃，此二天耳。鄭太初疏當已見，眞頂門一針也。吾輩林壑間，復增一畏友，誠可喜耳。如何？如何？

又

東林之會，風色蒸蒸。座上發「貧賤富貴」一則，尤令聽者竦起。足下之功，於是乎大矣。試播諸副墨，傳爲共寶，不亦善乎？願之願之！二難《商語》錄往，幸加裁確。此本宇宙間公共事，無以區區形跡爲嫌也。陳筠老必能作一路福星，其傾慕足下，不減緇衣。地方事宜留心剖示，以成其美。僕述足下旨爲道貴邑令公之賢，渠甚然之，并以倡道之説進，歡然首肯也。于其行，附此。許敬老乃郎已歸未？有可相聞者，便中示之。

又

得手書，不勝欣慰！足下之用心如此，何患不日進也？「寡欲」二字，極妙！極妙！周元公首闡聖學，亦只此二字。此是一了百了功夫，更不須疑。願與足下共勉之，亦只密切做去，不須悔前慮後，反成憧憧，令心體上多一事也。如何？如何？琴川耿令公大有志於學，渠甚嚮往足下，秋風時欲相約過此一會，足下當不吝也。握手之期，恐即在此矣。

又

時局種種可憂，真如抱薪於鬱火之上，特未及燃耳。不知吾輩得高枕青泉白石間否也？如何？

又

適自武林還，正欲約足下一晤。見吳海洲，乃知足下正在武林也，可謂覿面相失矣，悵然久之。足下乃得浮躁名，大奇！然海內賢者無不顧而嗟異，此豈聲音笑貌之所能及！直道自是不負人，足下可以自信，更努力以圖動忍增益之效。程伯子讀「舜發于畎畝」章曰：「若要熟也，須從這裏過。」此非老頭巾語也。如何？許敬菴先生，今在何所？計必決歸計。倘有相聞，願問之。吳會之間，得借此老爲青山主盟，固是妙事耳，足下當以爲然也。倚楫漫筆，不多及。舍弟去冬又一大病，絕粒者三十日。今幸無恙，尚費調理。知足下所念，附及。

又

聚樂之念，積之數年，聊試爾爾。足下乃肯不遠數百里來赴，令我神晤。連日所聞種種，有概於鄙衷。天生豪傑，原爲世教。既爲世教，自不能與時俯仰，裁成輔相，於是乎在。足下何疑焉？行住坐臥，偶有契會，便應揮記。既見真吾，兼可自考，正不必以成篇爲拘，如舉子業然。秋末冬初，得過我共話數日，何快如之！《劄記》六册附上，暇中乞爲商正，尤所望也。

又

如何？

又

承念賤體，甚感！年來應減者，幾乎減之盡矣，而未能有所增益，此是自家欠得力也。如何？如何？許敬老之謚，公論必不可缺，自當留意。向僕亦欲爲皇上明冤，亦一證佐矣。不知部中謚議何如，并一詢之。段黃門發密揭事，大有功於世道。此是執政眞贓，賴不得也。《三家宰行蹟》附覽，平湖公一段精神，尚未曾拈出，足下宜一闡之。《孔孟圖譜》領訖。尊稿尚未細閱。乞將周、程、張、朱年譜一查，恐尚有宜添入也。如鵞湖之會，亦是千古大公案，不可缺耳。如何？

簡觀察鄒龍翁老師 ❶

新歲台候萬福，凡在門牆，孰不欣慰。茲有所啓，則以通家友郡庠生陳爾杭之故。雲浦先生鄉邦冠冕，自其長君太學生爾耕中道夭，門户日落，外侮交至，爾杭竟爲盜所中。不肖憲受雲浦先生國士之知，不勝痛心，卒無奈之何。及見按君駁詞，不覺喜而欲狂。片言居要，起死回生，乃相與叩天而呼，呼天而謝，以爲是蒼蒼者默啓而默佑之耶？歲杪，晤吳縣王學博，始知皆老師之爲之維持調護于其間也。恩加于不求，德施于不報，祗念先人一日之雅而波及其後人。此之爲誼，真足以上邁古人下愧今人矣。而爾耕之子藝之復來

❶ 此文，底本無，北大圖書館藏「明刻本」目錄有此文標題，而正文未收。茲據文淵閣本補錄。

告曰：「叔氏藉大君子之靈，誠厚幸，第其事尚須覆審始定，願再乞一言丁寧之。」憲謂之曰：「老師不難于冒衆嫌，伸獨見，功且九仞矣，而何難于一簣？老師不難于直指使者之前，反覆強聒，成案且居然更矣，而何難于郡縣？況前此原不待求而應，今何容贅？掠美市恩，憲不爲也。無已，以父子至情爲雲浦先生謝，以兄弟至情爲太學君謝，以叔姪至情爲藝之謝，則可矣。」因遂布此，以展銜結之萬一，惟老師委曲矜全之。爾杭才質通敏，躬羅大難，仗庇復得自解，誠非常之遇。自今以往，必當動心忍性，力懲九罹之非，粹然以善人君子自律，俾宗族稱孝，鄉黨稱悌，一洗呶呶之口，老師之賜等于覆載矣。臨緘無任懇切祈望之至。

涇皋藏稿第五卷

無錫顧憲成著

簡鄒孚如吏部

伏讀衡言，種種卓詣，且斟酌上下，求其恰當，廓然不以我見與焉，允乎其足以爲天下平矣。至於論學，特揭出「躬行」二字，尤今日對病之藥。爲之徘徊三復，不能已已。佛老、楊墨，號爲異端，然其説得行於天下，只以語語是實，有一段真精神在也。況于孔、孟之學，爲天地立心，爲生民立命，庸得以唇吻當之乎？願與丈共勉之。鄒爾瞻爲丈序銓，草時局機械，直是一眼覷破。此兄真有心人也。

又

文融謂足下不宜舍文學之好而登理學之航，弟意却恐足下登理學之航而猶不忘文學之好也。足下試思之，天之所以與我者果何物乎？於此有箇入處，將焉用文？于此没箇入處，將焉用文？況尚行之揭，任重道遠，方當萃全體精神以赴之。即欲與遷、固諸豪爭執牛耳，不識丈且暇乎否也。

又

趙儕老之內計遂與老長官之外計，稱爲二絕，今亦遭讒搆去矣，奈世道何！而獨意兩君子，內不負一念，外不負一官，功成而身不免，夫復何憾！弟碌碌在事，未有効于尺寸，而夫人者業已逆其必爲不祥，眈眈伺之，不知將來何所稅駕耳！

復夏璞齋書

展誦手札，有以知賢之用心矣。流俗靡靡，何意及此！真不肖之至幸也。舉業不患妨功，只患奪志，乃程先生至言。究竟體之，豈惟不患妨功？學者須辦得聖賢之心，方能讀得聖賢之言。一畫不已而六經，六經不已而四子，四子不已而傳註，傳註不已而制文，只是此理，何精何粗？故曰：「灑掃應對，便是精義入神。」又曰：「唐虞揖讓三盃酒，湯武征誅一局棋。」良自有旨，想當信其非妄耳。抑之冲年而意甚廣，賢之所以朝夕切磨之者，可知得才士易，得志士難。僕誠不勝惓惓，惟賢留意。近作漫以其臆附復，不知當否，願裁之。

復錢抑之書

正疑從者何以久不至，三徑蓬蒿且滿，得手書，令人致怨於祝融君也。乃吾弟志意翩翩，絕不以此置胸

臆間，可謂卓矣。古之人千里同堂，萬古合席，跡之疎密，曾何足云？近作種種人人，想見日新之美，仔細點檢，畢竟未免爲才所用。學以變化氣質爲功，惟文亦然。以正勝者欲其奇，以奇勝者欲其正。轉移之機要，在明者一覺而已。一覺之後，諸相都忘，何奇何正？就中便有向上一着，更不煩別索也。吾弟其勉之，此則祝融君所無能如吾弟何者耳。揮汗草草，附復不盡。

與陳鑑韋別駕書

敬啓：敝里有牙行趙煥者，往年目擊稅棍俞愚、金陽等作耗地方，慨然發憤，具呈前撫臺曹嗣老公祖。蒙行府嚴查禁治，愚、陽等痛恨入骨，日夜思有以報之。適煥載麥八石，至江陰之長涇，遂率衆攔截，指爲漏稅，罄擄人舟而去，尋殺煥，沉之紅塔河下，縲猶盤頸。行道見之，莫不悲酸！當有地方夏淮等呈報歐陽宜諸公祖，時宜諸公祖已升潁州道備兵使者，頓足起曰：「此地方一大變，而爲人父母者之責也！」遂檄敝縣林父母，限五日檢報。而愚、陽俱係隔府人，且自知罪大惡極，無所復逃，百方延捱。宜諸公祖又追於簡書，不能久待。於是煥子趙希賢不得已控諸前任鄒兵臺，行韓公祖，究解矣，而延捱猶故也。周撫臺，又行韓公祖，究解矣，而延捱猶故也。蒙行滸墅管稅松江劉三府轉關台臺行縣提解，希賢聞之，自分必死，奔訴撫臺，顛呈趙希賢於撫臺。蒙行韓公祖，行將轉解稅監，斃之杖下。衆亦分希賢必死無疑矣。且四路抄捉，不容進頂，徑縛而解臺下，行韓公祖，究解矣，而延捱猶故也。嗟嗟！煥爲地方而死，煥之子又爲父而死，是何慘也！愚、陽等既殺煥，今又欲殺希賢，必父子齊斃，

斬草除根而後為快，是何忍也！為他方之稅棍，則白晝殺人而無罪，非惟無罪，方且恣其吞噬而未已。為老公祖之赤子，則含冤抱憤而莫控，非惟莫控，又將不免其身，是何痛也！台臺，仁人也，斷不為稅棍所欺。而不肖忝在地方士紳之末，驟而聞之，不覺心膽如裂，怒髮上指，輒布其概以聞。非僅僅請釋希賢而已，以為天理人情，至此而極。是殆造化所以稔愚、陽等之惡而盈其貫，使之昭昭自獻於日月之下，未可知也。是殆造化哀煥之死，憐希賢之無伸，特借此披瀝號呼，自見冤狀於大父母之前，庶幾遂憫而拔之，一酬九泉之幽魂，未可知也。台臺，仁人也，當有不待鄙言之畢者矣。伏乞大開天地之心，重恤神人之憤，慨然借鼎言於韓公祖，速將愚、陽等勒限嚴獲，早賜究束，為匹夫匹婦復此不共之讐，為三吳百萬生靈除此莫大之蠹，真地方無量功德也。臨緘曷勝激切之至！

簡修吾李總漕

此中水災異常，頃已附聞矣，詳具周懷老疏中。字字實情，字字堪涕，丈覽之，自當忍淚不住。今吳中諸父老且匍匐萬里，叩闕而請，誠有萬不得已者，意欲丈借鼎言大司農趙老先生之前，破格一處。言出於趙老先生，則足以取信於皇上，言出於丈，則足以取信於趙老先生。此非區區一人之意，實東南億萬生靈之所日夕嗷嗷忍死而引領者也。努力！努力！此地財賦當天下大半，干係甚大。救得此一方性命，繭絲保障，俱在其中。為國為民，一舉而兩得矣，知不作尋常看也。嗟乎！茫茫宇宙，已饑已溺，曾幾何人？興言及此，益忍淚不住矣。萬萬努力！萬萬努力！

又

弟已自分長卧烟霞，而去冬忽叨光禄之命。聖明浩蕩之至仁，知己拉拭之高誼，中心銜之，何能不感激思奮，少擬報效！且數年以來，今日言起廢，明日言起廢，至於口敝舌焦。頃者臺省諸新郎君封事翩翩，充滿公車，亦無不以此爲第一義。弟非其人，却令聊塞斯白，何能不力圖淬礪，勉赴鞭箠！然而四顧徘徊，進退維谷，至於今猶莫知所决，何也？竊嘗籌之矣，罪籍諸君子，林林相望，計且二百餘人。其間蓋有去國在弟前者，有科名在弟前者，又有摧折困頓視弟十倍者，又有與弟同事被譴者，又有不與其事因弟波累者。今皆埋光草莽，弓旌之招寂寂無聞，弟獨何顔而先之乎？此一說也。猶未也，東林之社，是弟書生腐腸未斷處。幸一二同志並不我棄，欣然共事，相與日切月磨於其中。年來聲氣之孚，漸多應求，庶幾可冀三益，補緝桑榆，無虛此生。一旦委而棄之，既有所不忍。如弟僅僅可於水間林下藏拙耳，出而馳驅世路，必至債事，又有所不敢。於其所不忍而强爲割，於其所不敢而冒爲承，將來處不成處，出不成出，兩無着落矣。幸而獲生，今年且六十矣，所謂耳聰目明，手輕足健，一不有；所謂耳重目昏，手遲足鈍，一一不無。即今見作貴人，亦應去而返初服，況今鹿豕之與游，鷗鷺之與侣，正於病骨爲宜。乃更去而就軒冕，何僕僕不憚煩乎？此又一說也。

凡此種種，都是實境實情，實事實話，在他人前猶半含半吐，惟丈前不敢一毫不傾盡。丈其設身處地，

與趙太石吳因之二銀臺

不肖憲衰病日甚，忽荷新命，且感且驚，且驚且愧，遂擬具疏乞休。至長安，必應見格。頃檢仕籍，乃知丈恰當柄事，此憲之適有天幸也。且憲也非木非石，何敢冥頑自居，上蔑聖恩，下罔同志？又生平頗懷熱腸，何能耕閒釣寂，去而尋接輿、荷蓧之轍，與世恝然也？今亦不敢縷瀆，只重聽一節，大於涉世不便。曾不自揆，冒昧就列，設有人過而詰焉，其亦何辭以謝乎？兩相國騰書曉諭，言言刺心。竊計兩相國應未悉不肖慣慣狀耳。乃丈業已悉之，此又憲之適有天幸也。敢此仰干，惟丈特為主持，并為道此實情及此苦情於兩相國前，庶蒙慈察，慨賜玉成，俾得遂所請，俾得安愚分，俾不至取譏於君子。此之為誼，超越尋常萬倍矣。九頓九禱，無任懇迫，引領惠音，為刻以俟！

又

拜教之辱，至誼惓惓，能無佩服！所示葉相公兩言，實從滿腔苦心來，能無感悚！先是李修老總漕、

王柱老中丞、吳安老、錢繼老兩太僕貽書見勖，其指亦同，似可信而不疑矣。頃者赴毘陵之會，商諸錢啓老、孫淇老諸公，又皆以爲未可造次，而啓老言之尤鑿鑿。適趙儕老寓書姜養老，其指正與啓老同，且謂春間作詩，送郭文老之行，曾及此意，托之寄聲云。

夫出處大矣。僕不敢以一己之是非爲出處，而以天下之是非爲出處；又不敢漫以天下之是非爲出處，而以天下賢人君子之是非爲出處。今兹爲僕計出處者，皆愛僕者也。乃其説判若水火然，何哉？然而問其人，皆天下所謂賢人君子也，其謂宜出者，必非誨僕以狥世也；其謂不宜出者，必非誨僕以忘世也，僕又何敢格以一隅之見，妄生分別於其間哉？獨計小疏所陳，種種衰憒之狀，都是實情。若但私告於朋友，而不以顯列於君父之前，終屬自欺。又僕往時在都下，見有所謂乞休者，每每朝而懷疏以入，夕而懷疏以出，心竊恥之，若亦墮落此套中，終屬欺人。夫如是之方寸，尚不能慨然而無疚也，奈何欲遽議於出處之際哉？是敢不避再三之瀆，瀝誠申請。惟丈垂慈照察，特賜主持，無令僕僕道塗，以致進退無據，獲戾名教，幸甚！葉相公前，希爲一道惻衷，懇祈鑒許。統俟得請，另圖顙謝耳。臨風耿切，筆不能宣，亮之亮之！

與南垣劉勿所書

近聞南中議論紛紜，不能知其詳，惟有浩嘆。偶檢得古人兩公案，輒爲臺下誦之。魏其侯與田武安爭辨灌夫事，韓御史兩是之。既罷，武安出止車門，召御史載，怒曰：「何爲首鼠兩端？」御史良久謂武安曰：「君何不自喜？夫魏其毁君，君當免冠解印綬歸，曰：『臣以肺腑，幸得待罪，固非其任。魏其言皆是。』如

此，上必多君有讓，魏其必內愧，齰舌自殺。今人毀君，君亦毀之，譬如賈豎女子爭言，何其無大體也。」武安改容稱善。此一案也。王旦在中書，有事送樞密院，違詔格，寇準以上聞。不踰月，樞密有事送中書，亦違詔格。堂吏欣然呈旦，旦曰：「向者樞密所爲是耶？不是耶？」堂吏曰：「不是。」旦曰：「既不是，又何效焉？」令送還樞密。準大慚謝。此又一案也。恃道義之愛，敢借以效其愚，不知可備採擇否？惟臺下裁焉。

與東溟高中丞書

敬啓：海鹽故給諫贈太常錢海石先生，勁節英猷，登在國史；仁風義概，留在鄉評。當隆慶改元，業同楊焦山諸公一體襃卹。❶建坊特祀，海內共耳而目之矣。惟是建坊之所，尚有書院三楹，蓋先生嘗從甘泉湛公問道，歸而與門人共相切磋之處也。世遠頹廢，行路太息。今其嗣孫世堯等慨焉尋復業。蒙台臺批行所司，方具文申請。伏乞始終惠撫，備閱彙懿，借之華袞，彰其美而盛其傳；兼賜優復，給帖世守，崇其先而及其後。不惟一字九鼎，錢之宗祐，燁燁生輝；抑且一日千秋，錢之子姓，永永銜德，其爲世勸大矣。先生有孫陞，向從弟游，得習其詳，因爲臺下誦之如此。余漢城年兄已俎豆賢祠否？幸爲詢之學憲君。此兄人倫冠冕，懿德之好，諒有同然也。

❶「焦」，文淵閣本、光緒本作「椒」。

與檢吾徐中丞書

敬啓：先嚴贈户部主事南野府君生有四子，長爲先伯兄鄉飲介性成，次爲先仲兄光禄寺監事自成，又次爲不肖憲成，又次爲先季弟禮部主事允成。先嚴居陋茹菲，而志意甚濶，時時慕説范文正公之爲人。比先慈大喜，許之。自是又稍加綜理，漸有增益，共得三百石有奇。每歲出以周宗人之貧者，蓋二十春秋於兹矣。而食指漸衆，漸不能給，則先仲兄又時時捐廩而佐之，因曰：「此須別有措置，乃爲可久。」又曰：「吾邑糧役煩重，亦當與同邑分憂，須并置役田。」吾賴有天幸，節嗇之餘，不無一二，可備推解，此舉固當任之。」正在擬議而疾作矣。疾且病，病且革，問以家事，概不答，而特謂不肖曰：「吾未了心事，是在吾弟。吾弟勉之，亦須上緊。歲月不待人也。」不肖聞之，爲之流涕，無何，竟不起矣。

於是先仲兄子與浹日夕哀痛，亟圖所以慰之者，首願捐租五百石。不肖亦願捐租一百石。先伯兄子與滌亦願捐租五十石。先季弟子與溦、與演亦願共捐租五十石。并現在三百石，合爲一千石。即於家祠之旁，建廒收貯，擇人掌管。除錢糧耗折等費外，以其半贍族，以其半助役。贍族者照舊酌量上中下三等，二季分散，仍公同四房，當面查發登簿。助役者每年糧長一名，貼銀一佰兩，至十二月照數分給。仍各取領票，送縣驗實。如遇本户當役，亦照前例。如此，庶幾先仲兄臨訣之言，即見諸行事，而先嚴之志，亦藉以稍

伸矣。第念非藉台臺寵靈，不可以垂永永，敢具呈以聞。伏惟特加鑒察，慨賜施行，曷勝感荷之至！

復錢繼修太僕

弟於巖穴諸君子中，曾不足以備執鞭，而獨濫叨近命，此實聖明浩蕩之殊恩，知己扢拭之餘靈也。伏讀來諭，情溢乎辭，其所期誨督成，更有溢乎情者。丈視弟能副萬一否？人苦不自知，弟則自知審矣。泉觀谷處，猶可藏拙，出而馳驅於世，未有不蹶者也。還視三十年間，時用寒心，可再嘗試哉！願丈為我籌之，千萬！千萬！

弟本無咫尺之窺，何敢有勝心？而自覺精神偏墜處，尚不無之。一則根基淺薄，不能一超而直入；一則目擊時弊，未免矯枉而過偏。意見之泥，界限之捐，此實弟本心。天假之年，或可庶幾。今茲恐猶未也，微乎！微乎！丈之進我至矣，不敢不自著鞭也。率爾附復，并謝。容圖專布，不盡。

與陳仲醇

昔蘧伯玉行年五十而知四十九年之非，弟行年六十而猶未能知五十九年之非也，罔生甚矣。丈儼然稱龍德以進之，是責瞽者以秋毫之視，責跛者以千里之趾也，❶能無懼乎？不惟自懼，兼為丈懼。丈何以策

---

❶ 「趾」，原作「祉」，據文淵閣本、光緒本改。

之？病骨支離，未能造謝，特此候起居。蕪刻請正，幸不吝發藥，或可補之桑榆，以始終德愛之萬分一也。懇懇！

辰玉太史，皎皎異才，弟以千古期之，時效芹曝，竟爾不永，不獲觀其大成，可痛可恨！計丈此懷倍切耳。篋中遺文，似不可不爲收拾也。如何如何？

與湯海若

不謂時局紛囂至此，吾輩入深入密，自是快事。獨弟血性未除，又於千古是非叢中添箇話柄，豈非大癡？幸老兄一言，判此公案。先弟《事定録》奉覽，暇中能不靳扢拭否？望之望之。

復虞來初明府

不肖莽莽無知，惟是聞一善言，見一善行，輒中心欣樂之，如饑得食，如渴得飲，通體爲暢。往者讀門下會課，淵思卓識，映心映目，以爲必非章句書生所及，思一望清光而無從。比讀《郵政議》，求癃恤隱，❶備極焦勞。充斯志也，所謂匹夫匹婦有不被澤，若情溢乎辭，自省何以獲此！已推而納諸溝中者耶，則門下之大有造於崇邑，居然可想，又斷非簿書俗吏所及也。不肖於是益不勝向往

❶ 「求」，原作「永」，據文淵閣本改。

矣。敬因鴻旋，肅此陳謝，并以爲異日御李之藉云。

又

不肖一生迂戇，動而見尤。門下獨却群譁，謬加許可，一則以感，一則以懼。天下有一人知己，足以不恨感也。衰憒侵尋，得無重負桑榆，爲知己羞懼也。惟門下始終策而進之，幸甚！同心之交，千里一堂，把臂促膝，猶屬二義。門下其許我否？臨風不盡，祇有神馳。

與陳赤石少參

去秋奉手教，展誦再過，可謂盡己盡人矣。佩服！佩服！近世談吐，學委似多岐。徐而按之，却亦自昔而然。即如孔門顏、曾，便已彷彿成兩格，雖欲一之而不得。要其發端、結局，未有不歸於一者，誠如是，雖千塗萬轍，適以互相發明，互相補救，而未嘗二也。只要向所謂一處校勘分曉耳。不識然否？蕪刻請正。滿身敗缺，知無逃於明眼。惟丈痛加鍼砭，抉我膏肓❶，幸甚！

❶「肓」，原作「盲」，據文淵閣本、光緒本改。

與湯質齋侍御

敬啓：施嶸縣者，吾郡故守龍崗先師之子也。先師遺教在士，遺愛在民，業已請諸當道，俎豆名宦矣。惟是當年蒙謗異常，至舉「龍城書院」一事，通榜天下，罪且不測，得以衣冠歸田，談者無不爲扼腕焉。今嶸縣君克世其德，治行卓起。雖起家孝廉，絕不以資格自束。當路者亦遂不得以資格束之。往登上考，爲兩浙循吏之冠。茲且奏三年績，例得爲其尊人乞恩復職。擬聞諸左右，不敢造次，輒代爲紹介。甘棠之懷，人有同心，況高誼如臺下！所以發先師之幽光，成嶸縣君之孝思，慰五城父老之蹙蹙者，豈待贅哉！率爾布衷，不勝企望，仰祈慈省，幸甚！

簡吳徹如光祿

起廢一節，向來諸君子無不以爲第一着。乃一二出山者，率闌墮是非叢中，想氣運流來如此，人力不得而強也。今丈以一疏自結局，可謂知命。而今而後，惟應收拾精神，并歸一路，只以講學一事爲日用飲食學非講可了，而切磋淘洗，實賴於此。聖人將此二字插在修德之下，遷善改過之上，干涉非細。羅、王二老，人多訾其質行，至其自少而壯而老，無一日不講學；自家而鄉而國而天下，無一處不講學；自衿紳而農工商賈，無人不與之講學，箇中一段精神，亦豈草草！弟每念及，便覺赧然發愧，願與丈共勉之。此則氣運所不能如之何者，乃所謂立命也。高明以爲然否？

又

弟謂兄之蒙時忌，五分是熱心所招，五分是苦心所招，此真實不誑語也，何必更向人分疏？兄自謂義質矣，禮行、遂出、信成則未，此亦真實不誑語也，何妨直任爲己過？大率吾輩優游無事，未免混混過去。惟當毀譽利害之交，然後露出真身子來。只在自磨自勘而已。如何如何？

簡史際明太常

嘉善夏璞齋，志士也。無論做秀才時，即已成進士，在涇里讀書且二年，比選爲令，卓然有循良風。不幸中道而夭，人倫共惜。其鄉業儼然尸祝而俎豆之，其人可知矣。曾爲言諸郡伯吳長老而未能記其名。適聞考期在即，欲爲作書。景逸云恐此時例當戒嚴，不若直道諸其邑侯徐韶階。僕深然之，但亦未敢率爾以爲，不若借鼎言通之韶階兄也。璞齋生平極自好，家徒四壁，所遺惟殘書一篋。吾三人合而徵韶階之靈，因以徵吳長老之靈，幸蒙收錄，得階寸進，俾人知爲善之有後，此亦一勝事也。如何如何？

與李孟白方伯

王鏡宇侍御貞衷勁節，人倫砥柱，不幸蚤世。云亡之痛，海內共之。不知已俎豆於賢祠否？乞一詢之

令親吳恆初學憲，何如？聞侍御無子，恐未必有爲之經紀其事者，不識可徑移檄行之，❶無須郡縣竿牘否？學憲留意風教，所以爲章往勵來計，應自有妙裁也。

與周念潛太史

敝座師孫柏翁老先生，吾鄉盛德君子也。其立朝也，進不近名，其居家也，退不近利。當在木天，惟是杜門讀書，不喜交游。比佐銓，適當冢卿缺，署篆數月，兢兢慎守選法，汲汲愛惜人才。已而與今太宰孫公共事，最稱同心，相得甚歡。尋被白簡，則以徐興浦事耳。此謗一出，同官忌口。一由徐素工鑽刺，遂爾波及。此吾輩所能矢諸天日，百口保其必無者也。在事時復多匡正，其《請皇上恭送陳太后喪》一疏，尤稱卓烈。已而乞歸，二十年前後兩院薦章相屬。待鄉人無衆寡，無大小，渾是一團和氣。良心美腹，兒童走卒，莫不信之。而簡澹自將，一切不染，一切不與，所不廢者，山水之樂而已。身沒之日，累債數千金，即鬻其產不能償也，亦足以觀其概矣。今其次公詣闕乞恩，弟欲爲一達諸韋上君子，稍酬生平國士之遇，知己之感。獨恨去國且久，向來舊游既自寥寥，而新知又鮮，意中惟有瑤圃余丈而已。昨共丈商之，丈意亦然。計丈必有以通於瑤圃丈者，願丈即爲一布區區，何如？

---

❶ 「徑」，文淵閣本作「經」。

與李方伯孟白

聞已駐節江右矣。江右故稱善地，以其民習儉而士風朴，所在知學向方，爲當今宇內鄒魯也。今得臺下表正於其間，興起當益衆矣。不肖所聞，南昌有朱以功布衣，行脩言道，愷愷君子也，足與章本清布衣頡頏後先，暇中可物色之否？偶敝門人鮑上猶際明便郵附此。上猶向令閩之同安，以拘執取忤。今得在陶鑄之下，幸甚！又家兄萬年令原成，即起家貢途，其志略有足多者，倘可不負任使，均祈俯賜誨植。是亦所以爲地方計也。如何如何？恃愛聊及，希亮。

復祈夷度駕部

不肖方爲世戮，獨不見棄於有道，數蒙貽問。臺下治行冠冕東南，僅得常調。識者方重爲扼腕，乃臺下且夷然處之，見謂可以自盡，真超出俗情萬萬。總之，直道久而自著，人心久而自明，區區固不足言，計浮雲世路，終不能爲日月蔽也，姑俟之耳。承賜《龜山先生集》刻，道南一脉，頓覺生光。隨當公諸同志，求所爲報塞萬一者。謹此附復并謝。

又

竊聞仕優而學，學優而仕，惟宦石城者兼之。則又聞優者，從容暇豫之意，誠能行所無事，日用動靜，任

簡高景逸❶

大會告期帖已次第發矣。昨小兒歸述教意，再爲弦所丈思之，此舉似不必過讓。蓋凡事須要認真，不可半上半下。弦所只是恐不知者疑其諂，知者譏其腐耳。夫弦所丈思之，此舉似不必過讓。蓋凡事須要認真，不可半上半下。弦所只是恐不知者疑其諂，知者譏其腐耳。無乃狗彼俗情，沒我真性？況「諂」之一字，用之媚權附勢則爲大惡，用之事賢友仁則爲大美。今社中所合并，皆三益也，夫何嫌？至「腐」之一字更是妙諦。昔有笑邵文莊磕者，文莊聞之，謝曰：「我如何當得這箇字。」腐即磕之別名。文莊之所遜而避也，又何嫌？若曰書生不當上交四方先達，則弟聞王泰州以一竈丁公然登壇唱法，上無嚴聖賢，下無嚴公卿，遂成一代偉人，至於今，但聞仰之誦之，不聞笑之訶之也。況今僅僅遞爲授餐之主而已耶！丈試以此再商諸弦所，何如？

其自如，即學即仕，即仕即學矣，何二之有？此臺下見在之實境也，敢以請正。如不肖學不成學，仕不成仕，進退維谷，尤悔交叢，静言思之，時爲汗下。獨此一念耿耿，尚未死耳，惟臺下抉其膏肓而進之，幸甚！

與郭明龍宗伯❷

時局紛紛至此，不肖何敢知？第耿赤如吳興、金沙、荆溪諸君子，俱被以阿黨名，亦非不肖所敢知。翁

---

❶ 「逸」下，文淵閣本有「大行人」三字。
❷ 「宗伯」上，目録有「少」字。

復許中丞少微

計事一出，輿情翕然稱快。本之老兄之苦心勁力，特為主持。曹、湯諸君子又相與密贊其間，而太宰公之平平，亦可見矣。豈非世道之福！不圖又有一番紛紛。老兄應疏和平婉篤，誠不欲少露圭角以滋爭端，其慮甚遠。而説者頗以為語意稍圓，君子小人皆可通用，恐巧者且借為口實濟其私。弟謂天若祚宋，必無此事。萬一有之，老兄自應明目張膽，直截説破，斷不令此輩影射也。蓋太宰此舉，不分人我，不執愛憎，真有古大臣之風，須得大力點出，醒一世之眼。平時恐嫌上言德政之條，今因計事蒙忌。老兄與有一體之誼，言者又未嘗侵及老兄，正不嫌儘意發揮耳。如何如何？恃道義之愛，有懷不敢不盡，未知可備採擇萬一否？惟裁之。

❶「信信」，文淵閣本作「申申」，光緒本作「信」。

以為何如？沈繼老、李脩老得翁為知己，便足千古，正復何恨？劉金吾與景逸書，真書也，并與不肖書錄覽。其偽書未之見也。或謂原無偽書，金吾陰陽其説，為遁身之計耳。果爾，其益不可知也已。杞憂滿腔，信信有言難盡。❶ 所幸碩果不食，知天之未棄斯世斯民也，惟翁自愛！

又

弟久已甘心守拙，況又以狂言招戾乎？老兄惓惓以弟爲念，是益弟之罪也。此後幸置之。但得青雲知己，盡展生平，所謂天地之用，皆我之用，何必功自己出也？徹如，百折不回丈夫，世猶以惡口相加，老兄扢拭極力，感不獨在徹如矣。近養冲年兄攜示尊札，又從徹如得見《與太僕公書》，極難題目做出極好文字，不知何處更討个少微中丞來也。

與徐十洲侍御

歲序更新，時局如故，不知天下何時太平也。竊以爲自今以後，姑寧忍以待之，何如？語云：「瓜熟蒂落，水到渠成。」此言甚有味。計考選之命必且旦夕下，不遠，亦望吾丈盡舍葛藤，另開日月。蔡虛齋先生曰：「居今之世」有許多當避嫌處，不可便以聖賢自處。」敢幷爲吾丈誦之。

又

時局至此，猶有諸賢代興，揭日月於中天，此天之未棄斯世也。然亦岌岌矣，不知究竟何如耳。要以論是非不論勝負，論曲直不論利鈍，即在我有餘裕矣，他何問哉？近來又慣用離間之術，始者別淮上於東林，今且別金沙於江夏矣。言者不見江夏公《妖書記事始末》乎？將無汗流浹背也？意渠輩別有機竅耳，可

與友人

今日議論紛紜，誠若冰炭然。乃不肖旁靜觀，大都起於意見之岐，而成於氣之激耳。若有大君子焉，於中從容調劑，各各成就其是，而因使各各反求其所未至，安知不漸次融融，歸於大同？如此即兩下精神俱爲國家用，而不爲爭區區之門面用，乃旋轉第一大機而世道第一快事也。恃道義之愛，漫布其愚，不識可否？惟高明裁而教之。

與伍容菴

讀《平居錄》，種種悉自萬物一體上念頭流來，所獻忠告一二，亦蒙垂納。蓋丈之虛懷如此，因是復貪獻其愚。丈猶不知李修吾中丞爲真正豪傑乎？前與丈道之甚悉，畢竟還留渣滓於胸中，有未化在。丈試思今日之域中，善類猶有所憑恃者誰？群小猶有所忌憚者誰？惟此公一人而已耳。輦上君子所日夕眈眈而側目者誰？亦惟此公一人而已耳。《錄》中云云，得無滅君子之威風，長小人之銳氣，爲忌口藉兵而齎糧乎？此於世道大有干涉，在中丞則毫無加損也。且使世有乞憐李脩吾，則亦應有竊食顏回，殺人曾參矣，得無來孟氏好事之譏乎？此又於丈大有干涉，在中丞則毫無加損也。如何如何？至於吳徹如之被排擯，五分是苦心所招，五分是熱心所招。律以觀過知仁之案可矣。若彼一班人既以

一一見示否？馬徵君之行附此。徵君表裏粹然，弟之畏友也。

黨同伐異之私交擠之於外，我一班人又以吹毛索瘢之意苛求之於內，即徹如此出，但杜門守默，如啞如聾，坐取高官大禄，不亦善乎？又何以爲徹如也！丈其謂何？弟受丈道義之愛，不敢有懷而不言，仰丈翁受之度，不能有言而不盡。若乃黨一相知，罔一相知，即弟亦不敢也，亦不能也。伏乞裁教。

又

承賜《續集》，疾讀一過，種種有關世教之言，不勝悚服。比仔細檢點，亦不無一二可商量處。大都先入之見難主，一邊之説難憑，願更虛其衷而參之。恃愛放言，倘丈不我嗔，尚俟異日面罄所疑耳。如何如何？

又

向不揣漫效其狂，不審可備採擇萬一否？竊見長安議論喧囂，門户角立，甲以乙爲邪，乙亦以甲爲邪；甲以乙爲黨，乙亦以甲爲黨，異矣。是故其端紛紛不可詰，其究牢不可破，長此不已，其釀禍流毒，有不可勝言者矣。乃弟從旁徐觀，亦只是始於意見之岐，而成於意氣之激已耳，要未始不可轉而移，聯而合也。誠欲爲之轉而移，聯而合，蓋有道焉。其道惟何？曰：在局内者宜置身局外，以虛心居之，乃可以盡人之性；在局外者宜設身局内，以公心裁之，乃可以盡己之性。何言乎公也？各各就己分上求，不就人分上求也，各各就獨見獨知處争慊，不就共見共知處争勝也，則虛矣。何言乎虛也？是曰是，非曰非，不爲模稜也；是而知其非，非而知其

是，不爲偏執也，則公矣。夫如是，將意見不期融而自融矣，何所容其岐？將意氣不期平而自平矣，何所容其激？其於國家尚亦有利哉！此弟之所爲寤寐反側，叩天而祈者也。若乃自責則輕以約，責人則重以周；所愛則見瑜而不見瑕，所憎則見瑕而不見瑜，甚且并其瑜而瑕之，夷可爲跖。門戶不已而藩籬，藩籬不已而干戈，在事之人既然，持議之人亦然，如水濟水，益揚其波，如火濟火，益煽其焰，是化君子而小人，化一家而敵國也，豈不可惜！是舉百年有限光陰，盡用之於相爭相競，而不用之於相補相救也；是舉兩下有限精神，盡爲各人區區之體面用，而不爲君父赫赫之宗社生靈用也，豈不又可惜！此弟之所爲彷徨四顧，仰天而嗚嗚者也。用敢再瀝底裏，就丈而求正焉。丈其憫而收之耶？竊亦可自信其不謬矣，幸甚！抑曰：「有是哉？子之迂也。」其麾而吐之耶？丈必有以進我矣，亦幸甚！敬洗心以俟。

又

諦閱前後大集，諸所品題，大都論古事所得常多，論今事似較不如。何也？古有成案，今未必一一有成案也。即論今事，戊申以前所得常多，戊申以後似較不如。何也？前無成心，後未必一一無成心也。書既具，忽復得此數語，并以請正，誠知煩聒。一則以爲此天地間公共事，非我兩人事，無嫌異同。一則以爲不有益於丈，必有益於弟耳。如何如何？

與鄒南皋

世之詆訕李漕撫者無論已。近見伍容菴《貽安堂續集》內有曰「數年前，南皋嘗以內多欲而外施仁義刺漕撫。今輿論皆謂能識漕撫者，惟南皋與予最先」云，不覺失笑。老兄之於漕撫，何如而肯為是言？意必有假托以欺容菴者耳。容菴自是君子，只見處不無偏執。其於漕撫，真有如秦人之於晉，望見八公山草木皆兵者，甚而并曹貞予、朱玉槎二君子，亦用商鞅連坐之律，過矣。況今且援老兄為徵，天下縱有不信容菴，必不能不信老兄。故願老兄出一言正之，以解世人之惑。夫非獨解世人之惑也，即容菴能不信漕撫，度不能不信老兄，誠得老兄一言，憬然有省，翻然掃其偏執之見，歸之蕩平，其所成就，當益不小。老兄愛人以德，計亦不肯默默聽其受人之欺也。

答友人

時局紛紜，千態萬狀，誠有如來諭所浩嘆者。反覆推求，非惟人事相激，殆亦氣運使然。制馭之機，莫知所出，姑言其臆，似宜平而劑之。大都在急於主張獨是，不必急於抉摘眾非；在急於聯屬同心，不必急於剪除異類。要使彼之有以自容，而於我無所致其毒，久之將漸漸消釋耳。故獨是伸則眾非自詘，同心盛則異類自衰，斯亦不抉摘之抉摘，不剪除之剪除也。仰承虛懷，不敢自外，冒昧披請。其可其否，惟台臺裁之。

與姜景尼

向見《東林辨誣說》，私心異之。今見《邵姜問答》，則益異焉。不知景尼何苦而爲此紛紛也。且李漕撫之陷多口，數年於此矣，絶未聞有猜及景尼者。乃今突發一難曰：「於我何與？」明是尋敵討對之辭。至曰「即今授計江南，禍方四起」，又若不勝其戒心然者。竊恐吳越之士，有以窺景尼也。宣師有之，❶「君子内省不疚，夫何憂何懼」，吾儕盍姑内省乎？是故不疚於天地，則天地庇之；不疚於宗族，則宗族庇之；不疚於祖宗，則祖宗庇之；不疚於鄉黨，則鄉黨庇之；不疚於父母，則父母庇之；不疚於兄弟，則兄弟庇之；不疚於朋友，則朋友庇之。於憂懼乎何有！脱或不然，即袵席之上，户庭之内，在在可憂可懼，豈必荆軻、聶政能爲孽哉！景尼曰：「於我何與？」愚則曰：「於人何與？」體究到此，能不悚然？追憶去歲四月，過苦次，握手云云，頻行，連聲叮嚀曰：「聽我！聽我！」景尼聞之，不覺淚下。此情此景，脉脉如在，還記得否？又往者《上閣銓書》，通國爲譁，愚只以「自反」二字結案，箇中殊有種種苦心，景尼直認作懺悔語，尚隔一膜在。今於景尼前後二刻，亦願以此二字進。若果信得過，却真是景尼懺悔語也。倘係景尼過疑而刻此，去歲四月至七月面言「害我好友李某」者三，亦不得自諱。如何？如何？友道彫喪，我思古人，輒瀝肺肝，用附於忠告之誼。知我罪我，惟高明裁之！

❶ 「之」，疑當作「云」。

復段幻然給諫

密揭一疏，功在社稷。九廟之靈，實式臨之。天王聖明，其中一副精神，當有潛孚默契，超於聲色之表者。讀別諭，僕亦竊窺其微矣。珍重！珍重！方今昌言滿朝，公道昭明，皎如星日，此向來所鮮覯。當軸君子采其灼然者，亟與施行；其在兩可之間者，則稍從容以俟論定，真世道之福也。門下以為何如？恃愛僭及，伏惟崇亮。

與李漕撫修吾

足下嘗謂富貴功名，都如夢幻，乃有好古董一癖，何也？此以視求田問舍則有間矣，其為累等也。且所謂古董者在我而已，我能做百年的勾當便是百年的古董，我能做千年的勾當便是千年的古董，我能做萬年的勾當便是萬年的古董，彼世之所謂古董，何為哉？一落形器，天地且不免有時彫毀，而況其他乎？亦可啞然一笑矣。高明以為何如？

又

近頗有所聞，殊為足下危之。君子盡其在我而已，事變之來，本不當一一預計。然而在我者，實未易盡也。竊見足下任事太勇，忤時太深，疾惡太嚴，行法太果，分別太明。兼之轄及七省，酬應太煩，延接太泛，

而又信心太過，口語太直，禮貌太簡，形迹太略。固知前後左右，在在俱有伏戎；亦恐嗤笑興居①，種種可爲罪案。檢點消融，得不加之意乎？先正云：「真正英雄，必從戰戰兢兢中來。」業爲足下屢誦之矣。此今日端本澄源第一義，此所謂盡其在我者也。珍重！珍重！

又

足下可以去矣，不可以留矣。去也可以速矣，不可以緩矣。前此猶曰漕事未竟也，今糧艘過淮矣，又過洪矣，於此時而浩然報主之忠，潔身之義，見幾之勇，用意之厚，一舉而兼得焉，不亦善乎？若曰「逕去非大臣體也，吾且待之」，恐非所論於今日也。足下不見之乎？齊人餽女樂，季桓子受之，三日不朝，孔子行矣。亦曾有所待否乎？久知足下此意已決，敢以一言勸駕，萬勿牽於二三之説，誤落頑鈍局中也。

答郭明龍少宗伯

狂言一出，通國爲譁，方在猛省，忽拜手教，謬辱印可。且曰：「三書皆從一片虛明中流出。」讀之且愧且悚，何敢當也！已退而思之，竊亦自幸庶幾無重獲罪於有道焉。虞仲翔云：「天下有一人知己，足以不恨。」聶文蔚云：「與其盡信於天下，不若真信於一人。」恰道着鄙人今日意中事，顧誠不知何修可以副明德

---

① 「興」，文淵閣本作「令」。

萬分一耳。倘翁始終不棄,惠而加鞭,敢不夙夜請事!

答高邑趙儕鶴

頃方屬比鴻郵致一械,爲道甫質,且以自質也,尚未知到否?而梁別駕攜示手教,業已先得弟之同然矣。大都道甫倜儻自喜,間不無稍踈,要以內無包裹,外無遮蓋,使人人得而視且指之,益見道甫真色,是則其受病處亦正其好處也,奈何反從而文致之曰「貪」?弟生平持議,絕不敢執拗。今得老兄印正,庶幾可以自信矣。惟是老兄於弟分上獎借太溢,却又令人驚愧不敢當耳。如何如何?道甫去志久決,特疑不待旨而徑去,非大臣體,即同志中亦頗有持是見者,以故遂落遲局。今移節徐州,去形已成,計可不至再濡滯耳。

復吳安節太僕

頃有奏記於閣銓二老,通國爲譁,不意謬承許可,且曰:「一腔心事如青天白日,不特相知者見信而已。」所以慰撫不肖,何懇而至!至謂:「一切宜聽公評,不必與人較曲直。」又何愛不肖以德也!感切!感切!乃不肖後先從邸報得讀南北諸君子疏,非惟不敢與較曲直也,且有爲之躍然以喜焉者矣。何喜也?喜聞過也。又有爲之赧然以耻焉者矣。何耻也?耻溢美也。又有爲之悚然以懼焉者矣。何懼也?懼滋競也。又有爲之愀然以憂焉者矣。何憂也?憂激禍也。然則凡曲直我者,皆提策我者也,凡提策我

者，皆玉成我者也。尚不知何修可以副德意之萬分一，而何較哉？荷知己之誼，輒剖干扃以對，惟翁始終不鄙，惠而加鞭，幸甚！

與吳懷野光祿

不肖弟一生鹵莽，積下無限罪戾，至近歲始發，此天之大震動我也。敢不痛自儆惕，漫成孤負！乃老兄慨然發憤，不憚盡言昭雪，此又天之大寬假我也，敢不祗承！敢不益自鞭策，竟成墮落！至爲弟任過而曰：「去歲救李淮撫書，委是出位。」隨爲弟懺過而曰：「亦悔且恨，重自懲，無復通書於都下。」其所以委曲而成全之者，益不勝苦心之至矣。不肖方切感佩，夫復何言！惟是硜硜之愚，尚有欲就正者。士屈於不知己而伸於知己，試傾瀝以請，可乎？

蓋不肖之救淮撫，其說有二。夫任事之難，久矣。漕撫當風波洶湧之時，毅然出而挺身擔荷，至於外犯權相，內犯權閹，死生禍福，係之呼吸，並不少顧。既歷無限崎嶇，幸而事定，旁觀者遂群起而求，多吹索抨彈，不遺餘力，又受無限摧挫。始藉其力以紓患，卒致其罪以快讐，不亦傷乎？漕撫嘗簡不肖曰：「吾輩只合有事方出來，無事便歸。」痛哉斯言！堪令千古英雄流涕，不肖獨何心而忍默默！此一說也。至世之號爲朋友者，方其從容無事，把手捉膝，指白日而盟丹衷，幾乎七尺可委，九死可要矣，一何壯也！不幸一旦有事，往往掉臂而去之，無異路人，甚者從而下石矣，又何悖也！故淮撫之蒙議，明知其必不能勝多口也，明知狂言一出，必且更滋多口也，夫亦曰：「聊以盡此一念而已。」此又一說也。夫如

是，即冒出位之罪，所不辭也，奚而悔且恨？第於此有應自反處耳，何也？淮撫大節卓然而細行不無疏濶，自是豪傑之品。當時一併道破，正見淮撫本來面目，庸何傷？徒以爲論人者，當取其大而略其小，遂不無微顯於其間，種種推敲，都從此起耳。不肖之所宜自反，一也。凡天下之爭，皆生於激。始不肖有感於人之求淮撫者太甚，激而有《上閣銓書》。書上而求淮撫者彌甚，是又不肖有以激之也。不肖之所宜自反，二也。程伯子曰：「新法之行，吾黨亦有過焉，豈可獨罪安石？」每誦斯言，便爲心癢。此意曾與所知及之，蓋誠覺吾言之未盡，反有累於淮撫，以是不滿其本心，一似悔且恨然，則固有之。若懼人言之見咎，反有尤於淮撫，以是自背其初心，至於悔且恨，則未有也。度老兄必已校勘及此矣。

乃不肖爲言者設身處地，則亦有宜自反者。蓋今之議淮撫連篇累牘，不可殫記，一言以蔽之曰「貪」，及問其所以爲貪狀，類涉影響，未有的然可據也。求其的然可據，則兩言以概之，一曰「甲第連雲，店肆鱗比，以爲非貪何以獲此」云爾，一曰「地方怨咨，指日偕喪，以爲非貪何以致此」云爾。徐而按之，然耶？不然耶？淮撫舊居燕中，今現居張家灣，南北縉紳往來所必由。及是過而閱焉，輒爲啞然而笑曰：「何圖阿房堳塢，僅僅若此？」抑負而藏之天上，埋之地下耶？愚不得而解也。若淮揚數千里間，其於漕撫又漕撫之智能化有爲無耶？「惜不令王考功見之。即見之，亦必啞然而笑也。」何耶？豈無不家戶戶祝矣。吾且不必論其在淮之日，而但論其去淮之日，彼其老幼提攜，填街塞巷，擁輿不得行，已而相與頂輿號泣，一步一籲。比抵舟，又夾兩岸號泣，奪纜不得行，何爲者耶？吾又不專論其去淮之初，而

并論其去淮之後，彼其聚族而爲之祠，摩肩接踵，熙熙子來，不曰而成，遂聚族而爲之肖像其中，朝夕走拜於其下不絕，何爲者耶？跡貴人排擊之口，則貽毒地方者無如此淮撫，跡細民稱誦之口，則造福地方者又無如此淮撫，惟恨其不去。兩下物情相反爾爾，其亦異矣，愚又不得而解也。嗟嗟！此二端者，其爲有目所共見，有耳所共聞，尤非他比，而猶顛倒失真至是，況於不見不聞者耶！夫安知不有枉誤於其間哉？獨計誣及於不見不聞則曖昧而難明，雖百口何以自解？誣及於共見共聞則昭灼而易見，苟非與淮撫有夙業及偏見固執，物而不化，試稍加察焉，未必不怳然自悟其言之過與告者之過耳。不審言者於此亦曾一轉念否乎？

然而爲漕撫設身處地，則尤有宜自反者。大都議論之興，無問虛實，必有所緣，貝錦之成，緣萋菲也；明珠之載，緣薏苡也。是故非博大則揮霍之説從何而來？非揮霍則跅弛之説從何而來？非跅弛則貪之説從何而來？就如稽之几、項之鼎，苟非有好古董之癖則其説亦何從而來？是安得一一歸咎於人也？不肖嘗簡淮撫曰：「吾輩當毀譽之交，固不可不自信，亦不可不自反。不自信，胸中安得有一片清涼界？不自反，向上安得有百尺竿頭步？願與足下共勉之。」又曰：「君子格人欲恕，格己欲嚴。舍其長而求其短，不恕之過也，天下有任其責者矣。恃其長而忽其短，不嚴之過也，當其安常履順，則所重在昭雪，不嫌特就長一邊表揚，當其遭讒遘譏，則所重在切磋，不憚特就短一邊補救。惟淮撫亦有概於中，直直自認箇俠氣，可謂不自瞞，又曰：「數承見不肖與淮撫處，又有操縱之微權焉。

則所重在切磋，不憚特就短一邊補救。無奈熟處難忘，尚未能盡脱得生平伎倆耳。要之，始終不失其爲豪傑也。勗，敢不書紳？」可謂不自棄。

嗟乎！人莫不有我也，與其人人只認得我，各執自家一箇是，不若人人丟却我，各反自家一箇不是也；與其人人各務相上而求勝，不若人人各務相下而求慊也。是故淮撫而知此，不若淮撫而知其見而收其益，究也可以消謗而不至於滋謗。攻淮撫與救淮撫者而知此，則能平心易氣，撤異同之障而用其中，究也可以息爭而不至於導爭。此自反一言，實區區蕘蕘之見，芹曝之懷，昔以獻於朝而今更以私質於高明也，惟老兄裁而正之。言念高誼，不勝耿耿，輒此鳴謝，并攄干悃，統乞炤原，幸甚！

足下行矣，何以為足下贈？涉世之難，非一日矣。譬諸行路者然，東西南北，俄而易面，不自覺也。惟善學者却於不自覺之時，常喚醒耳。

柬高景逸

又

前得來教，甚喜。喜足下之立志彌堅，庶幾於不變塞之強也。頃得榮選之報，又甚喜。喜內任之官，惟此得以習四方之故，周練民情，旁閱物變，而進其識也。足下勉之！弟今者誠不意再忝故曹，殊常之遇，可憂可懼，將來不知何所稱塞。足下愛我甚至，誨我甚篤，切偲之誼，宇宙寥寥。今乃得之足下，真弟之幸也。嗣後有概於中，願不靳指示，無若今人之逡巡，萬萬。

又

知人實難，耳目易混，一毫有誤，便涉誣枉，終身之歉。丈晤玄室，試問而參之合否？何如？有不合者，望見示也。朔風多厲，百凡珍重。日月儘寬，無須汲汲。且到處從容問俗觀風，便到處受益。塗次見聞，一切寄示，萬萬。

又

古之游者，莫善於孔子，所至非特同聲同氣相應相求而已，即如沮溺、丈人之流，亦皆曲爲接引，不忍其鳥獸同群。此天下一家，中國一人之至仁也。其次莫善於季札，所至各傾其國之賢者，相與上下論説而規飭警厲，備極懇篤，班荆傾蓋，誼結千古，令人至今有餘思焉。若夫子長之徒，僅僅以其文辭而已焉者，淺之乎，其爲游矣！知足下之於一聖一賢有合也，可得而示其概乎？望之！望之！

又

邇來清論方張，❶私心方以爲太平之兆，忽然有此，惋恨何已！默默點檢，吾輩亦自有失着處，然而未

❶ 「邇」，原作「通」，據文淵閣本改。

易言也。總之朝講廢曠，一切章奏，微有關涉，輒格不下，此中機緘，九閽萬里，禍形已成，莫可救藥。執政大臣視國家事如兒戲，將來何所底止？獨恃九廟之靈而已。初謂覆車在前且甚近，後車必戒，不謂諸君竟公然訟諸言者，無復顧忌。嗚鳳走犬，形一定而不移。人心無常，忽堯忽跖，可畏哉！弟之去就，尚未有定畫。璞齋謂必不可不歸，玄臺謂必不可不留。兩說孰確，願為弟熟慮之。當局旁觀，自有明暗耳。

又

啓新、景陽、如菴、慎所，自是一時之秀，且相望不出二三百里間，何異一堂？卷石想已赴江右，其尊人安節侍御意趣甚佳。姑蘇管東老畢竟有超拔之韻。君子友天下之善士，況於一鄉？願無失之。又如王國博少湖愷愷篤行，崑峰張可菴耿介遠俗。我吳儘多君子，若能聯屬爲一，相牽相引，接天地之善脉於無窮，豈非大勝事哉！丈以爲何如？

又

知足下之念我也，賤體即小可而機緘尚在，往來之間未有所定，今亦無可如何，惟有如來教所謂凝神茹淡，寧忍以俟天和耳。足下云：「學問須從枯槁寂寞，經一番死後方得活。」又云：「勿以寂滯爲慮，勉爲發揚。」皆至言也，弟一一佩服，異時或有以相証耳。近看朱先生集何如？此老一念入真，便與天地同符。曾記薛玄臺爲弟語及明道、晦菴二先生，弟曰：「畢竟朱先生假不得。」丈以爲何如？

又

玉池書來，志意懇懇，信如丈所許，喜之不勝。玉池又云許敬老及周海門相與論正「無善無惡」之說，都在丈處，乞發一覽。此向者學者腹心之疾，而於今尤極其橫流者也。

又

丈所示種種，正論也。天地之大德曰生，吾人畢竟以生爲本。然形色色，各有本分，亦只得聽其自然，何容強得？八佾歌雍，孔子只嘆得一口氣，無能爲也。但當以此自警策，日嚴日密，異時不使人得檢點得我，乃實受益處耳。

又

昨日之晤甚快。此理儘自分明，更何可疑。只在我之所以參証之者，不可少有遺憾，使異端曲説得乘其間。此學之不講，聖人以爲憂也。願與丈共勉之。

又

鄒大澤近作尚行書院，甚可敬。弟素有此一念，畢竟不免自暴自棄，數年來一病遂灰。然耿耿時不忘，

前欲問勝龍山，蓋以此。要之，此真丈事也。日下當求面商耳。

又

會規裁定甚佳。「拙法」二字更是一篇綱領，寄意遠矣。

又

大率此會雖不可濫，畢竟以寬大爲主，不可輕開異同之藩。前頻行所擬，尊見已得之矣，更不須疑也。

又

乾坤之後，繼之以屯，混闢之交，必有一番大險阻，然後震動辣烈，猛起精神，交磨互淬，做出無限事業。東林之興，於時正當草昧，借彼無良爲我師保，未必非夏商以來，凡有國者，莫不如此。此意甚深長可味。

又

弟意以爲，此後講義不必拘定做成一篇，只隨意說幾句，亦不必一一章中句句說盡，不知是否？并乞酌定。

又　先賢祠之會，終須一舉。無論其他，即歐陽公一段意思，吾輩亦不可漫然也。試商諸啓新，何如？

又　平泉先生八集奉完。讀其文，寬夷平衍，常有餘地，兼包五福，良亦非偶然也。

又　往李克菴曾謂弟云：「邪説害道昭昭，何故人競趨之？」弟曰：「道則害矣，而人則利。此其所以牢不可破也。」今看來真是如此，奈何！奈何！

又　李卓吾大抵是人之非，非人之是，又以成敗爲是非而已。學術到此，真成塗炭。惟有仰屋竊嘆而已。如何如何！

又　昨聞本孺有疏，不覺喜而欲狂。此正爲天地贊化育事，而又出於吾邑，又出於吾黨，尤不勝私喜耳。

又　徹如此行，得一面商爲妥。蓋爲今日計，一則持議欲平，一則只在明己之是，不必闚人之非。高明以爲何如？

又　長安口眼爾爾，真食肉者之智也。在吾輩只有密自檢而已，未可以說我不着而忽之也。如何如何？

又　吾輩持濂、洛、關、閩之清議，不持顧、廚、俊、及之清議也。

又　大會只照舊爲妥。世局無常，吾道有常，豈得以彼婦之口，遽易吾常，作小家相哉！

又

人心不甚相遠，何以紛紛至是？吾輩得無亦有偏執而不自知否？幸相與再入思慮一番，何如？

又

沈繼老來問金吾書，此書當是金吾自以爲功，所在傳播。幸此中清論即已寓書内矣。

與史玉池

方本菴先生真老成典刑，足爲此時砥柱，可見天下未嘗無人也。其所刻《心學宗》，欲得置之公所，足下即移之明道書院中，何如？繼山先生竟即世，云亡之痛，海内同之，在吾輩尤切耳。仲冬之會，想得過晤種種，不盡。

又

時議葛藤，時情荆棘。梅長公致思於江陵，其言可痛。僕則更念五臺、漸菴二老，以爲當此時應有一番妙用。蓋五臺大，漸菴細也。如何如何？去歲大會，欲刻《會語》，尚覺寥寥。際明此來，可補之。告期帖頃托徹如寄奉，想爲分致諸兄矣。

又

四明公大勢難久,歸德公聞又不大當於聖心。箇中消息當作何結果?愚意以爲,歸德公真真君子,此一腔至誠,便須格鬼神,徹金石。聖明淵淵,殆未可測也。如何如何?八月之會,當在十一日仲丁始,得一過否?

涇皋藏稿第六卷

無錫顧憲成著

朱子節要序

昔朱子與東萊呂子會於寒泉精舍，相與讀周子、程子、張子之書，嘆其廣大閎博若無津涯，而懼初學者不知所入，因共掇其要爲一編，分十四卷，名曰《近思錄》。友人高雲從讀而珍之，以爲四先生之後，能繼其道，發明而光大之者，無如朱子，亦取《朱子全書》，掇其要爲一編，分十四卷，悉準《近思錄》之例，不敢擬於《近思錄》也，而題之曰《節要》，問以示予。予受而卒業焉，爲之喟然太息。

世之言朱子者鮮矣，彼其意皆不滿於朱子也。予竊疑之，非不滿也，殆不便也。何者？世好奇，朱子以平，平則一毫播弄不得，高明者遏於無所逞而厭之；世好圓，朱子以方，方則一毫假借不得，曠達者苦於有所束而憚之，故不便也。以其不便也，於是乎從而爲之辭。吾以爲平，彼以爲凡爲陋，若曰：「夫豈誠有憚焉，不能仰而模，惜其傷厭焉，不肯俯而襲，惜其傷於卑耳。」於高耳。」故不滿也。

世之言朱子者鮮矣，彼其意皆不滿於朱子也。予以爲方，彼以爲矯爲亢，若曰：「夫豈誠有憚焉，不能仰而模，惜其傷於高耳。」故不滿也。内懷不便之實，外著不滿之形。不便之實根深蒂固，而不滿之形遂成而不可解。宜乎世之言朱子者鮮矣！乃云從之於朱子，懇懇如是，且謂學者不知朱子必不知孔子，抑何信之深也！非其

超然獨立，不受變於流俗，夫孰得而幾之乎！此余之所以喟然太息也。

然則朱子其孔子乎？曰：孔子依乎中庸，遯世不見知而不悔，平之至也。十五而志學，七十而從心不踰矩，方之至也。朱子希孔子者也，是故論造詣，顏、孟猶有歉焉，論血脉，朱子依然孔子也。雲從之爲是編，正欲人認取血脉耳。血脉誠真，隨其所至，大以成大，小以成小，皆可以得孔子之門而入。倘不其然，即有殊能絕識，超朱子而上，去孔子彌遠，雲從弗屑也。讀者以是求之，斯得之矣。

朱子二大辨序

昔朱子有曰：「海内學術之弊，不過兩說，江西頓悟，永康事功。若不竭力明辨，此道無由得明。」予弟季時讀其言，憮然有感，遂取其所與象山、龍川兩先生往復數書，輯而行之，名曰《朱子二大辨》。諸有與兩說互發者，亦附錄焉。而謂予曰：「惟今日學術之弊亦然。第昔也頓悟、事功分而爲二，今也并而爲一，其害更不可言耳。不知朱子而在，又何以爲計？」予曰：「難哉！必也其反經乎！」已而曰：「亦須攜其窠臼始得」。季時曰：「何言乎窠臼？」予曰：「即邇時論性家所愛舉揚『無善無惡』四字是也。此四字是最玄語，是最巧語，又是最險語。」季時曰：「願聞其說。」

予曰：「謂人之心原自無善無惡也，本體只是一空；謂無善無惡惟在心之不著於有也，善惡必至兩混。空則一切掃蕩，其所據之境界爲甚超，故玄也，世之談頓悟者，大率由此入耳；混則一切包裹，其所開之門户爲甚寬，故巧也，世之談事功者，大率由此出耳。玄則握機自巧，巧則轉機益玄，其法上之可以張皇幽渺

而影附於至道，下之可以徹名徹利而曲濟其無忌憚之私，故險也。世之浮游於兩端之中而內以欺己外以欺人者，大率就此播弄耳。試與勘破，無論其分而爲二者，一高一下，人得共指而共視之，無從逃匿。即其并而爲一者，亦見首尾衡決，渙然披離，無從湊泊矣。何者？奪其所恃也。然則朱子而在，其所爲今日計，亦可知已。」

季時曰：「人言象山禪學也，龍川伯學也，信乎？」曰：「聞諸朱子：『南渡以來，八字着脚，理會着實功夫者，惟予與子靜二人。』何敢目之曰禪？惟其見太捷，持論太高，推極末流之弊，恐究竟不免使人墮入滸蕩中。龍川自負一世英雄，其與朱子書稱『天、地、人爲三才，人生只要做個人』。立意皎然，何敢目之曰霸？惟其才太露，行徑太奇，推原發端之地，恐合下便已渾身倒入功利中。況象山言惡能害心，豈非即吾之所謂空？而龍川義利雙行，王霸並用，上下三代，唐漢之間，欲攪金銀銅鐵鎔爲一器，豈非即吾之所謂混？由此觀之，其大指亦自分明，特未及剖到兩家安身立命處在此，其受病處亦在此，并與一口道破耳。予又閱朱子所著《胡五峰知言疑義》，其於無善無惡之辨最爲分明，特未及直截道破耳。此一重公案，實《二大辨》之所歸宿，拔本塞源之論也。然則朱子而在，其所爲今日計，益可知已。抑予竊有懼焉，凡人之情，於其受病處未有不畏而却者也，於其安身立命處未有不戀而留者也。惟是安身立命處即其受病處，幾微之間固已易眩而難決，況吾方見以爲受病處而彼且見以爲安身立命處，則其說益牴牾而不入矣。夫誰得而奪之？論至於此，誠不知朱子而在，何以爲今日計也。」

於是刻《二大辨》成，季時請序，予因次第其語授之，蓋以爲是天地間公共事，而思求助於有道，相與釋

刻學蔀通辨序

東粵清瀾陳先生嘗爲書，著朱陸之辨，而曰：「此非所以拔本塞源也。」於是乎搜及佛學，而又曰：「此非所以端本澄源也。」於是乎特揭吾儒之正學。終焉，總而名之曰《學蔀通辨》。大指取裁於程子本天、本心之説而多所獨見。後先千萬餘言，其憂深，其慮遠，肫懇迫切，如拯溺救焚，聲色俱變，至爲之狂奔疾呼，有不自知其然者。内黄蛟嶺黄公受之先生，奉爲世寶，十襲而授厥嗣直指雲蛟公。雲蛟公顧諟庭訓，憮愾時趨，謂盱眙令禮庭吴侯嘗讀書白鹿洞，出以示之。侯慨然請任剞劂之役，而其邑人慕崗馮子爲問序於不佞。先是高安密所朱公從吾邑高存之得《朱子語類》，屬其裔孫諸生崇沐校梓，且次第行其《全集》與《小學》《近思録》諸編。及聞是役也，崇沐復欣然樂佐厥成。相望數百里間，一時聲氣應合，俯仰山川，陡覺神旺。不佞憲作而嘆曰：美哉，諸君子之注意於正學也！有如是哉，其不謀而契也！吾道其將興乎！何幸身親見之也！已伏而思曰：朱陸之辨，凡幾變矣，而莫之定也。左朱右陸，既以禪爲諱；右朱左陸，又以支離爲諱。竊謂此正不必諱耳，就兩先生言，尤不當諱。何也？兩先生並學爲聖賢者也。學爲聖賢，必自無我，人無我而後能虚，虚而後能知過，知過而後能日新，日新而後能大。有我反是。夫諱，我心也，其發脉最微，而其中於人也最粘膩而莫解，是無形之蔀也，其爲病，病在裏。若意見之有異同，議論之有出入，或近於禪，或近於支離，是有形之蔀也，其爲病，病在表。病在表易治

也，病在裏難治也。是故君子以去我心為首務。予於兩先生非敢漫有左右也，然而嘗讀朱子之書矣，其於所謂支離，輒認為己過，悔艾刻責，時見乎辭，曾不一少恕焉。嘗讀陸子之書矣，其於所謂禪，藐然如不聞也，夷然而安之，終其身曾不一置疑焉。在朱子，豈必盡非？而常自見其非；在陸子，豈必盡是？而常自見其是。此無我有我之證也。朱子又曰：「子靜所說，專是尊德性事，而某平日所論，却是道問學上多。今當反身用力，去短集長，庶幾不墮一邊耳。」蓋情語也，亦遜語也，其接引之機微矣。而象山遽折之曰：「既不知尊德性，焉有所謂道問學？」將朱子於此，果有所不知歟？抑亦陸子之長處短處，朱子悉知之，而朱子之喫緊處，陸子未之知歟？昔子路使子羔為費宰，孔子賊之，乃曰：「有民人焉，有社稷焉，何必讀書，然後為學？」彼其意，寧不謂是向上第一義？是故如以其言而已矣，朱子歧德性問學為二，象山合德性問學為一，得失判然，如徐而求其所以言，則失者未始不為得，而得者未始不為失，此無我有我之別也。然則學者不患其支離，不患其禪，患其有我而已矣。辨朱陸者不須辨其孰為支離孰為禪，辨其孰為有我而已矣。此實道術中一大關鍵，非他小小牴牾而已也者，敢特為吳侯誦之。惟慕崗子進而裁焉，且以就正於雲蛟公，不審與蛟嶺公授受之指有當萬分一否也？

心學宗序

自釋氏以空為宗，而儒者始惡言空矣。邇時之論不然，曰：「心本空也。空空，孔子也；屢空，顏子也；奈何舉而讓諸釋氏？」則又相率而好言空。予竊以為，空者，名也，要其實，當有辨焉。無聲無臭，吾儒之所

謂空也;無善無惡,釋氏之所謂空也。兩者之分,毫釐千里,混而不察,概以釋氏之所謂空,而心學且大亂于天下,非細故也。夫善,心體也,在貌曰恭,在視曰明,在耳曰聰,在思曰睿,在父子曰親,在君臣曰義,在夫婦曰別,在長幼曰序,在朋友曰信,如之何其無之也?則曰:「吾所謂無,非斷滅也,不着于善云爾。」嘗試反而觀之,即心即善,原是一物,非惟無所容其不着也?且着不着,念頭上事耳,難以語心,去其着而可矣,善曷與焉,而并去之也?

嗟嗟!古之君子所爲兢兢業業,終其身捧持而不墜者,今之君子所視爲瑣瑣而等諸土苴者也;古之君子所爲孜孜亹亹,終其身好樂之而不倦者,今之君子所視爲拘拘而等諸桎梏者也。視爲瑣瑣則必疑其落在方隅,非最上妙義,厭薄而不屑;視爲拘拘則必病其添我障礙,非本來面目,掃蕩而不留。夫善何負於人而不譽之甚如此也!是且不識善,安能識心!乃影響而混言空,有過)而詰之,輒曰:「無聲無臭之密固如是。」其亦弗思而已矣。無聲無臭,見以善爲精而爲之摸寫之辭也,真空也;無善無惡,見以善爲粗而爲之破除之辭也,影空也,夫豈可以強而附會哉!是故始也認子作賊,卒也認賊作子,名曰「心學」,實心學之蠧耳。何者?失其宗也。

呂亂秦,牛亂晉,釋亂儒,一也。予爲是有概於中久矣。乃今何幸得本菴方先生!先生少而嗜學,長而彌敦,老而不懈,一言一動,一切歸而證諸心,爲諸生祭酒二十餘年,領歲薦,竟棄去,優游川巖,嗒然無事,而獨有感於世之談心,往往以無善無惡爲宗也,輒進而證諸六經、四子及諸大儒。凡其言之有關於心者,悉裒而次之,其有引而未發,發而未竟者,各爲手拈數語,究晰指歸,要以明善爲心體,非爲心累;又以

明此體即實而空，非離實而空也。編成，命曰《心學宗》，庶幾學者一覽而洞見聖賢之心，因而自見其心。即惡言空者，於此識得吾之所謂空，自不必以似廢真而過有所諱；即好言空者，於此識得彼之所謂空，自不容以似亂真而漫無所別。滔滔狂瀾，先生其砥柱之矣！會先生之子魯岳公來按我吳，出以視兵憲虛臺蔡公，公韙之，授宜興喻侯梓行，公諸同志，謂予宜有言。

蓋昔王文成之揭良知，自信易簡直截，可俟百世，委為不誣。而天泉證道，又獨標無善無惡為第一諦焉。予竊惟良即善也，善所本有，還其本有，惡所本無，是曰自然。夷善為惡，紐有為無，不免費安排矣。以此論之，孰為易簡，孰為支離，孰為直截，孰為勞攘，詎不了了。然則先生是編，正所以闡明良知之蘊。假令文成復起，亦應首肯。蔡公亟加表章，可謂於風靡波蕩之中獨具隻眼者也，其所補于人心不小矣。遂忘其僭而為之序。

先生名學漸，桐城人。魯岳公名大鎮。蔡公名獻臣，同安人。喻侯名致知，新建人。

中丞脩吾李公漕撫小草序

予讀中丞脩吾李公《漕撫小草》，次第及海內諸君子所論著，其於公致主之恭，狥主之勇，悟主之巧，得主之奇，崎嶇艱險之苦心，旋轉補浴之壯略，詳哉其言之矣！惟是予交公最久，習公最深，竊又有窺於一斑也。始公艱於得子，已乃連舉數丈夫。予為色喜，貽書賀之而曰：「願公自愛，公之身非公之身也。」且申之曰：「公之身非公之身也，宇宙之身也，願公自愛。」公笑而謝曰：「不佞生平喜讀書，於今益

景素于先生憶語序

白沙陳子之詩曰：「朝市山林俱有事，令人忙處古人閒。」旨哉乎其言之也！雖然，古人自有忙者存，甚，往往午夜始就寢，即鉛槧書生，未必若斯之勤也。夫固曰是可以尚友千古，發我神智，作我典刑，抑亦曰是可以收拾精神，并歸一路，不令旁泄，有無限受益處耳。若妄自菲薄，以危其身而憂知己？惡乎敢？」予聞之，忽不覺悚然心折也。已晉總漕，望實日益上，予欲借以嘗公，稍稍貽書張之，比於古之鉅公長者。公驚而起曰：「嘻，是何言也！不佞落拓人耳，自與君周旋始有聞。受事以來，兢兢業業，不敢毫髮放過，特恥效俗人飾邊幅裝格套，於青天白日之下作鬼魅技耳。且夫性分無窮，職分無窮，心分無窮，堯舜事業亦如太虛浮雲一點，而況其凡乎？嘻，是何言也！君且休矣。」予聞之愈不覺悚然心折也。

嗚呼！微矣！先正論人有聖賢、豪傑二品，又言豪傑而不聖賢者有之，未有聖賢而不豪傑者也。是故豪傑大處不走作，聖賢小處不滲漏。豪傑於天下之事，處之常若有餘；聖賢於天下之事，處之常若不足。豪傑作用在功能意氣之中，聖賢作用在功能意氣之外。跡公之洗心勅慮乃爾，駸駸乎由豪傑而上矣。憶昔寧陵新吾呂公嘗與公論學，公目爲迂濶，去之。由今觀之，世之所爲營營逐逐，不憚決性命而趨之者，既公之所陋而不屑爲。而公之所爲，潛磨密鍛，竊意向所指爲迂濶者應別有在，而惜乎未及竟其說也。異日予請得就公，何以猥見厭薄？即公猥見厭薄，竊意向所指爲迂濶者應別有在，而惜乎未及竟其說也。異日予請得就公竟之，而聊爲之引其端，且以待讀是編者共參焉。

特其所謂忙非今人所謂忙耳。今人所謂忙，出則競名，處則競利，爲一身計也。古人所謂忙，出則行道，處則明道，爲天下萬世計也。是故以一身計言，謂今人忙處古人閑可也；以天下萬世計言，謂今人閑處古人忙可也。予觀景素先生，其庶幾焉。

先生岌岌華胄，冠冕江東，乃能超然自拔，寧靜澹泊，絕無靡麗之好，可謂不知有其家矣。既成進士，歷中外，望實鬱起，一旦敝屣棄之，可謂不知有其官矣。然而方爲諸生，發憤下帷，尚友千古，至於忘寢忘飱，不少暇逸；已司理江右，惟是洗冤澤物，夙夜孜孜，入郎容曹，恪共厥職，尺寸不假。會目擊時事有所不可於意，抗疏具言之至再至三，卒以取忤罷歸。身既隱矣，猶日手一編，不減諸生時也。且誦且繹，久之胸中之藏，淵涵勃發，不能自遏，乃稍稍筆之書，間出所著《億語》示予。其言根極理要，切於日用，如布帛菽粟，寒者可以爲衣，饑者可以爲食。至語及學術邪正之際，輒三致意焉；語及世道人心升降之際，輒又愀然改容，太息而言之，若疾痛之在躬也，絕不減立朝時。由前則於一身計，何泄泄也！今人忙處，正先生閑處也；由後則於天下萬世計，何懇懇也！今人閑處，正先生忙處也。如先生者，不當於古人中求之耶？

予忝附庚辰之籍，雅嚴事先生，不敢以雁行進。賴先生不予棄，左提右挈，俾無墮落。適先生命予序其《億語》，僭爲論次如此，亦因以自勗云。

五經繹序

盱江鄧潛谷先生著有《五經繹》十五卷，其門人心源左公來按兩浙，持以示嘉禾曹司理，爰授錢塘令聶猶能步趨焉，於先生忙處寥乎其未有當也。

侯校而梓之。侯將公之命屬予爲序，予受而卒業焉，作而嘆曰：「美哉，洋洋乎！其思深，其識正，其指遠，其詞文，出入今古，貫穿百氏，不主一說，不執一見，而卒自成一家言，粹如也。」斯已偉矣，則又曰：「是先生之所爲繹也，非其所以繹也。」吾聞先生研精性命，卓有領會，而不爲玄譚渺論，高自標榜。歸而脩諸日用之間，庸德之行，庸言之謹，如臨如履，尺寸靡忒。孝友孚於家庭，忠信孚于井里，久之名實充溢，遠邇傾嚮。當宁聞之，徵書儼然及衡門焉。崇仁新會以來，于斯爲烈，天下傳而艷之。而先生方逡巡謝不克，其自視彌下，其切磨於德業彌篤。《易》之精微，《書》之疏通，《詩》之思無邪，《禮》之毋不敬，《春秋》之深切著明，庶幾其身親體之矣，是先生之所以繹也。則又曰：「是先生之所以自爲繹也，非吾儕之所以爲先生繹也。」吾嘗一再侍心源公於虞山、梁水之間，竊見其坦而莊，詳而不迫，敦慤而有章，諸所提唱，一切本諸自得，津津沁人。退而考其行事，惟是興教正俗爲亹亹，旌淑別慝，風規皎如。先生之道，於斯著矣。而今而往，覽者果能由公以達於先生，由先生以達於五經，又能一引而十、十引而百、百引而千，相漸相磨，人人身親體之，不僅作訓詁觀，是吾儕之所以爲先生繹也。

嗟乎！五經一心也，其在古先聖賢者猶之乎其在先生也，其在公者猶之乎其在各人也，無毫髮餘也。反而求之，其在各人者猶之乎其在公也，其在先生者猶之乎其在古先聖賢也，無毫髮欠也。而其究判然懸絕，至倍蓰無算，何也？夫先生之爲繹是繹，將以闡往詔來，聯絡千古之上下而爲一，胥人於聖賢之域者也。今先生不可作已，而遺編具在，以承以啓，寔公之責。夫豈惟公之責，實吾儕之責。因備論其指，期共勖焉。

鄧先生名元錫。左公名宗郢。曹司理名光德。聶侯名心湯。

崇正文選序

吾邑勵菴先生《崇正文選》成，有過予而問曰：「先生之爲茲選也，其旨云何？」予曰：「懼世之爭趨奇而爲之坊也。」曰：「奇何容易？吾獨患無奇耳。果有奇，不必坊也。而況世之所謂奇者，亦不必奇也，往往舍大道而旁馳騖，殉影響而工掇拾。是故奇于古則之而爲墳索汲冢，奇於秘則之而爲金簡玉册，奇于博則之而爲石簣酉陽，奇于解則之而爲貝函靈籙。若然者，果奇耶？非耶？驟而觀之，其所自命，偃然直凌千古而上。徐而按之，率以艱深之辭文淺易之識。設有人焉從旁點破，多是向來餘瀋殘瀝，不知爲人吐而嚼，嚼而吐凡幾矣，何奇之與有！」予曰：「然則如之何而後可以稱奇？」曰：「奇之爲言，一而無偶之謂也。若茲編，其幾之矣。嘗試論之：六經畢，一變而爲《左》《國》矣，乃《左》《國》之後還有《左》《國》乎？否。而猶未也，再變而爲班、馬矣，乃班、馬之後還有班、馬乎？否。之數君子，豈非自性自靈，自心自神，後先頡頏宇宙之間，各各自操把柄，自出手眼，自爲千古者耶！故夫先生之所謂正，實予之所謂奇；而世之所謂奇，要不過奇之優孟也。」予曰：「信哉！能知文之正者，無如先生；能知文之奇者，亦無如先生也。先生可謂深於文矣。然則今之爲文，何尊而可？」曰：「不爲《左》《國》也者，乃能爲《左》《國》；不爲班、馬也者，乃能爲班、馬；不爲韓、柳、歐、蘇也者，乃能爲韓、柳、歐、蘇。先生茲選，聊以示鞭影耳。必字擬而句模之，非其指矣，不可不代

先生道破。」予爲首肯。

會先生之甥瞿星卿氏督學楚中，請曰：「楚士多奇，願以此風之。」先生許焉，而屬予序，予遂述之爲楚士告。覽者誠繹是說而存之，其於文也，思過半矣。雖然，吾寧獨僅僅爲楚士告？而所以爲楚士告者，又寧獨僅僅進之於文而已也？是在星卿哉！是在星卿哉！

先生名策，字懋揚。辛未進士，歷官太僕寺卿。生平不好皎皎之行，而恬穆守正，始終如一。其爲茲選，蓋絕類其人云。

信心草序

余仲兄有奇質，始成童，受句讀，輒心通。已長，以病中免。已余從原洛張先生游。先生與仲兄語而異之，勸令務學。仲兄謝曰：「時已過矣，何爲？」先生不聽，強而授之二題。援筆立就，落落多奇。先生讀之，大驚曰：「吾固知子非庸人也。」尋赴有司，輒試高等。客謂仲兄：「足下之於青紫，掇耳，何其捷也？」仲兄笑曰：「非吾意也。」聊以佐二弟，令不寂寞耳。」及余與季時後先成諸生，仲兄亦時時上下其間，吐論益偉。所當博士家言有不快於是余從銓曹郎謝病還，問奇之士，時時來集涇上，仲兄遂罷不事，人以此益多仲兄。於意，輒退而私爲擬之。既成以視人，靡不爽然自失也。久之，得十三首，呼蒼頭帙而藏之，命曰《信心草》。仲兄若曰：「吾自以爲當如是耳，吾無徵於往昔，吾無冀於來今。」此其指也。

余觀世之學者，日夜矻矻，耳無分聽，目無分視，畢心而修鉛槧之業。及其取而措諸筆舌之間，猶然半

合半離。仲兄獨何以不勞而中也？彼以外入，此以內出。外入者有待，譬之乞員於規，乞方於矩，乞和於五音，內出者無待，離婁所獨見，師曠所獨聞，非夫形聲之謂也，進乎巧矣，夫是以謂之信心也。仲兄則又語：「余頃稍稍聞心性家語，中心怵然若有動也，願得而卒業焉。吾乃自覺言多浮，動多率，此吾之參苓芪朮也。人不可以無學，吾何能忘張先生之言！」噫嘻，有是哉！其不可測也！恃無待而輒有待，賢智之所不免也，仲兄又何以不然？夫仲兄非獨進乎巧也，行當進乎道矣。書而志其端，度仲兄必不令斯言之爲佞也。

涇皋藏稿第七卷

無錫顧憲成著

英風紀異序

蓋鄱陽有廷尉胡公云而死建文帝之難，❶被禍最酷。檇李瞻山屠公嘗令其邑，採風而得之，不勝感愴。已入爲御史，輒具疏首言之，請行該地方有司，建祠特祀，株累在戍者，悉放還鄉井，及同時與難諸公，一體卹錄。疏上，報可。於是鄱陽令程君朝京備書而榜之邑前，忽有旋風颺榜而上，夾日迴翔，自午及申，或没或見，復還邑堂墀正中。一時環聚而觀者，凡幾千萬人，莫不驚嘆，此《英風紀異》之所由作也。

會侍御公伯子觀攜而視予，或謂予曰：「跡公一片精誠，無不之也，上天下淵，無不徹也。造物者豈其沾沾焉特以此示奇而旌公？」殆偶然耳。」予曰：「委是偶然。」或謂予曰：「當公之讀書吳王廟也，每獨坐嘆曰：『天下何時平乎？』」遂奮筆畫松廟壁，題詩曰：『幽人無俗懷，寫此蒼龍骨。九天風雨來，飛騰作靈物。』蓋宛然描出揭榜時一段光景矣。意其讖耶？且侍御公一疏原自鄱陽起因，其後文移遍天下，而英風之異

❶「云而」，文淵閣本作「者其」。

一二四

仍見鄱陽，若首尾應焉，意有鬼神爲主張於其間耶？殆非偶然也。」予曰：「公苦矣。若曰：『吾殺其身以及其家，及其族，又及其外親而無救於吾君也，吾何以謝高皇矣？』又若曰：『吾無救於吾君而人猶然被之名曰忠烈也，曰乾坤正氣也，吾何以謝天下後世矣？』公滋苦矣。使公而覩是集，祇益其痛耳。殆可無紀。」或謂予曰：「嘗考國史，初陳瑛請追戮周公是脩等，文皇怒曰：『諸臣盡忠於太祖，故盡忠於建文，喋喋何爲！』比仁皇嗣位，遂行肆赦。至今皇新詔，後先輝映，明德遠矣。然則英風之異，非特爲一胡公效靈，實爲列聖效靈也。殆不可無紀。」予曰：「委不可無紀。」
伯子聞而訝之，願得一言折衷，無爲兩可。予曰：「謂偶然者，所以表感應之機無常，萬變而不測；謂非偶然者，所以表感應之理有常，一定而不爽。謂可無紀者，所以表臣子之於君父，不忍緣公家之急，成一己之名；謂不可無紀者，所以表君父之於臣子，不忍緣一時之忤，掩萬世之節。夫各有攸當也，吾何敢執？」
伯子豁然起曰：「觀也於前兩言有以識天人相與之際矣，於後兩言有以識上下相與之際矣。請籍而弁其端，可乎？」予曰：「是惟伯子之命。」抑不佞又於侍御公見體國之忠，於伯子見承命之孝矣。是集行，其於世教非小補也，因并志之。
胡公名聞。屠公名叔方，丁丑進士。

願義編序

澄江邵君貞菴，恂恂如也，而隱於醫。其於醫，聊寄而已，不數數也。嘗客予涇里，叩者不絕，君隨手應之，不爲德亦不問其姓名。每過予，清言亹亹，絕不及俗事。間語及海內長者，未嘗不欣然庶幾見之；語及間閻休戚狀，未嘗不爲攢眉也。予心異之。一日出一編視予曰：「此《義田錄》也。遡自范文正公，迄於今。凡聞公之風而興起者，並錄而附焉。」予詢其意。答曰：「爲天下必自齊家始，齊家必自睦族始，睦族必自義田始。義田厚其生也，於是乎有義塾，義塾正其德也。厚其生乃可以正其德也，夫然後親親長長而天下平，故曰必自義田始。余之爲是錄數年矣，未有以名也，敢乞靈於子。」予喟然嘆曰：「仁哉，君之用心也！昔子貢問博施濟衆，而夫子告之曰：『己欲立而立人，己欲達而達人。』乃其所以博施濟衆者也。『己欲立而立人，己欲達而達人』，則取必於力；曰『施』，曰『濟』，則取必於願耳。今君之爲是錄也，咨求悉矣，校閱精矣，意念深矣。百爾君子，見而讀焉，讀而感焉，感而思焉，思而效焉。一人能爲文正公，❶君之願行於一人也；人人能爲文正公，❷君之願行於人人也。博施濟衆也！力有限，願無窮。有限則隘，無窮則博。有限則寡，無窮則衆。甚矣，夫子之善言

❶ 「焉一人」，原缺，據文淵閣本、光緒本補。
❷ 「文正公」，原缺，據文淵閣本、光緒本補。

鶴峯先生詩集序

予少時業聞邑中有鶴峯黃先生，願爲執鞭久矣。會其孫應覺刻先生遺詩，予受而卒業焉，益灑然異之。士方屈首佔僺朝誦夕諷，所抉腸劓腎，竭蹶而營者，惟是舉子業之爲皇皇耳，即欲以其間吟弄風月，點綴山川，與騷人詞客爭奇莽不可得，何先生之暇也！始先生舉孝廉，方當茂齡，自後挾其經待詔金馬門，且四十餘年而不一遇。南北風塵所爲耗其雄心者不少矣。今讀其詩，春容爾雅，發乎情，止乎禮義，了無不平之感，何先生之適也！應覺因從容言，先生既久滯公車，有同儕當路者，推轂於熊相所❷，先生聞之，一夕策

予少時業聞邑中有鶴峯黃先生

施濟衆，實始基之，豈必功自己出哉！」❶於是遂命之曰《願義編》。貞菴君曰：「善。」已而爲之愀然者久之。予曰：「何？」貞菴君乃曰：「先人浮山府君實抱斯志，偃蹇一經，蕭條四壁，未有行也。臨終手不肖而命曰：『若以范文正公爲何人哉？小子識之。且若不聞舅氏恕齋高公之訓乎？』高公家故涼，且割其田百畝瞻族，而自爲文記之，文具《錄》中。不肖撫今追昔，實負先人，其何言？」予悚然起曰：「君言及此，且令予戚戚心動矣。然而君之爲是編，正所以昭明浮山公之志而畢其願也。」予愧多矣。因次第其語，題之簡端以告世之讀是編者。

❶ 「豈必功」，原缺，據文淵閣本、光緒本補。
❷ 「熊」，文淵閣本作「時」，光緒本作「熊」。

遼陽稿序

吾邑黃斗南先生高風亮節，海內傳誦，而獨怪其文辭不少概見。乃昔荊川唐中丞與先生書曰：「《易》之蹇，『君子以反身修德』。蓋寂寥枯淡之中，其所助於道心者爲多也。自儒者不知反身之義，其高者則激昂於文章氣節之域，而其下者則遂沉酣濡首於蟻羶鼠腐之間。如兄之志氣，固已塵垢一世，而與古之志士爲徒矣。不知近來反身之學，得之于蹇者何如？幸以教我。張舜舉言兄自成遼以來，作詩幾四五本。何以致多如此？豈將以是自鳴其習坎心亨之樂耶？或者窮愁羈旅無聊之思，而姑託以自遣耶？抑以寫其江湖之憂，而致其國纏綣不忘之愛，如古《離騷》之作耶？其無亦可擬於鐃歌鼓吹、遼東都護之曲，而與塞垣橫槊之士同其慷慨而謳吟耶？不然，則枝葉無用之辭，其足以溺心而惕日也久矣，兄何取焉？日課一詩不如日玩一爻一卦不如默而成之，此之謂反身，而奚有於枝葉無用之詞耶？」誦斯言也，又惟恐先生之屑屑於文辭者。今所行亦僅上下二卷，豈先生有感於中丞之言，遂多刊落耶？抑先生原不着意，任其散失耶？及讀先生詩，大都風格遒勁，神情開拔，其託物寄興，往往多深長之思，讀之輒爲脉脉心動。至如《朱夏篇》有

馬出長安歸矣。居里中，監司守相多重其爲人。有同姓麗於法，詭稱先生猶子以免，還獻百金爲壽，先生笑而揮之，不受也。其自好類如此。予作而嘆曰：「先生可謂超然於功名富貴之外矣。濯濯靈臺，一芥不緇，時而出之，萬籟于于。有以哉！有以哉！」

曰：「僻居日三省，舊愆發新憯。」《自責篇》有曰：「大言了無忌，夷考胡不違？」又如《新居篇》有曰：「君王最得甄陶法，苦志勞筋付此行。」《東溪篇》有曰：「丘園鍾鼎吾何擇，話到經綸一厚顏。」又可見先生於其所爲磨礲鍛鍊，自有用力處，此反身修德之一證也。然則詩何能溺心？溺者自溺耳。亦何能愓曰？愓者自愓耳。中丞之言，聊爲先生助一鞭而已。抑予始者傾仰先生如岩岩泰山，疑不可得而親。比先生拜賜環之命，洊歷囧卿，尋致其政而歸，予修諸生刺，摳衣伏謁。時先生方杜門養痾，輒命季君扶而出見，渾樸惇茂，隤然如田夫野老。瞻對之頃，鄙吝頓消，更令人不可得而疎。竊意先生之所爲得之於蹇者，當自不淺，此又反身修德之一證也。由此觀之，先生之詩便是先生之《易》，時而有言，時而無言，其致一耳，而何本末精粗之判哉？予故特表而出之，以爲尚論者必參究及此，然後識得先生真面目，而作詩之多不多，非所問也。

中丞懷魯周公疏稿序

中丞懷魯周公刻其前後疏稿成，貽書景逸高伯子，屬予序之。予受而卒業焉，作而嘆曰：美哉！是足以觀公矣。事關國本，則有深乎其言之者，如請建儲之疏是也；事關國體，則有辣乎其言之者，如糾束封之疏是也；事關國脉，則有昌乎其言之者，如崇道德、重節義、優錄賢能之疏是也；事關國憲，則有炯乎其言之者，如舉劾各屬賢否之疏是也，如請停織造止派之疏是也；事關國計，則有懇乎其言之者，如請停織造止派之疏是也。至於戊申救荒一事，尤不勝苦心，爲之躊躇四顧，爲之拮据萬方，爲之寢食俱廢，爲之披肝膽瀝腎腸，哀也。

痛迫切，一字一淚，真有令人見之而不忍讀，讀而不忍竟者，則請鬻、請賑諸疏是也。非夫正直忠厚，合而爲一，其孰能焉？是足以觀公矣，然則遂足以盡公乎哉？曰：未也。公雖慷慨任事乎，而老成持重，相機而發，有發必中。度所不可，務在從容委婉，潛移密挽，拯之冥冥之中，不好明諍顯諫以爲名高，亦不必功自己出，詳具公《待旦堂漫談》。其爲政，惟是虛衷下物，孜孜求善，常若不及。朝有告焉，朝而行之，不俟夕矣。晝有告焉，晝而行之，不俟夕矣。凡此皆公一片真精神所注，有不在僅僅指陳是非，條畫利害間而已者。故疏稿一編，有目所共見，有耳所共聞，予得而言之，夫人得而知之者也。乃茲兩者，則有目不必盡見，有耳不必盡聞。即見且聞，亦多習而不察。予得而言之，夫人不得而盡知之者也。夫豈惟不盡知，甚且往往從而求多焉。此予之所以有慨於中，特爲表而出之也。

公聞之，謝曰：「有是哉！語至此，即予亦不自知其何爲而然也。」則又曰：「語至此，向來委有格於時勢之難齊，不能盡慊諸己者矣，其何以辭於人？」予復作而嘆曰：美哉！若是乎，公之心之無窮也！以此觀公，庶幾足以盡公也已。今三吳諸父老，方日夜竭蹶北走，相與叫閶闔而乞借公，直指鄧公且爲特疏以請聖天子眷顧東南，行有惠命，所以究公之無窮者，當於是乎在。予尚得而論次之，請執管以俟。

萬曆奏議序

國家之患，莫大於壅。壅者，上下各判之象也。是故大臣持祿不肯言，小臣畏罪不敢言，則壅在下；幸

而不肯言者肯言矣，不敢言者敢言矣，究乃格而不報，則壅在上。壅在上則下孤，之二者皆大亂之道也。伏見我皇上聰明睿知，方軌三五。然而御極以來，二患遞見，何也？說者以為下不自壅，殆有爲之上者然；上不自壅，殆有爲之下者然。遡丁丑綱常諸疏，政府不欲宣付史館，嗣是愈出愈巧，率假留中以泯其跡，令言者以他事獲罪。至於邇年，且欲并邸報禁之，其故可知已。乃壬午一變，公道屈焉而忽伸，戊申再變，公論鬱焉而忽暢。又足以發明我皇上之果未嘗有負於天下，天下之果未嘗敢有負於皇上。卒之伸者仍屈，暢者仍鬱，又足以發明致壅之由，根深蒂固，非一時所得而猝拔。宜乎論世君子，俯仰江陵、四明之間，益不能不三太息也。

予友采于吳子，自少承尊甫復菴先生庭訓，磊落有志操。既爲御史，朝拜官而夕抗疏，直聲大著。巡方之暇，蒐輯三十年奏議若干牘，分若干卷，凡先後留中與當路所不欲行於世者，悉付剞劂。予讀而有感焉。均比肩事主爾，容容者盡肉食也，一夫慷慨，曹起詬之，不曰「好名」則曰「躐進」矣，犯乘輿趨者十七，犯要津非者十九。以君子攻小人，曰：「何刻也？不爾影響風聞者也？」以小人摘君子，曰：「何快也？烏有者左券矣。」愚誠不知其所以然而然。徐而察之，顛倒于當局而旁觀否，譏訕于衣冠而道路輿廝否，許于大庭而平旦隱衷否。愚又不知其所以然而然。於此可以稽世變，可以觀人心，可以卜士氣，可以參善敗得失之幾，昭往而惕來，采于之功遠矣。抑予更願有獻焉。李忠定曰：「天下之理，誠與疑、明與闇而已。」由誠明推之，可以至於堯舜；由疑闇推之，其患將不可勝言。」願以是爲皇上獻，求所以至於堯舜者。蘇文定曰：「天下有重臣，有權臣。權臣天

重刻萬曆丙子南畿同年錄序

《萬曆丙子南畿序齒錄》凡再刻矣。歲乙巳，孟威沈子復謀新之，其於世系加詳焉，遠及高、曾，旁及群從，靡不具備，蓋倣其先府君嘉靖癸卯科例也。刻成，械而視予，命之序。予讀之，脉脉心動。自丙子至今，僅僅三十年耳，諸列於籍者，已太半作古人矣。撫卷徘徊，百感陡集，幸於其間尚留得此身無恙，豈不可喜！雖然，進德脩業，其難如登；日往月來，其易如奔。即復三十年，曾幾何哉？又豈不可懼！已伏而思之，凡此皆係於人之自立與否耳。能自立，且有與天壤俱無窮者存，區區目前修短，曾何足論？如其不然，則亦草木同腐而已，縱及期頤，徒然浪擲光陰，將焉用之？然則逝者未足悲，存者未足恃，其喜其懼，別應有在，吾黨所宜汲汲而猛省也。於是重甫華子、立之姜子共語憲曰：「沈子不遠三千里而屬子，子其無忘。」予爲二子誦其說，二子曰：「吾向者見沈子之用心遠也，一體之仁也。今者又見子之用心近也，交脩之義也。請以聞於同籍諸兄弟，庶幾相與共圖，無負斯《錄》哉！」

石幢葉氏宗譜序

吾邑葉參之廷尉釋褐二十餘年，什一在官，什九在告，家徒四壁，恬穆自如，其於富貴功名，已嗒焉而忘之矣。一日縱覽乎石幢之墟，仰而見夫九峰之峨峨送青來也，俯而見夫雙河之鱗鱗將綠遶也，喟然嘆曰：「夫非吾祖無名公自吳江之同里，杖策而游於斯，欣然以為佳勝，脫然舍其故而就之者耶！迄今且數世矣，振振繩繩，誰之貽也？若之何委諸草莽？」因退而謀諸其畏友尤卬州伯聲，於是伯聲為作《宗譜》。已而曰：「是譜其貌，未譜其神也。」因進而謀諸其從兄懋拱，於是懋拱為作《世德傳》。既成，參之讀之喜，遂合而梓之，攜以示予，囑曰：「願有以詔我宗人。」予謝曰：「懋拱之為譜也，教親親也，若者一家興仁矣。伯聲之為傳也，教賢賢也，若者一家興讓矣。予復何言？」參之曰：「雖然，必有以詔我。」予曰：「誠為參之計，則有二焉。一者體，其在反而求之乎。一者用，其在推而廣之乎。是故親自我親，本其心實有一種油然不忍之意，而非以為狗也；賢自我賢，本其心實有一種肅然不敢之意，而非以為矯也。此反求之說也。是故由其親以及人之親，胥而煦之，不忍之中而親親之分量始圓也；由其賢以及人之賢，胥而攝之，不敢之中而賢賢之分量始圓也。此推廣之說也。夫然後內之可以盡己，外之可以盡人，遠之可以葆無名公之樸而虔厥始，近之可以發榮善諸公之光而厚厥終。乃所謂譜其神，非譜其貌也，是在參之而已。」參之謝曰：「語至此，不侫其何能顙而承之？請籍而詔我宗人，相與朝夕共佩服焉，以庶幾於萬分一哉！惟茲石幢，其永永拜子之賜！」

貴溪縣志序

京口悮宇錢侯爲貴溪之四年而政成，嘗一日問左右邑有志乎，對曰：「未也。」喟然嘆曰：「知縣之謂何？」於是退而圖所爲志，凡八月而志成，因屬其同年安封部乞予序，而自掇志之大都視予。予閲之，既謂封部曰：「今日之志衆爲政，異日之志侯爲政，不佞何能贊一辭？」封部曰：「何也？」予曰：「侯言之矣。當景泰時，有張廣文鐸曾創志草，而獨缺人物，與無志同。萬曆初，容菴伍公開局纂修，半已就緒，會内召去，不果。幸有庠生汪如汲，曾以文行受知伍公，出其所著《闡幽志》一卷，并其所與故友張楫共抄私志一書，質以走平日所咨考，誠足相參，乃具請監司集諸生於象山書院，日稽月訂，博取而約裁之，其爲綱者八，爲目者五十。至於人物一欵，尤極愼重，必户問而家訪焉。是則萃一邑之目以爲目，而不敢自用其明也。故曰『今日之志衆爲政』。抑聞之，有朱邑而後天下萬世靡不知有桐鄉也，有魯恭而後天下萬世靡不知有中牟也。何者？邑以人重，不能爲人重也。憶昔丁丑、戊寅間，侯兩叔氏讀書涇上，翩翩競爽。頃年玉沂别駕時過東林，於切磋之誼甚茂。侯之家學，居然可想。及其爲令，務在潔己而愛民，諸惠政班班可述。至於賦役一事，尤極詳審，所更定官收官解之法，上下便之，當事者且以式於通省焉。宜邑之父老子弟，無人人歌咏侯矣。而今而往，願益加勉焉，以無替厥初，將邑之父老子弟無不世世歌咏侯矣。然則是邑也，不遂與桐鄉、中牟鼎耀千古乎哉？故曰『異日之志侯爲政』。」封部曰：「善矣，夫子之言志也！是足爲侯之玄晏矣。」遂書以復於侯。

周左卿熊南集選序

甚哉，文之變化日新而無窮也！始吾以爲六經畢，漆園、《左》、《國》不已，而爲兩司馬；兩司馬不已，而爲三曹、爲二陸、爲二謝；二謝不已，而爲昌黎、爲柳州、爲廬陵、爲眉山。我明之興，爲金華、爲天台、爲毘陵、晉江、爲北地、歷下、弇州，逾時若京山，若雲間，若長水，亦各翩翩自成一家。於今又見左卿焉，其致淵，其色古，其骨勁，取精多而用物宏，曠而不越，曲而不支，稠而不厭，上下二千載間不知當以誰比。甚哉！文之變化日新而無窮也。晉陵周幼潛謂予曰：「人知左卿文，不知其所以文。左卿嘗郎比部矣，以渾厚領精明，惻如也，又蕭如也。今郎水部矣，以精明領渾厚，幷如也，又凝如也。操縱在心，卷舒在手，時而出之，不局方所，左卿胸中何一物不有哉？是其所以文也。」已而曰：「未也，吾又見其識包今古而意常下，酬應旁午而氣常閒，筆麗玄黃而居常樸，左卿胸中竟何曾有一物哉？是又其所以文也。」顧叔子聞之曰：「信哉！惟其有之，是以變也；惟其無之，是以化也。惟其有而無之、無而有之，是以日新也。」蓋其際微矣，文云乎哉！文云乎哉！」左卿少從胡廬山、顏冲宇兩先生游，兩先生嘗聞道者，皆亟推其敏悟，此真予之所願摳衣以請也，左卿肯不予秘否？尚得徼靈淮水，齋而卜日，求竟所以有無、變化之微。

涇皋藏稿第八卷

無錫顧憲成著

贈鴻齋喬君令洪洞序

同門思儀喬子成進士之三月，天曹以爲洪洞尹。喬子端思默念，惟恐其不得當也，問政於心唐沈子。沈子曰：「爲政在得民，得民在因俗，非吾所能遙度也，子至境而議之。」太來徐子曰：「信其徵在。稺明胡子之令荆溪，文見劉子之令崑峰，向卿苑子之令陽曲。荆溪好以舒，其民固；崑峰好以慤，其民浮；陽曲好以整，其民曠。夫固其不齊也。」介卿劉子曰：「善哉！予從司理氏後，得從持斧使者締觀諸邑吏治，願以此爲程。」仁甫俱子曰：「洪洞何如？」忠甫陳子曰：「吾聞諸志矣，其君子憂深而思遠，其小人嗇而能勤，良邑也。」喬子之往也，仍是而已，無庸震矣。」振甫張子曰：「不寧惟是，是其爲邑也，迤以黃河，倚以太行，天下之大觀，輻輳耳目。喬子故負才，喜爲詩，於是乎高覽遐眺，宣其昭曠，吾知其翩翩有進也。」京甫楊子笑曰：「害于政。」及卿陳子曰：「若是，則典、謨、風、雅水火矣。」時克蒼李子觀戶曹政，喬子過而語之，李子不答，與之言錢穀之事。喬子曰：「井井乎進於養矣！」他日又以語太常懋權魏子，魏子不答，與之言俎豆之事。喬子曰：「奕奕乎進于教矣！」于是廷徵史子爲惟凝錢子誦之，錢子曰：「心唐子善參，泰來子善證，介

卿子善取，中甫子能用實，振甫子能用虛，京甫子正而婉，及卿子婉而辨，李、魏二子微而彰，仁甫子引其端，廷徵子悉其説，灼乎！其爲人牧者之蓍蔡也！」衡卿金子曰：「惜不令。」益夫林子、孔昭杜子聞之，因謂喬子，其無忘諸同好之言。叔時顧子申之曰：「其無忘錢子之言。」喬子曰：「諾。即日單車之洪洞，一年而齊，二年而變，三年而有成，四方聞之，以吾二三兄弟之相劘於誼爲已悉矣。」

贈鳳雲楊君令峽江序

士之號爲有志者，未有不呴呴於救世者也。夫苟呴呴於救世，則其所爲必與世殊。是故世之所有餘，矯之以不足；世之所不足，矯之以有餘。矯非中也，待夫有餘不足者也。是故其矯之者，乃其所以救之也。予同年鳳雲楊子，釋褐峽江令，惕然不有寧也，謂予曰：「是嗇邑也，而其民又故黠。夫黠者憂在刑也，嗇者憂在賦也，如之何？」予曰：「仁哉！子之言，救世之言也。當不當何計焉？請借漢爲喻。昔孝武獎用張、杜之屬，吏趨刻深，而獨兒寬弛民租不責其輸，業輸矣，復以貸民，民益勸，其後更課最。夫二子非好爲異也，將以損其所有利，而獨汲黯治郡責大指而已，一切無所問，郡更大治。又獎用桑、孔之屬，吏爭言利，而獨卜式不責其輸，業輸矣，復以貸民，民益勸，其後更課最。夫二子非好爲異也，將以損其所有餘而益其所不足，乃向所稱呴呴於救世者也。子試觀今之世，何者其有餘？何者其不足乎？即自比於二氏，不亦可哉？而吾又竊爲子幸。夫救世者有二端，有矯之於上，有矯之於下。上難而下易，勢使然也。我孝武窮奢極欲，以天下恣睢。彼張、杜、桑、孔皆有所窺見其指，遂緣而中之耳。是故其吏之弊自上始。我皇上溫良恭儉，媲美三五，即位以來，蠲租之令無歲而不下，而特申嚴貪吏之禁。頃又深惡酷吏，特詔司寇、

廷尉議其法與貪吏等，以方孝武如何也？第患有司不能奉而行之耳。是故吏之弊自下始。由是觀之，二氏處其難，子處其易，不可謂不幸也，子必勉之。且夫天下大矣，庸詎無二氏者流。子姑試而始倡之乎，庶幾子之徒得子而固益，相與恢弘皇上之德意，播諸衆庶，即非子之徒，亦將心愧色怍，憮然而自失，相與捐其故而求歸於子。故曰，子之言，救世之言也。」於是楊子辣然起曰：「非所及也，夫黯也不能愧張、杜、寬也不能愧桑、孔、弘於不穀。雖然，張、杜、桑、孔之事，不穀免矣。」

送肖桂朱先生守懷慶序

朱伯子蓋起家民部郎。民部郎者，世所指爲米鹽錢穀之吏也。而伯子特蘊雅操，善聲詩，名流縉紳間藉甚。其爲詩，篤好少陵氏。當其倚梧而吟，沉思極慮，無所不究。即一語合，輒津津喜；即不合，數遷而不悔，其意以爲千駟萬鐘，無以易此也。而居恒間不自得，則謂其同署顧叔子：「吾乃爲一官所束。即不惜敝屣棄之，去而從廣漠之野，覓一丘一壑，築數椽，樓其間，內不覩所爲喜怒、愛憎、是非，而外不覩所爲榮辱、毀譽、得失。於是朝吟夕諷，縱其獨至之意，以通於千古。自三百篇而下，若漢若魏，旁趨六朝，究乎開元、大曆而止，靡不極其趣而會其旨歸，然後綜之以變化，出之以日新，流之以天倪。而又積數年不懈，誠不敢冀少陵、高、岑、王、孟，豈足道哉！」予聞其言而壯之，而又竊謂宇宙大矣，人顧其中何如耳，其歌也有思，其咏也有懷，其美刺也有風，即喜怒、愛憎、是非與榮辱、毀譽、得失，何適而非詩也者？而伯子欲一切謝去之也。則伯子亦以爲然。久不爲市朝，而市朝之不爲丘壑乎？而況詩者，心之精神所寄也，其歌也有思，

之，出守懷慶，予甚喜，伯子當遂並驅少陵無疑也。太守號二千石，所嚴事者有兩臺，睨其色而進退者有各屬吏，環立而望恩澤者有諸父老。伯子居其中，上觀下察，俛仰異態，其所張弛措注，朝脫於庭而夕傳於四境，耳目屬焉。其爲喜怒、愛憎、是非與榮辱、毀譽、得失，當視今十倍。而懷慶又稱名郡，且以太行、倚以王屋，其形勝甲天下，伯子所欲歛屣軒冕而從之者，居然不下几席而得之，其裨于詩非眇小也。伯子進曰：「子爲詩慮，而未及爲懷慶慮也。敢請益。」

顧叔子曰：「予向者固言之，夫詩者，心之精神所寄也，通乎政矣。子試舉其所自爲詩讀之，其脉脉而來者，慈惠之所從生也；其泠泠而來者，法禁之所從生也；其渾渾而來者，德禮之所從生也。三者具矣，即懷慶運之掌上耳。夫少陵氏，非工于詩者也，工於所以爲詩者也。其忠厚惻怛，愛君憂國，故自天性。而終其身偃蹇憔悴，鬱鬱無所托，乃時發之乎詩。至於今讀之，靡不咨嗟嘆息，徘徊而不忍舍。藉令生是時，得當一郡，以彼其素，其建立寧在龔、黃諸君下也？」伯子行矣，無論其詩當遂並驅少陵，即龔、黃諸君且遜伯子矣。

贈葵菴楊君擢守永州序

往聞柳子厚爲永州司馬，不復問吏事，沛然放於山水之間，一切幽奇詭秘，悉搜而著諸文辭，而永遂一日名於天下，至今彬彬如也。予頗偉之，而竊怪以彼其材，稍能循屬志意，勉於功業，其所建立當必有卓然可觀者。而僅僅與騷人墨士競其短長，甚細不取。雖然，子厚非漫無意於當世者也，又非詭以爲遷人矜不

贈巽川李先生擢守漢中❶

巽川先生由民部郎出守漢中，於是成進士二十年餘矣。諸大夫怪其濡也，相與聚而咨焉，予以爲何足

治也。嘗讀其所爲《捕蛇者說》，其言哀傷悲恫，千載之下猶令人惻然而改容。計是時郡邑之吏，類皆競爲苛察以就其聲。而子厚由中朝出徙，有所深創，不欲暴見殊異，益豐端。且念一司馬耳，何能爲？若乃矯拂情質而投當世之好，又非其志也，姑退而托於山水以自完耳。故夫子厚於此有不勝其憂者，而惜乎世之莫察也。

會予同曹大夫葵菴楊君擢守是郡，予爲大夫誦之，相對太息。已而前曰：「若大夫者，可以賀矣。」大夫愕然。予曰：「此易知耳。子厚不幸，謬爲叔文所奉，名實憔悴，而大夫雅以淳謹稱，一也。予亦見夫吏之競爲苛察也，若曰方今所尚爾爾，誰得而違諸？殆非也。聖明精意元元，不遜堯舜，無必旁舉，即如頃者蠲租之詔，俄然從天而下，固幸相所不及謀而臺諫所不及議也。大夫業覩之矣，何虞於時？二也。且大夫撫有巖郡，方千里間，吏民環拱而待命者，不可勝數，於是乎以仁義，散以禮樂，束以刑辟，張則張，弛則弛，何所不逞於志？三也。大夫其勉之哉！庶幾一日政平而民成，乃以其間徵奇採秘，探九疑，浮瀟湘，容與曼衍，振於無竟，以方子厚，何如也？然則而今而往，永之益爲天下重無疑，予豈惟爲大夫賀，且爲永賀矣。」

---

❶「中」下，目錄及文淵閣本有「序」字。

怪也，意所以獨偉視先生此耳。夫世之赫赫者豈少乎？及其至，固不能踰卿相。要以與時陰陽，浮游天下，國家之故而莫之動於意，則先生之恥也。夫士貴審取舍，上焉以己，下焉以人，以人者己不得而與也，以己者人不得而與也。當先生令歷城，是時相嵩用事，諸以賂進者立而躋於高顯，客以謂先生，先生笑不應，乃僅僅遷民部郎而止。則是世欲取之而不可得也。無幾何而有穆廟之事，穆廟先御極一日，俄陛其承奉等官某某，見者莫不驚愕，第不敢言，先生獨抗疏言狀。先是，先生督稅魯衛之間，與其直指使者左交章論奏，其黨銜之。及其覩是舉也，益忌之，日夜媒蘖於當塗者。先生自度禍且不測，久之僅僅削一秩而止，歛歷郡縣，聲聞益著，至於今亦復哀然而晉二千石。則是世欲舍之而不可得也。不賢而能之乎？蓋予頃從先生游，先生不鄙予，數爲稱黃老之學，其意以爲大要在絀喜怒，捐是非，齊榮辱，如是而已，諸一切吐納之術，非其急也。予深有味乎其言，夫誠絀喜怒，捐是非，齊榮辱，宜其非世之可得而取舍也。先生之所從來微矣。若其所以爲漢中者，則先生固甚優之，予又何益焉？

贈松陵尹徐仁宇入覲序

松陵承甫王先生善聲詩，又善酒。生平好爲奇論，嘗著《呵呵令》，自渾敦氏以來，一切不理其口。見者怪之，謂承甫狂。非也，其憂世之盡矣，余因以知承甫。昨余過其邑，謂邑侯徐仁宇：「君亦見承甫王先生乎？」侯曰：「子乃何所已得吾承甫。」余又因以知侯也。於是侯當入覲，承甫乞余言贈侯，余曰：「侯之爲政

也何如？」承甫笑而不答。余固問，承甫乃曰：「余野人，不知國家吏課短長，何方之依，其亦何言？獨記疇昔之夕，侯嘗召余而觴之。既酣，余因酌一觴，左侯而進曰：『惟茲不腆之邑，數困水，大亡其禾，謬於什一之供。監司疑而詰焉。侯輒謝曰：『下官奉職無狀，爲細民累，細民何有？請得以身受其辜。』是何所稱繭絲矣！侯宜飲。』侯曰：『可哉！』又酌一觴，右侯而進曰：『邑故善訟，梗陽之詞日罍而盈庭，侯第片言折之，率罷。大指在解其不平已耳，不求多焉。鈎金束矢，寂寂而無覩也。即欲充壤奠佐廷實稱貴人之意無繇矣，侯宜飲。』侯曰：『可哉！』又酌一觴，衷侯而進曰：『吾儕枕流嗽石，一歌一詠，聊自暢耳，豈其欲以顯者張？即世所稱顯者，亦惟是瘁精神，飾聲色，博須臾之耀以驕流俗止耳，豈復有藉於山澤之士也？侯獨降心而下之，不遽吐握，誠亦豪舉哉！其若時趨何？侯宜飲。』侯曰：『可哉！』於是侯且醉，還以其觴觴予，予亦醉，子以爲何如？」

余喟然曰：「卓哉！俗之所急，侯之所緩也。俗之所緩，侯之所急也。松陵之政章章矣。即余其亦何言？」抑余聞漢之時，龔少卿刺渤海，大治。有王生者，素嗜酒，從至京師，會遂引入宮。王生醉呼曰：『願有所白。』遂問故，王生曰：『天子即問君何以治勃海，宜曰：『皆聖主之德，非小臣之力也。』』侯行矣，聖天子坐明堂朝百官，覽侯之治狀不愧渤海，必且儼然進侯而問之。承甫之酒德，不愧其宗人王生，必且有以詔侯而明得士之效於當年也，無所事余矣。

贈山東僉憲李道甫叙[1]

異時張江陵用事，公卿而下莫不惴惴焉，奉事惟謹，而獨沈、趙數君子，並從郎署中，奮言排之，以故相繼得重譴去。及江陵敗，遂不次擢用。流俗心愧于不能而忌其然，輒乘而詆訶之曰：「是以棄爲取，以屈爲伸，市道也，徒滋僞端勸，意深遠矣。何益？」嗟嗟！彼其披肝瀝膽，抗焉而犯當世之忌，鼎鑊在前，鈇鉞在後，雖其身之不暇計，而計其他耳。何淺之乎窺數君子也！雖然，予亦竊有虞焉。夫人情何常之有？即一言蒙不測之辱，其究也將莫不左睨右盼，去而爲全軀保妻子之謀，於是乎言難，弊在下隔。不然，而或一言蒙不測之榮，其究也又莫不踴躍爭赴，進而行險以徼倖，於是乎言易，弊在上侵。之兩者皆天下之大患也。數君子誠以爲己憂而能惄然乎哉？故夫流俗之病數君子者非也，其虞患者是也。不可不察也。

予友李子道甫介特疏曠，始爲民部郎，最有聲。嘗坐救魏御史，謫理東昌，已遷南儀部，今年出爲山東僉事，蓋後先歷官十載餘矣。論者惜之，而道甫意甚樂也，謂予曰：「始不佞奉譴而出之，官僅浹旬耳。誠不意皇上遽寬赦其愚，有內召之命。今者自惟靡尺寸報塞，又令褒然秉憲一方，甚愧無當，而人猶見以爲淹，何也？誠淹也，不佞其可以免于世矣，乃尤幸也」予聞之，太息而起。偉哉！道甫之所稱也！夫道

[1] 「叙」，目録及光緒本作「序」。

甫者，非特可以免於世也，且可以免於數君子之憂矣。今夫君不以言爲罪而厚誅於臣，君之明也；臣不以言爲功而厚覬於君，臣之良也。君君臣臣，上下同得，蓁隆之際也。夫如是，何榮何辱？名於何徼？利於何沾？莫抑其前，曷見可避？莫揚其後，曷見可趨，天下即欲以棄爲取，以屈爲伸，徘徊顧望，且前且却，顯爲標而匿爲市，詭焉以自營其私，無繇矣。吾是以爲道甫幸也。言足以犯當世之忌而無其險，功足以爲端人正士之衛而無其奇，風足以廉頑立懦流映千載而無其享。而今而往，即世之呶呶焉日夕求多於言者，其亦可以少息也已矣。吾是以又爲數君子幸也。且道甫故知於婁江王相國，相國每見客，輒嗟異之，至是亦殊內悔，曰：「是不宜令出。是吾之元直、幼宰也，奈何失之？」予聞而忽有悟也，相國之所爲失也，乃道甫之所爲得也，其賢於人益遠矣。

予與道甫交甚習，竊以其進退之間，所關於世道者不細，不可不志也。特爲叙而歸之，亦以告於當世，俾欲知道甫者，於是乎觀焉。如曰道甫奇節之士也，則亦奇節之士而已耳，無爲貴道甫矣。

贈桂陽聚所羅侯遷兗州少府序

古之君子之相與也，相期於道德，不相期於報施。施之云者以我有所加於人也，報之云者以人有所加於我也，是一隅之私也。要以各率其分之當然而各即其心之固然，何報施之有？是天下之公也。公私之相去遠矣，不可不察也。吾兹於唐茂才之請文羅侯有惑焉。

茂才之言曰：「侯之蒞吾桂也，黃髮之老，乳哺之倪，靡不涵咏休澤。顧其遇仁也，尤若異然。仁也甕

牖繩樞之屨儒也，家徒四壁，間巷爲笑。侯過意而鎮撫之，至乃時時爲之授廩。仁也嘗有所不理於仇口，侯廉知其狀，銳然爲洗濯之，得無隳墮。此之爲誼，誰得而擬諸？仁也求其報而無從，日不食，夜不寢，幸而邁先生，願先生之圖之也。」予曰：「若子之用心，可謂敦矣，其猶淺之乎窺侯者也。侯，仁人也，要以盡厥心而已，不自有也。其於子也，猶夫士也；其於士也，猶夫氓庶也。直所當異耳，庸詎厚薄於其間哉？乃欲以侯爲己私也，而又以委諸予，益無當。無已，子其自圖之乎？今夫侯之所爲鎮撫子者，何以寬子也？其所爲洗濯子者，何以完子也？寬，學之資也；完，學之本也。子試歸而誦其詩，讀其書，畢意大業，不以尺璧易寸陰，則內無玩愒之非而有以用其寬矣；砥操礪節，昭昭冥冥，一禀於誠理，則外無虧玷之隙而有以保其完矣。其於道德也幾乎！則所以報也」茂才聞之，津津喜不勝。予曰：「猶未也。予嘗尋覽先哲，或環堵蕭然，糟糠不屬，而諷咏自如，或橫逆當前，進書不輟，有怪而問之，輒應曰：『吾方揖讓聖賢，無落吾事。』子而能進於是，是不待鎮撫而寬，不待洗濯而完，道德之選也。而侯方且爲子斂衽，爲子倒屣，尚何論乎報施之間哉？」茂才悚然起謝曰：「甚哉！先生之愛我也！其何敢不勉焉！願述而告於侯，更錄其副，張而揭諸方斗之室，以夙夜顧諟先生之明命。」

又

夫爲人牧者，將務慈于民者也。人之言曰：「慈於民必威於吏，吏與民異情也。民之情以徹爲利，以壅爲害，是故當順而治之。吏之情以壅爲利，以徹爲害，是故當逆而治之。順莫如慈，逆莫如威，夫是以異

也。」由君子觀之,何異之有?彼其威也,亦所以為慈也。往永樂間,靖安況公鍾守姑蘇,始至,佯不解事,諸吏抱案環立請判,輒聽之,三日召而詰之曰:「某事宜行,若顧止我。某事宜止,若顧欲我行。」縛而投諸庭下,立仆者數人。諸吏大懼,謂太守神明,莫不改行。嗣後遂亦好遇之,不以煩譴呵諸吏,俱得令完無恙。故曰:「其威也亦所以為慈也。」抑予猶有憾焉。凡人無不可化而善,視吾之馭之何耳。愚而嘗之,近於欺,非德也;不教而辟,近於忍,非刑也。非德曷趨?非刑曷避?雖欲徙過自新,其道無繇矣。嗟嗟!吏獨非民也乎哉!而草芥之若是,以為借一警十,一則何幸,十則何幸!其亦稍偏矣。故史稱況公歲滿去,民叩闕乞留者數萬人,絕不聞其吏云何。若況公者,謂之能吏有餘,謂之循吏不足也。

以予所覯羅公聚所,其近之矣。始公涖桂陽,即屬其吏,約曰:「予與若共為國家守三尺法,惟民是以,勉思令圖。交脩不逮,予其有厚藉;假法為市,罔上惑下,厥有常刑。無蹈後悔!」吏聞之且懼且喜,歸而逆自洗濯,夙夜凜凜。公既與之更始,復以身帥之,恭儉正直,無以有己。一顰一笑,珍若拱璧,無以有人。間閻之氓亦曉然以故四載之間,一切奉法惟謹,莫或狡焉,辱在刑書,以點其家,而恥其三族,滋刀筆之訴。居閑無事,門可設羅,時對妻孥,卮酒愉快而已。上不失法,下不失衆,中不失身,儕蓄其吏,不以曲直干諸吏。喻於明德,夫孰非公之賜哉?故曰:「其威也亦所以為慈也。」釋其舊而責其新則易從,飭其始而程其終則無怨。甚矣!公之善用威也!蓋公於民撫摩煦育,諸所施設甚具,其為慈有跡而易知;於吏嚴毖預防,顯奪其斯須之欲而默與之以終身之安,其為慈無跡而難見。獨其為之吏者身蒙而親享之,不能不重德公也。

於是公遷佐兗州郡，就予乞言以張之，且曰：「吾儕小人，不足以辱君子。雖然，公實生我，其惡能忘？」予曉之曰：「若無徒以公去爲念也，乃固有不去者存。祇繹嘉命儼然，如日在公左右，奉以周旋，無有失墜，使智者不得緩而用其愚，彊幹者不得驟而用其忍。四方聞之，咸知茲土之爲吏者粹然懷土人君子之行，而相與頌公之烈不衰，即況靖安之卓卓，亦不能不以此爲公遜，乃真可謂不忘公者也，何以言爲？」諸吏跽而謝曰：「敬諾！請遂以斯言爲識。」因次而授之，且以俟傳循吏者選焉。

壽蓉溪葉翁六十序

吾錫有蓉溪葉翁，其人朴茂長者。生平落落無營，獨時時以酒自娛而已。厥嗣玄室，性至孝，日則侍食，夕則侍寢，婉轉几席，爲嬰兒之嬉，亦時時以酒娛翁，意殊適也，絕不知其他。玄室妙文辭，登進士高第。人以爲華而翁自若，不色喜。玄室意用恢恢，居然與古之仁人志士上下，誼不以一介汙。獲雋之日，布衣徒步，不減諸生。歸而視其家，環堵蕭然，僅蔽風雨，人以爲固而翁自若，不色恧。過者異而問焉，翁曰：「吾不知也。圓寸之卮，腴於萬鍾；方斗之罌，豐於千馴。其中足老矣，何者貧？何者富？何者貴？吾不知也。」善哉！翁之爲酒也！昔之臻斯解者，莫如嵇、阮之徒。由今觀之，彼其人，類皆內有所挾而不下，或外有所感而不平，抑鬱呼詫，無所復之，姑退而託諸此耳。孰與翁之泊然自適，足乎己而忘乎物也！於是年六十矣，血氣充盈，神采彌王，固其宜也。嗟乎！世衰道微，習俗破壞。蓬杓之子，偶徹天幸，際身青雲，往往氣得志滿，恣睢以逞，若子輿氏之

所稱,巍巍然閭巷之間,目怵耳眩,相與鼓舞,道説矜艷無已。而翁僅僅若是。彼何其工,翁何其拙!如以迹而已,謂人皆醒而翁獨醉可也。要以誠理求之,謂人皆醉而翁獨醒可也。善哉!翁之爲酒也!翁其以予言爲然乎?否乎?聞玄室君念翁甚熱,旦夕圖南,吾當就而質之矣。

送遲菴譚先生遷岷藩教授序

南海遲菴譚先生掌吾錫之教三年,遷岷藩教授。邑人士怪,不知其繇,相與聚族而談曰:「先生中心好古,惇行君子也。其持身左一規右一矩,無或渝也。其涖諸子衿,先德行而後文藝,其時課必虔必信,無或惰也。其取予必慎,諸子衿之寠者,輒謝其羔雁,且捐廩而周之,無或靳也。其與人交,表裏洞見,無或匿也。始嘗鐸溧水矣,溧水猶是。繼嘗鐸封川矣,封川猶是。當軸者謂宜越格而優異之,爲天下風。僅僅而及是遷,何也?」則就顧子而問焉,顧子曰:「惟是不穀亦疑之,未有會也。」因爲騰書數先生賢,先生笑曰:「是吾過也。世競華而吾嗜樸,世競員而吾嗜方,世競恭而吾嗜率。俗之所取,道之所棄也。且夫嗜樸則陋,不周於物矣;嗜方則拘,不達於變矣;嗜率則徑,不揆於情矣。吾之及是遷也,殆其幸歟?」適陳直指來按部,顧子則就陳直指而問焉,陳直指曰:「惟是不穀固疑之,未有會也。」適陳直指來按部,顧子則就陳直指而問焉,陳直指曰:「是吾過也。是故取其所棄,高之則非適道之資,棄其所取,卑之則非適俗之韻。吾之及是遷也,殆其幸歟?」先生曰:「吾非不知,懼幷吾故吾而失之也。上士矯其偏以從道,下士矯其偏以從俗。均之乎矯也,而所從霄壤矣。是故難遂者道也,易眩者俗也,毫厘之差,千里之謬,不可不懼也。」曰:「審爾。曷不矯而就中?」先生曰:

抑吾聞之，一物不加日樸，一法不逗日方，一念不容日率。吾於斯三稱，尚愧不及，將焉用矯？吾今且休耳，無復戀長裾爲矣。」

顧子聞而喟然嘆曰：「善哉！吾儕方欲爲先生求其所以於人，而先生顧反而求其所以於己；吾儕方欲推先生之得以明人之失，而先生顧推己之失以明人之得。信乎！先生中心好古，惇行君子也！僅僅而及是遷，滋不可知耳。」因遍爲邑人士誦之，庶幾有味於斯指焉。其猶日在先生之側也。

贈宜諸歐陽郡侯擢任穎州序

宜諸歐陽公之守吾常也，以公清爲體，以彰善癉惡爲用，其要歸於敦教化，正風俗，躋諸蕩平而止。於是一年而喻，二年而齊，三年而孚。郡之人莫不欣欣愛戴，意遂欲長有公而後爲快。乃竟擢穎州觀察使者以去，聞者莫不悵然如有失也，群詣兩院乞留。錢子國端謂高子存之曰：「公之德吾常甚矣，宜其戀戀如是。惟是公之行且有日矣，公之與吾儕相契以心，相成以道，不宜無言。」則以屬不穀憲，憲謝曰：「吾將爲頌乎？公非沾沾爲名使者也。吾將爲禱乎？公非汲汲務進圖顯榮者也。吾將效其菲以供採擇乎？子必即公之胸中，又何所不具焉，而以贅爲？」存之曰：「固也。抑公之嗜善何已？吾儕之愛公亦何已？子必無辭。」予乃趨而進曰：「憲實未有知也。聊述爲政之體以請，可乎？」

昔者竊聞之，自守而下爲令長，令長與百姓共休戚，而政之所自出也，其體重在幹理。自守而上爲監司，監司與兩院參可否，而政之所自裁也，其體重在擔當。公之爲守，夫既衷兩端而用之矣。茲之往也，幹

理什一,擔當什九。是故法制文為易飭也,簿書期會易循也,防維禁戒易悉也。獨計地方有大幾務焉,如何則民受無彊之利,如何則民受無彊之害;有大疑辨焉,如何公道昭明,匹夫匹婦之心不至抑遏,如何得罪於天下萬世,厥繫甚重。然而兩院方以處勢之高,耳目有未詳,相與虛懷而俟,諸有司又以處勢之卑,操柄有未專,相與四望而躊躅。至於林林總總之衆,方進而傾聽締視,庶幾一日沛然有以大慰我,又退而私相擬議,伺其聲色以為褒貶,一毫莫得而欺也。於是時而能毅然持獨見,定碩畫,中立而不倚,俾上之有所憑以為衡,而下之有所恃以為命,君子誦道揆,小人誦法守,微公其誰哉! 此予所稱擔當之說也。

公聞之曰:「善哉言乎! 敢問何修而後可以及此?」予曰:「公業饒為之矣。先正云咬得菜根,則百事可做。吾見公之菲而食也,敝而衣也,歷官幾二十年矣,居然書生也。即守吾常且幾四年矣,蕭然旅舍也,是故能自拔於欲;能自拔於欲,是故能不有其身,能不有其身,是故能以其身出而為天下用。勿視勿顧,伊尹之所以堯舜君民也;一簞一瓢,顏子之所以同道禹稷也。故曰饒為之矣。」懌子飛卿曰:「而今而知子之不頌不禱,乃深於頌禱者也。兩院方具疏請留,天惠吾民,幸得再徼福於公,公必能實子之言。胥三吳重有賴焉,豈惟常哉!」

賀太宗伯太室徐先生六十序

天下有用之用,有不用之用。夫以用為用,孰與以不用為用之至也? 士之欲自致於用者,將不為少矣,無不囂然有意乎其大也。或者欲緩而收其功,則其勢不得不姑有所忍乎彼以徇乎此,而悵悵焉日希冀

於不可知。或者欲急而收其名，❶則勢不得不姑有所詘乎此以狥乎彼，而沾沾焉徒自矜快於旦夕。若是者即其幸而能致於用，其操心多矣，非知德者也。知德者宜莫如先生。

先生由儀曹郎出守荊郡也，郡有沙市，其爲利不貲。而是時景王最幸於世廟，諸左右用非道蠱王，銳欲得之。衆憚莫敢忤，先生不可。人謂：「是區區者，其何足以辱先生？吾視先生異日將有隆施於國家，夫不可少假乎？」不聽。王憾甚，輒爲惡言以聞。賴世廟仁聖，獲免歸，而沙市亦完。先生之名遂一日而聞天下。久之復用薦起，所在聲蹟益著。積數年，入貳司寇，已晉太宗伯。天下咸相與想望風采，喁喁自濯，若曰：「此向所稱荊郡守也。」而余又聞當弘、正之際，李、何用古文辭創起，其言務稱秦漢，迄於嘉、隆，遂以成俗。就而問之，不出摽掠摸擬兩端而已。顧於柳州、昌黎諸君子，蔑如也。而獨先生不然其說，間嘗語余：「秦漢之於文，譬若滄海，今人朝取一勺焉置諸樽，暮取一勺焉置諸樽，而居然自命以爲秦漢也，必不行矣。」然則先生之意見可知矣。今其所爲文具在，余雖不能窺見其深微，大約原本六經而一澤於道德。其人也者？其傳無疑也。且夫先生，當其有覯於是，即毫髮不假，其視身之進退用舍，已夷然而忘之矣，乃竟以此能自致其用於天下；當其有覯於非，即彼鶩名高者方厭薄不屑不與易，其視世之好惡取舍，又已夷然而忘之矣，乃竟以此能自致其用於後世。故曰以用爲用，孰與以不用爲用之至也。

屬歲之某月某日爲先生誕辰，於是始稱六十。余幸獲事先生，不可不薦一言爲壽。而竊謂先生之壽，

❶「急」，文淵閣本、光緒本作「緩」。

送敬所周先生擢守平樂序

以予觀於周大夫，何其閎覽博物君子也！防風氏之骨，商羊之僝，靡不能次言之。其有不合，務為旁考曲證，究其所以。已著為說，則疑者解，昧者晰，乖剌謬戾者一切得其指歸，昭昭乎若揭日月而行諸塗也。予受而讀之，灑然異焉，以為其用心之密如此。於是從民部郎出守平樂。大夫過予而論所守平樂者，予則謂大夫固優之也。昔孟子論政，欲令民百畝穀，五畝桑，雞豚狗彘魚鱉罔失其時，其事至纖至悉。而班固作《漢書》所稱述良二千石，若龔、黃諸人，其人咸明通博茂，比考其行事，細及溝洫，煩及米鹽，粗及樹畜，微及鉤鉏，與夫鰥寡孤獨，且為規畫區處，曾不厭其屑也者之。以故其吏治超焯，古今鮮儷。跡大夫之用心，豈其以孟氏為迂，以龔、黃諸人為俗吏也！微獨此而已。大夫嘗七任矣，一為庠，再為邑，一為郡，三為部，所至上安下獲，聲績著聞。乃今為二千石，又何必釋是而他求也？大夫晨起坐堂皇，與其僚從容議可

以予觀於周大夫，何其閎覽博物君子也！諸子百家，雖夫棼猥錯雜，若陳庭之隼[1]，

而已也者，夫人而能之也，余無庸其言矣。

不於其身，於其天下後世。其在天下，無踰立功，而先生不以其小而狥其大，其在後世，無踰立言，而先生不以其大而狥其小。非知德，其孰能與於此？此古之所稱三不朽者也，其壽遠矣。乃若謳歌誦詠，徒以其年

涇皋藏稿

一五二

[1]「隼」，原作「準」，據文淵閣本、光緒本改。

否，及諸所宜興所宜廢，因是反而思曰：「吾曩者業佐郡矣。」已延見屬吏問民疾苦，因是反而思曰：「吾曩業儼然而稱人師矣。」夫若是，其知所以與之矣，於平樂乎何有？

予乃諗於同署諸長曰：「若大夫者，不亦信乎哉其優之也！夫博古而傳於理之謂學，通今而傳於事之謂政，兩者大夫無弗豫也。茲行也，其必有令名矣。

贈聚洲王給諫自京口還滇中省墓序

予初不識聚洲給諫，而竊聞其爲剛直君子也。數年來，每閱邸報，有所仰屋浩嘆，輒心擬之曰：「折檻牽裾，其在聚洲乎？」已而聚洲之疏果至矣。間從友人談說近日某事有疏似賈長沙，某事有疏似劉昌平，輒笑語之曰：「姑無舉其人，吾度必聚洲耳。」已而攻之者果聚洲也。則又默默代爲危之曰：「殆不免乎！所犯多矣，誰能容之？」已而攻之者果聯翩而起矣。則又曰：「斯民也，三代之所以直道而行也，焉有秉執如聚洲，侃侃諤諤如聚洲，力障狂瀾砥柱世道如聚洲，而百爾在位，宴然坐視其狼籍於多口，莫之動念者乎？」已而救之者果又聯翩而起矣。由此觀之，亦足以發明聚洲之表裏矣。信乎其爲剛直君子也。乃予竊願有效焉。

昔嘗忠告於李漕撫曰：「吾輩當毀譽之來，固不可不自信，亦不可不自反。不自信，胸中安得有一片清涼界？不自反，向上安得有百尺竿頭步？」今敢爲聚洲誦之。聚洲其謂然耶？切之磋之，琢之磨之，慎微如顯，矜細若大，粹乎意氣之盡融，渾乎德性之用事，降魔可也，入魔可也。於是渡大江而來訪，過金焦，覽其勝而樂之，因卜築其傍，有終焉之志。一日黯然動松楸之思，遽促駕之滇中，計往返可半歲而餘，予請刮目待矣。

涇皋藏稿第九卷

無錫顧憲成著

奉賀脩吾李先生晉左副都御史序

李脩吾先生之撫淮也，會意有所不可，上書乞歸，上許之矣。已而請交代，則又不許。已而直指使者請兼漕，則又許。於是且數年，有識者喜其留而懼其去，後先為上陳說，章滿闕下，上佯為不省也者而置之。一日，特旨嘉先生功，晉秩副都御史，錫之璽書，中外悚異。我吳觀察崑源楊公、虛臺蔡公來語不肖憲曰：「先生當世之偉人也，跡其得此以後，然而海內善類彈冠交慶，以為先生從此升矣。擬申一言之賀，敢乞靈於子。」不肖憲曰：「信乎！先生當世之偉人也！見謂揮霍而實淵夷，不落纖毫意氣，見謂幹濟而實超曠，不茹人間煙火。是故於社稷之安危、生靈之休戚心甚熱，而於富貴功名心甚冷。即十年不調，不色慍也；即一日九遷，不色喜也。何足為先生賀？」楊公進曰：「固也。抑有之矣。竊見皇上之遇先生，誠奇矣。心欲親之而故踈之，跡若踈之而實親之。其親而踈也，愛之至却生敬，以為是可近不可狎也；其踈而親也，敬之至又生愛，以為是可憚不可遠也。是故求諸古，有董、汲諸公不能兼得之漢，李、郭諸公不能兼得之唐者，而先生獨兼得之皇上。求諸今，皇上有不以兼施之密勿之近臣，部院之重臣者，而

獨兼施之先生，封疆而參帷幄，任事而透格心，拔出等夷，另標殊局，無以顯先生不世之略，是不亦千載一日乎！」蔡公曰：「未也，又有之矣。竊見世之君子，當其乘機邁會，發而必成，作而必就，輒囂然自喜以爲能，及其齟齬而不遂，即又號於人曰：『我非不能也，時不可爲耳。』遂致潔身之士以避時爲高，退而尋接輿、荷篠之跡；迂身之士以趨時爲達，進而修安昌、長樂之容，而天下之事去矣。試以觀於先生，曷有不可爲之時哉？假令人人而能爲先生，將人人能如先生之建立也，又曷在乎趨且避哉？然則而今而後，百爾在位，有自盡無自諉，有責已無責人，有以不能爲爲愧，無以不可爲爲口實，皆先生之風之也。社稷幸甚！生靈幸甚！先生之功居然被當年而垂來世，錫類無窮，是不亦一日千載乎？」予聞之不覺躍然起曰：「若是，則可賀矣。」遂書而質諸先生。

贈劉筠橋還楚序

乙巳之夏，蘄州姜茂才汝一謁予於東林。適座客論《易》，汝一進曰：「吾楚有筠橋劉先生，深明易道，雅有論著，彬彬足述也。」予因寓書友人丁元甫問之，元甫以告先生，先生遂踏一葦，不遠二千里，飄飄乎浮大江而東，訪予涇西之草廬。予見之不勝踴躍，相與語連日夜不休，種種生平所未聞也。一日問於先生曰：「卦者，掛也；象者，像也；爻者，效也。其義云何？」先生曰：「卦不以扌，離作爲也；象不以亻，離形骸也；爻不以文，離言語也，蓋渾然一太極焉。卦加扌，象加亻，爻加文，明學也由掛忘掛，由像忘像，由效忘效，下學而上達矣。」予起而拜曰：「微哉！先生之易乎！是實啟我，是實發我，是實引我翼我。敬謝先生

之教！」先生曰：「未也。吾之折肱於斯且五十年餘矣。往者嘗從大顧日岩、小顧桂岩商討，退而筆之，今亦不省作何語矣。吾姑別子歸臥黃鶴樓下，眼前不覩一俗物，胸中不留一俗腸，庶幾其更有進也。當再詣子，了我五十餘年公案。」予聞之，益不勝踴躍。於是酌巵酒而訂之曰：「涇水之靈，實聆斯言。先生其無忘哉！」

奉壽慕閑沈老先生八十序 代堂翁楊二山作

自莊皇帝之戊辰而海內靡不知有蛟門沈先生矣。已共奉翰林，日貴近用事，遂儼然稱天子帷幄之臣，名實鬱起。而先生顧旦夕念其太公慕閑翁，悒悒不自暢也，輒上書闕下乞歸省。皇上諦念左右不可一日無先生，不許。已再請，始許之。爲襃大其禮，予驛傳，加賚朱褆文綺，若曰：「其以壽而翁。」且曰：「尚其亟來以副朕意。」蓋異數也。於是先生行，觀者填路，公卿而下咸相與俟而張之。先生顧謂予：「始不敏之請之也，惟恐其弗得也。及其得之也，又慚其莫以當也。何以惠教不敏？」予曰：「是在翁而已。昔者廣成子居空同，行年二百而不衰。黃帝就而問治天下焉，不答。及請問治身，廣成子曰：『無勞而形，無搖而精，窈窈冥冥，可以長生。』黃帝歸而服其言，三月天下大治。何則？其所爲治身者，乃其所爲治天下者也。某伏覩我皇上聰明仁恕，蒞祚以來，親賢遠佞，納諫如流。又時時綏顧泯庶，不遍不殖，卓然萬物之表者，某無從而窺其際也。至乃燕閒之中，紛華在前，靡麗在後，其所以澄心滌志，不勝其區區之心，而雅聞慕閑翁恬愉自將。鮮營寡嗜，生平無溢喜，無溢怒。今年八十有五矣，精完而神

贈蒲州楮先生序

凡學者苟有所負，莫不欲見於世，其見於世也，莫不喜其早而悔其晚，又莫不沾沾而冀一第，匪是即四顧沮然而不前。甚矣其惑也！天下之事，皆自其聰明智慮爲之也。聰明智慮，其生於心也深微，其著於用也周博，其積而成之也，因累而不容驟。雖夫聖賢，未能以一朝一夕而究也。以一朝一夕而究者，亦以一朝一夕而賈，將焉用之？且夫士顧其在我者耳，俗之所上有時而損，俗之所下有時而振，此亦與夫一朝一夕而異？而人方於其間猥以爲喜，猥以爲悔，猥以爲沾沾，故曰惑也。

顧憲成曰：予今而有感於先生也。當先生在諸生中，最有聲。其視一第掇之耳，而竟不第也，積數年而僅獲選入太學。其入太學也，又積數年而僅獲選爲州佐。於是知先生者咸惜之，即先生亦時時喟然不自得也。雖然，將欲履崇躋顯，與里巷少年競其聲華，宜莫如早；將欲淬礪於聰明，切磨於智慮，使其中深固而其外不搖，出而試於天下，卑昂巨細，咸足樹也，宜莫如晚。之二者，先生其知所擇矣。而況當今聖明在

御，建官惟賢，位事惟能，沛然與四海之士游於繩墨之表，有如先生，何藉一第哉！往又聞先生之考，嘗令海陽，用直道忤當事者，輒謝歸，不克究其施。先生有丈夫子三人，丙子之歲，仲子舉於鄉，其長者，少者方翩翩而遞興也。其施將究而未及於是乎？先生俯仰其中，然則其所不克究者舉屬焉，必有遇矣，何以喟然不自得也？亦使夫世之喜者、悔者、沾沾者得以觀焉？

予與王君、沈君、彭君皆從仲子業於鄉者也，謀所以贈先生之行，而予為之著其說如此，庶幾以解於先生。

贈郡伯象玄杜公入覲序

象玄杜公由計曹出守吾郡，下車之日，見者望而知其必能造福一方，欣欣色喜，遞相傳告。久之，予從里中諸父老益習諸懿狀，洋洋口碑，不可殫數，總其凡，持已端矣，御吏肅矣，字民惠矣，執事勤矣，秉法公矣，竊沾沾為吾郡慶有公，果不虛所擬也。於是且入覲，予邑許侯偕晉陵張侯、澄江許侯、荊溪喻侯乞予言以贈。予復就而詢公之所以，許侯曰：「公，予師也。予生平不喜飾邊幅務瑣瑣，信心而行，獨往獨來。而公時時進之曰：『沉潛縝密，政之體也。』予退而憬然有省焉。」張侯曰：「公，予師也。予生平不逆詐，不億不信，傾其底裏置人之腹。而公時時進之曰：『精明果銳，政之用也。』予退而凜然有惕焉。」許侯曰：「公，予師也。予甫離章句而事簿書，耳目所歷，都非其素。而公時時進之曰：『某利當興，某弊當革，為政者不可不信也。』予退而豁然有覩焉。」喻侯曰：「公，予師也。予受事五年於斯，幸無獲戾於士民。而公時時進振其始也。」

之曰：『利端無窮，弊端無窮，爲政者不可不虞其終也。』予退而悚然若有失焉。」予曰：「善哉！向者爲吾郡慶有公也，今爲諸父母慶有公矣。」公謝曰：「然乎哉？而非也。吾幸於梁溪君得爽，於晉陵君得懿。其至郡也，先澄江君是以有概於始，後荆溪君是以有概於終，所當交爲勉勉者也。予實藉諸君子朝夕切磋，何能裨諸君子萬分一？」

予聞之益嘆服。語云：「以一己之能爲能，不若以一己之能爲衆人之能；以一己之能爲衆人之能，又不若以衆人之能爲一己之能。」公以實心蒞政，又以虛心下人，吾無以窺其際矣。聖天子坐明堂，計群吏，公率各邑侯次第以其職奏，行將儼然有黃金璽書之旌，乃公不自有而歸之各邑侯，各邑侯又不自有而歸之我公，德讓之風，人人侈爲美談。不知潁川、渤海曾有是乎否也？論至此，予且當於千古循吏中慶有公矣，遂書而納公之囊。

奉壽沈相國龍江先生八十序

歲丙戌，不佞憲成從都門一再望見龍翁沈相國先生，退而中心時時佩之不能忘。越二十四載，庚戌，先生壽八十，門下士伯囧王子、中甫于子、存之高子、季友袁子、伯先劉子不遠千里，走謁先生於亦玉堂下，薦千秋觴，而屬憲成侑之以言。憲成不敢辭，因前問曰：「試各舉先生之所以壽云何。」伯囧曰：「昔者嘗讀先生《山園記》矣，渾渾穆穆，居然義皇上人也。」又嘗讀先生《綸扉草》矣，堂堂正正，居然三代上人也。」惜也後先中讒而歸，不及究其用。比先生之歸乎來，朝於醉竹而夕於扶杏，狎鷗馴

鹿，物我兩忘，心有餘閒，四體有餘旺，翩翩仙也。造物者將無留其所不及究爲先生私與？」際明曰：「孰謂先生不究於用哉？先生不究於用哉？其樸茂足以滌澆，其寬裕足以敦薄，其凝定足以攝躁，其懇惻足以沁頑，其介特足以立懦。君子入焉而欣然樂於有所依，小人入焉而厭然沮於無所逞，此之爲用固已多矣。而況當今聖明之所側席而求度，無踰先生也者，海內之所喁喁引領而望，亦無踰先生也者。先生得乎道而忘乎遇者也。是故其用也泊如也，而未嘗有纖毫加也；其不用也充如也，而未嘗有纖毫損也。何者？先生能忘乎遇而不能忘乎道也。吾儕乃屑屑以此求先生乎？」存之曰：「固也，竊又有窺焉。先生能忘乎遇而不能忘乎道者也。是故其用也泊如也，而未嘗有纖毫爲堯舜之民，而不敢漫謂無加焉爾也。其不用也，曰：吾何以副之也？汲汲乎必欲吾君爲堯舜之君，吾民爲堯舜之民，而不敢漫謂無損焉爾也。吾君，下不負吾民與否，而不敢漫謂無損焉爾也。吾儕僅僅就用不用間求先生，淺矣。誠就所以用不用處求先生，夫孰得而窮其際乎？」

於是季友起而賦《抑》之篇，既竣，伯先起而賦《樂只》之篇。憲成曰：「備矣，不佞無能贊一辭矣。雖然，凡皆先生之所以壽也，非六君子之所以爲先生壽也。願竟其說。」六君子肅然，有間，曰：「敢問。」憲成拱而對曰：「聞之古之爲師弟子者，其相知也以心，而其相成也以道，區區功名富貴不與焉。今先生業已國士六君子矣，六君子將何方之修爲先生報？夫亦惟是步之趨之，寤寐而思服之，如是而屋漏，如是而康衢，如是而鄉而國而天下，庶幾師不愧乎其弟子，弟子不愧乎其師，一片精神，交瑩互映，結爲大年，與天壤俱永，是真能壽先生者也。予未得爲先生徒也，予私淑諸六君子也。」敬藉餘靈，效茲葑菲，先生不泯夙昔之

雅，其尚有以進之哉！

壽南皋鄒先生六十序

歲庚戌，南皋鄒先生周一甲子，門下士雲陽聲和曠侯暨其同門李懋明侍御乞予言爲壽。予謝曰：「先生當今天下一人也，憲何足以辱先生？敢辭。」侯固以請，予忽忽心動，起而拜曰：「憲不揣，且願徹侯寵，有乞於先生也。」侯愕然。予曰：「侯勿異！憲老乞言，古之道也。先生行古之道者也，憲姑與侯商之。今先生之年，非孔子耳順之年耶？而孔子於此，先之曰『五十而知天命』，繼之曰『七十而從心不踰矩』，何也？學至知天命，至矣。知非尋常之知也。孔子又不云『知我其天乎』？是故『知天命』，孔子以天爲知己也，『知我其天』，天以孔子爲知己也。夫然，孔子渾身一天矣，渾身一天則凡百骸九竅，無不感之即應，觸之即通矣。乃由知命而耳順，還隔十年而遙，豈知命時尚有未順耶？予之不能無疑而欲乞先生以解者，一也。猶未也。孩提之童無不知愛其親也，及其長也，無不知敬其兄也。此不慮之知，良知也，不學之能，良能也。❶所謂『從心不踰矩』者，蓋自墮地以來而已然矣。乃由耳順而從心，又隔十年而遙，豈耳順時尚有未從耶？予之不能無疑而欲乞先生以解者，二也。猶未也。夫人之有耳，猶其有目、有口、有鼻、有四肢也，一順則無不順矣。而說者乃曰：目以精用，口鼻以氣用，惟耳以神用。目有開闔，口有吐納，鼻有呼吸，

---

❶ 「能」，原作「知」，據文淵閣本改。

奉壽安節吳先生七十❶

昔者孔子自叙其所進，至七十曰「從心不踰矩」，蓋聖學之極也。竊嘗疑之，人之所以爲一身之主者，壹似心自心，矩自矩，必竭一生磨勘，方能合而爲一者，何耶？久之，於《書》得其説。《書》曰：「人心惟危，道心惟微。惟精惟一，允執厥中。」中者，矩也，而心者，其發竅也。中本先天，一至發竅便落後天，而人心道心自此分矣。於是知天命之不可以不畏也。以人易天，則危而失中；心率乎天，則微而不遠於中。是故從心必不踰矩，踰矩必不從心，非有二也。味孔子之言，壹似心自心，矩自矩，必竭一生磨勘，方能合而爲一者，何耶？是故從心必不踰矩，踰矩必不從心，非有二也。味孔子之言，非能無疑而欲乞先生以解者，三也。先生篤信王文成而又不喜襲『良知』二字，超乘而上，直與孔子相步趨，反而參之，耳奚而順乎？知命之果，奚而結乎？從心之因，奚而起乎？是有漸次乎？無漸次乎？無漸次，何以遞列而爲三？有漸次，耳順何以居知命之後，從心之先乎？先生日熙月緝，俯仰去來之間，箇中消息必有不離現在而了了者矣，庶幾沛然而提命焉，俾予得釋所疑，稍望鞭影，竭蹶而前，并推之以告天下萬世，是則先生之所爲壽，與先生之所爲壽天下萬世於無疆者也。」侯喜曰：「善乎！子之爲乞也！請得聞諸先生以報。」

惟耳無出入，釋氏謂之圓通觀，耳順，聽以神也。作如是分别見，然歟？否歟？又曰：耳順，無復好醜揀擇也。試思好醜是同是異？同則何庸揀擇？異則何嫌揀擇？作如是顛頂見，然歟？否歟？此予之不

❶「十」下，文淵閣本、光緒本及目録有「序」字。

心岐焉。是故矩有常，心無常；道心有常，人心無常。有常者可從，無常者不可從也。可不可之間，相去幾何？其必精以察之而不使道心或混於人心，一以守之而不使人心或二乎道心，然後即心是矩，即矩是心，本來混合之體適復其初，無往而不可從矣。此學之所以不可已也。秦漢以降，斯義寥寥，至宋大儒有作而聖學中興。徐而按之，人其間者大都主於謹嚴，可謂不踰矩矣，而矩未必一一從心，其弊也多流而拘。近儒矯之，一切掃去，轉而之於灑落，可謂從心所欲矣，而心未必一一不踰矩，其弊也多流而蕩。此從心不踰矩，即聖如孔子，尚須積累而後至。其特揭此以示人，又若照見天下後世種種弊竇而逆爲之防也，其指深矣。

荊溪安節吳先生少而好學，老而不厭。服官中外，以忠厚正直發聲，海內共推。遂之家庭之間，有之矩爲之子，有允執爲之孫，融融洩洩，備極天倫之樂。曾不謂是足以明得志，而惟日孜孜性命之求。當歲戊申，予奉先生之命會於其邑之南岳，先生呼爲予誦「從心不踰矩」一語，予憬然有省。越三年庚戌，先生七十，予甥王惟偕其年家子儲既白等，共就予謀所以壽先生者，予因述所聞爲諸君誦之。諸君進曰：「先生於此，遵何塗而入乎？」予曰：「先生言之矣，曰：『昔年訥谿周師語予以爾席祖父美大之業，希聖賢高明之志，願學以充之，務在任重道遠，此勗予以實修也。頃年與予友鄒爾瞻證道文江舟中，別後又遺予書，以落道理安排，障與沉溺苦海同，務在自得其得，此啓予以實悟也。』味斯言也，先生之素所磨勘可知也已。宜其有味於從心不踰矩之指也。」諸君曰：「此孔子事也，言何容易？」予曰：「非也。孩提之童，見親則愛。及其長也，見兄則敬。不慮而知，不學而能，便是聖胎。究竟成聖，不過滿其分量耳。故有百姓日用之從心不踰矩，有由、賜諸賢一體之從心

壽念庭周老師七十序

萬曆己酉，臨川念庭周先生七十，門下士顧子憲成思效華封之祝，同里諸父老聞之，就而詢其説，顧子曰：「憲也陋，無能窺先生萬一，聊以申吾私也。始先生進憲而試之，欣然賞異，拔置高等。嗣後三試三冠。憲退而每相見，所提勗皆在尋常之表。一日手周元公《太極圖説》、程淳公《識仁篇》、張成公《西銘》授焉。憲退而習之，至忘寢食，于今不敢怠皇。是先生之大有造於憲也。請爲先生壽。先贈公家徒四壁而嘔督憲，望其成。羔雉之費，往往稱貸以濟。先生聞之，時爲分俸。先生不可，已而廉知狀，嗟嘆再三。適有以居間屬者，先贈公怒而唾其人，先生又廉知之，將延先贈公於賓筵，以示旌異，先贈公固辭不可，乃罷，而益口先贈公不置。是先生又大有造於憲父子也，請代先贈公爲先生壽。先家季允方垂髫，從諸童儒試，咄嗟而文就。先生一覽奇之，逢人説項，不啻其口。先季益感奮，不

因屬諸君悉其説，請正於先生。先生喜曰：「由前所言，見從心不踰矩之難，令人即欲一念自怠而不得。由後所言，見從心不踰矩之易，令人即欲一毫自諉而不得。甚矣！方當執鞭以隨先生之後，先生其勿予棄乎？願得歲歲借南岳爲祝，而相與賡《抑》之章。」

然有省也，謝曰：「犬馬之齒，亦周一甲子而餘矣。

可，謂有兩體段不可也。況先生悟脩兼茂，如是苟不至於究竟，豈但已哉？」

不踰矩，有顏、曾諸賢具體之從心不踰矩，有孔子太極同體之從心不踰矩。謂有生熟、微著、大小之不同則

數年而掇一第以克有立。是先生又大有造於憲兄弟也,請代先家季父為先生壽。」

諸父老喜曰:「信矣!美矣!惜未離乎私也。請廣之,可乎?」顧子曰:「可哉!先生廉明倜儻,意用不凡。其為政嚴於豪強而寬於弱小,務大體,諸瑣屑一切無所問。久之,獄訟稀簡,遂卧而治之。邑有糧長之役,最稱繁。每當斂審,請求百端。至於覆匿推移,情偽旁出不可殫,人以為神。即有不服,呼而數之,若居某里田在籍者幾何,其竄他籍者幾何,歲出入幾何,他殖幾何,贏幾何,雖其井里姻戚,莫能如是之悉也。其人大驚,不知何從得之,率叩首稱謝去。一二巨室憾之,造為飛語,多方媒孽,先生屹不為動。是先生之大有造於予邑也,非一家所得而私也,宜壽。比徵入諫垣,值張江陵用事,時在位者率阿指取容,而言官特甚。先生又其所舉士,內念不可,乃佯為不喻也者。凡有建白,無激無狗,率據其中之所欲言。比江陵沒,當路謂天垣長久溺職,宜無拘常格,於諸垣長簡賢而調。眾皆推先生及蕭公念渠,蕭公即又推先生。先生次第疏舉海內名賢,向來山樓穴處之朋,遂得後先柄事,發皇精采,彬彬稱盛。至特疏救魏南樂、李臨潼,雖以取忤於時不恤,已而兩人俱至大用,屹然為柱石臣。是先生之大有造於斯世也,非一邑所得而私也,宜壽。」

諸父老乃相顧踴躍,肅顧子而謝。顧子曰:「猶未也。先生雅負超世之襟,當令吾邑,案牘之暇,時時攀九龍而汲二泉,把觴賦咏,洒然自適。今先生歸乎有年矣,佳子佳孫聯翩滿庭,人間之勝事備矣。即臺省薦剡相屬,泊然如不聞也。至覩時局之紛糾,輒又慨然太息。時時貽書及之,情見乎辭。由前則處有事之地而能樂,由後則處無事之地而能憂,此其際不亦微哉!彼夫域進域退,庸庸泄泄,徒以一官而已焉者,其

贈少府榮洲連公擢南民部郎序

昔程子讀《孟子》「舜發於畎畝」章而曰：「若要熟也，須從這裏過。」何也？人身一副真精神，必從憂患中抖擻過來，方能全體透露；一切浮心躁氣，必從憂患中磨洗過來，方能徹底消融，天下之故，國家之表裏紛紜曲折，莫可端倪，必從憂患中歷練備嘗過來，方能四通八達。操縱在我，沛然而無不如志，故夫晦者兆其明者也，退者基其進者也，屈者成其伸者也，斷可知已。

榮洲連公，閩之華胄也，用名進士起家岩邑，孜孜勤民，恥為操切，竟以不善俛仰於時，左遷州別駕。久之，移理桂林，晉河間少府，尋抱艱而歸。服闋，補貳吾常。蓋後先幾二十年所矣，何其淹也！公方夷然而安之，不為悶，早夜殫精，白而赴之，不為挫。防江江輯，魚鱉不驚；攝郡郡理，雞豚不擾。久之，政聲流通，薦剡交上，擢南民部郎去。嗟乎！人之於世，如公所經涉，往往有之，却往往以境轉我，弛然而自廢。惟公能以我轉境，抑而愈振，遏而愈張，積勤累辛，成其遠大，譬之蘗以歷冰而翠，梅以含雪而香。嚴霜凍結，土練其骨，木練其皮，嫩色全除，本性彌固。有味乎程子之言之也！

於是公且行，予邑陳侯偕武進張侯、江陰許侯、靖江景侯屬贈言於予，予曰：「聞之凡不為憂患攄志者，必不為安樂肆志。夫不為憂患攄志，則常有以自振也；不為安樂肆志，則常有以自檢也。誠如是，即之於

天下可也，一司農何有？獨計恆情，居憂患每冀安樂，其激發也易；居安樂輒忘憂患，其斂戢也難。而今而往，公遇且日亨，位且日高，望且日茂，德業且日光，其尚無忘二十年間東西南北之崎嶇哉！」

贈中丞懷魯周公晉秩總河序

顧憲成曰：異哉！我懷魯周公之撫吳也！惟茲林林總總，百萬生靈且以爲明神，惟恐公之一日去也。惟彼言者，一不已而再，再不已而三，惟恐公之一日不去也。夫人情豈相遠哉？而愛憎讚毀，判若兩截然，何也？將公有遺行耶？先是公晉擢總河，予業奉蔡觀察指，稍稍叙述公之仁猷義略矣。今請并跡公之素。

初，予從閩中劉紉華游，問所與何人，紉華曰：「有同門周懷魯者，其人不特有才，且有識，非凡流也。」已而公令臨海，用治行異等徵入爲御史，適趙考功僑鶴論時事，忤當路。其客諷公糾之，公不應。而吳比部徹如且特疏彈陳都諫，臺省闋然而起曰：「言官，論人者也，非論於人者也，奈何壞我體面？」將合疏排焉，公又與萬二愚諍止。史奉常玉池應召而北，公時爲督學，約玉池偕許京兆少薇啓諸執政，請行東宮三禮。久之，執政議欲先大婚而後册立。公又與王銓部澹生力言其不可。有所知謂公行當及臺省矣，公曰：「是何薄待吾君之甚也！且薄待吾君以好貨則捐俸，假令薄待吾君以好色將何捐？」所知赧然不悦而去。公之功德我吳既章章如此，其立朝大節又卓卓如此，紉華之推不虚耳，而猶不免於多口，何也？意其偶未之知耶？予竊惑焉。時時與景逸諸君子語及之，輒相對喟然太息，

予因進曰：「不抑不揚，不晦不明。自有言者，而後有諸父老叩闕之請，代公寫出一段爲地方真精神；自繼有言者，而後有吾儕之喋喋，代公寫出一副爲國家真肝膽。中山之篋，所以昭樂羊也；明珠之謗，所以昭伏波也。公何病焉？」諸君子皆曰：「善。」

於是公引咎請罷，上不許，特加慰勉，促赴河上。公復具疏請，不待報而歸。予同諸君子操扁舟追送之，具酌卮而告之曰：「諸儀部敬陽嘗爲予言，吳門殷孝廉作令而歸，邑人遮道攀留，車不得前。口吟曰：『仰面青天無愧色，回頭赤子有餘情。』相傳以爲佳語。公行矣，追計生平行事，歷歷心目，衾影互質，眠食俱穩，南山之南，北山之北，何所不可？惟是我皇上明見萬里，一則曰『大得民』，一則曰『久著勞績』，抑何知公之深，信公之篤也！而今而往，其始終委重公，屬以平成之寄。願公幡然不俟駕而北，仰酬特達之眷，即惠顧東南，從民之欲，還我公於吳。」公尚曰：「我思用吳人，無爲悻悻之小丈夫哉！」

奉賀邑侯石湖陳父母考績序

世之所謂良吏，吾知之矣。前之有所慕於名，而後之有所懼於戾，二念交持，其勢不得不勉而振刷。即有情之所易溺，可斬而割也，即有勢之所難堪，可作而赴也。久之，其所可慕者或幸而得之，將遂意之揚氣之高，不復見其有可懼，往往至於侈然而自恣。又或齟齬不偶，其所可慕者既已無望，將遂意之沮氣之消，不暇計其有可懼，往往至於頹然而自廢。是故始乎張常卒乎弛，始乎惕常卒乎惰，始乎奮常卒乎靡。人見其然，則曰：「何渠改節易行如是？」而不知原無可改之節，可易之行也。要不過暫而飾，久而露出真面目

耳。是可以為良吏乎哉？吾之所謂良吏，必自真心為民始。真心為民，則饑由己饑，寒由己寒，溺由己溺，痾癢疾痛由己痾癢疾痛。其所孜孜焉慕而趨者，第問其有益於民與否耳，不問其有益於我與否也；其所皇皇焉懼而避者，第問其有損於民與否耳，不問其有損於我否也。何者？惟其真心為民也。

吾邑石湖陳侯，其坐臻此道矣。始侯釋褐吳門，下車之日，風采傾動，望者便知為地方之福。徐而按其為政，大都嚴於身而寬於民，嚴於皇堂而寬於閭巷，嚴於強禦而寬於弱小。適無歲，撫摩周恤，備瀝肺肝，邑賴以全活。嘗有富豪麗於法，毅然執三尺繩之不少假，遂大騰謗，百計誣搆，公聞之自如，不為色怒。俄而當路廉知其人，立置之理。比入覲，都人嘖嘖，指目是強項吏耶，一時聲大噪。識者謂有吏如此，不可令魑魅得巧肆其毒。乃移吾邑，所以保護擁持，德意甚盛。而公居之亦自如，不為色喜。方且夙夜在公，益皜皜自濯，為之清訟獄，因而不遂；為之清賦稅，期而不督；為之清奸宄，肅而不擾。猶以為未也，時以其間進多士，相與商確文藝，講論道德，則古昔而稱先王，無墮流俗。又以為未也，時時訪求孝弟貞節，表而揚之，使人曉然諭於向往之路，有所興起。何侯之惓惓有加而無已乃爾哉！非其真心為民，夫孰得而幾焉！故嘗論之，凡人之發念從名根來，即可以毀譽動之；從利根來，即可以得失動之。惟從真心為民來，即無毀譽無得失，進而無所慕於前，退而無所懼於後，精神意氣，銳然常新，歷久暫如一日。如侯者，正吾之所謂良吏，非世之所謂良吏也。

於是後先浹三載，當考滿之期，諸同寅戴君、宋君、劉君屬予言為賀，予曰：「君覩公之政，亦覩公之心乎？公之政在吳滿吳，在錫滿錫，洋洋口碑，可按而述。公之心則淵淵浩浩，了無涯際，曾不見其滿也。況

贈本菴方先生還里序

予憲成私淑本菴方先生有年矣，蓋嘗讀其《會語》編，得言教焉，于今更喜得身教。先生表章正學，士類嚮風。憲成宜循牆負笈，附弟子之末，尚愧未能，乃先生不遠千里，駕扁舟，攜二三高足，儼然而臨旣東林，德愈盛，心愈下，萬頃汪洋，孰窺其際！此憲成之所爲茫然自失者也。憲成行年六十有二耳，精力已消亡盡矣，又不能自愛，時時善病。先生加憲成十年，而神甚王，色若孺子，行住坐臥，洒洒自得，非養深積厚，何以臻茲晬盎？此憲成之所爲惕然有省者也。王山陰、羅旴江並以妙悟推，而興論不大滿者，只爲其襲傳食故事，所至溷有司，其門人且往往緣而爲市耳。先生至予邑且數日，邑侯陳石湖聞而造謁，始往報焉。頻發，擬送一舟，謝却之。人以爲過，從行汪崇正安述之曰：「先生素守如是，不可強。」予輩亦不之強也。聞者嘆曰：「可謂是師是弟矣。」此又憲成之所爲欣然中心悅而誠服者也。夫非先生之身教乎哉？及憲成等朝夕侍先生，則先生又時切提撕❶不一而足。同志來見者，大扣大應，小扣小應，不少倦也。已而言別，又作別語，剖示玄珠，叮嚀反覆，令人即欲自棄而不得。此又先生之心教矣。憲成何幸，坐而獲多益於先生爾

❶「則」，文淵閣本作「側」，當從上讀。

爾！因退而記之，置之案頭，以爲但於此一展玩焉，便凛如先生之臨其上，無敢戲渝。并寫一通，納之先生，以爲先生誠不我忘，但於此一寓目焉，便宛如憲成之在側，當源源而施鍼砭也。先生許之，庶幾千里惓惓始終其不虚也已。於是酌巵酒爲先生壽。送至毗陵，赴經正堂之會而别。

涇皋藏稿第十卷

無錫顧憲成著

愧軒記

昔柳子厚落職永州，其所爲文辭往往有無聊之色，至如蘇子瞻，又何超然自得也？其詩曰：「日啖荔枝三百箇，不妨長作嶺南人。」可謂知所處矣。予竊惟順逆時也，窮通命也，君子素其位而行，不願乎其外，何則以憂？臣之事君，猶子之事親也，臣不得於君，子不得於親，所宜日夜省愆補過，兢惕以將之，誠懇以格之，動心忍性，增益其不能以俟之，何則以樂？憂近慼，樂近盈，是故柳既失矣，蘇亦未爲得也。雖然，是二子者，固有說焉。子厚侗儻負奇，有經世心，其曠於叔文等，非直冀富貴而已，一旦被不祥之名以出，將何以堪？然則子瞻高曠拔俗，不能下人，人以故爭疾而中之，非必上意也，若是者曾不啻浮雲之過太虛，而何足以介於臆？然則子瞻之憂，子厚之樂，並自不苟耳。且非獨此也，子瞻豈不稱超然哉？而忠君愛國，出自天性，顧坐贛直，數賈罪，俾讒邪得氣，重貽主德之累，則黯慘懇惻，殆有甚焉者矣。此又以知子厚之憂未嘗無樂，子瞻之樂未嘗無憂，非恒情可得而測也。

予無似，自度去二子遠甚，敢謬附於憂與樂兩者之間！惟是奉譴以來，自監司而下卒，儼然而客之，不及以政。其州之耆老子弟，顧以爲父母我也，一切供事惟謹。而予糜毫髮報塞，間嘗與諸士有所揚摧，大都不離於訓詁，非能益之也。於是乎歸而求之六尺之軀，猶然故吾，徵發困衡，總歸鹵莽。又糜毫髮表樹，怠其職而勤其享，據其名而隳其實，有愧而已。予考州乘，往莊公定山亦嘗謫於此，甚有恩德，至今人能道說之。若焦泌陽，雖貴在日月之際，莫之問也。得失之鑒，昭然甚明，予將奚居哉？嗟乎！柳氏，文而已也；蘇氏，未離乎文矣，其庶乎！晚年一出，尚不免於忌口，況其下焉者哉！甚矣哉！出處之難也！

予至桂城，無所居，假館藩署。日起無事，時時坐其中軒，攤書而閱之，輒復内念，仰而無以對於先哲也，俯而無以對於州之耆老子弟也，因顏之曰「愧軒」而爲之記。其說如此，欲令天下後世知予之過云爾。

游月巖記

予以歲之九月六日至桂陽，越五日有永州之行。行三日徑道州，州大夫張四可氏出謁，予爲問訊濂溪周先生故事。大夫曰：「州可四十里有月巖，相傳以爲先生悟道處，此一奇觀也。」予曰：「何如？」大夫曰：「《志》言巖形如圓廪，中可容數萬斛。東西兩門，通道當洞之中而虛其頂，自東望之如月上弦，自西望之如月下弦，自其中望之如月之望。」先生則之以畫《太極圖》云。」已晤彭將軍哲菴氏，語及之，亦曰信。予曰：「有是哉？」明日遂偕往。

既至，歷崖而登，下就几少息焉。徙倚四顧，奇石森列，滿壁而是。眉睫之間，變幻紛沓，應接不暇。即王子猷山陰道中，不知有此否？哲菴氏曰：「吾聞諸《志》矣，如走貌，如伏犀，如龜蹣跚，如鳳翺翔，如龍蛇蜿蜒，可謂筆端有畫。」予曰：「未盡也。」擬爲之名，卒不得其似而止。遂與二君徐而前，就其中望之，既圓且朗，果如所言不謬。已復登其巔，忽見白雲數點，翩翩從東而來，冉冉從西，望之可數里內外。已轉而西，尋却而東，所至輒佇立凝視，遞相嗟賞。予聞之，爾時覺得兩腋風生，便欲乘雲而往，攬濯纓之亭，飲其泉一斛，洗滌塵濂溪先生故里也。」予曰：「是氛，徐而從先生乞《太極圖》也。爲之徘徊者久之。既而還坐其下。左右薦觴，觴到輒盡，主亦不勸，客亦不辭，清言疊疊，爾我俱失。少頃薄雨乍收，斜陽欲下，陶然相對，氤氳滿懷。與人竊竊從旁言：「暮矣。」弗問也。從容謂二君：「樂乎？」張君曰：「當此之際，不知胸中有何物，亦不知天地間更有何事。」彭君首肯曰：「如是，如是。」二君還問予，予曰：「亦復如是。」起而嘆曰：「美哉茲游也！無物，內碍忘矣，無事，外碍忘矣：內外兩忘，濂溪先生之所謂靜也，昭昭乎進於太極矣。吾儕偶爾寄適俯仰之頃，意象豁如，輒自有會心處，何況先生乎？其所得於茲巖之助豈少哉？即謂之以畫《太極圖》，未爲迂也。昔者朱子疏《大學》『格物』之義，謂『一草一木，❶亦不可不理會。王文成非之曰：『奈何舍内而狗外？』由今觀之，何內何外？河之馬可以畫卦，洛之龜可以叙疇。天高地下，萬物散殊，新腐陳奇，總歸神理，人自爲間隔耳。文成殆激

❶ 「木」，原作「水」，據文淵閣本、光緒本改。

尚行精舍記

予向讀孚如鄒子《衡言》有曰：「今教化翔洽，家性命而人堯舜，而議論愈精，世趨愈下。維世君子，惟以躬行立教，斯救時第一義乎？」作而嘆曰：「有是哉！何鄒子之先得我心之同然也，不穀當佐下風矣！」

一日，郡侯懷白周公貽予書曰：「吾師鄒先生里居，新搆一書舍，顏曰『尚行』，群同志講習其中，蓋慨然有感于空言之弊，思以身挽之，厥意甚盛。竊謂此舉不可以無記，敢請。」乃孚如書來，亦屬予記之。予又作而嘆

於世之舍內而狥外者發歟？吾于茲巖乎有悟也。雖然，悟之非難，實有之爲難。今夫先生之稱主靜，何也？主者譬如家之有長，國之有公侯，天下之有君王，不得一日而無，非若羇旅之倏來倏去也。吾儕幸徼須臾之暇，探奇討勝，回視擾擾擾擾之鄉，迥若仙凡，以故情暢神怡，洒然自適，退而與擾擾擾擾者交，卒亦歸于擾擾擾擾而已，夫焉得而有之？不惟是也，吾與張君故生長吳越間，去此四千里而餘。彭君即楚產乎，家故赤壁之下，去此亦二千里而餘。生平傾慕先生，如饑如渴，一旦得游其處，以是目若爲之加明，耳若爲之加聰，心若爲之加爽。假令朝於斯，夕於斯，取諸衣帶間而足，且將狎爲故常，漫不加省，欲一幾希於洒然，弗可得已。雖日居其中，與在擾擾擾擾之鄉何異？然則向之所云靜，揆諸周子之指，恐不特如吾三人之居之去茲巖僅僅二千里或四千里已也，何謂悟哉？」

二君稱善，就予索主靜之訣。予面壁不答，已而曰：「其試問諸月巖。」遂各盡一觴別去。越七日，還自永州，爰籍其語而存之，用自省焉，兼以遺二君。是歲萬曆十五年也。

曰：「有是哉！何鄒子之勇也，不穀當拜下風矣。」

雖然，世得無且以悟求鄒子哉？予以爲鄒子之標尚行，正悟後語也，何也？凡人之于道，當其未有所見，即誘之而使爲弗爲也，將又迫之而使爲弗爲也。及其既有所見而後有真趣味出焉，有真趣味而後有真愛慕出焉，有真愛慕而後有真精神出焉，其於行也，不誘而勸，不迫而趨，天地之大，萬物之衆，不以易之矣。故曰：「鄒子之標尚行，正悟後語也。」夫安得以悟求鄒子！且夫世之言悟者津津矣，予不敢以爲非也，亦嘗歸而証之于行歟？一朝闡揚而有餘，試令歸而證之于行，果能如其言，一一實有之而無憾歟？果能如其言，一一實有之而無憾也，則是軼聖賢而上也。如其未也，彼所謂悟，無乃揣摩億度而已歟？新會主靜，姚江致知，其所參叩凡幾何？所磨勘凡幾何？所抽添剝換凡幾何？厥維艱矣，可以揣摩億度當之與？然則鄒子之標尚行，特以諷夫好言悟者，使其自反而自識之，而非以悟爲諱也，又安得以悟求鄒子？而況鄒子之說，在未悟者尊而用之，究也必將漸著漸察，人事盡而天理現，一旦豁然而貫通矣。在已悟者尊而用之，究也必將益昭益瑩，淪肌膚而浹骨髓，不知手之舞之，足之蹈之矣。然則悟于何始？因行而始。悟于何終？因行而終。鄒子之標尚行，乃其深于標悟者也，又安得以悟求鄒子？無已，亦就鄒子所標尚行一言，還以求之而已矣。

鄒子負俊才，摘英挦藻，翩翩方駕作者。而不以爲足也，進而秉銓政，銳意澄清，辛壬之際，天下一日易

視改聽，迄于今賴之。而又不以爲足也，退而脩諸家，暑暑自濯，履繩蹈墨，不越尺寸，蓋鄒子之尚行類如此。予將何求？獨念天理難純而易雜，人情有初而鮮終。而今而往，其惟盡刊枝葉，并力一源，斷以不疑，積以不懈，緝熙庚續，日新富有，期于衾影無怍，寤寐一如，庶幾心體渾全，拈來是道，出而爲文章，不炫技能，出而爲事功，不矜意氣，卓然稱昭代粹儒焉。然後人莫不曰：「是信能尚行者也，是信能以身爲標者也，是信能砥柱中流，障狂瀾而東之者也。」其有裨于世道人心，非淺鮮已。予于鄒子，衷交也，故不以頌而以規，鄒子其許之哉？因書而就正于周侯，遂以復鄒子，願鄒子之更有以進予，俾予果得望下風也。

虞山書院記

常熟，先賢言子游闕里也，有書院一所，相傳爲吳中子弟從游聚講之地，一名「文學書院」，一名「學道書院」。自宋入元，嘗廢於至正之末，至國朝宣德間而復，嘗再廢於萬曆之八年，無幾何而又復。蓋斯文命脈所關，自有一段精光灼爍，於人心不容滅沒，宜其爾爾。惟是規制未備，過者惜焉。瀛海耿侯孜孜好道，來蒞邑事，厘奸剔蠹，百務維新，朞年，民大治，肅將祗歡，弦歌滿四境矣。一日謁子游祠下，低回不能去，慨然嘆曰：「是予之責也夫！是予之責也夫！」遂請於當道而鼎新之，首捐獎金爲倡，繼之以俸。于時撫臺周公、李公，操江耿公、丁公，巡按今擢提學楊公，巡鹽左公，巡倉孫公，巡江李公，兵備楊公、蔡公，知府李公，咸高其誼，各捐金佐之。邑之衿紳翕然丕應，越父老子姓亦莫不踴躍供事。甫

五月，遂告成。峩峩虞山，儼然東南大觀在焉，因易名「虞山書院」，志地也。顏其祠曰「言子」，親之亦尊之也。配以遊寓梁昭明太子統，名宦縣令孫公應時、邑賢明脩撰張公洪、都憲吳公訥、侍郎徐公恪、別駕桑公悅、大參周公木、孝廉鄧公黻、縣幕朱公召、布衣鄒公泉，從輿望也。又爲之遡厥淵源，顏講堂之前曰「願學孔子」，是子游之所蹦江蹈河，不遠千里，摳衣而趨，北面稟業者也。旁建精舍，顏曰「友顏」、「友曾」、「友思」、「友孟」，而漢之周、邵、二程、朱、陸，我明之薛、胡、陳、王諸先生俱次第列焉。是子游之所後先二千載之間，相與疏附奔走，作孔子羽翼者也。入其門，登其堂，俯仰瞻盼，洋洋乎如在其上，如在其左右，宗廟之美，百官之富，不減洙泗當年矣。

於是其裔孫諸生日福、曰喜，及侄逢堯，偕詣予，乞文記之，以旌侯德，識不忘。予曰：「此非君之所得私也。」而侯適以書來囑曰：「願聞一言之教。」予謝曰：「侯業已命之矣，何庸贅？」福曰：「何？」曰：「侯之標『願學孔子』是也。吾儕喫緊在發是願耳。」曰：「自我侯提唱以來，凡環而聽者，亦既蒸蒸奮矣。」予曰：「談何容易？竊計以爲，是必有日忘食夜忘寢之真精神焉，是必有獨立不懼之真力量焉，是必有行一不義殺一不辜而得天下不爲之真操概焉，是必有爲天地立心，爲生民立命，爲往聖繼絕學，爲萬世開群蒙之真氣魄焉。六者備矣，然後可云能發是願耳。談何容易？」福曰：「若是，其難歟！」曰：「又不然，要在識得孔子耳。孔子曷從而識？要在識得自己耳。何者？自己原來一孔子也。」福曰：「然則孟子何云『人之所以異於禽獸者幾希』？」曰：「此正言人不爲聖賢即爲禽獸，須從『幾希』處辨取也。試以見在證。當夫一堂之上，彬彬濟濟，非性命不談，非禮法

不動,居然聖賢之徒也,固此人也。俄退而與鄉人處,率未免墮入習套中矣。俄又退而與家人處,率未免墮入習情中矣。甚而放僻邪侈,無所不為,違禽獸不遠矣,亦此人也。何判然懸絕如此哉?其幾只係於一念間耳。故曰『庶民去之,君子存之』,其存其去,兩者不能以寸,『幾希』之謂也。魏莊渠先生述陳元城之言曰:『凡人自期待,當以聖賢;自尅責,當以禽獸』每讀之,輒隱隱心動。竊以為必如此乃能識得『幾希』,識得『幾希』乃能識得自己,識得自己乃能識得侯之微指,敢代侯引其端,君幸為余復於侯。」曰:「侯之潛心孔子有年矣,必有會也,庶幾沛然悉其藏以嘉惠我吳,俾斯道昭昭如白日之中天,俾吳人士自知洒掃應對以上,皆明於向往,如撥雲霧而覩白日,斯予之願也。夫豈惟予之願?實侯之願也;夫豈惟侯之願?實孔子之願也。然後言子之北學而歸不為孤,孔子之所莞爾而笑不獨在武城矣,侯其無讓哉!」福等咸起拜曰:「論至此,委非眇末可得而私也。」遂次其語,歸而鑱諸石。

周公名孔教,臨川人。李公名三才,順天人。
仁和人。左公名宗郢,南城人。孫公名居相,沁水人。李公名雲鵠,內鄉人。楊公名洵,濟寧人。蔡公名獻臣,同安人。李公名右諫,豐城人。耿公名橘,河間人。乃若教諭則黃家謀,訓導則化大順,朱朝選,縣丞則趙繼俊、樓汝棟,主簿則王化,曾承忻,典史則俞鈺,皆與襄乎盛事者也,法得附書。
耿侯名定力,麻城人。丁公名賓,嘉善人。楊公名廷筠,

陸文定公特祠記

有客問於余曰：「陸文定公何如人也？」余曰：「是海內所共傳平泉先生者耶。先生業已自括出矣，何俟贊一辭？」客曰：「何？」曰：「余有味乎先生之所謂平也。孔子不云乎？『天下國家可均也，爵祿可辭也，白刃可蹈也，中庸不可能也。』何以不可能？中而繫諸庸言，平也。平無奇，非可以意見播弄也；平無辟，非可以意念把持也；平無險，非可以意氣馳騁也。故曰『知者過之，愚者不及也；賢者過之，不肖者不及也』。知愚賢不肖之相去遠矣，引而納諸中庸，知者亦愚，賢者亦不肖，一切伎倆都無用處，所以不可能也。

先生其幾之矣。先生少從家人受農，帶經而鋤。已請於其尊人志梅公，乃得竟業。業成，舉南宮第一人，選讀中秘書，顧恥以文藻自雄，退而潛精性命，日切磨於諸名賢長者間。其學原本六經，不好章句，時有會心處，抬片紙灑筆題之，往往出人意表。旁通二氏，用以解脫塵莽，淘洗渣滓，不爲溺，亦不爲諱也，而曰：『吾於般若有緣。』久之，所養日益充，所造日益粹，湛湛穆穆，渾然天成。其於規矩繩墨，尺寸惟謹而未嘗漫爲遷就以示同。不爭之矜，不黨之群，先生有焉。其於日用事物，儻然而來，儻然而往，了無揀擇而未嘗故爲莊嚴以示異、且子不見之乎？達如徐文貞，其於天下賢人君子，無所不推挽，而獨不能以涵先生也，奸如嚴分宜，悍如張江陵，其於天下賢人君子，無所不摧剝，而獨不能以加先生也，何者？先生固不可得而親，不可得而疏也。有味乎先生之所謂平也！」

客曰：「先生始爲諸生，邑令朱公廉其貧，周之，不受，則諷使居間，先生若爲不喻也者而去之。及以庶

吉士補官，張文毅忽問：『謁內閣有贄乎？』先生謝：『無有。』公曰：『此故事，我假若二幣往可也。』先生遽巡持歸，明日竟不用，復持還。凡皆細事耳，何必硜硜乃爾，將無近於固？」曰：「吾聞之也，事有大小，道無大小。如其道，千駟萬鍾安焉，非其道，一介不以取諸人，一介不以與諸人，茲固也，正所謂平也。」曰：「先生登第六十五年，屢歸屢起，屢起屢歸，後先守官不及一紀，餘日皆為山林所有，依稀是接輿、荷蕢間人矣，將無近於偏？」曰：「吾聞之也，進者人情之所易，退者人情之所難，須受之以易，然後兩得恰當焉。故曰三讓而進，一辭而退，茲偏也，正所謂平也。」

客曰：「先生晚而赴宗伯之召，慨然有開濟之懷，旋以時事不合，謝病歸，可謂見幾而作矣。瀕行，復疏陳十事，而所列辨宮府、抑戚倖、斥貂璫、大觸時忌，類少年英銳之為，將無近於激？」曰：「吾聞之也，大臣上與宗廟社稷為一體，不以去就二心；下與四海九州為一體，不以行藏改慮。韓、范、富、歐率由茲軌，誠其中有不能自已者耳。茲激也，正所謂平也。若乃模稜而已耳，調停而已耳，同流合污求免非刺而已耳，是世俗之所謂平，非先生之所謂平也。故曰有似是而非，有似非而是，兩者之分，毫厘千里，不可不察也。」客曰：「然則先生可以相矣。」曰：「可哉！先生亦嘗言之矣：宰相，元氣也；臺諫，藥石也。調和燮理，輔元氣也，貴其平。繩愆弼違，備藥石也，貴其明。至范質謂吸得三斗釅醋方可作宰相，則又力破前似是之非，而惜質欠世宗一死。由此觀之，於相乎何有？」已語客曰：「相有待於先生，先生無待於相也。吾見其生也，人皆仰之；其逝也，人皆悼之。作範當年，流風來世，將令薄夫敦，頑夫廉，鄙夫寬，懦夫立，先生一段精神，未嘗一日不默行乎天壤之間也。盛德大業，斯其在矣，相與否，曷論焉！」

會其鄉人聚族而謀，爲特祠俎豆先生，先生之子大行君伯達屬予爲記。予於先生，當在私淑弟子之列，自愧淺陋，不足以窺先生，而獨有味乎平之一言，以爲如先生，可謂幾於中庸矣。因述所嘗論次爲復。異日者尚當采九龍之芝，侑以二泉，躬薦先生祠下而就正焉，先生其許之哉！

龔毅所先生城南書院生祠永思碑記

予抱疴涇曲，日坐臥斗室中，酬應都罷，幾如桃花源人，不復聞人間事。一日，邑中父老趙仁等群而謁予廬，予謝焉，固請，乃見之。進而詢其故，則皆拜而言曰：「仁等竊願有懇也。」予曰：「何？」對曰：「江南之役最重且艱者無如糧長，糧長之役最重且艱者無如白糧。識者憫其然，嘗爲役田之議矣，嘗爲役銀之議矣，嘗爲役米之議矣。所以爲吾儕計者，誠可謂至矣。惟是一法立，一弊生，利病參半，猶未能廓然而大蘇也。幸鄉達毅所龔先生目擊而心惻之，究晰始末，劑量公私，列爲八議：一曰加白糧之耗米，一曰革千料之糧船，一曰分銀米之徵收，一曰并徭銀之徵收，一曰革無名之供費，一曰緩批單之勾驗，一曰免糧船之盤驗，一曰增金花之滴珠。精審詳密，鑿鑿中窾。當道聞而善之，亟允行焉，自是充役者省費過半。人人德之，飲食必祝曰：『天苟有吾儕，尚無悔於先生。』業就城南書院建立生祠以致報私。書院固先生未第時讀書處也，邑侯柴公爲聞之當道，兩院而下，景膽盛美，並爲顏其祠，表異之。風聲奕奕，九龍增高，二泉增洌矣。仁等猶恐歷時以往，耳目寥曠。即蒙德者或莫知所自，慕德者或莫知所考也，共圖勒碑，貽諸永永，敢乞公記之。」

予喟然嘆曰：仁哉！先生乎！竊於是有以見先生之心矣。嘗論之，君子之出而效於世也，將爲令焉，必以一邑之休戚爲心；將爲守焉，必以一郡之休戚爲心；將爲藩臬大吏焉，必以一方之休戚爲心。何者？彼其責固有所屬而不可諉也，非徒然也。一邑之休戚，令之職不職稽焉；一郡之休戚，守之職不職稽焉；一方之休戚，藩臬大吏之職不職稽焉。職則有慶，不職有讓，休戚且移之躬矣。由此觀之，彼其勢又有所繫而不得諉也。夫如是，則其朝而經，夕而營，孜孜汲汲，務欲與民聚好而除惡，亦不必仁者而後能也。若其退而里居，脫然釋去當世之寄，高者有巖棲川泳以自愉快，卑者有求田問舍以自封殖而已，於一鄉之休戚，奚問哉？先生乃獨惠眄枌榆，深惟熟計，非有不可諉之責臨乎其前，而懷之如己痛己癢；非有不得諉之勢迫乎其後，而拯之如赴溺赴焚。周建石畫，保世無疆，微夫仁心爲質，與物同體，孰能臻此者乎？先生素厚德長者，兩爲令，一爲守，敏歷藩臬，❶所在俱有惠澤，民謳思之不忘。今嘉禾吳橋咸建生祠尸祝之，余竊以此猶有爲而爲者之所得而及也。至其爲德於鄉如是，則非有爲而爲者之所得而及也。宜爲著先生之心以告鄉之君子，庶幾同是心者，因先生推而廣之，遇利必興，遇弊必革，吾邑其永有賴哉！

仁等起而再拜曰：「聞公言，不惟見先生之心，又見公之心矣。」遂受而鑱諸石。

先生名勉，字子勤，登隆慶戊辰進士，官至浙江布政使司右布政使，致仕。

❶「敏」，原作「剔」，據文淵閣本、光緒本改。

重修二泉書院記

吾邑文莊邵先生建書院於惠山之麓，榜之曰「二泉」。先生没，屬嗣子蔭生煦、贅壻浙江東陽少尹秦汶共守，因肖像其中，歲時瞻禮焉。煦没嗣勳，勳没不復能守。汶子太學榛，益併其半之三，榛没，屬季子煌得盡併而專守之，久而變故百出，幾厭涎口。伯子茂才秋請以身任，址不竟廢。觀察虛臺蔡公過而喟然興嗟，謀諸邑侯林公新之，遂捐暖金百餘兩，檄馬丞督其事，并葺其家祠。家祠責成邵氏，而書院獨責之秦，向故有分守也。茂才君慨然起曰：「是實在我，若之何其獨勤當路？」乃躬爲經理，佐以家貲百金。自丁未秋七月始，至戊申春三月訖事，規制備具，頓還舊觀。因語余曰：「秋也不敢忘文莊，敢忘蔡公？子其爲我記之。」

余憶往高存之輯先生年譜，有問先生何以無後，未及對，今請申其説。竊以爲先生之所爲後與世人之所爲後不同，何者？世人之所爲後有待，而先生之所爲後無待也。古稱三不朽，太上立德，其次立功，又其次立言。先生誠心質行，表裏齗如，貧賤不爲移，富貴不爲淫，威武不爲屈，能立德矣。由釋褐以至懸車，所在惠澤洽焉，教化行焉，風紀肅焉，典刑樹焉，上獲下信，闇而彌章，能立功矣。至於今流風餘韻，宛然如在，兒童走卒無不知有先生也者，是先生之所爲不朽，即先生之所爲後也。余少時聞某省有某督學，行部至某縣，閲諸生籍，見呂姓者甚多，於其人謁，命之曰：「孰是呂蒙正之後列左，孰是呂惠卿之後列右。」一時俱趨左，無右者。督學嘆

曰：「蒙正有後，惠卿無後！」斯言良可味。然而爲斯言者，猶有待也，先生則無待也。

茂才君又從容言：「先生嘗於中建李丞相忠定公祠，尸祝而俎豆之，以志尚德之思。幾先生欣然惠顧，時時降陟其間，即忠定不孤耳。」予不覺爽然心開，作曰：「信矣！信矣！先生之於忠定也，其猶蔡公之於先生也。而今而往，爲忠定之先生者無窮，則爲先生之蔡公者亦無窮，其猶蔡公之於先生也。故曰先生之所爲後，與世人之所爲後不同也。君以爲何如？」茂才君曰：「而今而知後之時義大也，請質諸蔡公，當有以復。」于是乎書。

蔡公名獻臣，同安人。其爲政也敦尚風教。林侯名宰，漳浦人，能與公同心以有爲者也。馬丞名之驥，信豐人。規始董成，與有績焉，法得附書。

涇皋藏稿第十一卷

無錫顧憲成著

虎林書院記

虔南，陽明先生過化地也。中丞紫亭甘公自少慕道，聞良知之說而悅之。歲丙午，持節來撫浙，喜曰：「生平痼寐，於斯慰矣。」既至，大脩保厘之政，興利除弊，無不殫厥心，大指以節愛爲本，而躬先之。一時人心信服，翕然風動，爭竭精白以應。比及朞年，政大行。公喜曰：「可以教矣！」乃謀於藩臬諸大夫而下暨鄉之衿紳。時詣天真書院而論學焉，已而以爲是去省城稍遠也。再詣錢庠尊經閣，又以爲是稍局，未足以居四方之賢也，因議改建。僉曰：「莫若舊撫治便。」公往閱之，信，遂改爲「虎林書院」，而屬錢塘令聶侯經紀其事。始於戊申之十二月，至己酉之二月中落成。俄而公病作且劇，侯入問，以竣事告。公嘆曰：「竟不得與諸君共印正，如之何！」尋卒。聞者無不流涕，十一郡、一州、七十五邑之民，咸爲罷市。侯承公志，凡一切未卒業者，皆次第成之，規制大備。謂是舉也，以維世道，以淑民風，以紹往而覺來，宜有記勷，并述垂革之言，丁寧惓切予憮然曰：惜哉！命也，亦已焉哉！雖然，其不已者固自在也。蓋予與公業有所印正矣。追惟去

春，予過虎林，公出晤昭慶寺，從容謂予曰：「《東林會約》祖孔子，宗顏、曾、禰思、孟而師紫陽，不佞讀之契焉。行將倣而圖之，竊有三言欲請。」予曰：「願聞之。」公曰：「子之言必稱性善，允矣。然而一善也，或謂之有而非執着也，或謂之無而非斷滅也，亦各就所見而云耳，將焉所置是非於其間？」予曰：「陽明先生之證道天泉也，嘗爲之折衷矣：四無之說接得上根，接不得中下根；四有之說接得中下根，接不得上根。誠欲通上下而兼接，舍性善一宗，其奚之？」此即陽明所謂良知也。」公曰：「如是，如是。」頃之又曰：「重脩所以重脩也，夫悟未有不由脩而入者也。《語》不云乎？『下學而上達』。下學，脩也；上達，悟也。舍下學而言上達，無有是處。」公曰：「審爾。程子曷云『學必先明諸心，知所往，然後力行以求至』也？」曰：「知一也，有就用力言者，體驗省察之謂也，正屬脩上事，乃入門第一義也，此吾夫子家法也。有就得力言者，融會貫通之謂也，纔屬悟上事，乃入室第一義也，無容緩也。」

「公謂不思者自能不思乎？不勉者自能不勉乎？」公曰：「如是，如是。」《中庸》曰：『誠者不勉而中，不思而得。』『誠』是來脉，曰『得』、曰『中』是落脉。不向脉理會分明，縱欲不思不勉，如何強得？不向落脉校勘端的，縱能不思不勉，亦有何用？故予以爲喫緊只在認性，諸所推敲，總欲人透此一路，非有他也。」公曰：「如是，如是。」遂命左右薦觴，相對甚歡而別。

予竊嘆服公之一片虛衷爾爾，當必大有所倡明以嘉惠一方。無何，公緘示《虎林書院會約》獨主《白鹿洞規》，而自爲之闡發厥旨，復推而廣之，共爲八條。會講之日，首以談玄說妙爲戒，要在切近精實，上下皆

通,壹似有概於予言然者。竊喜公之果大有所倡明,不特嘉惠一方而已,何意公之倏然逝也。退而熟念,人世共此宇宙,宇宙共此血脉,無今昔,無生死,無去來,無爾我,總之共此擔負,共了此一事耳。於是請以其印正於公者,代公印正於侯。且聞東溟高公嗣公蒞政,其於斯事特爲注意,於是又請以其印正於高公。適張孝廉赴東林之盟,予詢虎林消息,具言講堂之上,濟濟彬彬,聲氣之孚,日昌日熾,於是又請以其印正於高公者,代公印正於滿座諸君子焉。此固公之一片虛衷,勤勤懇懇,所不能自已,亦即公之嘉惠來學一念,映徹天壤,歷千古如一日者也。繼承光大,務求究竟,勿致孤負,願相與交茂之而已。侯聞之,起謝曰:「作如是觀,公之所爲永永不亡,吾儕之所爲不亡我公者可知也已,不可以不昭也。」爰録而鑱諸石。

甘公名士价,信豐人,丁丑進士。高公名舉,淄川人,庚辰進士。侯名心湯,新淦人,甲辰進士。書院建置始末詳具侯手記中。

天授區吳氏役田記

吾錫糧長一役最重且難,天授爲錫首區,其重且難更倍之。予友吳伯子長卿目擊心恫,慨然偕其弟仲奇、叔美、季輝捐田以佐役,長卿二伯畝❶仲奇一伯畝,叔美一伯畝,季輝二伯畝。區人德焉,復慮其不足

---

❶ 「伯」,文淵閣本、光緒本作「百」,下同。

以垂久遠也，上書撫臺周公言狀，乞行所司酌立成規，世守無斁。公覽而嘉之，下檄褒異，復貽書為予誦之。予不能為義而好人之為義，逢人說項，意津津不自休。長卿聞而謂予曰：「是舉也，予聊為之端而已，實賴季氏成之，而仲氏、叔氏從中襄焉，予何敢蔽？」季輝曰：「否，不然也。予實賴伯兄率仲兄、叔兄左提右挈，以無即於顛墜，何敢不勉？」仲奇、叔美曰：❶「予兩人上則有兄，下則有弟，豈不厚幸？」頃之，齊曰：「是先諫議之志也，不穀等何有焉？」

予聞之，益不禁踴躍，作而言曰：不亦善乎？存如是公共心，肩如是公共任，恒情孰不競利？而獨廓然不自有也，可謂仁矣。且為兄則推美於弟，為弟則推美於兄，為子則推美於親，恒情孰不競名？而又退然不自有也，可謂讓矣。是一家元氣也。不寧惟是，錫之為區，共十有三，在南延則華太史鴻山公為政而有斯舉矣，在開原則高大行景逸公為政而有斯舉矣，洒君之兄弟聯翩後先，於其間風規彌暢，而今而往，能無感發而興起者乎！果其感發而興起也，凡為人兄者將不以此倡其弟乎？凡為人弟者將不以此承其兄乎？凡為人子者將不以此顯揚其親乎？即人知興仁，人知興讓矣。是一邑元氣也。惜乎時之不逢，猶然滯在青衿耳。卿制義，磊落而多采。暨仲奇、叔美、季輝並彬彬質有其文，稱曰「四難」。即一旦得志，致身日月之際，其忍獨善而已乎？果其不忍獨善而已也，將不以其所以為弟者，帥世之為弟者乎？將不以其所以為子者，帥世之為子者乎？行當在在興

❶「仲奇叔美」，原作「仲美叔奇」，據前後文改。

仁，在在興讓矣，是天下元氣也。諸君其亦相與交懋之哉！於是伯子、仲子、叔子、季子咸避席而謝曰：「大哉言乎！非所及也，請受而告諸先諫議。」諫議名汝倫，辛未進士。伯子名桂芳，仲子名桂芬，叔子名桂森，季子名桂萼。

脩復冉涇箭河碑記

錫故有九箭河，在冉涇橋者為第三箭。橋曰「冉涇」，誌地也。維昔為文莊公二泉邵先生宅，有手書朱子「源頭活水」四字在焉。此水北接蓉湖，西連笠澤，九龍二泉之秀全滙於此。橋之東清流不改，橋之西悉受堙沒。文莊公曾請於當路，欲復之，為里人呂刁郎所尼，不果。乃鑿陰渠，暗通弦河一脉，用石覆之，里人仍居其上。會刁郎之屋展轉他鬻，近屬之尤南華比部。比部故長者，其子太學君時純克體德心而光大之，慨然捐樓屋十八間，平屋三間，用以闢新衢而穿故道。邑尊同生許侯聞而善之，言諸兵尊虛臺蔡公，報可，遂於己酉冬始工，不兩月而河成矣，因而橋之。同邑高存之名之曰「承賢橋」，謂承文莊公之志也。

初，君手一揭來視余，余喜曰：「僕不能為義而好人之為義，覩此可勝踴躍。充拓得盡，天地變化，草木蕃，不外於是。夫所謂是者，何也？源頭也。源頭不識，則天地何從而變化？草木何從而蕃？文莊公之志亦終於無承而已矣。」乃語時純曰：「君知之乎？北接蓉湖，西連笠澤，水脉之源頭也；近沿濂、洛，遠遡洙、泗，道脉之源頭也。願君努力！」時純起而謝曰：「盛不敏，何足以勝之？」已起而請曰：「吾將受而刻諸石，樹諸周行，俾來者往者，人人得就而覽焉，庶幾人人識得源頭也；人人識得源頭，庶幾人人充拓得盡也；

人人充拓得盡，庶幾人人得承文莊公之志也。天地變化，草木蕃，洵不外於是也已矣。盛不敏，何足以勝之？」予喜時純之志彌謙而任彌勇也，遂爲之授簡。其經畫始末，詳具時純自撰記事中。

蔡公名獻臣，同安人。許侯名令典，海寧人。比部名際昌。太學生名盛明。

日新書院記

雲間錢漸菴先生致其蓬萊之政而歸，日率其門弟子切磨性命之旨，因搆講堂一所，奉先師孔子之像於中，而晦菴朱子、陽明王子列左右侍焉，相與朝於斯夕於斯，共圖究竟，一時從游之士益蒸蒸起。中丞懷魯周公聞而嘉之，爲顏之曰「日新書院」。其門弟子高君揭等群而就予，問「日新」之義。予曰：「子不見之乎？先生之於學也，汲汲如也，自少而壯，自壯而老，不言倦也。其於教人也，諄諄如也，大扣大應，小扣小應，不言倦也。此先生昭然以身作日新榜樣，爲諸君指南也，何必更添註脚？」揭等唯唯。已而復請曰：「孔子之道至矣，若顏、曾、思、孟則見而知之，若周、程則聞而知之，皆嫡冢也。舍而獨表朱、王二子，其說何居？」曰：「諸賢具體孔子，即所詣不無精粗淺深而絶無異同之跡，至朱、王二子始見異同，遂於儒門開兩大局，成一重大公案，故不得不拈出也。嘗試觀之，弘、正以前，天下之尊孔子也甚於尊朱子也，於是乎轉而思朱子。其激而爲王子也，朱子詘矣；其轉而思朱子也，王子詘矣；則由不審於同中之異、異中之同，而各執其見，過爲抑揚也。其如之何而可？夫亦曰『祖述孔子，憲章朱、王』乎？蓋《中庸》之贊孔子

也，蔽以『小德川流，大德敦化』兩言，而標至聖、至誠爲證。予竊謂朱子由脩入悟，王子由悟入脩，川流也，孔子之分身也，一而二者也。由脩入悟，善用實，其脉通於天下之至誠，由悟入脩，善用虛，其脉通於天下之至聖：敦化也，又即孔子之全身也，二而一者也。然則千百世學術之變盡於此，千百世道術之衡亦定於此。舉顏、曾、思、孟之所見而知，周、程之所聞而知，都包括其中矣。是故以此而學，時而擺脱掃蕩，不爲略也，無非所以成己也；以此而教，時而詳曉曲諭，不爲瑣也，時而逗機緣，當士習之浮誕，方之以朱子可也，時而單提直指，不爲少也，無非所以成物也。以此而逗機緣，當士習之膠固，圓之以王子可也。何也？能法二子，便是能襄孔子，所以救弊也。救弊存乎用，用無常，不得不岐於異。以此而討歸宿，將爲朱子焉，圓之以孔子可也；將爲王子焉，方之以孔子可也。何也？能法孔子，纔是能用二子，所以立極也。立極存乎體，體有常，不得不統於同。同而異，異而同，兩者有一者密爲融攝，其法可以使人入而安焉適焉，渾然默順而不知。此又先生昭然以一大聖、兩大儒作日新榜樣，爲世世學人指南也，在諸君自識之而已。」

高君揭等起而謝曰：「而今而知『日新』之義若是其浩也。請得歸而質諸先生以報。」

重脩常熟縣學尊經閣并釐復祀典創置學田記

國家之設學，從來遠矣，本之先師孔子之所以教天下萬世於無窮，而天下萬世所以佩服先師孔子於無窮者，胥於是乎在。是故其焕然而爲謨訓之昭垂，能使人相與誦習焉而不敢背者，非僅僅在文字間也；其

肅然而為俎豆之薦享，能使人相與奔走焉而不敢玩者，非僅僅在儀物間也；其翩然而為縫掖之森列，能使人相與敬且愛焉而不能已已者，非僅僅在體貌間也，凡皆宇宙間一片精神之為也。是故感即應，觸即通，其發脉在聖人，而未嘗不貫徹於吾人，其發機在俄頃，而未嘗不旁皇周浹於千百世之上下也，在柄世道者聯合而總攝之耳。

琴川楊侯之為令也，持己以廉，牧民以慈，接士以誠，繩暴以法，不愧古之循良矣。一日詣學，目擊蕪莽之狀，慨然太息，退而捐俸金，散鍰金，鳩工掄材，舊之飭而新之圖，為之脩尊經閣，欽聖製也；為之厘祀典，妥神靈也；為之置學田，優士禮也。其德意甚茂，而其所規畫甚具而有法。虞人士相率聚而誦焉，於是茂才繆生肇祖、朱生曾省、嚴君枏等共詣予，屬予為記。

予惟世之為令者，上之清笔庫，勤聽斷，規規簿書期會之間以見能，如是而已耳；下之盛厨傳，都筐筥，務稽貴人意以博一時之譽，如是而已耳。其於民之疾痛痾癢，猶然不暇問，而又何有於教化之事哉！乃侯夙夜孜孜汲汲，顧不在彼而在此。曹所甚委，侯獨為任也；曹所甚緩，侯獨為急也；曹所甚簡，侯獨為隆也：是必其卓越之識，有以超出流俗之表，又必其一片精神，周流灌注，有以通聖人吾人而為一體，通千百世之上下而為一息，始有此作用耳。侯於是乎過人遠矣。

侯聞之，謂諸茂才曰：「吾聞昔之貌孔子者，顏氏之仰鑽瞻忽，得其髓；曾氏之秋陽江漢，得其骨；端木氏之宗廟百官，得其肉。自此以外，不過得其皮而止。況予之纖纖拮据，又其末也，夫何足云？」諸茂才以告，予曰：「非也，是特存乎人之所見謂何耳。即如孔子，曷嘗有皮肉骨髓四者相也？凡以見之淺者，其得

亦淺，見之深者，其得亦深，遂作是分別耳。神而明之，一而已矣。故夫侯之孜孜汲汲於今日，與孔子亦孜孜汲汲於當日，無以異也。諸君果有意乎？試思端木氏何人，曾氏何人，顏氏何人，推而極之，吾孔子亦何人哉！惟是仰而模，俯而効，一日用其力，竭蹷而趨焉，即諸君之孜孜汲汲於進脩，與侯之孜孜汲汲於拮据，亦無以異也，其於陟聖躋賢，正自不遠耳。何者？均此一片精神也。諸君勉之，庶幾其不負侯，亦不負國家二百餘年之培養矣。不朽盛事，海虞其何讓焉？」

侯名漣，字文孺，楚之應山人，丁未進士。其佐侯而襄厥績者，學諭則李君名維柱，字本石，楚之京山人；司訓朱君名朝選，字維玄，寧之旌德人；朱君名正定，字在止，常之靖江人。法得備書。

長治縣改建學宮記

蓋昔吾夫子憂道之不明不行，喟然發嘆曰：「知者過之，愚者不及也；賢者過之，不肖者不及也。」竊以為此兩言，盡學術之變矣，流而不已，復有甚焉。有人於此，矜其聰明，直跳而之於聖人之所不能，而繩以夫婦之所共能，猶然却焉。將謂之過，而庸共知，猶然眛焉；憑其意氣，直跨而之於聖人之所不知，而繩以夫婦之所共知，猶然眛焉；將謂之不及，而超忽凌頓又疑於過也：是則知愚賢不肖混而為一。知愚賢不肖判而為二，其為失也顯而易辨，是故當其過，吾得而裁之；當其不及，吾得而振之：病在氣質猶可言也。知愚賢
猥疎脱又疑於不及也；將謂之不及，而超忽凌頓又疑於過也：是則知愚賢不肖混而為一。
過分途也：是則知愚賢不肖判而為二。

不肖混而爲一，其爲失也微而難辨，是故欲裁其過，彼且有泰然安處於庸衆之下者；欲振其不及，彼且有偃然突據於聖人之上者：病在心髓不可言也。非徒爾也，原其超忽淩頓，既足以見奇而自標，跡其庸猥疎脫，又足以適俗而自便，道蒙其害而人蒙其利。道無方，縱蒙其害，造次莫得而指名，人有欲，壹蒙其利，終身膠結而不解。吾末如之何也已矣。異時夫子一則思狂，一則思狷，一則思有恒，至謂古者民有三疾，今也或是之亡。嗟嗟！夫子非喜有疾而惡無疾也，有疾止乎疾之辭也，其真心自在也，無疾甚乎疾之辭也，其真心漸滅盡矣：此又夫子之所深憂也。

長治懷白周公來守吾常，會其邑改建學宮，屬予記之。予詢所繇，公曰：「潞，古上黨郡也。國初，仍前代爲潞州。嘉靖初，陞府，置縣學，仍舊制，一世以後，人文頗盛。乃議分置縣學，割府學一隅爲之，而人文遂遜於前。説者歸咎於分裂故基，損壞風氣，嗣是咸議脩補。獨高陵劉公來守是土，創議改建。卜地於藩封之右，府庾之隙，拓以民居，爰定規制，請於當道僉報曰可，已又得孫公、曾公繼之協終厥事。而今當道儉報曰可，已又得孫公、曾公繼之協終厥事。而今而往，庶幾人文之有興也。敢乞靈於子。」予謝曰：「憲也陋，何知人文？間覽晉乘，之邑也，雅號爲樸，所願無忘其樸而已。」公曰：「足乎？」予曰：「足矣。夫樸人之真心也，內之無安排無攪和，外之無擬議無矯飾，真也。是故率意而來，瑕瑜短長，皎然畢見，不欺屋漏矣，可以立本。是故有過焉，與夫人共知其過，能受損矣，有不及焉，與夫人共知其不及，能受益矣，可以入德。是故脩諸家，一家信之矣；脩諸鄉，一鄉信之矣；脩諸國，一國信之矣；舉而措諸天下，天下信之矣，可以致用。何者？惟其真也。非是，即才若管、晏，智若良、平，辨若儀、衍，藻若遷、固，抑末耳。甚者反以藉寇齎盜，爲世詬僇，將焉用之？」公

曰：「吾子之言，善乎其以樸張者也。進而取裁於聖人之道，以求詣其極而無狃於偏。藐茲不腆之邑，實重有賴焉，何憂乎不平？本來面目，意且有省乎，相與退而反諸心，以求無失予謝曰：「允若茲，夫子思有恆而有恆矣，思狂狷而狂狷矣，思中行而中行矣，惟吾道實重有賴焉，何憂乎不明不行？謹志之以俟。」

劉公名復初。孫公名鋐，崇陽人。曾公名皋，廬陵人。王君名浩，臨邑人。同事者，郡佐童君世彥、李君德、王君愛、焦君思忠、王君致中、縣令李君仙品、與劉公同鄉，同議此舉。李君獻明、閻君溥、縣丞吳承宗、主簿艾有駿、楊善、典史馬李章、署教諭張一翰、訓導王三重、督工者民申志皋、路仁等，皆竭力贊襄者，法得附書。

石沙王先生祠記

嗚呼！此吾錫石沙先生之祠也。曷爲祠之？閩志也。曷言乎閩志？先生嘗按閩，所爲功德閩者甚鉅。今五十餘年矣，閩中思之猶一日也。而會厥嗣懷石君官鴻臚，奉使入閩，時則太僕少卿王公維中、御史張公英、黃公泮、周公京、苑馬卿鄭公一龍、參政陳公柯、陳公全之、羅公一鷟、參議張公冕、蔡公一槐、副使田公楊、僉事康公憲、王公徽猷、太守鄭公銘、張公敷瀋、李公春芳、朱公資、王公繼芳、長史陳公九經，解元鄭公啓謨，趨而逆諸境，既見，莫不泫然泣下，曰：「先生之子也。」聚族而謀祠先生，以永所思，於是乎有祠。祠曷不於閩而於石沙？其説曰：「惟茲八郡一州五十一邑，何之而非先生之明德之所波及

也？其誰得而頡諸？先生誠不忘閩，御風乘雲，時僟然式而臨之，於此乎，於彼乎，不可知也。吾聞先生少嘗讀書石沙山中，既老復就而息焉。石沙，先生之始終也，神必栖焉。與其以先生狥閩先生。」衆以爲允，遂捐金而授懷石君。已太常池公裕德、選部李公多見後先道錫，亟走拜先生壟上，相顧黯黯不能去。退而徵祠盟，於是郡司理余公繼善橄邑尉袁君董其事。既成，懷石君肅而謁其邑人顧憲成曰：「甚矣！諸君子之不泯於先大夫也！穀不敢忘先大夫，敢忘諸君子？君其記之。」

憲成作而嘆曰：「嘻！是其上下之際深哉！」則又曰：「是不獨閩志也，於邑亦有之。憲成生而晚，不及事先生，而間從里中父老習先生之緒，以爲危言危行，魁然古之博亮君子也。其居鄉絕不妄與人通，遇曲直秉義而裁之，不少假。即有利害大故，挺而白於有司，不少避。先生之所施於鄉遠矣，夫非吾儕之典刑耶？故曰是不獨閩志也。余惟士方俛首閭巷間，諷先生之業，各粹然懷君子之意。及其倖博一第，稍試諸行事，顧往往乖剌不應，民無德焉，彼其遠有所蔽也。即投機遘會，微立名跡，托於赫赫之途哉！及其一旦罷歸，優游自娛而已，甚者至恣睢以明得志，彼其近有所奪也。乃先生之所爲功德閩者既如彼，其所爲施於鄉者又如此，不已難乎！《詩》有之，『高山仰止，景行行止』。先生往矣，而今而後，過者望先生之祠而謁焉，驟而覩其像，戟髯虎目，英爽凜如。業中億其非恒人，徐而考其行事，流風餘韻，久而彌章，不爲衰歇，庶幾悚然而思，勃然而起，繼之以躍然而不能已也夫！夫然，則世之不及事先生，與其覩先生之近而遺其遠，覩先生之遠而遺其近者，皆於斯乎有賴也，其所係大矣，爲將次其說以俟焉。」

先生名瑛，字汝玉，號石沙山人，嘉靖壬辰進士。

常鎮道觀察使者虛臺蔡公生祠記

虛臺蔡公持節而涖我吳也，默而思曰：「吳之難治久矣，道將安出？」徐而諦❶觀土風，熟察利弊，憬然有悟也，曰：「吾知所以與之矣。」遂下令與民更始，豪橫有禁，刁惡有禁，打行紮詐有禁，窩訪窩盜投充稅幹有禁，諸馭民之具種種備。已而中復念曰：「善馭民者，不專求諸民也，當從馭吏始。」則申之曰：「貪墨必罪，苛酷必罪，非掌印官而受狀呈者必罪，胥徒舞文必罪。所部守將及材官騎士之屬，各依汛地，謹禦非常，盜賊鹽徒發而不覺，覺而不治必罪。」諸馭吏之具又種種備。已而中復念曰：「善馭吏者，不專求諸吏也，當從馭身始。」則儼然而親示之標，絕饋遺，杜請托。批申刑名，不用左右，何慎慤也！地方賢否，不別採訪，何光明也！驛遞夫船，不狗過客，何正大也！日用蔬米，不用舖行，何簡便也！而終之曰：「本道如有差錯，及道役有犯沉匿、需索、作奸等弊，幸即明白見示，以憑改正究治，此地方相成第一義也。」

噫嘻！至矣！盡矣！公可謂有諸己而後求諸人，無諸己而後非諸人者矣。故令下十日而吳中相戒無犯，令下朞年而諸弊俗悉更，吳以大治。稍暇，輒簡諸才俊，進而與之談說經旨，揚搉文義，勉導以古人之事。至於學校、祠廟、先賢遺跡有可與人文裨世教者，率不難爲之主持脩舉，又皆出自俸金贖鍰，不煩民也。比戊申、己酉間，歲大潦，饑莩載路，公焦神勞思，議蠲議賑，諸所爲撫摩拯救，不遺餘力，東南賴以安堵如

❶「諦」，原作「締」，據文淵閣本改。

故。久之，主爵者廉公政行異等，數推轂公，諸父老聞之大驚，奔詣兩臺乞留，幸得請加銜復任，歸而婦子欣欣交語，自是可長有公也。不意公一旦偶有感，輒拂衣去，比覺，舟已及於梁溪之滸矣。乃皆闠然而起，不期而集者凡幾千萬人，相與號泣而追之，叩首呼天請留，公不顧，又追至吳門，卒又不顧，至武林而公且飄然渡江去也。始皆彷徨無之，不得已而返。因謀建祠，肖像其中，庶幾得時時奉事公，其猶長有公也。於是合屬士民，翕然以爲允，而商人朱程等且特捐貲首倡，聞者群而和之，熙熙子來，不踰時而祠成矣。乃介孝廉郁元禎屬予爲記。

予作而嘆曰：「甚矣！公之德之入人深也！」既而曰：「甚矣！諸父老之自爲計深也！」元禎曰：「何？」予曰：「是有三焉。一以寄去思用自解慰。一以明我吳之人心均此秉彝，是是非非，略無瞞昧，不應獨蒙難治聲。一以示來者，俾知取程於公，跡公之所以馭身者馭吏，而吏莫不恭其職矣；跡公之所以馭吏者馭民，而民莫不循其則矣。夫如是，然後真能長有公也。諸父老之自爲計，豈不深哉！」元禎喜曰：「《詩》云『他人有心，予忖度之』，斯之謂矣。」肅起爲諸父老謝，退而錄其語，勒之石。

蔡公名獻臣，同安人，己丑進士。祠在澄江之南關，重所蒞也。

涇皋藏稿第十二卷

無錫顧憲成著

斗瞻說贈陳穉驃

陳伯子斗原之少弟穉驃既冠，伯子爲問號于予，予號曰「斗瞻」。伯子曰：「請著其義以貺吾弟。」予曰：「聞之瞻之爲言，望也。夫士者，衆之望也，不可不慎所繇焉。是故言焉而莫不承聽，然後能爲人耳也；行焉而莫不承視，然後能爲人目也。能爲人耳，能爲人目，然後能爲人上也。故在家而家齊，在國而國治，在天下而天下平。」伯子曰：「若是乎瞻之義之大也！敢問何脩可以臻此。」予曰：「昔者聞之，凡能爲人上者，必能爲人下者也。蓋孔子之門弟子凡三千人，而獨推顏氏。由今觀之，顏子簞然陋巷而已，一簞食，一瓢飲，匹夫匹婦之所得而侮也。其爲人也，以能問於不能，以多問於寡，有若無，實若虛而已。校智則不如子貢也，校勇則不如子路也，校藝則不如冉求也，校辨則不如宰我也，然而當時稱焉，千百世而下願爲之執鞭而不可得者，至以爲優于湯武，何也？其欲彌絀，其志彌伸；其氣彌斂，其德彌光。故夫能爲人下者，能爲人上者也。吾曹誠不解陶朱、猗頓之策，善問家人生產，以方顏子，不啻不及矣。握管而爲文，稱性命，述禮樂，傲然而無慚也。試反而徵之，有萬分一于此乎？以方顏子，不啻不

先生家典刑。二君能俾予異日免失言之咎，予拜賜矣。」

三變説

往聶搏羽進士觀政吏部，越歲選令玉峰，過予而問政，予曰：「士有三變，足下知之乎？」曰：「未也。」曰：「虎變則變，豹變則變，是足以爲變乎？」曰：「吾所謂變，非於庠於鄉於南宮之謂也。凡人情安常履故，習見習聞，率混混過日耳。惟所值之境界更換一番，而後吾之精神意慮亦爲撥動一番，惟吾之精神意慮撥動一番，而後所就之格局亦爲更換一番，故曰變也。其變之善不善，則存乎人焉。亦有生平儘鮮尤悔，到此忽轉一念，蕩然放棄，日向卑汙之路沿洄而行，便墮下流，是謂不善變。故變者，吉凶悔吝之幾，不可不慎察也。」曰：「均之變也，變而之善常難，變而之不善常易，何也？」曰：「是有由矣。明之路攀躋而行，便登上品，是謂善變。亦有生平漫無短長，到此忽轉一念，傑然奮起，日向高曰：『始而舉於庠，一變也；繼而舉於鄉，一變也；終而舉於南宮，一變也。』曰：『吾所謂變，非於庠於鄉於南宮之謂也。』」

弟二三親知耳。及舉於庠，乃稍與世涉矣。已而舉於鄉，舉於南宮，益又與世涉矣。靡文俗套，既引而弄之愧儡之塲；功名富貴，又驅而納之罟阱之域，非夫定見定力卓然有以自拔於萬物之表，其孰能不波？予嘗默默追省，庚辰以後涉入之心，較諸丙子之時之心，不無毫釐之差。丙子以後涉入之心，較諸庚午之時之

心，又不無毫釐之差。庚午以後涉入之心，較諸垂髫之時之心，又不無毫釐之差。由毫釐而積之，倏而分，倏而寸，倏而尺，倏而尋，倏而丈，潛移密改，驀不知其所由來，倘不時時自提自喚，當下回頭，行見涓涓滔滔，渺不知其所底止矣。此予身親體驗事也。今日變而之善常難，變而之不善常易，却是足下身親閱歷語也。足下第不忘此念，時於急流之中返而一照，將見難者易，易者難矣，於政乎何有？」搏羽首肯者再。為玉峰，果稱循吏云。

予頃偕同志脩東林之盟，稍稍有攜時義就商者，遂因而結一文會焉，於是學使者臨校聯翩而列青衿。予為之色喜，退而自惟曾何能有助於諸友也，而諸友往往過念一日之雅，則又以愧。偶憶三變之說，輒述以告，用附於切偲之誼，且申之曰：三變自青衿始。我明開國二百餘年以來，道德勳庸炳於星日，問其人，大都自青衿始。諸友將為虎變乎？將為豹變乎？即異時與諸先達齊驅並駕，作宇內第一流人物，亦孰不自今日始也？予請拭目以俟。

兩忘說贈赤崗王先生

王赤崗先生，楚材之傑也，海內無不傳先生名矣，孰知尚困青袍乎？乃先生固恬如也，不為意，惟日依依太夫人膝下，曰：「吾何必以是區區者易我一日？」今年秋，太夫人復命之赴南京兆試，赤崗婉辭以謝，太夫人不可，勉而南。偶遭舟子之阨，不樂中復念太夫人不已，遂病，怔忡嘆曰：「吾身太夫人有也，奈何以是區區者易我七尺？」遂飄然而歸，且貽書別予，問何方之脩可以還故吾告無恙。予何所知？何以酬下問？

竊嘗有味於程伯子《定性書》中「兩忘」二字,敢爲先生誦之。何謂「兩忘」?内忘也,外忘也。憶予少時問養生於玄客,玄客授以二十字曰:「若要生此身,除非死此心。此心若不死,此身安得生?」爲之爽然一快了此便不墮言思窟,可以言内忘矣。前歲過虞山,在坐有問死而不亡其指安在,予就中下一轉語答之曰:「若要生此心,除非死此身。此身若不死,此心安得生?」問者爲之點頭。了此便不墮軀殼塹,可以言外忘矣。兩忘則性於我定,性定則命於我立,俯仰逍遥,自由自在。其究也陰陽不能制,五行不能局,脩短不能囿,薂兹病魔,方當懾息退伏,去而深山,去而深淵,惟恐影響之不幽,尚敢弄伎倆於青天白日之下哉!予不知醫,聊以此備藥籠中物,先生試服之,其效與否,願以報我。

庸說與邵貞菴論拙齋蕭先生軼事作

予釋褐民部郎,得事同署拙齋蕭先生,先生有道君子也,予雅重之。先生亦不予鄙,因得時時瞜就,奉其提命,多所醒發。久之,先生出爲紹興守,予亦乍進乍退,與先生相違且二十餘年而先生即世。又久之,先生之子思似孝廉君秉鐸婁江,亦時時過東林論學,恍然如見先生。孝廉因携所輯《存先錄》屬邵貞菴乞予爲先生傳。予讀之,謂曰:「志則漪園焦翰撰,碑則石簣陶宫諭,核矣備矣,無容贅也。況予夙有文字戒,可奈何?」貞菴曰:「然則請商先生軼事。」予曰:「試舉看。」貞菴曰:「楚黃二魯周公嘗欲舉先生與鍾礪山卓異,先生曰:『鍾騎驢,衣布茹蔬,便有可舉。我與蓋,衣文繡而食膏粱,猶夫人也,有何可舉?』二魯笑而罷,子以爲何如?」

予曰：淵哉！此先生之髓也，不可不竟其說。夫道者中而已矣，中者庸而已矣，庸者率性而已矣。為眾人之所能為而謂之庸，為眾人之所不能為而謂之卓異，是也，恐猶不免就跡上較量耳，孰若反而證之於性。誠反而證之於性，凡出自率性，無往而非庸也。且夫茅茨土堦，堯舜則能之，凡為人主者能乎哉？胼手胝足，三過門而不入，禹稷則能之，凡為人臣者能乎哉？然而在群聖人，無往而非庸也，何者？率性故也。康節之詩曰：「唐虞揖讓三杯酒，湯武征誅一局棋。」如以其跡而已，三杯酒夫人而能之，唐虞揖讓不可能也；一局棋夫人而能之，湯武征誅不可能也。究其實則一耳，何者？率性故也。追惟先生，其衣文繡而食膏粱，夫人而能之。至其官民部，權稅崇文門，視例薄不均，毅然更定不便者，因以為謗不顧。其官越，開三江閘，築西陵塘，民以永賴。其官大梁，適無年，拯救有法，所全活不可勝算，事寧更以鍰三千緡市穀實所部。其官關中，鑛稅二使，一切裁以法，中人奴劉有源箠士至斃，為聲其罪於兩臺，論殺之，群小脅息。又先生方未第時家貧，授書養父，為二弟婚，盡其力。及致其仕而歸，授產諸子，與弟子均。復捐田建蕭氏義莊以贍族，如范文正故事。少從緒山、龍溪二公游，聞文成良知之指，終身佩服，所至輒刻其書以行。晚而治一舟，若古人所謂浮家泛宅者，欲遍訪東南同志公之所造如此，不可能也。嘗曰：「學不可有執。」要之，亦自人見之，有此分別相爾，在先生，無往而非庸也，何者？率性故也。伯玉行履，婦人女子皆信之，行年五十而乃自知其非也。知非而後能化。」其為眾人之所能為，而非狗也；其為眾人之所不能為，而非矯也。狗則媚世，矯則驚世，凡皆庸之賊也，何足以窺先生？抑又有說焉，王山陰曰：「三杯酒須用揖讓精神，一局棋須用征誅精神。」此指甚微，會得時

乃知唐虞之三杯與衆人之三杯應有辨，湯武之一局與衆人之一局應有辨，先生之文綉膏粱與衆人之文綉膏粱應有辨。苟其有辨也，即衆人之所能爲而衆人之所不能爲自在，雖謂之卓異，宜也。先生可無謝，二魯可無罪矣。予欲質於先生而不得，願以質於孝廉，并寫一通質於二魯，庶幾有以發予之蒙也。

貞菴曰：「是不惟洞見先生之髓，可補兩太史所未及；亦且洞見《中庸》之髓，可與子思子相上下矣。」

朱子二大辨續說

季時輯行《朱子二大辨》，予業爲之引其端矣。既而思之，其於儒釋王霸之辨，尚覺未竟。何則？聖學以性善爲宗，異學以無善無惡爲宗。當孟子與告子往復論難時，❶其說各不相謀，分而二也。今之言曰「無善無惡謂之至善」，然後其說各不相碍，合而一矣。分則孟子自孟子，告子自告子，孰是孰非，可得而辨也。合則孟子之說轉而爲告子之說，孟子是，告子不獨非，孟子不獨是，孰是孰非，不可得而辨也。乃論者率喜合而惡分，所以儒釋王霸混爲一途，卒之儒不儒，釋不釋，王不王，霸不霸，而兩無歸着也。

夫儒釋王霸，非可區形跡間較也。釋學遺情絶累，以清浄寂滅爲極則，得無善無惡之精者也，是予向所云最玄處也，究也超其性於空矣，儒則實；霸學挾智弄術，以縱横顛倒爲妙用，得無善無惡之機者也，是予向所云最巧處也，究也戕其性於偽矣，王則誠。是故認性爲實，性在善中；認性爲空，性在善外。誠於爲

❶ 「論」，原作「諭」，據文淵閣本、光緒本改。

善，善在性中；偽於爲善，善在性外。此不可不精察而慎擇也。是故性善之說與無善無惡之說分，即儒釋王霸亦隨而分，從其分而辨之也易。性善之說與無善無惡之說合，即儒釋王霸亦隨而合，從其合而辨之也難。端緒甚微，干涉甚巨。吾始以爲告子之偏執不如陽明之融通，而今而知陽明之融通又不如孟子之斬截，足以折異論，撤群疑，使人曉然於毫髮千里之別也。此不可不早計而預防也。

季時曰：「告子釋學乎？霸學乎？」曰：「語其悟也，無善無惡；語其修也，不得於言勿求於心，不得於心勿求於氣。以釋用之則釋也，以霸用之則霸也，存乎其人而已。是故釋氏曰『無生』，告子曰『生』，其見性同也。霸者假仁義，告子杞栁仁義，其禍性同也。」季時曰：「同乎？」曰：「性，杞栁也，初未始有杞栁也；性，湍水也，初未始有東西也：是其所指以爲生者，正其所見以爲假者也。然則謂之無生者，無內也，非性也；性無外，義外也，非性也：是其所指以爲杞栁者，正其所見以爲假者也。然則謂之無生者，無生而無不生，原不落滅境；生之生者，生而未嘗生，原不落起境。兩下立論，若各持一說，總之互相發，若各行一意。假仁義者計以仁義爲利，慕而即之；杞栁仁義者計以仁義爲害，厭而離之：兩下發念若各行一意，總之，覩其似未覩其真也，將無同所不同者。釋學圓，告子僅知得頓；霸學蕩，告子較把得定耳。世之君子於孟子則尊事其名而背其實，於告子則尊用其實而避其名，其所自命則卓然以聖學爲期，其所標揭則公然與異學立赤幟，不識何也。」季時曰：「參究到此，誠拔本塞源之論也，不可以不志。」因復次第其語授之，蓋以爲是天地間公共事而思求正於有道君子，相與尋箇是處云爾。

涇皋藏稿第十三卷

無錫顧憲成著

題中流砥柱圖

有客攜《中流砥柱圖》贈寧方伍子，伍子疑其跡於諛也，出以問予，予曰：「非諛也，頌也。」伍子曰：「何也？」予曰：「吾始者嘗與君同客燕，每過邸中，輒聞崇議，憂盛危明之情充溢眉頰。偶感時事，抗章闕下，至引『三不足』之說爲證。及出而督學兩浙，秉鑑持衡，竿牘盡絕，惟日孜孜，表章潛懿，風厲人倫，一時士習翕然丕變，無何遽拂衣歸矣。已而從田間起參粵藩，適當開採之役，百倍苦心調停，十倍苦口捍禦，地方倚爲長城。主爵者且數推轂，擬不次登用，無何又拂衣歸矣。進而任事，不避艱險，足以立懦；退而就閒，不俟終日，足以廉頑。豈不屹然世道人心之砥柱哉！聞之飾所無曰諛，揚所有曰頌。故曰非諛也，頌也。」伍子謝曰：「此非予之所敢當也。」予因前曰：「是頌也，亦規也。」伍子曰：「何也？」予曰：「進退二途也，行藏一道也。客之意，夫固曰君之進也，業有所以行之者矣，今茲之退，將無所以藏之者乎？其必永矢初心，益敦晚節。修諸身，家人則而象焉，修諸家，鄉人就而式焉，傳及海內，無問識與不識，莫不想望風采，願爲執鞭。木石是居，鹿豕是狎，而世道人心隱然繫命，安往而不砥柱哉！則斯圖之光也。倘謂吾宦已成矣，名

殫心錄題辭

曙峰王君之爲吳關也，聲稱籍甚，方吳越千里內外，往來之旅轉轉膽說，莫不欣然願出於其途。予聞而異之，已而有言君三仕令尹，並著循良聲。予益異之，以爲眞潔己愛民君子也。偶問醫姑蘇，道經吳關，君訪予舟中，一見如故。及予報謁，君遂出卮酒酌予，相對爲秉燭談，疊疊皆古人風軌，忽不覺沉痾之霍然去體也。已而示予《殫心錄》，則君後先所擘畫敷施具在。予受而卒業，質諸所聞，一一不爽。因詢君命名之指，君曰：「天下之事，才者能爲，智者能謀，強有力者能任。予於斯自省無處也，惟此心不敢不盡焉。是故在沔池利於民則躍然以起，不爲之聚而歸之，不已，苟有害於民則惻然以興，不爲之除而去之，不已。即身視沔池，在桐鄉即身視桐鄉，在密雲即身視密雲。恩怨之不知，毀譽之不知，知盡吾心而已。」予曰：「善。然則君之爲是刻也，何居？」君曰：「人情勤始而怠終。吾將借以自鏡焉，庶幾左於斯右於斯，無忘昔日之爲邑也。自是而往，無忘今日之吳關也。凡求終始不愧吾心而已。」予作而嘆曰：「淵哉！君之所存也！彼僅僅以才、以智、以強有力而已焉者，何足以窺

已立矣，求田問舍而已矣，不然則尋花問柳而已矣，又不然則談空課玄而已矣，向之所慨然自許，頂天立地作人間偉丈夫者，竟何在也？無乃隨波逐流，飄飄不根之萍乎哉？則斯圖也，不亦可比於盤盂几杖之銘乎？故曰是頌也，亦規也。」伍子避席而謝曰：「甚哉！子之愛我以德也。然則斯圖也，不可自棄，朝夕祗肅，以對明貺於無斁。」

之？當爲揭而告於世，俾在位者人人得是說而存之，其於天下可幾而理矣。」

題闇予諸友會規

東林有會矣，闇予諸友復爲是會，何也？一番合并則一番振作，固彼此之所以互相成也。然而共事者僅僅數君子，何也？求益愈切則擇交愈慎，又諸友之所以自爲計也。於是攜其《會規》視予，予讀而喜曰：「會不厭多，貴其真；友不厭少，貴其精。既精且真，吾黨其有興乎！」爲書其端以志勖。

一元巨覽題辭

朱廣文輯《一元巨覽》成，攜而示予。其指倣於邵子之《皇極經世》，自三才剖判以來，莫不次第而臚列焉，蓋造化人事無窮之變，大略具矣。予受而疾閱一過，頓覺心胸廓然，境界逈別，無内無外，無上無下，無遠無近，無古無今，打成一片，無是我者。退而徐徐玩繹，所當盛衰污隆、善敗得失之際，時而爲之躍然以喜，時而爲之愀然以戚，時而爲之悚然以駭，時而爲之穆然以思，又無非我者。此中消息，在各人自知之耳。誠知之，即天地莫能囿，萬物莫能役，會應有無限受用，不知即與草木禽獸並生並死於一元之内而已。此古之聖賢所以終其身兢兢業業，不敢須臾瞞昧過去也。廣文曰：「作如是覽，乃真巨覽。不佞輯是編，嘗感光陰駒隙，一混一闢亦僅僅轉眼間。竊謂吾儕不當以玩愒爲無傷，姑曰有待而倐至於無可待也。今聞子之言，益凜凜矣。」

題丹陽丁氏追遠會簿

雲陽丁子行從予游有年矣，懇懇乎孝弟之爲亟也。一日攜其《追遠會籍》視予，喜曰：「非徒知之，亦允蹈之矣。」已睇子行而言曰：「遠乎哉？遠乎哉？」子行豁然起曰：「非遠也，一體也。」予曰：「然。聞之能自愛者，能愛親者也；能自敬者，能敬親者也。吸喘息無弗屬也，在我而已，夫何遠之有！抑又聞之，能愛親者未有不能愛人者也，能敬親者未有不能敬人者也。夫豈唯人？盡大地山河，種種色色，無不由此而分，孰得於其中爾汝之哉？故曰『知其說者之於天下也，如視諸掌』，有味乎孔子之言之也。子行之志，不徒欲善一身，而兼欲善一家，予則謂不當徒善一家，且當兼善天下也。因推其說以進之，子行勉矣！

題同生許明府冊

吳下多假人命之訟，最是禍事。初狀行差人謀牌，業有費，已或委衙官，挾件作往相上下請求，又有費，總視被告家貧富爲多寡耳，往往至於破家。久之糾纏無已，亦自破其家，而訟者卒不悟也。同生許明府來令吾邑，凡以人命告者並不出牌。其在城即挾原告躬至屍所視之，其在鄉即令載屍至城，至時呼原告面質，所以往往辭窮而退。或有他故，即諭之令別具狀，隨遣一役挾之，葬埋訖而後聽理。以是近者頃刻立決，遠者亦不過三五日。往往被告之人聞之驚惶，疾走至縣門問消息云何，而事已竟矣。明府爽朗洞豁，如除盜

鄭母呂太夫人七十祝言

攻予鄭子嘗讀《論語》第一章,疑「學」字未有着落。已讀第二章,悟曰:「我知之矣,所謂仁是也。」却又疑「仁」字未有着落,尋悟曰:「本章已明明道破了,所謂孝弟是也。」予聞而善之,復謂之曰:「有子首句提出『爲人』二字,莫更好?」攻予躍然投契。於是攻予之母呂太夫人七十,同社闇予諸友乞予言爲壽。❶ 予曰:「世之爲人子者,所汲汲娛悅其親,只在精舉子業以博青紫已耳,乃攻予獨留心性命,時時求三益而切偲焉,即攻予之爲人可知矣。世之爲人父母者,所汲汲願望其子,亦只在精舉子業以博青紫已耳,乃呂太夫人見攻予之游於東林,輒欣欣色喜焉,即呂太夫人之爲人可知矣。知呂太夫人之爲人,則知攻予之能爲呂太夫人壽;知攻予之爲人,則知攻予之能自爲壽。是母是子萃於一堂,千秋之觴,庶幾其不虛薦乎?」闇予諸友起曰:「華封三祝,千古推爲美談。由今觀之,其猶屬第二義也已矣。」

❶ 上「予」字,原作「于」,據文淵閣本、光緒本及本卷「題闇予諸友會規」改,下同。

待旦堂漫談題辭

予之知中丞懷魯周公舊矣，蓋自初釋褐時得之魏仲子崐溟，崐溟得之劉仲子紉華云。紉華，端人也，不輕許可，亟稱公慷慨有志略。予心識之，遂得交歡公。及其出爲令，人爲御史，所在著聲蹟。歲乙巳，持節來撫我吳，予逆諸芙蓉湖上，進而接其言論風旨，退而按其行事，一一不爽，乃追服紉華爲知人。而何世之知之者之鮮也？予幸知之矣，無能剖心以明公。即海內長者如沈司馬繼山、趙考功儕鶴諸公，亦嘗與公共事，知之矣，率沉伏清泉白石間，所相告語，惟是山農野叟、樵兒牧稚之倫，無由聞於輦上君子也。一日，得公所記《待旦漫談》，讀之蓋不勝太息。嗟乎！公之生平表表如是，庸可襲取？庸可強飾？而能默然坐受多口，無不平之鳴乎！已而解曰：「不疑之金，伏波之珠，自古而然，於今何怪？」已又豁然忽有悟也，遂題尺一貽公，曰：「斯民也？三代之所以直道而行也。彼求多於公者，曷嘗有成心哉！假令寓目是編，必且疑，疑而核之，一一有徵，必且信，既信矣，必且以爲知公晚也。公自是伸矣，此又公之遇也。」公笑曰：「吾且隱矣，焉知其他？吾求不負吾，吾求不負吾二三知舊，從清泉白石間分割半席，異日有所藉手見吾紉華、崐溟二仲，吾願畢矣。」

冰川詩式題辭

真定冰川梁先生雅嗜詩，精研博採，積三十餘年，著《詩式》十卷，上自古樂府，下及近代諸體，條分縷

題姚玄升諸友會約

程伯子云：「舉業不患妨功，只患奪志。」今觀《諸友會約》，為舉業設耳。切稟諸繩墨，惟恐少有愆戾以辱東林，此正曾子之所謂「以文會友，以友輔仁」也。乃能斤斤交砥，一言一動，抑吾每見人之始而勤，徐而倦，久而卒至於廢棄也，是且不待富貴而淫，不待貧賤而移，不待威武而屈，即求所謂志，弗可得已，尚何論其奪不奪哉！吾知諸友必不爾也，聊為道破，無令吾言不幸而中可焉。

題鄒貞女傳

何以稱女？未成乎婦之辭也。何以稱貞？未離乎女之辭也。之子未嫁而寡，衰絰謁墓，抱主而歸，朝夕依之，形影相弔，居然離乎女矣。拜其姑，又徧拜其尊屬，退而稱未亡人，居然成乎婦矣。必曰「貞女」，

題婁庠政略

予讀蕭伯穀《婁庠政略》，津津有契也，爲之言曰：聖人之道高矣遠矣，非夫超卓之士特立物表，廣覽千古，孰得而幾焉！惟是世之號爲超卓者，往往落拓自喜，土苴繩墨，甚而陽以托於不屑，而陰以濟其無忌憚之私，其藏身彌高，而其處身彌下，爲害非細，此有識之所深懼也。伯穀雅習其尊甫拙齋先生庭訓，於良知之指早有悟入。往予識之燕邸中，見其翽翽有鳳凰翔於千仞氣象，迥非塵界可局，私心偉之。乃今試政婁庠，顧能欽欽以禮自範，又推之以範士，即一言一動，一進一退，無所不致防焉。其謹凜爾爾，有以知伯穀向來之所從入，俱由實地上來，不僅僅玩弄光景而已。

予少負嘐嘐，意不可一世，至妄擬先師孔子不應泛取硜硜一項人，先贈公呵之乃止。一日見曾點責子輿耘瓜事，輒爲悚然，始稍知收斂。時復四顧皇皇，瘖寐同心之助，何幸乃得伯穀乎！《易》有之，「知崇禮卑」，竊以爲舍禮卑而覓知崇，便墮無忌憚行徑。如伯穀方可與言真超卓也。且予目擊邇時相率厭修而矜悟，其於程子「識仁說」業奉爲蓍龜，猶以「誠敬」爲碍，掃而去之，孤行「不須防檢、窮索」二語。儳不自量，欲挈其所去收還。程子時有提掇，用遏狂瀾，遂或不無矯枉之過。頃伯穀偕徐孝廉去聞過問東林，商及此段

重刻懷師錄題辭

予讀楊夷思先生所輯《懷師錄》，為之出涕，作而嘆曰：異哉！梁永豐落落布衣也，其生也不能富人，不能貧人，不能貴人，不能賤人，樵兒牧稚可狎而睨焉。比其死也，人皆寃之，為之徒者且相與捐身以赴之，至冒鼎鑊、蹈白刃而不恤。張江陵，堂堂相君也，其生也能以人貧，能以人富，能以人賤，能以人貴，公卿百執事侈口頌功德焉。比其死也，人皆快之，為之黨者且相與戢身以避之，惟恐影響之不懸以蒙其累。是何兩人之處勢微顯判然，而得失之效更自相反！何也？此以心服，彼以力服也。嗚呼！昔一時也，為江陵獻媚者，殺永豐如殺雞豕，蓋若斯之凜也，相君亦無如布衣何也。然則是《錄》也，一足以示屈於勢者不得為屈，究必伸；一足以示伸於勢者不得為伸，究必屈；一足以發明斯民之直道宛如三代，即欲百方磨滅之而不能也。其於世教寧曰小補而已哉！夷思之欲重梓是《錄》而新之也，有以夫！有以夫！

題周氏譜錄

省梅周子一日攜其家所藏《譜錄》視予，予受而讀之。凡諸名哲之論譔，洋洋具矣，言必稱元公，因謂之曰：昔者竊聞之，有道譜，有族譜。道以斯文之似續爲譜，族以一姓之似續爲譜。由元公而上，爲孔、孟、爲文、武、爲禹、湯、爲堯、舜、爲羲、軒；由元公而下，爲二程，爲龜山，爲豫章，爲延平，爲紫陽：道譜也。由元公而上，爲世幾何；由元公而下，爲世幾何：族譜也。承族譜易，承道譜難。爲周之子孫者，庶幾合道譜於族譜，無徒以其易自安，而以其難讓人，可乎？省梅子躍然起曰：「大哉！子之言也。予也其何敢私諸？請書而載之宗祏，以詔我後之人。」

題石幢葉氏世德傳

葉參之廷尉將乞伯聲尤子作《世德傳》，客以問予曰：「伯聲孤高絕俗，翩翩鳳翔千仞之上。向奉徵書得玨州別駕，夷然不屑也。年來入山益深，入林益密，幾不可踪跡已。還肯諸參之否？」予曰：「諾哉。」客曰：「何以知之？」予曰：「吾知之於其尊甫迥溪先生耳。始先生解南畿，文名大噪。已舉南宮，嚴分宜贄而謁，甚恭，先生怪之，分宜從容以家乘請，先生不可，固謝去。已而伯聲果不在彼，而有以知伯聲所可在此也。若塊然獨守，不問誰何，一切抹搬，漫無肝膽，何貴於伯聲？」已而伯聲諾，聞予言以爲知己。《傳》甫就，私以質於予，予讀之，灑然異焉。是從龍門來耶？是何磊落而多幽思，沉

着而有遠韻也？是故意在表章，則鼓舞而道之，張皇振厲，恣極形容，若有餘艷；意在寄諷，則感慨而道之，唏噓太息，徘徊往來，若有餘悲。遂應與首陽、汨羅諸撰並馳域中，淋漓千古，何其烈也！噫嘻！讀樂善公以下諸傳，頑夫廉，懦夫立，薄夫寬，鄙夫敦矣，讀張碩人以下諸傳，鬚眉男子滿面發赤，跼蹐無所容矣，其於激揚人心，扶植世教，又何如哉！夫寧獨葉氏一家之史也？伯聲起曰：「其然乎？其然乎？吾不敢知。藉子之靈，庶乎有以復於參之矣。」

題邑侯林平華父母赴召贈言

《語》有之：「古之學者爲己，今之學者爲人。」程子借其言而反之曰：「古之仕者爲人，今之仕者爲己。」其指微矣，要而言之，二義實互相發也，只在辨得一「己」字耳。竊以爲古之所爲己，公共之己，而今之所爲之己，軀殼之己也。所爲在公共之己，則於軀殼之己必有所不暇問而此心廓乎其大矣，何者不聯屬於內？是己與人兩得之也。所爲在軀殼之己，則於公共之己必有所不暇問而此心局乎其小矣，何者不隔絕於外？是己與人兩失之也。得失之間，其端毫厘，其極千里，不可不察也。

平華林侯，閩之世家也，而來令吾邑。清夷澹泊，蕭然與書生不異，獨於四境之疴疾痛癢最爲兢兢。是故苟有益於民，即恒情之所甚怫，怡然而安之，勿吐也；苟有病於民，即恒情之所甚暱，毅然而剖之，勿茹也。若是者，爲人耶？爲己耶？究乃士誦於庠，農誦於野，商誦於市，旅誦於途，一以爲神君，一以爲慈母。赴召之日，黃童白叟相與攀轅卧輒，擁傳而不得行。若是者，爲己之效耶？爲人之效耶？無乃捐軀

殼之己以成公共之己者耶？自其捐軀殼之己，謂之精於爲人者莫如侯可也；自其成公共之己，謂之精於爲己者莫如侯可也。向所云己與人兩得之者，非耶？居今之俗，行古之道，侯其弗可及也。於是衿紳而下，及山澤能言之流，咸作爲聲詩，咏歌其事，洋洋纚纚，可謂甚盛。予恐讀者徒知侯之逸於觀寧，而不知侯之勞於求寧；徒知吾邑之所得於侯者，仰之如龍峰之高，俯之如梁水之深，而不知侯之所得於吾邑者，自惠泉一勺之外，無有也，故特爲之推本而著其説於端。

程行録題辭

昔人有置黑白豆記念頭善惡者，湯子洗心倣其意，置《程行録》記功過以自考焉，可謂用心之密矣。且謂之念頭則獨知獨覺，藏於内而無形，猶或得而文之。今閱所開功過諸款，則可見可聞顯於外而有跡，即欲着一毫揜著而不得也。子其勉之，吾將以此考子矣。

涇皋藏稿第十四卷

無錫顧憲成著

華從玉歷試考卷題辭

吾邑華從玉氏，故名家子，能讀篋中遺書，多長者游。予之識從玉則自歲庚午始。是歲南海鍾心瞿先生來視學，擢從玉諸生第二人，廩諸學宮，而予亦補諸生行，且國士予也。予見先生，先生輒爲予才從玉而曰：「此佳士子，無失之。」予退而求從玉，從玉亦不予薄也，相得甚歡。時時過從揚搉，輒覺有洒然處，予乃益思鍾先生言。無何，予遂博一第去，而從玉猶然淹在諸生，久之，更棄而游太學矣。予自省何敢望從玉，從玉之塵垢秕糠足以鑄予，功名之際乃爾，始不可得而知也。雖然，此猶自兩人言之也。當從玉之爲諸生，操管而前，見者靡不嗟賞，衷然而寵異之。既晚而事司成先生，每奏一篇，未嘗不稱善，遇以殊等。獨其試於棘闈則報罷。一從玉之身而所遭乃爾，尤不可得而知也。會從玉之門人徐子田文刻其歷試考卷，從玉愀然不樂。予謂從玉：「昔司馬子長欲藏其書於名山大川，而虞仲翔嘆恨無一人知者，至乃欲以青蠅爲知己，何其悲也！君之指，得無與二子類乎？」從玉曰：「否否，非是之謂也。吾父海月公之生露也晚，屬諸吾兄補菴子而撫之，勤渠有加焉，乃今竟憔悴不立以老，

馬君常制義題辭

予始從濂源莫子游，識其門人涵虛馬君，退而省其私，君子哉！予愛之重之，不獨以其文也。乃今又識涵虛之子君常，君常有妙才，自垂髫時，每下筆輒作驚人語，稍長就試，輒冠其曹，東南之士翕然推之。兒淳、兒沐請奉几硯以從，❶君常許焉，兩兒因得朝夕君常。一日兒淳告予曰：❷「兒益矣。兒病浮，君常韜采韜光，終日不浪吐片語，兒對之未嘗不悚然自失也。」一日兒沐告予曰：「兒益矣。兒病曠，君常鍵關下帷，終日不浪費寸陰，兒對之未嘗不悚然自失也。」予於是益異君常，愛之重之，亦不獨以其文也。已呼兩兒語

是吾父吾兄之恥也。吾母薛實副吾父海月公，其子露也備嘗諸辛，乃今不克有樹以慰，是吾母之恥也。若又從而昭之，人其謂我何？」顧子喟然曰：「深哉！始予見從玉之表也，今見從玉之裏矣。子長、仲翔之寄憤也遠，所亟在名；從玉之設誠也近，所亟在實。是固無冀乎一人之知，縱令藏諸名山大川，亦未必百世之下之果有知之者也。雖然，從玉之於斯也，可謂盡心焉耳矣。遇不遇，時也；從玉無咎，盍許徐子？」從玉唯。予不勝憐才之感，漫爲題數語以志，并以示其二子玄禧、玄禔，庶幾且有省乎，繹其志而光大之。從玉之所以慰其父若母若兄者，旦暮遇之無疑也。

❶「以從」，原漫漶殘缺，據文淵閣本、光緒本補。
❷「淳告予曰」，原漫漶殘缺，據文淵閣本、光緒本補。

錢受之四書義題辭

憶昔己卯之歲,❶予客琴川錢伯子齋頭,相與揚摧今古,至歡也。甲午歸田,伯子攜其郎君受之過訪,已出其文視予。予讀之,見其精思傑采,飛舞筆端,令人應接不暇,洒然異焉,笑謂伯子曰:「是當一日千里,爲乃翁先驅矣。」亦時時以語人。今年秋,果舉南闈《春秋》第一。聞者以予爲知言,予因告受之曰:「夫士豈不誠貴遇哉?」然而有司命焉則天爲政,有司衡焉則人爲政,非吾所得而主也。足下業已如執券而取之矣,況其上不由天,下不由人,吾之所得而主者,復誰讓乎?竊窺足下意用不凡,生平自期,寧僅僅一第?而今而往,隆思太上究竟丈夫事,作名世第一流人物,直襟帶間事耳。故曰:『有能一日用其力於仁矣乎?吾未見力不足者。』此吾受之風簷之次,心手自參,灼灼而言之者也。願無忘焉,又當一日千古矣。」受之起謝曰:「美哉言乎!敢不祗服!」適書林乞得其《四書義》梓之,輒寫此語志其端,以爲是又受之一券也。異日者予將執而取之

之曰:「小子識之,是正君常之所以文也。」會客謀行君常文,遂爲書而引其端,一以告讀者,俾就所以處求君常,一以告君常,俾益反求其所以進而上之,應有無窮事業在也。予病且老矣,君常不予棄也,庶幾相與夾護桑榆,無致頹落,予實厚有賴焉。君常其務自愛自重哉!

❶ 「憶」,原作「惜」,據卷十七《明故貞節錢母卞太孺人墓誌銘》首句改。

矣。受之歸以告景行,景行悅,簡予曰:「吾聞君子愛人以德,子其有焉。」

題南游草

丙子之舉,先贈公呼予而語之曰:「孺子且自以為能乎?」予悚然起對曰:「兒何知大人之教也!」先贈公曰:「未也。惟我之先世,以長者稱越,我顯祖友竹府君、顯考侍竹府君,益篤不忘,至於孺子而發耳。東南故才藪,七篇文字,孺子烏乎短長,遂偃然而據其上哉?」予復悚然對曰:「大人命之矣,何敢忘!」今秋侄浹亦舉於鄉,仲兄追憶先贈公之訓,相視泣下。予退而呼淳兒曰:「汝弟浹何以獲雋?」淳對曰:「兄浹之於斯也,歲無玩月,月無玩日,日無玩刻,用志不分,庶幾有焉。」呼沐兒曰:「汝兄浹何以獲雋?」沐對曰:「弟浹之於斯也,練意成字,練字成句,練句成篇,深造自得,庶幾有焉。」予嘆曰:「信哉!祖宗積累不可忘,亦不可恃。假令浹也悠悠而已爾,莽莽而已爾,先贈公之訓不幾頓乎?又何以及今日?」適浹裹得《南游稿》一帙,予為書其端,俾益加懋焉,且以自惕云。

題施羽王制義選

制義之變,於今極矣。三寸之管,縱橫吞吐,何所不有?士生其時,幾無復立錐之地可以另闢宇宙,為人倫雄長。迺今施羽王又何卓也,其文骨格峻潔而氣韻安閒,研思締致,種種超出蹊徑,參諸王、錢而下,楊、許而上,居然別標一局,非夫枝葉盡刊,洗心宥密,沉蓄而徐發之,宜不及是。反覆咀嚼,一段深至之味,

隱隱自喉舌沁入肺肝，結而不散，微乎！微乎！予竊有以想見其據梧運斤之際矣。茂才沈道生讀而愛之，手摘玄珠，攜示兩兒子，共爲揚搉。予因語道生曰：「君知之乎？造物精英，日新不已。各人胸中自有羽王也。」道生躍然而去。

悝復錢公四書制義題辭

舉子業，小技耳，而聖賢之精蘊寄焉，是故貴以理勝。然而理至圓也，深言之則深，淺言之則淺，精言之則精，粗言之則粗，亦顧人之所見何如耳，是故又貴以識勝。夫理者文之心也，識者文之眼也。心眼合一，乃爲文家第一諦，未可草草語也。

悝復錢公用進士高第來理吾郡，郡人士莫不想望風采。予方有烟霞癖，不敢以野服溷公庭。屬歲之季春，公幸芙蓉湖上，予聞而謁諸其舟中，相對論文甚歡。既別，緘所製時義一編視予。予發而讀之，一字一快，不覺齒牙喉舌之間，生液津津而滿。徐而按之，大都本自匠心，擬議成變，既是玲瓏透徹，迥然超出人意外，又是精切的當，穆然沁入人意中，故足珍也。今亦何能縷述，聊掇其略。如《克伐怨欲篇》有曰：「就仁言不行，即以見靈湛之體；就不行言仁，祇以增把持之障。」《洄路言志篇》有曰：「宇宙不隔吾心，吾心自隔宇宙。」《行己篇》有曰：「平居能辦一己，即臨事能辦天下。」《懷居篇》有曰：「寒暑風雨之變迭乘，正以振英雄豪傑之氣。」而顧盼牽制之私盡破，獨以見道德性命之真。」

噫嘻，微矣！此予向所云以識勝者也。以識勝者，乃其真能以理勝者也。夫豈區區淺臆薄詣可得而

題吳允執梅花樓藏稿

往安節先生緘會課數十卷寄予，予閱之，多所嘉賞，而其中一卷尤稱奇絕，因貽書先生曰：「此卷不徒文之工，其深識遠致，迥非章句書生可及，他日必成大器。」已得報，乃其孫允執也。先生遂攜之謁予於東林。予察其氣貌，益偉之。今年秋，果獲雋南畿，允執復來謁，予曰：「不佞聞君之捷也，一則以喜，一則以懼。夫何以喜？為安節先生喜有孫，為徹如君喜有子也。夫何以懼？安節先生道履愷愷，海內共推長者；而君為之孫，徹如君風烈皎皎，足以砥柱頹俗，而君為之子，俯仰後先，此擔正未易負荷，所以懼也。」允執悚然起謝曰：「命之矣！」少間手文一帙視予，予覽之，又超昔年《會課》而上矣。因稍為評次而志此語於端，以當授記云。

① 「且」，疑當作「目」。

題孫恭甫行卷

虞山三川孫先生澄空皎月，出岫閑雲，生平喜爲聲詩，不屑舉子業，以是終其身不遇。長君子喬，次君子桑，能工舉子業矣，猶然未遇也。惟子桑晚而始領鄉薦耳，亦不免落人後。若子喬之子恭甫纔茂年，一舉而遂魁南畿，又若甚易。然何耶？吾聞之，盈虛消息，謂之天道，積功累仁，謂之人道。故曰不蓄不光，不闇不章。然則昔日之淹，正所以基今日之頓也。吾讀恭甫文，靈襟濯濯，不染一塵，大有三川先生之致。至其步驟雍容，行乎勿忘勿助之間，又得之子喬爲多。然則今日之發，又所以顯昔日之藏也。恭甫方赴功名之會，吾懼其覯己之易而忘祖、父之難也，特爲陳今昔之故以告之，恭甫其謂然否？

涇皋藏稿第十五卷

無錫顧憲成著

二僊留勝圖題辭

郴州蓋有蘇、成二僊，其事頗異，吾儒擯不語。非直不語，亦不解也，曰：「是固幻耳。」然予聞蘇僊事母，致養勤甚，人莫之及，又能爲德於其里。成僊始嘗爲縣小吏，及署文學、主簿，並以舉其職聞。凡此皆人倫日用之常，非有震於物也。至如吾儒自稍通章句以上，靡不稱堯舜、述周孔，斯已卓矣，夷考其行，率謬不然，甚者投棄規矩，恣睢以逞；仰慚日月，俯慚人群，不亦大可怪乎？顧恬然安之，曾莫以動於意。予誠不知孰爲常而孰爲異也。予又聞蘇僊道既成，有群鶴來集其庭，形色聲音皆人也，姿貌秀整如十七八少年，雲冠霞衣，服飾壯麗，與語款密如故，因隨之迤邐升天而去。成僊既卒，有友人遇諸武昌崗，謂曰：「吾來時匆匆，遺一烏於雞栖上，遺一劍於户側，爲令家人收之。」友人至其家語之，信。衆大驚，因發棺視之，不復見屍，但一青竹杖長七尺，并一烏而已。然則蘇氏之所以僊，惟其真能有也；成氏之所以僊，惟其真能無也。至如吾儒迄於今猶可按而考焉。即有艷慕欣道，竭蹷而趨之者，苟其明效顯驗不臻於是，終莫得而假也。不然其說，曰：「吾心即僊也。吾心之變化云爲，上際下蟠，先萬物而非有，後萬物而非無，即所以爲僊也，

二三六

豈不大哉！」已而察其心，固與庸俗等耳，徒以其善匿而難窺也，往往托而文焉，以內欺已而外欺人。予又不知孰爲真而孰爲幻也。

予過郴，郴侯盧堯卿示予《二儻圖》，予惕然有感，因綴數語志其端。非故薄吾儒而有羨於彼也，庶幾覽者于是乎諦思熟繹，反而求其所繇，以晰於常異真幻之辨，而不敢徒以區區之空名爲足恃也。即二儻之於吾儒，厥亦有隱功哉？其又何擯焉？

法喜志題辭

澄江夏孝廉茂卿輯《法喜志》成，有客過予語及之，而曰：「茂卿津津禪悅，跡所采擷，率從忠孝節誼中薦取，跳不得儒家門戶，何也？」予曰：「茂卿以儒用禪者也，非以儒爲禪用者也。以儒爲禪用，即儒亦化而禪，以儒用禪，即禪亦化而儒矣。此茂卿陶鑄手也。」曰：「然則儒家擯禪，何也？」曰：「此以正學脉也。而茂卿以廣取善也。一主嚴，一主寬，兩者並行而不悖也。」曰：「伯升之穢焉而錄，休文之阿焉而錄，處道之悖焉而錄，天覺之黨焉而錄，奚取也？」曰：「孔不廢祝佗，孟不廢陽虎，參、苓、烏、附，並貯大醫王藥籠中，其何疑於茂卿？」客曰：「善。」已又語客曰：「請爲子竟其說。禪教之興，本之乘儒教之衰而入。顧其所以得久行而不廢，則又賴儒教之立也。有如土苴人倫，粃糠事物，胥而入於虛無寂滅之教，竊恐世道人心且蕩然靡所主持，彼禪者流即欲雲臥霞飡，雍容塵拂以課其所謂向上第一諦，將焉能之？昔王仲祖、劉真常共訪何驃騎，驃騎看文書不顧，王謂何曰：『卿何不擺撥常務，應對玄言，那低頭看此邪？』何曰：『我不看此，

題華羽士卷

異哉，華孝子！業已尊父命，終身不娶矣。乃錫之爲華者必祖焉，是無後而有後也。異哉，華生啓原！業已作黃冠道人矣，却惓惓以孝子爲念，願得終身洒掃祠下，虔奉瓣香，是出家而在家也。此等處一從赤子之心流去來，①世法出世法都來縛他不得，吾是以有取焉。啓原試歸而參之，無日用而不知也。

題魁星圖

天地，太極之餘也；日月，天地之餘也；先生，日月之餘也；《丘》《索》《墳》《典》，先生之餘也；一變而記傳，再變而詞賦，三變而時義，《丘》《索》《墳》《典》之餘也；朝而士，夕而公卿大夫，一變、再變、三變之餘也。嗚呼！先生將彼之餘成此之餘，來者不拒，去者不追，取者不德，舍者不疑，方且翩翩乎相與尸而祝之，俎而豆之，吾不知先生其以爲何如也。於是乎題而問諸先生。

① 「去」，文淵閣本作「出」，疑是。

簡明醫要題辭

澄江雲竹顧翁以醫聞於人久矣。蓋近奉庭訓而遠宗劉、張、朱、李諸先達,虛研實究,會而通之,以故所投輒效,一方賴焉。於是翁年且七十有三,乃手録生平已試之方,剖爲五卷,授剞劂氏,命曰《簡明醫要》,其言曰:「是編所載平平耳,無新奇可喜之說也。聊以遺子孫,備檢閲耳。」予聞而賢之,翁之不爲新奇,乃其能爲新奇者乎?語有之:醫者,意也。誠然,誠然。顧其說可以生人,亦可以殺人。生殺反掌耳,不可不察也。意難調而易偏也。是故欲其平平者,以病治病,不以我治病也。病而曰治,曷嘗無意?治而曰以病不以我,曷嘗有意?有意無意之間,能神能聖,能工能巧,劉、張、朱、李之精藴,翁一言蔽之矣。信哉!翁之不爲新奇,乃其能爲新奇者乎!是故概而論之,是編僅五卷耳,蓋綜其博而歸諸約者也,徐而繹之,千言萬語總不出乎之一字,蓋至約而實至博者也,予之所見以爲要也。讀者宜何求焉?翁子言嘗從予游,乞予題其端,予爲走筆書之如此,且告之曰:「子業服嚴邑,有種種惠政及民矣。而今而往,其務益加懋焉,以竟厥施,即翁滿案活人術不滋暢乎!即翁滿腔活人心不滋快乎!異日者吾又將就子覓醫國之譜也。」言再拜而起曰:「先生之所以拉拭言父子腆矣,敢不奉以周旋!」

題鄒忠餘收骨行

試看這箇是恁麼？若不識得，便未免當面混過。若識得，又未免將來做件事。當面混過，即淪於無。將來做件事，即着於有。一念湛然，兩頭不墮，其竅妙在恁處？忠餘其自參之，吾不能代下語也。

涇皋藏稿第十六卷

無錫顧憲成著

明故學諭損齋張先生墓誌銘

憶昔歲己巳，先贈公爲不肖憲及弟允擇師，語人曰：「必得文行兼備之士而後可。」東里雲浦陳公爲言先生，先贈公喜，遂率不肖等北面師事之。先生一見，語不肖等曰：「吾觀子兄弟氣貌，非區區舉子業可了，須努力尋向上一着。」先贈公聞之益喜。時仲兄坐善病，不復理鉛槧矣，亦令執經以侍，曰：「吾固不專爲舉子業也。」庚午，先生應雲浦公之辟，不肖負笈以從。比數年並相繼取一第，而獨先生僅僅作一學諭以老且死矣。於是子楷等卜以乙巳之十二月廿四日葬於歷村之新阡，持其兄濟川學博所爲先生狀，屬予誌其墓。予不勝黯慘，相向哭，俱失聲。嗚呼！一第，先生之糟粕，而向上一着，則先生之精髓也。得精髓而遺糟粕，先生其亦何憾？惟是不肖輩玩愒因循，浪擲日月，俯仰幾四十年，止了得舉子業耳，曾未有努力處也。得糟粕而遺精髓，負愧實多，尚何足以任千秋之役！雖然，先生之千秋自在，非予言之謂也，其何庸辭？謹按狀，參以耳目之所逮而誌之。

誌曰：先生諱淇，字子期，號原洛，晚號損齋居士。初以字行，已而更今名。張之先世居澄江琉璜里，

有養浩公諱襸者，始自琉璜贅高莊鄧氏，遂占籍無錫，爲高莊張氏云。襸生愷，以成化甲辰進士官都轉鹽運使，司運使，世所稱東洛先生也，詳具邑志中。是生洛川公琳，爲邑庠生。琳生履菴公鉞，配華孺人，生子五人，女三人，而先生其長也。先生自少英穎不凡，嘗逮侍東洛公，東洛公奇愛之。稍長，力學工文。年十八，補邑弟子員，二十而廩，即爲人授經。履菴公不善治家人產，產日挫，悉館穀進之。有以一帛贈者，必躬受之。履菴公曰：「兩親百結，吾何以有此？」華孺人性端毅，先生年踰四十，間涉註誤，猶加箠楚，輒嫛啼受之。每從館歸，日則依依膝下，夜則侍寢於側。至於婚弟嫁妹，拮据備具，絕不以經兩親之念也。雲浦公高其行，邀秦玄峰昆弟聚百金，置租四十餘石以佐所需，鄉人多弗償，竟不問，嘆曰：「安得廣廈千萬間，坐令寒士俱歡顏！」履菴公聞而壯之。時先生每試輒最其曹，名日起三吳，方千里間爭聘爲師。適不肖從銓曹請病還，往見先生，挾一蒼頭徒步而前。先生煮茗煨栗，相對報罷，久之始以歲薦分教吳庠。酒畔微問曰：❶「得無爲郡邑君子所跡？」不肖謝不敢，先生喜曰：「方是吾弟子，不是天官郎也。」始先生待選都下，申相國迎致邸墊，甚嚴重之，以是乞鐸其邑庠。及先生憂歸，再補休庠，遷諭英庠，並不藉相國氣力一希薦剡，亦不向達官貴人前一齒不肖兄弟姓名。會休令石林祝公考績至吳下，或告之，大加嗟異，時時以語人。不肖聞之，怳然自失也。向者相忘於無懷葛天之間，不覺耳，却被石林道破矣。此景此意，今亡矣夫！今亡矣夫！

❶「畔」，文淵閣本作「半」。

先生所至，以身爲教，諸生賢而材者優禮之，貧者恤之，有負不平者直之，諸生翕然信愛。地方利病亦時時爲主者陳說，不計恩怨，以故吳令謙川馮公、英令混成龐公，傾心敬事，一如石林公焉。即直指使者牛公亦枉駕就訪，不以當格遇也。乃先生每以養不逮親，怏怏不自得，又見饑饉相仍，國家多故，丘壟之思倍爲懇至，書其齋壁曰：「靜中自念常憂國，夢裏思親輒過家。」遂拂衣東歸。歸則田不足具饘粥，廬不足蔽風雨，蕭然斗室，日與兩孫講解不倦。適次公冰壺亦解官歸，時分秫佐酒，故先生有「年來藉得同胞養，分取筆瓢聊自怡」之句。兄弟嬉嬉，共陶暮年，意甚樂也。書其臥室曰：「在家出家，世事盡從流水逝；得了便了，丹心原對白雲閒。」高襟逸度，居然不讓浴沂風詠二三兩間矣。

先生素健無恙，年且七十，以濕疾艱於步履。甲辰夏四月，忽倦臥，不語不飲者六日，垂絕之晨，索筆大書曰：「令我薰然陶然栩栩然而逝可也。」長子楷請遺言，怒曰：「吾言之熟矣，若遽忘耶？做人須收拾身心，要知此身心非幻身肉心，乃我自家原來清淨法身，原來先天靈覺真心，天下有何物可以尚之？何物可以易之？須是自知自養，自煉自取，吾儒致中致和實不外此。」薛文清公《讀書錄》吾家祖業也，宜付兩孫。」至酉遂瞑。嗚呼！死生亦大矣，何其了也！

先生廣額豐頤，美鬚髯，胸次夷曠，不留一滓，而負氣倜儻，恥與俗浮沉。每語及古豪賢長者及忠臣孝子，輒爲佇想沉思，徬徨太息。喜豪飲，往往借以寄意，或時而終日陶然，身世兩忘；或時而高談叱咤，睥睨六合；或時而感慨激烈，涕淚交流，而繼之以怒髮衝冠。先生不自知，人亦無能知先生也。

先生髫年師事陽湖邵公，聞陽明致良知之說。及壯，遊方山薛夫子之門，學

益進。已乃嘔稱考亭曰：「畢竟盤不過此老。」庚子之秋，過視涇上，朝夕劇論，意氣如故。因言邇來異説橫行，始而侮朱，終而侮孔，其害真酷於夷狄禽獸，遽掀髯而起曰：「恨予不作魯司寇，殛此奴於兩觀之下。」須臾飲盡一斗，仰天而呼，噫嘻不已。回首當年，猶覺生氣凛凛如在，此豈生斯善斯，閫然媚世，無所短長之人所可同日而語哉！

先生生於嘉靖癸巳十月一日，卒於萬曆三十二年四月念五日，享年七十有二。配夏孺人，有内德。生子三：長即楷，娶吳氏；次樸，娶李氏；次楨，娶馮氏，後於守菴君。女二：長適邑庠生厲燧卿，次適何起潛。孫男七：長孫燁，娶陸氏，仲孫美，聘華氏；餘尚幼。孫女四：長適趙瑞徵，次字葉起龍，餘幼。樸與美後先出爲冰壺嗣。

狀又述先生嘗欲傳履菴公固窮樂善之操，并自叙其生平，其言曰：「昔陶淵明預爲祭文，杜牧自撰墓誌，蓋知生者不諱死，存者不諱亡，愚者之鄙忌，智者不蹈也。余犬馬齒，雖幸老而傳矣，自念以中人之資，幼讀聖賢書，長承祖父訓，而忠信孝弟出自天性。生平辛苦，僅爲祖宗持立門户，一無恢拓。雖八試棘闈而竟違進取之志，即晚膺儒綬，聊借爲代耕之資。謹守繩墨，不敢妄爲。自謂所得於吾儒義理性分爲多，故於貧富貴賤，一不介意。然直諒狷狹，不能媚於人，不肯求於人，惟嫉惡好善，引咎服義之心，裕如也。每擬筆之以自見，竟以躑躅自信未艾，不果。而今已矣！」雖然，味斯言也，亦足以概先生矣。請韻爲銘。

銘曰：卓彼賢聖，人極自出。烺烺遺經，中天揭日。惟祖惟父，世篤清佳。庭訓在兹，夙夜與偕。善親

曰孝，善長曰弟。孩提赤心，終身罔替。發己自盡，循物無違。厥孚盈缶，忠信是依。惡衣菲食，諸艱備歷。青氊無恙，一橡靡益。挾瑟擯齊，獻璞刖楚。抱關擊柝，苜蓿亦可。從吾所好，莫之或攖。貧賤富貴，總付浮雲。還撥生平，斤斤儒矩。動靜語默，淵臨冰履。直腸直口，無詭無佞。同異愛憎，不與物競。見善如珍，見惡如疾。徒義如奔，聞過如獲。心口自供，形影自證。百年之事，于今已定。像此爲像，不須寫真。譜此爲譜，不須買文。樂而忘年，來日可待。一朝委化，徒然琴在。曰予小子，恭勒貞珉。後有考者，英爽常新。

明故翰林院庶吉士完初唐叔子暨配蔣孺人合葬墓誌銘

天地間至尊者自，至貴者自得也。自得云何？是必愜乎心之所真是，舉天下非之，不顧也；非必愜乎心之所真非，舉天下是之，不顧也。夫豈惟天下，即一家之內，情最親也，目之所視，耳之所聽，口之所談，手足之所持循，少而習焉，長而安焉，日漸月染，不知其然而然，轉移最便也。亦惟是率其本來面目，隨分成詣，隨詣成局，無假借，無倚靠，無沿襲，無遷就，無牽合，甚而一彼一此，判然相反，了不存異同之嫌，何者？誠有以自得也。

毘陵完初唐叔子，奉常凝菴先生之子也。始荊川先生以峻行高天下，天下望而嚴之。凝菴先生繼之，軒豁磊落，不務瑣瑣，重意氣，與人交，瀝盡底裏，遇緩急，傾身赴之，即生死弗避，翩翩有古豪賢風。至叔子乃又孤立行一意，其於自奉，衣不曳采，食不兼味，泊然不知聲色貨利爲何物；其於公庭，視之若浼，不以一

字干。其御諸蒼頭，檢束惟謹，間出而受侮，亦以法飭之，不少姑息。其廩廩如此，則是父子相反也。叔子有兄二人，伯曰孟孫，早卒，仲曰倣元。歲不能走，五六歲不能言，識者目之曰：「行遲語遲，是必遠到。」既而就塾師，師授以《書》，仲數過成誦，叔子必倍之，久之則仲頗遺忘，叔子猶初耳。仲為文咄嗟而就，叔子每懸思竟日，凡經人道語，誓不襲一字。仲雖娛其意，叔子惟挾策，他無所問也。凝菴先生上公車，仲時慰藉其母萬恭人，後先周旋，以襄其勞而子必不樂與人事，間有不得已，勉為居間，必使兩皆心服而退，退則盡匿形跡，若初未嘗與者，則是兄弟相反也。叔子絕不樂與人事，間有不得已，勉為居間，必使兩皆心服而退，退則盡匿形跡，若初未嘗與者，則是兄弟相反也。叔子元配曰蔣孺人。叔子侍凝菴先生品隲今古，剖析疑義，論事可否成敗，而孺人侍太恭人，斤斤不輕吐一語。叔子與人交，無衆寡，無大小，無賢不肖，怡怡如也，而孺人端容肅視，娓娓如也，而孺人侍太恭人，斤斤不輕吐一語。叔子性簡易，遇所知，脫略禮數，不為容，落落如也，而孺人于姒娣相見，必理新衣，將迎甚虔，趾不踰閾，則是夫婦相反也。且萬恭人溫良樂易，大小臧獲，闔以內，闔以外，事無巨細，莫不兼而綜之，而孺人約處一室，雖至親罕見其面。萬恭人敏而則，闊以內，闔以外，事無巨莫不人燠而人沫之，即有犯，多所寬假不問，而孺人堅持禮法，尺寸無軼。左右侍者雖既退，猶若儼有臨乎其上然，則是婦姑相反也。然而廣大者不見其為蕩，謹密者不見其為亢，篤實者不見其為拘，真率者不見其為矯，寬裕者不見其為狗，嚴毅者不見其為苛，何也？誠各有以自得也。是故父子得焉而親，兄弟得焉而友，夫婦得焉而諧，婦姑得焉而協，天性之樂，人倫之勝，世濟之美，偃然不出庭闈而坐收之矣，則是相反者原未嘗不相成也。

抑又有異焉。予竊見叔子，恂恂退讓如不勝衣而志邁千古，言視規，行視矩，凜不越跬步而神超六合；仁義之宮，禮樂之府，《詩》《書》之囿，閒搜恣取，無所不快於意而目蒿生民；爲名茂才，爲名孝廉，爲名太史，餘光末耀，足以照暎人群而胸含丘壑，則是叔子一身之間亦相反也。其自奉一腐一蔬，日費不踰數錢，而作一餐以飼客，非腆潔弗快。人偶有乞貸生利者，必厲辭却之，而戚里中或以匱乏告，務委曲周恤，不令有快心。生平於米鹽猥屑，澹不經心，而獨所奉於凝菴先生及萬恭人，即一果一茗，必手滌而後進。且死，指一篋謂子獻可曰：「吾終年積愁積病，未嘗積資。此中存有七十金，可以了我，無以累大父母。」則是孺人一身之間，亦相反也。噫嘻，異矣！及徐而按之，卷舒有會，操縱有適，張弛有體，繁簡有宜，即欲從而窺其間，無繇矣。乃知相反者果未嘗不相成也。是故信於心則不復有畛域之可分，而爾我之障撤矣；信於理則不復有方所之可泥，而中和之體備矣，此予向所謂自得者也。

叔子名傚純，字敬止，壬午應天鄉試五十六名，己丑會試七十八名，廷試二甲七名，選翰林院庶吉士。生於嘉靖戊午十月十五日，卒於萬曆己丑十月二十四日，得年三十有二。孺人同邑□州知州蔣公如京❶女，生於嘉靖己未五月二十日，卒於萬曆丙午四月二十六日，得年四十有八。墓在宜興鳳凰山。子一，即獻可，太學生，娶丹陽江西按察使賀公邦泰女。女二：長適同邑太學生董公應朝子太學生遇泰，次適予次

❶ 「□」，卷十七《薛母劉太孺人墓誌銘》有「吉州守蔣公如京」，故疑當補「吉」字。

子府庠生與沐，先孺人卒。孫男三：長字昭，聘金壇郡學生于君玉全女，禮部郎中于公孔兼孫女；次字量；次字參，俱未聘。孫女三：長字溧陽南京大理寺評事陶君人群子元祐，次字同邑翰林院編脩吳君宗達子任思；次未字。

先是，歲丙午秋八月，獻可持狀詣予，屬文其墓中之石。予愴然傷懷，不果爲，至今歲己酉夏六月，困暑，時臥北窗下，一日追念叔子不已，因檢其狀讀之，則凝菴先生之爲也，起而唶然嘆曰：「懿哉！知母莫如子矣！」已檢孺人狀讀之，則獻可之爲也，起而唶然嘆曰：「卓哉！知子莫如父矣！」已檢孺人狀讀之，則獻可之爲也，起而唶然嘆曰：「懿哉！況乎日居月諸，倐更四載，即予亦且駸駸作老態，復何待也？因稍爲次第而志之，并繫之銘。

銘曰：立天之道，曰陰與陽；立地之道，曰柔與剛；立人之道，曰仁與義，惟其相反，所以相濟。吾何以知叔子與孺人哉？以此。

明故孝廉靜餘許君墓誌銘

隆慶庚午，予與靜餘許君同游邑庠，一見如故歡。予樂君之光明簡易，洞無城府，君亦樂予之不爲機也。嘗赴郡試，先贈公遇之逆旅，私謂不肖曰：「是夫非塵埃中人，兒其識之。」時君未冠。及授室，先贈公命不肖餽酒一石，糈二石，君辭，不肖進曰：「家大人重君，欲知君，聊以爲好耳。」君驚起請于父，一菴翁受酒而却糈，曰：「小子不敢拂翁之意，翁當不忍拂小子之意也。」自是交好有加，密以道義相切磨。及予倖博一第，乍出乍歸，與君跡若落落，而此衷相映，宛如一日。甲午歸田，偕同志修東林之社，君時時眈臨之。予

自惟衰劣，正賴君左提右挈，補過桑榆，而君且棄予去矣！撫今追昔，淚淫淫不自禁。會君之子其仁卜以歲之十二月十五日癸酉，葬於嶨峒新阡，手次君之行，乞高存之爲狀，屬予文其墓中之石。予故有文戒，方在徘徊，而友人薛以身且謂予曰：「此靜餘意也。死者復生，生者不愧。子必勉之。」予亦忽念是先贈公之所記也，遂諾。

受狀而讀之，既作曰：備矣，核矣，可以志矣。何則？人各有真，所爲貴狀者，貴其真也。皮肉骨髓稍有不似，不可語真。今狀始言君家故貧，先世遺田二十畝。君既有聲諸生，下帷教授，稍拓至百畝。已鄉舉，婚嫁遞集，食指漸繁，又不復授經，生計益匱。亦惟力自節嗇，粒米束薪，出入程量，卒未嘗營子母什一。故視其室，甕牗繩樞，猶夫初也；視其服，敝冠縕袍，猶夫初也；視其食，烹藜茹藿，猶夫初也；視其二使令，蓬首跣足，猶夫初也。比五上春官，不第。庚子冬，行至桃源河，冰堅，遽返，謝去計偕傳金，自號蚤白老人，杜門益堅。于此可以得君之皮矣。而未也，又言君受知郡侯龍崗施公、邑侯念庭周公，時召君相與茗椀酒柈，宴游如家人子弟。君介然自守，不干以私。丙戌從公車還，爲《幽居十戒》，書之壁。安貧戒五：曰詭收田糧，曰干謁官府，曰借女聯姻，曰多納童僕，曰向人乞覓。省事戒五：曰無故拜客，曰輕赴酒席，曰妄薦館賓，曰替人稱貸，曰濫與義會。出入恒指而自問曰：「若得無食言否？」或以私嘗之，輒指其壁謂之曰：「此吾之息壤也，可奈何？」偶有戚黨麗法，乞君居間，持之甚急。君適賣婢，爲輸罰鍰，終不爲緩頰。聞者

❶「自」，原作「目」，據文淵閣本、光緒本改。

大相信服。嗣後即有緩急見君，輒愧而罷，不復發口，謂其仁曰：「吾有某逋未償，某施未報，某家人資未給，某故人子典田所入已當其直，亟取券還之。」于此可以得君之肉矣。而未也，又言君天性孝謹。大父效靜翁，古君子也，爲諸生，出入攜君以從，動息有教，君一意步趨，無尺寸軼。父一菴翁未及中壽而卒，痛之終身。事母吳孺人，嘻嘻啞啞，依然嬰孺也。又言君襟度洒落，喜飲酒，每春秋佳日，同心宴談，輒諧笑傾倒，移日落月，至適。所善澄泉茹公及萬中丞輩，相與聯同庚社，一觴一咏，彷彿香山、洛水之風。嘗視君疾，君曰：「吾胸中蕩然無事，樂意津津。」凡不食者浹兩月，談笑如常，不一介于色。于此可以得君之骨矣。而未也，最後言君一日自東林歸，勅其子曰：「人何可不學，但口不說欺心語，身不做欺心事，出無慚朋友，入無慚妻子，睡無慚夢寐，乃爲學矣。」予不覺喟然嘆曰：微乎！微乎！君之髓其在茲乎！且夫士當居恒，高談潤論，意象凌豁，若舉天下皆無足以動之者，是何壯也！及乎臨境，輒爾波靡，遇貧賤則戚然不能以終日安，遇富貴則奴顏婢膝以求之不少顧惜，又何懦也！本之內多欲而外附仁義，遂成兩截人耳。乃君以不欺爲主，以無慚爲案，其生平之所自刻勵，豈不凜凜可想哉！宜乎！始終一節，名實俱粹，靡不稱爲真孝廉也。先贈公于是乎知人。

君姓盛氏，曾大父信齋翁，諱玉，幼失怙恃，依親許翁，因其姓。信齋翁通二經，以行誼稱。大父效靜翁，初號太玄，後更靜餘，以此。父一菴翁，諱盛德，爲諸生，生子二，君其長也。君諱世卿，字伯勳，配趙孺人，生子三：其仁，娶澄江隱漁王公女；其忠，郡庠生，娶太學振龍厲公女；其清，未聘。女三，側

室出，一適陸士裕，一字澄江王日華，一未字。孫男二：原盛，其仁出；本盛，其忠出。孫女一，其忠出。俱未聘字。君生嘉靖壬子十月十六日，卒萬曆丁未四月初八日，得年五十六。所著有《中解編》、《太玄玄言》、《露穎編》諸集，而特好爲詩，一切欣惋悲愉之感，悉于詩乎發之。詩成，抱膝長哦，輒復歡然自謂調燮之妙。是又君之皮肉骨髓所寄也，後之尚論者，其并求之。

銘曰：凛乎其操，嚴霜凍雪。坦乎其懷，光風霽月。朗乎其衷，青天白日。靡固靡縱，靡著靡匿。屋漏康衢，可券而質，是爲人倫之式。

吳母毛太宜人墓誌銘

吾郡吳嚴所侍御，朝拜官而夕抗疏，首剪巨奸，一日直聲動天下，言路大闢。比予有感於李漕撫之被多口也，上書閣，銓二老一白之，舉國爲讙。侍御又慨然採而聞之當宁，於是異同之論紛紛而起。時侍御業竣宣大事，報滿請代，代者不至，方晝夜念其母毛太宜人，遂飄然拂衣歸。太宜人見之甚喜，侍御從容言歸狀，則益喜曰：「漕撫冒千鋒萬鏑而爲國家，光禄爲漕撫而冒千鋒萬鏑，兒此歸，俯仰君臣朋友之間，皆可以無愧矣。不見若父乎？一出幾死杖下，再出幾死讒口，終其身在千鋒萬鏑中，曾不少悔，吾亦不代爲悔也。兒此歸，俯仰父子子母之間，皆可以無憾矣。」已聞銓司糾擅去者，擬奪侍御三級，不得旨，復用考功法，奪一級。侍御跽而謝曰：「兒不敏，重累母，奈何？」太宜人怫然曰：「吾以得職爲兒喜，兒以失官爲吾累，不亦遠乎？兒休矣。吾與爾隱。」予聞而異之，何其洞昭曠之原，越拘攣之見如此也！居一年，忽得太宜人訃，不

勝驚悼。無何，侍御儼然衰絰而過予，手太宜人狀，介錢啓新侍御屬予誌其墓中之石。予讀狀，益異之。太宜人幼聰穎，通《孝經》、《小學》、《少儀》、《內則》諸篇，及《列女傳》四子書無不淹浹，是學古公誠女。大父古菴公憲，禮科右給事，以忠直立朝，以理學名世，以禮讓教家者也。故其子姓彬彬，非獨外德茂，蓋亦有壼則焉。太宜人丁尚寶丞寓菴公，質直端方，御家嚴。姑段安人積纖起，嚆嚆不少寬假。顧學士復菴先生也，年十九耳，而翁尚寶丞寓菴公喪，太宜人相之必誠必信。已學士宦于京，首疏糾張江陵奪情事，受杖闕下，血肉狼籍。忽聞段安人訃，太宜人從學士冒冰雪奔喪而歸，廬于墓，哀毀視喪尚寶公尤過之。能周折咸中，得兩大人歡也。比學士復菴先生，年十九耳，而翁尚寶丞寓菴公喪，太宜人相之必誠必信。已學士宦于京，首疏糾張江陵奪予曰：「善哉！生事之以禮，死事之以禮矣。」爲之賦《下武》之三章。而未也，伯翁太史後菴公長于學士十三歲，學士莊之如父，太宜人亦莊之如翁。兄二樂公長于太宜人九歲，各垂白首，相見必載拜，歲時必肅禮衣而謁之。二思公爲里胥所搆，幾陷大辟，太宜人日夕泣求所以白見冤狀。弟樸菴公家漸落，時以擔石相賙。女兄弟四人，獨周氏姊貧而寡，特儌舍居食之，其卒也爲具棺斂，哭盡哀。予曰：「善哉！尊尊親親，德之至也，可以風矣。」爲之賦《蓼蕭》之三章。而未也，太宜人初年待諸子婦甚肅，中歲而昫嘔卵翼，若恐傷之，老而彌篤。諸子各授室析居，相去數百武，定省以時，辰而畢集，太宜人必預戒饉饎❶以待。其待壻莊于賓而慈于子，壻亦怙之如母，忘乎其爲半子也。從子婦有不宜子者，爲旦夕虔禱曰：「其得雄以嗣適

---

❶「饉」，文淵閣本作「饎」。

乎!」幾幾望之如其婦,諸從婦亦親之如姑,忘乎其爲猶子也。予曰:「善哉!其有敦睦之遺乎!」爲之賦《桃夭》。而未也,太宜人生于殷盛,歸于顯融,兩膺封誥,貴重矣。夏理絲枲,冬理木棉,機杼聲軋軋不休。每孫女厘嫁,必出篋中布若干實其奩。居恒衣大練,不曳帛。遇賓祭吉祥,問一御綺縠,不終日隨肩而鑴之。食不重肉,飯脫粟,粥必雜麥糜,與婢子共虀糗而餐。出御小輿,至弊不任肩,從者一二蒼頭,不知其爲貴人也。予曰:「勤儉,家之本也,守而弗也,世世其昌乎?」爲之賦《葛覃》。而未也,太宜人性好施,見孤寡老弱,倍爲惻惻,每輟餐損饗餬其口。晚年好佛,益好行善事。戊子歲大祲,學士設糜粥饑者,而廩空莫繼。太宜人忻然解服脫簪佐之,所起溝瘠無筭。曰:「氏老矣,福田利益無所覬,願爲兒女輩懺悔,除無始以來障業。」里戚有女某某,婦某某氏,歷歷不遺。多藏誨盜者,縱橫速捕,纍纍伏于非辜,輒合掌曰:「物去幸復來,乃以人殉,如墮落何?」聞有筭輿僮至斃者,輒頻顑曰:「奈何一朝之忿而以人命戲也?」他如杠有圮,曰:「必吾葺。」途有湫,曰:「必吾甓。」即空乏中務黽勉以應。予曰:「善哉!宜乎口碑載道,人人祝萬福,祝千秋耳。」而未也,始學士以弱冠舉,有雋聲,稍稍侈聲酒,太宜人諷曰:「君誠壯,無事急一第,不念尚寶公目未瞑乎?」學士爲錯愕,廢聲酒,大肆力于文章,竟魁多士。學士直道而行,不能面藏人過,太宜人以婉劑之曰:「毋好盡以攖人,人情固不啻山川險也。」學士喜如得益友。太宜人連舉八丈夫子,一皆無害。所爲恩勤閔鶯,含飴必均,衣敝履穿,親爲苴補,獨不以寸絲尺縠掛其體,曰:「吾爲稚子惜福也。」比其長也,聯翩而翔天衢,含戒諭之曰:「國恩難負,天道忌盈。兒輩宜知止足,無務好進。」予曰:「善哉!順而正,愛而則,履滿而能

謙，吉凶悔吝之故，盈虛消息之機，析之精矣，豈不卓然偉男子之概哉！」是故能以學士公永譽也，爲之賦《雞鳴》。又能以侍御諸君蚤譽也，爲之賦《小宛》之三章。

已閱太㊀宜人之年，其生以嘉靖庚子十一月二十三日，其卒以萬曆辛亥六月二十七日，得七十二歲。其葬以壬子正月初七日。子八人：曰雍，太學生，娶陳氏；曰亮，辛丑進士，任湖廣道御史，娶蔣氏，贈孺人，繼蔣氏，封孺人；曰奕，庚戌進士，選浙江縉雲知縣，娶馬氏，繼徐氏；曰玄，戊戌進士，任山東東昌知府，娶張氏，封安人；曰京，太學生，娶劉氏；曰兗，庚子舉人，娶白氏；曰襄，癸卯舉人，娶曹氏；曰褒，太學生，娶白氏。女一人，適太學生曹師讓。孫男三十人。雍出者二：儼思，郡諸生，娶毛氏，孝思，娶金氏。亮出者八：寬思，娶蔣氏，柔思，娶董氏；恭思，邑諸生，聘錢氏，敬思，聘曹氏，毅思，聘荊氏，直思，聘鄭氏；簡思，聘陳氏，剛思，聘姜氏。玄出者九：爾思，邑諸生，娶毛氏，我思，邑諸生，娶毛氏，裒思，聘賀氏；少思，有思，未聘，無思，聘周氏，是思、匪思、百思、未聘。京出者四：贊思，聘董氏；賢思，聘任氏，哲思、謀思、聖思、未聘。兗出者一，禹思，未聘。襄出者一，顯思，聘賀氏。褒出者五：一適姜志寅，一適張典文，一字陸騰驤，一字何熙祚，一字惲翮，一字薛尊生，餘未字。京出者二，一適孫䣧，一未字。襄出者一，字范能迪。褒出者四，一字姜紹書，一字史元孫，餘未字。玄出者八，一適蔣志寅，一適張典文，一字陸騰驤，一字何熙祚，一字惲翮，一字薛尊生，餘未字。孫女二十四人。亮出者四，一字陳于泰，一字蔣胤淳，一字龔九鼎，一未字。奕出者五，一適張東星，一字姜紹書，一字史元孫，餘未字。

❶ 「太」，原作「大」，據文淵閣本、光緒本及前後文改。

一字董祖綮，餘未字。曾孫男三人：爾思出者守揆，我思出者守觀，寬思出者守大，俱未聘。曾孫女七人，儼思、爾思出者各二，我思、衆思、寬思出者各一，俱未字。嗚呼盛矣！天之祚太宜人何如也！因爲之賦《麟趾》終焉而繫之銘。

銘曰：萃有衆懿之謂德，萃有衆祉之謂福。其真以茂厥躬，其餘以施於嗣服。甑山之原，玄暉穆穆。億萬斯年，於何不淑！

浦母華太孺人墓誌銘

悲哉，浦子之爲志也，其不忍泯泯于母也！其稱曰：「始不肖先大夫佐太安，既遷貳夔州，誼不肯以一介自緇，家植廑廑耳。已而吾父蒙難，所減更十之六。已而吾父不祿，所減更十之三。迺大起，吾母孑然俯仰其間，日夜皇皇，拮据不暇。久之，次第而已于迺，里人即莫不材吾母，咨嗟而道說之。而今已矣！」因大哭。少間，又進曰：「始不肖等幼，無所稟學。吾母呼而謂曰：『汝叔祖味芹故明師，且其人端然長者，汝盍往事之？夫豈惟《詩》《書》之好是憑，庶幾其以家庇焉。』不肖等敬諾。徐而驗之，信，何其智也！而今已矣！」又大哭。少間，又進曰：「吾母生而慧發不群，稍長，通《孝經》《內則》《女儀》大指。吳俗好佞佛，吾母獨不佞佛，有前爲施捨之說者，輒謝去，而曰：『實其言，將富者擅祥，貧者擅殃乎？殆必不然。』居恆聞一善言，見一善行，輒以誨不肖等。時時還而思之，依然著于耳也。而今已矣！」又大哭。予聞而傷之，且曰：「止！其無復言。予知所以解子者矣。」遂爲誌而銘焉。

高室朱孺人墓誌銘

誌曰：孺人姓華氏，西樓君女也。西樓君有弟曰東源君，實生孺人，西樓君壯弗子，因女之。年十七歸太學生鳳竹浦君，歸之二十一年而稱未亡人，稱未亡人之二十一年而亡，時萬曆甲申正月十七日也，距其生嘉靖丙戌七月二十五日，得年五十有九。子二：長邦達，邑庠生，娶華懷竹女，次邦獻，娶郡學生華少峰女，女三，長適俞士弘，次適郁念曾，次適錢光霽。孫男四：元益，娶太學生王穉石女，邦達出，元選，聘邑庠生鄒存誠女，邦獻出；餘幼未聘。孫女六，一字華迪殷，一字邵某，俱邦達出，餘幼未字。邦達等卜以三月二十五日奉孺人，合葬於石室山祖塋鳳竹君之兆，禮也。顧憲成曰：予聞鳳竹君且死，孺人之不欲生者數矣，徒不忍其二子耳。顧其心，豈嘗須臾忘君耶？一旦得從君地下，快孰甚焉！而二子者方唏嘘嗚咽，煢然不自禁，蓋婦之於夫，子之於母，其相爲娓娓如此，豈不深哉！非至性篤發，孰能幾之者乎？夫是以知浦氏之必有興也。予師少弦張先生嘗爲二子乞言於予，及得余言，亦以爲然云。

銘曰：何以剝之？衷之旗也。何以復之？材之鎡也。服而夫君，鎮而子孫，秩秩振振。[1] 何以姤之？德之蓍也。

孺人年十九而歸靜逸高公也，既久而弗子，喟然嘆曰：「吾之業在《樛木》之三章矣。」爲捐囊中裝，置

❶「服而」至「振振」十二字，文淵閣本在本篇之末。

媵，而竟弗子也。久之，乃子從孫攀龍，所以撫字百方。稍長，就塾師，受句讀，每還，輒置懷間程日課，手果餌慰勞。每夜讀，洴澼絖而佐，不寢不休。蓋孺人歿而攀龍痛可知也，曰：「攀龍之鞠于母二十有三矣，攀龍不能以一日娛也。惟是夙夜矻矻一編中，庶幾有躋于榮顯耳，是以實殉虛也。今者幸而舉于鄉，而吾母已矣，是以虛負實也。可奈何！」言悲咽不自勝。予聞而傷之，以是其母子之間至矣。因是而求孺人，乃益悉孺人。孺人一歲而失其母也。而固甚慧不倫，厥父慎齋公愛異之。既長，遂令贊家政，即內外一切井井就理。比歸靜逸公，而其姑浦孺輒委政焉，曰：「以是觀新婦能。」即又無不井井就理。孺人性好施，暮功黨里有所需，無不得意去，而其自奉甚菲，食不二簋，衣不文錦，垢污手自浣滌，既老猶績不倦。攀龍以爲勤，乘間諷止之，孺人愀然，手所握示曰：「是物也，吾女而佐吾父于朱者若而年，吾婦而佐若父于高者若而年。驟而棄之，不祥。孺子休矣。」

攀龍又言：「吾母病且二歲，未嘗廢衣冠，日惟焚香誦諸佛經。始予外王母夢異人霞衣燦爛，手一果啖之，味甚殊，覺而遂娠吾母。吾母之生，口若時時持佛號者。及卒，體瑩瑩有光，擬得道云。」顧憲成曰：是非予所知也。予所知者，孺人耳。孺人女而女，婦而婦，母而母，其于生死之際，何所不廓如也？自頃來海上曇陽之事起，說者多好言怪，予是以略而弗論，而特論其可知者如此。

孺人生於正德丁丑七月念七日，卒於萬曆甲申十月初一日，享年六十有八。子一，即攀龍，娶王氏。女一，嫁楊子有。孫女一，許字浦胤麟。靜逸公將以是年十二月十有二日葬孺人於慧山黃家灣祖塋之次，而命攀龍乞銘於予。夫銘所以昭德也，不昭不如其已也。若孺人也者，予烏得而已諸？

銘曰：欲知其女視其父，暢然有家臻厥度。欲知其婦視其姑，洵茲蘋藻閒且都。欲知其母視其子，翺翺風雲發於趾。式言繫之畀大荒，九龍為護允偕藏。

處士晴沙談翁墓誌銘

談之先得姓由郯子，至南宋而始籍梁溪。入皇朝，有壽齋公者起而其族遂大。五傳而為贈御史紹，六傳而為封刑部郎復。復生緯，官承事郎。緯生鵬，官七品，配成氏，生丈夫子三人，而翁為季。翁諱籌，字守謨，號晴沙，生於弘治癸亥正月二十五日，卒於萬曆己卯正月十一日。所著有《鳴蛙集》《五經音釋考》《四書釋義》。娶李氏，先翁十二年卒。子男二，長曰承俸，禮部冠帶儒士，娶王氏，繼娶吳氏，次曰儆，娶沈氏。女三，一適李應時，一適邑諸生張應貞，一適劉聞譽。孫男二，正議，聘江陰縣諸生顧言女，立，未聘，俱承俸出。孫女九，承俸出者五，一適陸可立，一適俞顯祖，一適邑諸生陳爾耕，蓋手狀翁者也，一字陸汝賢，一未字；儆出者四，俱未字。

翁生弱，不嬉，長不遷也。與十山翁愷兄弟最歡，共業博士家業，翺翺美文辭，見以為一第猶掇之耳[1]而竟弗第也。無何而十山翁成進士，大喜曰：「吾鴈行中有人哉！休矣，無所事吾矣。」而邑中縉紳先生雅知翁，咸目攝翁曰：「是夫也，何可令山林得之？」輒起迎翁，令子弟北面受經。當是時，補菴華公最負時

---

[1]「之」，文淵閣本作「芥」。

譽，鮮與可顧，獨心善翁，蓋賓翁二十三年如一日也。翁年二十而館，六十而老，三四易帷而已。帷下諸生虛而來實而往，□多顯者云。翁孝友淳至，年十二，翁父秋航公役而逸，有司持之急。翁慨然以身代，縣令尹侯公見而異之，乃召翁師授經囝囷中，秋航公竟以翁免。秋航公家居以嚴見憚，翁事之謹，動厭其意。處兄弟油油于于，内則森如也，翁之於人道煥乎備矣。翁故博學，而尤好開元、大曆語。時閉門獨坐，吟咏自適，而以其間肆於山水之間，曰：「九龍二泉，吾西道主人也。」翁生平操履純白，皭然不淄。縣大夫脩鄉飲禮，輒延翁爲重賓，翁謝曰：「夫飲所以昭德也，不昭不如其已也。吾何德以堪之？」辭勿應，強而後可。其爲長者如此。顧憲成曰：陳伯子之狀翁云爾，余不習翁而習陳伯子，又因陳伯子而習翁之伯子勉菴君。勉菴君，恂恂者也。陳伯子有口德，汙不至阿其所好。而其嘗從翁游者，復稱説翁不衰，翁之文獻具矣。不佞於是乎徵，乃爲次第其事而銘之。

銘曰：其賓於塾也，萬以爲日而千奇；其賓於鄉也，千以爲日而百奇。孜孜屈乎不足，綿綿伸乎有餘。其賓於國也，胤以爲日而誰爲奇？嗚呼！百在兹，千在兹，萬在兹，有翁在兹！

涇皋藏稿第十七卷

無錫顧憲成著

明故承德郎山東濟南府別駕蓮巖黃先生暨配許孺人合葬墓誌銘

萬曆二十有四年丙申春二月戊午，前通判濟南府事蓮巖黃先生卒於泉州南安里第，越閏八月既生明，孤拱化命其弟拱振跣經，走水陸千里來訃於顧憲成氏，憲成見之駭然而哭也，哭相向皆失聲。既息，拱振致遺命，屬憲成銘其墓。憲成又哭曰：「知余者其先生也夫？何忍不爲先生銘！」遂頓首受命。拱振則又泣而請曰：「惟是先府君實拜子之賜，其黃之子孫世載明德。竊不揆，敢徵先府君之餘，再以先母氏累。」憲成悚然起曰：「憲也不敢死先生，其敢死孺人！」又頓首受命，乃視狀。

先生之狀曰：先生諱一桂，字馨甫，別號蓮巖。始祖曰忠勇公。忠勇公生五府君，五府君生三致政公，又五世爲無懷公，無懷公生篤齋公，是先生父也，娶於王而生先生。甫三歲而孤，王節母泣曰：「天乎！孰使吾翁無子而有子，吾子無父而有父乎？」攻苦鹽虀續，朝夕弗惰，以爲無懷公養，而其餘以資先生學。先生少本朗悟絕人，益嚞嚞自洗濯。從里中師受博士家言，率歲所

而師稱弗能師也。年十六遂晉邑諸生，曹憚焉。嘉靖乙卯試學臺最，晉廩食，厥秋舉於鄉，年二十有三耳。無懷公聞之，爲嚼三觴，而王節母喜可知也。顧其上春官輒報罷。無何，無懷公及王節母相繼没，遂謁選天曹，得浙之雲和令。雲和瘠而貧，人皆難之。先生不顧，矢心冰檗，約己裕民，問所欲苦而替興之。削借差，汰馬役，孜孜蹈節，意鬱鬱不自禁，嘆曰：「吾尚可逐諸少年鬭筆舌之奇乎？且休矣。」隆慶辛未，遂謁選天曹，得浙之雲和令。雲和瘠而貧，人皆難之。先生不顧，矢心冰檗，約己裕民，問所欲苦而替興之。削借差，汰馬役，孜孜不遑。先時邑中水道久湮，汲者遠或數里，近猶二三里，暑雨祈寒，怨咨盈城。先生捐俸入佐以調額募工，疏水所源而導焉，民乃舒，至今賴之。近郊故多虎患，漸及於邑，或食冢官舍。先生牒禱城隍神，請去苛政而後大戒攻虎。旬日，有田夫遇虎於塗，手搏而斃之，厥後遂息，❶邑人異焉。獨以清介孤立，任怨任謗，不爲監使所容，竟左遷寧波學博，先生不色愠也。第亟往校諸生，日與校藝所短長上下今古，獎其勤而作其息，士用翕然。若令太史周公應賓、王公宣，吏部傅公光前、南昌王公佐，皆先生所賞鑒也。乙亥，攝慈谿篆，治如雲和。時邑有漁課三百金，吏白：「當如例受。」先生曰：「取諸公而登諸私，❷何例乎？」丙子秋，用南京兆聘分校士於都，舉憲成等十四人。明年丁丑，擢濟南府通判，主岱宗香稅，❸稅多羨，毫無私焉。或勸稍爲子孫計，先生謝曰：「吾於一官何有？惟父母寵命未沾之爲感感，是以三年淹，奈何以子孫故爲父

❶「厥」，原作「歷」，據文淵閣本改。
❷「取」，原脱，據顧與沐所刻《顧端文公集》（崇禎本）此文改。
❸「稅」，原作「税」，據文淵閣本、光緒本改。下「稅」字同。

母羞乎?」會中蜚語,掛冠去之,不終日。比至家,四壁蕭然。時時從里父老游,茗酒相樂而已。有司高其行,賓鄉飲者再三,先生夷然不屑也。其爲長者如此。

孺人之狀曰:孺人姓許氏,諱端勤,生而淑惠。既嬪於黃,上則佐王節母奉無懷公,婉而有則,無懷公大歡;下則奉王節母佐先生讀,每夕挑燈刺繡,達旦不寐。已而無懷公及王節母終,先生皆旅在京,孺人後先竭力斂事,必誠必信,無或憾。王節母有姪女,孤貧莫養,孺人收而字之,既長而厚資嫁焉。先生曰:「微吾妻,吾幾不得稱人孫,稱人子矣。」先生幼孤,鮮兄弟,事同產二姊恭以愛,孺人亦以伯姊禮禮之終其身。先生曰:「微吾妻,吾幾不得稱人兄弟矣。」孺人之雲和,孺人扶病而從。先生之泣而諾之曰:「吾所以志也。」孺人可謂知大體矣!

先生曰:「以此斂我足矣,君庭如水,妾安敢以死溷君!」

顧憲成曰:信哉!丙子之秋,余見先生於金陵邸,以爲古貌古心,篤行君子也。戊子冬,余徙官括蒼,遇諸嚴陵道中,遂奉之至官舍,朝夕侍者又二月,因得生杖策而過余,朝夕侍者三月。甲申,余請告里居,先益詳先生內城府,外無邊幅,一步一趨,端愨不苟。其於孺人之賢,蓋縷縷不置也。大要狀所具略同,不誣矣。獨念余菰蘆中屛書生耳,無所短長,先生儼然國士遇之,所爲期且勗,耿耿流俗之外,厭誼甚高。乃余莽莽風塵,乍進乍退,進則多忤多尤,率不免意氣用事,無能樹尺寸以章先生之明;退則優游玩愒,頽然自廢,年來益復善病,條忽向呻吟中浪擲日月。獨行顧影,獨寢顧衾,不勝慚負,何以無墜先生命哉!惟是先生之所以脩諸身,刑諸家,施諸郡邑者,烺烺可

先生生於嘉靖癸巳，享年六十有四。孺人生於嘉靖辛卯，先二十四年卒，享年四十有二。孺人卒，娶林氏，曾氏，皆先卒。子男五：拱化，娶劉；拱治，邑庠生，娶傅，卒；拱寧，郡庠生，娶周。化、治、振、極，皆孺人出；寧，林出。女三：一許字王，林出；一未許，曾出；一未許，蔡出。孫男六：命袞，聘楊，化出；命紳，娶彭；命鏊，聘朱，嗣欽極；命繡，未聘，治出；命綖，命籔，俱未聘，振出；命縷，寧出。孫女八，一適許，餘未許字。拱化、拱振、拱寧等，擇以是年十二月初十日，奉先生與孺人合葬於王塘山之原，而林氏、曾氏附焉，禮也。

銘曰：紛而不可質者，遇也；固而不可格者，年也。積而不可佚者，德也；餘而不可竭者，福也。久而不可忒者，理也；貞而不可革者，石也。

明故處士景南倪公墓誌銘

昔司馬子長著《貨殖傳》，談文者以爲千古絕調。予特嘉其取善之周，不擇巨細。乃世人卒諱言富，即爲子若孫者，闡揚先懿，亦惟恐以富撐也，相習而爲諱。夫此何足諱也？富而好禮，可與提躬，富而好行其德，可與澤物，顧人之用之何如耳。吾錫故有東湖鄒公望、桂坡安公國，其人皆翩翩豪舉，其名與貲俱傾一時，本之各有所長，非苟而已也。予以爲國家得若人而用之，必有裨於會計，即不然而一鄉有若人，可備

一鄉緩急，一方有若人，可備一方緩急。作史者倣子長遺指，採而列之貨殖，附於陶、白諸人之後，豈爲過哉？屬景南倪公卒，孤鎬等持晴宇華比部所爲狀，乞誌銘於予，予忽忽心動。跡公勉勉拮据，其產非能與鄒、安兩公相伯仲，要其布衣起家，遵用繩墨，尺寸不苟，有足多者。竊謂兩公倜儻而近狂，公敦愨而近狷，未可概以蓬蓽之操擯之也。因按狀而誌之曰：

公諱珵，字良玉，漢御史大夫寬之裔也。唐宋間，代有顯人。至吳縣監丞子雲，始家吾邑梅李之祇陀。五傳爲元鎮公瓚，世稱雲林先生。其兄元珮公珏，嗜古好脩，五傳爲迪功郎竹溪公宗實，始居坊前，是生守溪公澤。澤生南樓公柏，配張孺人，舉三子，而景南公爲長。公生有異徵，稍長，課經生言，神奕奕旺。會南樓公家政旁午，兼以豪右齮齕之者衆，公憤然頓足而起曰：「彼以我爲非夫也耶？且男兒何必朱輪赤紱乃稱豪哉！」遂請於南樓公，願代理家政。南樓公壯而許之。無何，家隆隆起，里中見之皆驚服，相戒無犯。南樓公大喜曰：「吾今而知爲人父之樂也！」已而南樓公病，籲天請代。比卒，柴毀骨立，幾以身殉。族屬莫不嗟異，公復念南樓公春秋高，爲之栽花累石，徵其生平往來故知，相與煑茗烹醪，徜徉名勝以娛其老。南樓公既沒，公愀然不自得。南樓公曰：「此莫非吾事，汝獨賢勞也。」強之，公乃盡摘其甲產先是，南樓公欲析箸，公愀然不自得。南樓公曰：「是所謂五十而慕，非耶？」

曰：「是所謂五十而慕，非耶？」

讓兩弟。❶ 未幾，兩弟俱早世。所以鎮撫其遺孤甚於己子，每日必先過兩家，擘畫畢，然後退而爲家計。兩

❶ 「甲」，光緒本作「田」。

家事稍有不當於意，必召諸孤面誨之，叮嚀諄切，涕淚交下，諸孤感激競奮，卓有成立。而重役至，則公又獨肩之。至今邑人知有景南公，不知有兩家，以皆在公卵翼中也。

公治生無他奇，惟勤儉是務。每旦雞鳴而興，出內櫺，聞曉織聲則喜；過書齋，見就明而讀則喜；出田間，見披霧而耕則又喜。大小臧獲，量材授役，朝有課，夕有程，無敢以鹵莽報。生平不為侏儒俳優之樂，不為陸博圍碁之娛。宴客有節，不為流連長夜之飲。曰：「是誤己且誤人，不可以訓。」其自奉也，蔬水適於膏粱，韋布適於紈綺，徒步適於車騎，卒然遇者不知其為公也。與人交，推心置腹，不設城府。有負公者，亦夷然任之，終身未嘗先訟一人。即里有不平事就公質，務百方曉譬以解，甚而陰割己貲從中調護，期於兩釋而後快。縣官編役知公長者，輒問公云何，公具以對，多所縱舍。及役不滿數，又不難以身任。環公居數十里間，饑者待食，寒者待衣，有叩必應。或不能償，置不問。歲戊子，道殣相望，公惻然憫之，捐粟千石應募，退復私為粥以活老稚者無筭。其能為人分憂恤患類若此。而尤篤於水木本源之思。脩尊賢祠，謂是雲林公所俎豆也，刻《雲林遺集》，謂是倪氏文獻所徵也，輯家乘，謂是祖宗脈絡所係也。晚而猶子鏘羅不測，坐圜扉，公日抱鬱鬱，竟以成疾。至屬纊，猶泣謂諸子曰：「向者爾大父與仲叔，季叔受誣，我老人力爭得白。乃今何以下見爾大父及兩叔也！」嗟乎！此可以觀公矣！

公生於嘉靖庚寅十月初九日，卒於萬曆甲辰十二月初二日，享年七十有五。以卒之明年乙巳二月十六日葬於蘇團橋祖塋之昭。配張孺人，先公三十三年卒。繼配吳孺人。子五：長鎬，娶貢士陸鳳洲女，繼娶華如愚女，繼娶施右溪女；次鋼，娶邑庠彥浦少陵女；次錦，邑庠生，娶邑庠彥薛檢吾女；次鎰，娶武庠彥華

和陽女；次銓，聘太學華完素女。女六：一適華仁彥，一適刑部主事華士標，即爲公狀者也，一適顧問達，一適江陰邑庠生薛同祖，一適許世芳，一字周如璞。孫男八：德源，聘鴻臚署丞吳六如女；德濟，聘孝廉張弦所女；德洽，未聘，鎬出。德清，娶太學王一所女；德淳，娶邑庠彥王心劼女；德涵，聘邑庠彥馬涵虛女；德滋，未聘，鎬出。德泳，聘邑庠彥華汝正女，錦出。孫女九：一適王繩之，一字華袞寵，一未字，鎬出。一字潘㵎，一字鄭步曾，一諾張祺徵，鎬出。曾孫男一，未聘，德清出。曾孫女一，未字，德淳出。

予惟鄒、安兩公之於貨殖也以略，公之於貨殖也以纖。以略者，聚之易，散之亦易，宜乎一擲千金，了無怪色；以纖者，聚之難，散之亦難，於是殘縷必拾，遺糝必噉，夫何能遽忘積累之自乎哉！乃公所重在祖功宗烈，則見此之爲輕；所先在父子兄弟，則見此之爲後；所急在姻戚井里，則見此之爲緩。自少而壯而老，秉執一意，始終不遷，可謂識其大矣！是爲銘。

銘曰：以義詘利，以利詘義，離而相傾，抗爲兩敵；以義主利，以利佐義，合而相成，通爲一脉。人覩其離，翁覩其合。此上士之所不能訾，而下士之所不能測也。曾何愧乎名卿碩人之烈！

明故禮部儀制司主事欽降南陽府鄧州判官文石張君墓誌銘

予自壬辰冬因家季涇凡識君於燕邸，一見輒心重之。徐而相與語，見君論理必窮到頭，論事必窮到底，不作皮膚觀，則益心重之，謂家季曰：「是真可與共歲寒者。」乃家季不幸於丁未之夏即世，君爲文哭之甚

哀,越二歲而君且繼之矣。天乎!何奪吾黨之亟耶!隨往哭君,淚泫泫不能自休。無何,君之伯子元彝且具狀乞予志其墓,屬病甚,乃令其弟元英來。予作而嘆曰:「天乎!君未可以死也!」已而又曰:「君可以未死也!」則又曰:「君不死矣!」

君生而敏,六歲就塾師授書,數過即成誦。八歲通書義,父素行翁教以檃括破題法,值臥懷中,對窗前月,令作破,隨應曰:「漏清光于暗室,掛玉兔于當天。」翁大奇之。九歲能攻長短句。十四,太府龍崗施公拔五邑才子弟校藝其中,應試與選。十六,龍谿王公講學荊溪,往聽之,因悟良知宗指,信聖人必可師,不欲局守章句。十八,素行翁捐館,居喪哀毀如禮。服闋,補邑庠生,益自結束,貞篤從名師,締納良友,相與考德問業,學日進。戊子,舉應天鄉試第六人。己丑,舉會試第十七人,廷試二甲進士。予告歸,省太夫人于家。辛卯,赴京謁選,分校順天鄉試,榜首沈何山從《春秋》房落卷中搜拔之,時以為知人。壬辰,授刑部山東司主事,尋調禮部。癸巳春正月,敕諭禮部,並封三皇子為王,君偕石帆岳公暨家季,復倡議與同曹郎詣廷公議,令諭札出元輔王婁江一人手,且一旦創出國朝二百年來未有之禮,遂合疏爭之,謂冊立重事宜屬大各曹卿懇疏,令諭札和之。上意動,移札元輔,元輔亦悔禍,出《三愧三悮疏》,請勿王三皇子,而啓皇長子出閣讀書。是舉也,時以為還內降,定國本,有回天力焉,而人人為君危。適南星趙公主計事,一時壬人以考功令盡罷黜。執政大不悦。上固怒爭冊立事,又犯之,有旨謫拑考功者,部覆皆留,遂調旨切責考功,罷其官。眾正譁然不平,君復抗疏論捄。上固怒爭冊立事,又犯之,有旨謫拑考功者,而同事六人皆逐矣。君得鄧州判,尋念太夫人,以假歸。于是朝夕承歡,竭力子職。杜門深研《易》理,或為詩歌及古文詞,間則旁及書法、畫法。然

不甚喜作，意到則爲之，不則索之不應也。而特孜孜以學問爲事，與海內諸名賢聲應氣求。東溟管公倡道東南，標三教合一之宗，君相與質難數百言，管公心屈而臨之，諸所闡發，精懇的切，聽者莫不傾動。蓋君素稱敏悟，至其論學，每以端本源，敦行誼爲主，大要衣鉢伊川、晦菴兩夫子，而一切虛談渺論，厭弗屑也。又偕史際明、吳之矩倡立麗澤大會，每歲與毘陵、潤州輪舉，切劘訂証，務以羽翼聖真，聯屬道脉。跡君少年而掇高第，騰英掞藻，人知其爲文章之士而已；及乎立朝危言危行，敝蓰一官，人知其氣節之士而已；乃其用心喫緊如是，天假之年，所進寧可量哉！故曰未可以死也。

乃君林居十九年，海內薦剡相屬，不爲色喜，銓曹推轂數十上不報，不爲色愠。治家祗守遺業，稍有嬴入輒以施貧周乏。居恒不輕謁有司，至事關郡縣公是非大利害，他人囁嚅不欲前者，輒毅然先之，任怨任謗，無少避忌。先是宜邑故行五年糧役，大姓坐廢簽者十九。姚江丁公來令宜，改行甲運法，民便之。迨後漸因圖分有肥磽❶，户額有多寡，解役有煩簡，當邑侯秦公審編而五年之役議復紛紛起矣。君爲移書，陳條編之便七而極言糧役之害，議得寢。又條上《荆溪政要》曰：清賦入，均徭役，謹使令，議倉役，議總稅，平解役，平訟獄，禁窩訪，慎交與，重學校，釐奸剔蠹，鑿鑿見之施行。

歲戊申，江南大潦，撫臺周公疏請于朝，得頒鍰

❶ 「磽」，文淵閣本、光緒本作「磝」。

賑，下諸有司。君請蠲均及於通邑，賑獨施之水鄉。邑侯喻公大然之，人服以爲公。君天性慈和，督課諸子必柔聲氣而理論之，不聞有疾言。御臧獲以恩，即有犯，終不譴訶。人有衡氣暴怒當前，微言道之，靡不立解。初，君釋褐比部，適當典獄，有黠盜越獄逸，實在君代事前一日，例得分咎，君請之大堂孫公曰：「失事在主事，宜獨聽參，幸勿他及。」孫公壯之，從輕議，而更因是賢君，延譽不已。是則君之所施於人常厚，而其所求於人常薄，即膺多福而荐遐齡，豈不宜哉！故曰可以未死也。

及觀君於去來之際，竊有異焉。初，君生三日，席煌，彌月復完。父素行翁閟之，以爲異徵。甫四齡，伯祖置諸懷，書「門」字示之，對曰：「門。」曰：「誰教爾？」曰：「形似，無教者。」於是以「米」、「火」等字言其義，輒隨聲應，弗訛，夙慧如此。君宿有痰喘疾，因得內養法靜坐，久却，至己酉春三月偶患瘍復發，至八月轉劇。適史奉常玉池、湯直指質齋，執友萬在菴、萬顧菴、狄澅川❶王道修、潘公完、萬奕甫、陳茂實相繼至，時邀至榻前敘論，惟惓惓以國事及兩郡大會爲念，不一及身後事。廿六日晨刻漸彌留，索筆書「知死知生，時何所畏懼」八字，命付元鼎，時元鼎病不在側也。「兄平生學問，到此正得力處，須定性。」君點頭，以手書「至定」，尋云「得正而斃」，徐斂手于胸，作肅恭狀，迄廿七日丑時逝矣。先是，癸卯秋，君偕元鼎應試句曲，試之夕，假寐以待旦，忽夢前身八歲時入梵宮與群名僧説法，一僧指君曰：「此闍禪師轉身也，亦現作龐居士。」指掌紋驗之，衆咸謂然。夢中記闍禪

---

❶ 「澅」，文淵閣本作「匯」。

涇皋藏稿第十七卷

二五九

師者爲面壁公前代祖。忽轉頭，見素行翁攧君，責以不作宦，君嘔曰：「爹勿予撲，此生壽不永，當爲僧。來生復爲父子，可永年而宦。」行素翁曰：「無墮落否？」曰：「不退位中矣。」因覺，君嘗筆之以紀夢。由此言之，君豈生而存死而亡者哉？故曰死而不死。

嗟乎！未可以死而死，吾惜其局於人；可以未死而死，吾惜其局於天。至於死而不死，則形骸不能域，氣數不能囿，超然游於天人之表矣。此予之所以爲君異也。

君名納陞，字以登，別號文石。南唐時門下侍郎詠公生六子，季曰逵，避亂居義興之張溪，是爲義興初祖。傳十六世而致遠公遁，生在元明間，其季子曰新，字伯常。伯常生楫，楫生樵雲翁輯，輯生斗山翁楨，楨生子五，中曰素行翁希時，娶徐太孺人，生君於嘉靖四十年辛酉二月壬子之亥，距其卒得年四十有九。元配陳孺人，故邑庠生少中公女。次即元英，郡庠生；聘武進故原任主事莫菴趙公家孫上舍君錫君女，出嗣伯羹堯公明德，側室盛氏出。次元翼，聘同邑原任江西建昌府知府中復蔣公子孝廉如奇君女，出嗣伯亦山公鉅。俱陳出。女五：孟張，適郡庠生萬惟垣；仲張，字吳允初，俱陳出。叔張，字吳儲□□，盛出。幼張，字吳□□，側室黃氏出。少張，未字，盛出。墓在某地，葬以某年某月某日。

銘曰：生而死，存乎命；死而生，存乎性。性命各適，是曰得正。我爲君參，君爲我證。點頭斂手，居然究竟。而惜乎不知者，猶屑屑焉修短之競。

薛母劉太孺人墓誌銘

予少受業於方山先師之門，退而得謁其子景尼先生，已而與其孫以心兄弟游，切切偲偲，怡怡如也。因得習聞以心之母劉孺人之賢，三十餘年於茲矣。歲癸卯九月十九日，孺人卒，越乙巳春，以心等衰絰而過予，屬予文其墓中之石。相對黯黯，兩不勝情。予自惟淺劣，方山先師之所教詔，景尼先生之所引掖，以心兄弟之所切磨，愧不能至，中心未嘗不知向往也。乃今得益悉孺人而悚然有會焉。

孺人以嘉靖壬辰四月□日生於武進之驛橋。大父廷璽，蘇州衛指揮僉事，配蔣碩人，年百歲，會莊皇帝戊辰詔選天下貢士，碩人家孫昌祚以武進庠生舉，巡撫林公潤言於朝，表其門曰「貞壽」。父大中戶部書算，配唐令人，永州守有懷翁女，中丞荆川先生妹也。唐令人夙閑壼儀，孺人則之，不少軼於尺寸。年十九歸景尼先生。景尼為先師冢子，自卯角游郡庠，受知學使者，試輒高等。無何，里中構釁，當事者乘機傾害，禍且不測。孺人獨曰：「是必無虞。曾參殺人，誰其信之？」已而果免。久之，景尼應辟，其年先師捐館，逾年景尼亦卒，中外之觀釁者如蝟毛而起，人情洶洶。孺人曰：「是不惟無虞，且固有益。稚子之失所天也早，庶幾其知警乎？」又久之，以身進士，上書罷歸，已起鳳翔教授，轉國子助教，復上書，出為光州教授。於是以心亦舉於鄉，季子以□亦舉於庠矣。而生事日落，門可設羅，諸婢子嘖嘖有後言。孺人曰：「人苦不知足，吾老人，至此更復何望？所願政兒、教兒無忘做秀才時，敬兒無忘韋布時，家人輩無忘洶洶時，足矣。」予故聞孺人事親孝，少為父母所鍾愛，比歸，問遺無虛日，間歸寧，與唐令人同卧起，依依不舍

事姑謹，不命之退不敢退。理家勤，督諸婢織紝刺繡，無閒晷。自奉約，布衣蔬食，終身不厭。與人慈，下至販婦村嫗，❶待之欣然。有以緩急告者，傾篋笥不靳。御下簡，晚至不聞謷呵聲。持身恪，兀坐一榻，終日莫測其喜怒，見謂寧靜柔婉，閫德淳備，乃其高識遠度又如此，不亦卓然有丈夫之槪哉！嗟乎！學者莫不服習《詩》《書》，誦說仁義，當其平居，偃仰自如；稍涉事變，輒爾手足失措，幸而乘時履會，得逞所欲，又不勝其非意之望。此所謂鬚眉而冠者耳，詎可令孺人聞也！以身兄弟並負志操，海內之士相與共推讓之，說者謂以方山先師爲之祖，以景尼先生爲之父，宜其有是。自今言之，正以孺人爲之母耳。其所從來微矣。

孺人子三人：長敷政，即以心，娶無錫庠生吳公應祈女；次敷教，娶吉州守蔣公如京女；次敷敬，娶貢士董公汝孝女。三婦俱早卒。敷政子五人：憲皋，娶丹陽勅封推官姜公士康女；憲益，娶太學吳公世寧女；憲龍，娶太學惲公應雨女；憲韓、憲歐，未聘。敷教子四人：憲稷，娶泉州推官劉公純仁女；憲垂，娶孫公明德女；憲岳，聘無錫華公□□女；憲牧，聘無錫庠生唐公道孚女。女三人：一適戶部主事褚公國賢子玄生，一適無錫太學張公大任子鳳徵，一未字。敷敬子一人，憲周，聘無錫庠生陳公爾馭女。女四人：一字邑庠生黃公建中子□□，一字江西參政吳公之龍子□□，餘未字。憲皋子二人：□□，聘邑庠生劉公明祚女；□□，未聘。女二人：一字金壇庠生于公玉理子□□，一未字。憲益子一人，□□，聘無錫庠生秦公

---

❶ 「販」，原作「敗」，據文淵閣本改。

二宜女。憲稷子一人，□□。聘無錫產生邊公彥昌女。憲龍女一人，未字。憲益、憲稷、憲龍、憲垂俱入學。稷與垂之媦先後夭，玄生亦卒。於是以心等卜以歲之某月某日，葬孺人於陽湖之祖塋，啓景尼先生之兆合焉，禮也。乃爲之銘。

銘曰：有孚在中，其儀不忒。危而知安，安而知節。施於有政，爲人倫式。子兮孫兮，永服無斁。

明故貞節錢母卞太孺人墓誌銘

憶昔癸卯，予客琴川景行錢伯子齋頭，相與講德論道，切磨文義，因得聞其母卞太孺人之賢甚悉。今讀景行所爲卞太孺人狀，字字實録也。當嘉靖己未，行所先生甫成進士，庚申遂捐館。卞太孺人年三十耳，慨然欲身從地下游也，已而念曰：「上有高堂，吾則婦而子矣，下有藐孤，吾則母而父矣，何以生哉？」於是行所先生未了之事，咸起而肩之。其事舅姑虛菴公及趙宜人也，則以婦聞，生事葬祭，盡禮盡誠；宛乎行所先生之爲子也。其教伯子世揚也，則以母聞，尊師重友，必虔必慎，宛乎行所先生之爲父也。其蓄家孫謙益也，則以王母聞，貽謀燕翼，無怠無替，宛乎行所先生之爲王父也。且屈己以伸其父九峰公之冤，又女而男。捐產以周其兄□□君之子，又姑而父。延宗人以教子姓暨舍人子，則由親逮疏也。具資裝以歸楚中之鳌婦，則聯疏爲親也。至嫁娶一事，更饒典刑。爲世揚娶則臬副顧一江公女，蓋鄉先生歿可祭於社者。爲謙益娶則文學陳唐父君女，唐父，世揚之素交也。爲長孫女嫁則中翰嚴道隆君少子，以行所先生春秋兩試，皆文靖公之所收云。行所先生其不死哉！景行高材篤行，人倫欽矚。謙益舉丙午南畿麟經

第一人。父子之間侃然以古道交勖。於是太孺人未了之事，又有人起而肩之矣。故生於嘉靖之辛卯，卒於萬曆之甲辰，合之得七十有四者，太孺人之小年也，可以數計也。禮宗女表，聲施無窮，歷千百年如一日者，太孺人之大年也，不可以數計也。太孺人其不死矣。太孺人率循儒矩而故好佛，至老彌篤。臨卒，命沙彌誦十六觀，移榻向西方，口稱阿彌陀佛，已起沐浴，敷坐，復以右脇着席，吉祥而逝。予因之銘。

銘曰：儒者之言曰生生，釋者之言曰往生。余不知母之往生，而知母之生生。何以爲母之生生？完行所公之志則生，永行所公之祚則生，昌行所公之後則生，是爲母之生生，乃所以爲母之往生。

涇皋藏稿第十八卷

無錫顧憲成著

育菴盧公暨配趙太孺人合葬墓表

盧子文勳泣而告於其友顧憲成曰：「嗚呼傷哉！甚矣吾父子之際也！」則又曰：「甚矣吾母子之際也！吾父之卒五年而不肖始成進士，是不覿也。不肖之成進士十三年而吾母奄棄，是不享也。不肖其大不數於人子矣！惟是吾父吾母之芳徽淳懿，可按而數也。不肖幸辱於吾子，吾子重綏兄弟之好，假而張之一言，吾子之高義，其遂魁然儕九龍而十之，不肖將載之宗祊，永弗敢墜。願吾子之無讓也。」顧憲成曰：「斯志也，《南陔》《白華》之遺也，吾不敢不聽。雖然，子既得之矣，無所俟於吾。」盧子聞之茫然，有間，復請曰：「何哉？願吾子之無固讓也。」憲成曰：「吾非敢謾也。始者子爲諸生，負矯矯聲，每試輒傾其諸生。衆以爲允，曰：『是夫也，大言爛爛，小言燦燦，不可幾也。』已而掇高第，什褐祁州，深衷邃畫，惟元元是勤。會其時當事者迫脩積穀之令，即不滿品，次第有譴，輒稱貸而續之，曰：『吾不忍以吾民博吾官。』監司聞而異之。左右治有不辨者， ❶ 數移而

❶ 「辨」，文淵閣本作「辦」。

屬諸子，子益囂囂自洗濯，不色驕。政大行，說者方諸渤海、潁川焉。子之所以張厥育菴公而不泯於太孺人也，不既多乎？何所俟於吾？」

盧子曰：「果若子言，不肖之懼滋甚。不肖竊見吾父事親孝，事兄弟交友惟信，與鄰閈雍雍無間，拯急如鶩，讓利如遺。邑有大家中落者，吾父購得其居，因往視焉，其家孀婦也。忽有童子附耳語曰：『吾家有貂裘，若欲之乎？可入視且不若爭直也。』吾父駭曰：『有是哉！』遂正色拒之，并棄所餘木石而還。有歙商黃海山者賈於邑，其家忽以事趣歸，乃悉委其貲於吾父。無何而倭難作，吾父謀徙城中，輒先輸其所委以入，而己產從之。倭退，其人至，嘔吐一語，惟涕泗橫流而已。吾父徐出其貲示之，笑曰：『封識無改乎？』其人大喜，剖橐金以謝。吾父固卻不受。其中心嗜義如此。而居恒乃數口吾母賢，曰：『是吾益友也，其識正不減偉丈夫？』不肖竊得而識之。當不肖得祁州，意不能無快快，吾母特曰：『何官不可爲？且夫官以人重乎？人以官重乎？』及抵祁，每日蒞事，人必叩其狀云何，不肖具以對。即有所寬假，喜動顏色，即不類，必曰：『儒子更念之，無令我愧雋氏之母。』愀如也。由斯以觀吾父吾母之芳徽淳懿，不可爲既也。不肖屛書生耳，非有振也，豈其敢厚自棄於鹵莽而以《詩》禮迷？顧退而考其行事，若得若失，概於吾父吾母未及什一而千百也，若之何而張之？」已而曰：「不寧惟是，不肖其尤有深痛於志。法曰：觀政進士踰年以上俱得内選。彼其久也，❶不

---

❶「彼其」，文淵閣本作「非甚」。

涇皋藏稿

二六六

肖幾二年餘矣而卒令州。❶法曰：凡選人，先內而後外，其數訖於五、訖於十以爲常，庶幾巧者不得有所趨避云爾。不肖名第三十有二而卒領州。無何，皇上以聖嗣誕生，加恩海內，山川草木靡不燁然與其光華，而不肖竟無由爲吾父吾母徼一命之寵，時時仰而思、俯而思，未嘗不呼天而痛也。不肖其大不數於人子矣！吾子一言而吾父吾母彰，不肖之志白，願吾子之無終讓也。」

於是憲成喟然嘆曰：嗟嗟！育菴公之爲卓也，其樹德固也，而弗克耀也；太孺人之爲淑也，其衛物周也，而弗克永也；盧子之爲慟也，其創缺深也，而弗克愸也。爲之次而揭諸墓，俾百世而下知祁大夫之有令父令母，而育菴公、趙孺人之有令子也，其亦可無憾焉。

育菴公名果，字時行，郡諸生，享年五十有五。太孺人享年六十有一。嗚呼！予言而徵，其所享寧有涯哉！

龍洲顧公暨室徐孺人合葬墓表

嗚呼！是予叔父龍洲公及余叔母徐孺人之墓，而表之者，不佞姪余憲成也。蓋余先世故居上舍里，自余先府君始遷涇。余居恒好問故里事，即從故里來者，輒就而詢焉，乃靡不稱數公也。或曰：「甚矣！公之能任也。始東夷中吾邑，邑令謀城之，命邑人分敦城事。嚴伯氏業繫獄矣，公聞而大駭，請於令，願得以

❶ 「令」，文淵閣本作「領」，與下文合。

身受繫而寬伯氏，令偉而許之，城成乃免。」或曰：「公甚晰於義利。公嘗貿米溧陽市，有同舍商遺百金櫝而去，公檢櫝得之，故濡數日以待。而商且至矣，公委櫝示之，商驚嘆，欲剖其半爲謝，公固不可。」或曰：「公故負氣自喜。始公父心樓翁居市中，左右多博徒酒俠，恣行閭里，莫敢問。心樓公嫉之，閒以語公。公乃召而觸之，既酣而諷之。衆憚公，莫敢不聽，夕退，詰朝迹之，帖然矣。邑嘗下令覈田，公爲尸其事，一切匿漏盡出，奸豪拱手，無能私上下者，里中大懼。」則又曰：「厥亦有若孺人。孺人生十九而歸公，而公喜可知也。諸内外家務畢躬佐之，秩如矣。其緒餘乃以及於筐筥錡釜之屬」。或曰：「孺人善勤。晨興程其臧獲，夕而徵之，終其身以爲常，無佚。既罷簪燈而自爲程，子夜里舍猶聞機杼聲也。」或曰：「孺人非漫爲儉者也，又能施。即有求，脫簪珥而濟之不靳，以是宗姓媧黨欣然無閒言。如是而又將之以儉。」或曰：「孺人非漫爲儉者也。」

憲成聞之，唱然起而嘆曰：美哉！洋洋乎何其悉也！《書》不云乎：「表厥宅里，樹之風聲。」余宗殷殷茂矣，以樹其外，度無踰公，以樹其内，度無踰孺人，是故於法宜表也。

公諱聚，字大成，別號龍洲，余叔祖心樓翁之仲子。孺人，尤塘徐海槎之女。子五人：曰原成，廩學宫，有聲；曰原道，克其家；曰原性，曰原良，曰原教，俱幼而慧。於是憲成申之曰：是翩翩者異時並能躬致顯揚，表公及孺人者也。若夫不腆之辭，聊以爲之兆而已矣。

明故贈文林郎錢塘知縣少源聶公墓表

予游虎林，徜徉湖山間，日與其村兒野老嬉，竊見其莫不歌且舞錢塘牧之政。予灑然異之，方求識所謂

錢塘牧而不得，而聶君儼然臨予。予觀其容，溫而莊，聽其言，簡而則，乃豁然悟其得民之有自也。居亡何，奏予一編，曰《少源壙記》，請曰：「先考事行也，塋木拱矣。心湯無似，不能顯揚而光大之。今幸藉天子寵命，得改藏山陰高原，塋額且拓，屬弟心武礦五尺砇以徵不朽，敢乞靈於吾子。」予嘉其善用孝，更念古之人抱體尋原，采芝求根之義，遂不辭而寄題之曰「新淦君子聶公之墓」，而序其行於下方。

按記，聶之先潭丘人也。高皇帝時有國才者，始徙南源里。世修隱德，幾傳而至統紹公，統紹公生而魁奇足智，善提衡其家，家驟起。偶譚媼，舉四子，公其第三子也，諱啓厚，號少源。自幼岐嶷，長而行安節和，於書無所不窺，而尤湛深於程、朱、溫公諸籍。非徒事誦習已也，務以先聖賢爲軌法，身履而力行之。時時舉其詞，說其義，以訓家人。事二大人，夔夔如也，處兄弟間，怡怡如也。以父命代兄監總家事，無巨細，皆斷於公而不自有，即業析炊，貲財恣所取，不問。居鄉飲人以和。夜警獲偷兒，引炬視之，故將作役子，間以餘鎚賦子戶，有力弗能償者，往往折其券。遘歲饑，輒倖爲不識也者，而遣之曰：「若真醉耶？」將作役子大慚，去而改行，人比公王彥方云。公之爲德於鄉類如此。宜其有錢塘牧，故說者咸謂由錢塘牧之爲子，可以知贈公。予獨謂由贈公之爲父，可以知錢塘牧耳。記又言公配黄孺人，沖惠勤朴，克相公，有古彤管之遺。由此觀之，不特可以知子於父，且可以知子於母。一門之内，是統是承，憲憲令德，宜其家人。施於有政，久而彌新。天之祚聶氏，曷可量哉！曷可量哉！敬因表公而及之，復爲賦《南山》之五章以志。

涇皋藏稿第十九卷

無錫顧憲成著

雲浦陳先生傳

雲浦陳先生者，無錫之宅仁里人也，名忠言，更名以忠，字貞甫。先生生而恢奇多智，弱冠補邑諸生。居數年，去爲太學生。太學生之四年，舉明經。又四年，什褐，知寧鄉縣。已稍遷知寧州。無何，用事貶知寶鷄縣。居一年，復徙知光州。所在有聲跡，天下知其非庸人也。先生好讀書，能古文辭，又好孫、吳家言，徧通其指。少暇，輒習騎射，以爲即一日得備當世緩急，不虛耳。先生有大度，於天下無所不可，簡而近人。其好善，天性也。其有當於意，即不習，欣然遇之也。即王公大人，津津誦說之，終不以爲嫌。即在下輩，惟恐其不得亟聞於人，即其人故所習，恨知之晚；其有當於習知之，最微鮮耳，先生顧數見賞異之，已數謂余弟：「若當不減而兄也。」先生亦數對客稱其子耕似己，或曰：「殆其勝之。」客笑謂：「固有父譽子者乎？」先生亦笑也而曰：「自我有之，何不可者？我乃父子自爲知己也。」

松陵王山人承甫著聲詩，隱于酒，往來燕趙間，欲以陰求天下長者。而是時先生適游太學，遇諸婁江王太史座上，心異之，徐引與語，大悅，曰：「吾相天下士多矣，無如足下者。」因從之游，不去。其大司成亦内

奇先生，爲寬諸約束，益得自愉快，時時相對說劍爲豪飲，酒酣，仰天鳴鳴，意氣淋漓慷慨。無賴間衣敝衣行市中，數問市人：「荊卿、高漸離安在？」市人不省何語，以爲怪，呵之。先生愈喜。同舍生齊人王明經榮中誣，于法應得戍，衆冤之，莫敢發言。先生遽入白諸大司成，壯而許之，王得落爲諸生，未幾復舉于其鄉矣。先生以是益藉藉公卿間。而顧憪謂王山人：「乘人之急而食其名，吾不忍爲也。」亞相慈谿袁公生貴甚，意薄小一世，而會從其客張户侯所見先生文才之特，欲知先生，則以私于大司成，人謂此貴人，必無往。先生曰：「固也。雖然，不可以貴人而賤我等耳。」先生侃侃，益發舒，絕不以儒生故有所貶損，而袁公之下之益甚。先人翁鈞！[1]聞者賢袁公而重先生。袁公一見，遽命酒如生平歡，坐語移日。先生曰：「是徒爲名高者，非能解我也。」意頗厭之，遂與山人次第歸。歸而爲園於居之偏，築室數椽，旁樹竹萬竿，日夜讀書其中，謂山人：「而今而後，庶幾成一家之言，藏諸名山老矣。」山人張目不答。久之，客益日進，先生曰：「渠何爲者？妄人耳，乃敢與我主人翁鈞！」左右皆驚，竊竊言。先生知其指，稍試爲吏，遂又蹇然稱名吏也。而第其爲人廓落，人視之表裏立見，亦立盡，不能陰陽與俱，又其才雄，形不爲人下，易傾也。又終其身不能博一第，既晚而仕，少年耳目狹，尋常畜之，以故無繇越州縣以顯，而世亦無繇盡先生之用。余嘗從客言其意，先生默然良久，曰：「子知其一，不知其二。始余爲寧鄉，以湖北暴胥故惡於分巡，度日夕廢耳。顧余投劾乞歸者三，不得也。直指且過寧勞予，余請曰：『明公必不去某者，其盡縛諸暴胥以謝寧士民。』直指許之，其後竟以最

[1]「鈞」，原作「鈞」，據文淵閣本、光緒本改。

遷。及其爲寧州，州最苦盧源賊，莫能誰何。余先後計下其渠魁數人，俘五十人，破散其黨數十百人，州賴以完。中丞擬特疏薦余矣。俄而流賊二十四人道寧且竄去，御史者不知何，聞賊中寧也，上疏論余，而屏其功不錄，竟以罪貶。功名之際，聖哲不能定，而何以爲言乎？子休矣。」

先生又善邑人胡御史、通州顧少參、胡州范太史，其人皆倜儻自喜，瑕瑜不掩，非閭然媚世，求免非刺者也。其善武進謝令，嘗忤一御史，坐論賓客，故人相引而急傲，先生獨迎而舍之，爲供具甚設，又爲資募辦客，百方居間，事得已。其居田，善余先府君。日者善京山李大參及高邑趙計部。始計部爲汝南司理，先生其屬吏也，而獨偉視先生。即往謁司理，輒止飲，飲輒醉，有時誤爲爾汝。先生覺之，前爲謝，司理笑曰：「其固以余爲非夫乎？」後遂不謝。及先生沒，計部過余，爲涕泣而言先生也，退而相與撰次其行事。余往聞里中父老言先生故加定人❶其先有道真者，與僧道衍善，嘗遺詩諷之，隱不報，乃稍稍自匿。一日挈其妻子而來，因家焉。子孫皆貴以修約爲名，惟先生之父石村翁亦然，至於先生又如此。

顧憲成曰：予故與先生同里，里於邑爲東偏，其人木強，少智略，於是乎有先生見謂易豪耳。及余長而從三吳長者游，其慕説先生甚於其邑。已客燕，從四方長者游，其慕説先生又甚於其邑。乃今慕説先生者，又甚於其在時矣。予於是而知先生之不易盡也，方以其淹於州縣之間以死爲恨，夫何足以窺先生哉！

❶「加」，文淵閣本、光緒本作「嘉」。

鄒龍橋先生傳

先生鄒姓，名懋昭，字汝德，別號龍橋，汀洲貳守右湖公進子，處士履坦公鉦孫，而宋右正言浩之裔也。

先生少秀穎，十歲能文章，十六遂補長洲縣諸生，每試輒高等。會荊川唐太史講學毘陵，先生從之游。太史始進而與之談藝，豁如也；已進而與之談心性之學，椎如也；已又進而與之商天下之故，陳家國之理，往復質問不自休，纚纚如也。太史怪，問：「鄒子務外而遺內乎？」先生起謝曰：「非敢然也。理學失而求之古，聖賢之格言具在；時務失而求之今，舍先生莫適耳。」太史心奇之。歲丙午，遂舉於鄉矣。

顧其上春官輒不收，先生不樂，俄而奮曰：「吾乃藉一第為重輕乎哉！其非夫也。」遽謁選，得楚之應城。

應城故號巖邑，屬其時復當接饑。先生愀然憫之，已責勸分，衣惡茹苦，為吏民先，所以勤渠百狀，三月而邑改觀矣。未幾乃調盈陵，又未幾竟罷。聞者大駭。客故難先生：「即爾將所稱說時務非耶？其何以謝太史？」先生笑曰：「是吾之所以不愧太史也。曩令吾枉道而事人，徒以獵取顯榮而畢耳。然則太史其吐之矣。」客迫而究其所繇，先生不答。及應城義河李公來守吾郡，故知先生為令時事，數數稱說之，且曰：「當景藩與楚藩有疆事之爭，既得氣矣，先生一言而中其巨鐺，遂盡得諸奸民所獻籍，計乃沮；景藩索金於中丞徐公，先生復一言而挫其說，最後巨璫督邑租耗倍五六，先生復一言而奪之，邑恃以完，不亦烈乎！乃徒以賈禍，何如哉！」於是每干旄過先生之廬，輒徘徊不能去也。

先生雅好修恬穆之操，既家居，益習爲簡。郡邑長吏自始至迄於遷去，一見而已，絕無所造請。暇則時時周行田野，樵兒牧豎懽然以狎進，無間也。以此終其身。先生娶華孺人，嘗比諸德耀。性好讀書，既老不倦。所著有《蒲騷政略》一卷、《也足軒稿》四卷、《諧史》二卷、集《高士》、《列仙傳》各二卷。卒年六十有二。二子，長曰龍光，次曰鳳光。其人皆廩廩有章，君子以爲是先生之覆露云。顧憲成曰：余獲游於龍光、鳳光間，以習先生迹，其表裏始終備矣。然而一仕遽已，不復振，何也？即先生亦以爲固然而不悔。或謂先生恂恂者耳，涉世非其質也。事固不可知。世之才人辨士不少矣，顧亦往往坐困，此又何以爲？蓋先生既病，屬其二子曰：「吾即死，必裕春袁公銘吾墓。」夫袁公者，其必有以知之矣。

鄭大夫平泉公傳

予髫年聞海鹽有淡泉鄭端簡公，迨長悉端簡公狀，剛正侃侃自天植，終其身不一降心權貴，世稱淡泉先生。嗟乎！海內士無論知不知，皆稱端簡公，迺不知端簡公又有仲子大夫也。當世皇帝之庚申，端簡公以執法詔還，風烈，舟幾覆，大夫凌波赴救，立反風，幸無恙，是大夫之以孝生端簡公也。已而丙寅，端簡公捐館，大夫匍匐請於朝曰：「嗟乎！安有臣如父而歿無半通之綸者！」書上，穆皇帝軫念，遣官賜祭、葬，贈諡，恩甚渥，且録斬島夷功，廕一子入監讀書，榮問有加。是大夫之以孝不死端簡公也。於是海內士又無論知不知，稱端簡公有子云。嗟乎！大夫不朽矣。作《鄭大夫傳》。

鄭大夫諱履準，字叔平，平泉其別號。始爲博士弟子，尋以廕游太學。己巳，得南京都察院照磨，已而

丁顧宜人憂。壬申，復除原官。癸酉，遷詹事府主簿。甲戌、丙子、丁丑歷轉左右參軍，既進宗人府經歷。戊寅，奏最，授奉政大夫。母顧贈宜人，配沈封宜人。壬午，遷順天府治中。癸未，遷南京刑部郎中。甲申病作，丁亥卒，享年五十。

大夫生而娟秀，神顴奕奕。❶七齡授讀如夙記，端簡公奇愛之，嘗磨其頂嘆曰：「此吾家驥兒也。」每試輒高等。邑負雋望者氣為奪，而竟以隨侍端簡公南北敭歷，賓興不一逢，嘗喟然曰：「世固有不鳴不躍如鄭生者乎？」奮而起者再，既而曰：「丈夫安能與隙駒鬭日、穴鼠鬭名？」乃去謁選，得初官，非其好也。亡何聞顧宜人訃，呼天大號，徒跣至門，哭極哀，哀盡血繼之，幾成滅生之痛。服闋，累遷留都別駕，聲日鵲起，巨卿元老有事輒問鄭公何，具以對，無不稱善。郎比部平允公恕，有定國之風焉。予嘗按其功狀，累累不勝書，其大者，如照謝山之奸，勘黃原之罪，解張珂之網，脫芮祿之冤，他人之所歷寒燠、遞出入而不獲披雲霧者，大夫不難一言平之。又廉介不可干以私。如指揮盧事發，坐上刑，陰托貴人囑之，不可；飛謗書懼之，不可；無已密走賂誘，大夫厲聲曰：「去！而無汙我清白吏子也。」大司寇陳公聞而器重之。戚暱任樞府，邊帥介客前來奉千金為壽，囑美遷，大夫絕如前。介聲益振，隱隱流動於兩都云。大夫又最重然諾，酷知人痛癢，有吉凶緩急者，皆樂趨告，饑與粟，疾與醫，婚與室，喪與槥，以至廣學宮之湫隘，雪翁人之重辟，覆塾師祖氏之子若孫，葬賀氏之五喪而得吉壤也。宜其生而令譽，

❶「顴」，文淵閣本作「貌」。

没而垂芳，稱端簡公子，有以也。所著有《比部集》，所選有《唐詩彙韻》、《明詩彙韻》，藏於家。子忠材、恕材，翩翩世其家聲。

贊曰：予歷大夫事而異之。當端簡公艱於嗣也，禱而夢，夢神冠而髯者，彷彿爲漢壽亭侯，攜二子授端簡公，且曰：「畀而一子忠，一子孝。」覺而果孕。未幾，舉仲爲大夫。伯以上書杖闕下，爲直臣。仲磊磊多幹蠱，爲孝子。所稱天付，是耶非耶？倘仲竟厥施致大用，其所衣被寧有既乎？雖然，嗇而身必豐而後人。予於二子卜之矣。

陳贈公暨杜太恭人合傳

甚哉！遇之足以移人也。是故處憂患則氣易歉，往往頼焉以自弛而不振；處安樂則氣易盈，往往侈焉以自放而不戢。何者？彼皆役於物而中無主也。予讀陳志行先生所爲其贈公暨太恭人狀，瞿然而起。贈公之先無可考，惟是倉浜之沙盆潭有一坯在，所傳陳充墳者，其始祖也。數傳而爲近橋公鑑，鑑生子六，中子曰思朴公泰，是生贈公。當陳盛時，兄弟聚而賈於倉橋之四維，槖良厚。無何，廢箸。贈公依其叔奭於北郭，已徙南塘，會孫福以奴叛，再徙東膠。風景蕭颯，行路之人皆得過而揶揄之。而贈公顧嵩嵩自濯❶不肯落人後

---

❶「嵩嵩」，文淵閣本作「皜皜」。

又見志行英穎不凡，喜，輒令從名師禀業，每晚歸，篝燈口授句讀，不精熟不已。隣翁厭子夜伊吾聲，曰起誚讓，太恭人亦謂贈公何苦稗子如是，贈公笑曰：「爾他日享用此子，吾不逮也。」九歲，經書成誦，操筆為舉子文，翩翩多奇。十三試有司，見取。十七補邑諸生，稍稍舒眉目矣。已復浮沉子衿中數年，無知者。而贈公意氣彌銳，更督其二幼子，不少寬假也。嘗手書堂聯曰：「欲高門第須為善，要好兒孫在讀書。」又書卧榻聯曰：「守身如執玉，教子勝遺金。」居恆喜趙松雪書，時倣之。興到臨池，真草盈幅，斂謂逼真。暇則涉獵經史，犁然心解，至忠臣、孝子、義烈事，未嘗不反覆長太息也。此其志豈不恢乎大哉！惜不幸早世。

比癸酉志行舉於鄉，己丑成進士，令嶓山，調中牟，入郎比部，出守吳興，聲華赫然盛矣。而太恭人又不知其子為官人也者，朝夕拮据，以十指為生計，猶夫昔也。衣不重綺，食不兼味，猶夫昔也。有犯者，夷然笑而置之不校，猶夫昔也。志行間以俸錢奉，諸子間以粟菽奉，不欲取。即取，留以周急，不妄耗。每戒志行宜守官，又戒諸子宜守家，無得一涸官舍。已又謂志行：「族人多窶，汝父所憫也。」志行遂倣文正義莊例衣食之，太恭人為之解頤。至於求田問舍，為子孫封殖計，未嘗一沾齒牙也。且曰：「回思向來懸磬空囊時，今不啻足矣，奈何猶不知厭？」由此觀之，恒情之所沮抑摧喪處，正贈公之所激昂奮發處也；恒情之所張皇炫燿處，正太恭人之所檢束收斂處也。非其中確然有主，役物而不為物役，夫孰得而幾之？

顧憲成曰：予與志行先生同里，知先生頗悉。先生自幼孤，立行一意，不苟隨俗。及舉南宮，裘且屢敝矣，讀其文遒勁迅發，光芒射人，不減少年之銳，可謂翕而能張。至施於有政，見謂用搏擊豪強起聲，乃其拊循鰥寡，乳哺煢獨，煦煦而下之特甚。慮囚北畿，釋矜疑三百餘人，絕不挾聰明以逞也。退而居鄉，杜門掃

軌,酬應稀簡,家徒四壁,蕭然與書生不殊,可謂高而能降。予實中心信服之,欣為執鞭。先生言:「吾少得礪峰莫師、霞村許師、中齋何師、苢洲丁師之力。嘗論及湖州之政,又言:「得鄉紳李參藩、章銓部、丁中秘、朱太史諸君子之力。」今跡贈公與太恭人之粹履卓識,歷歷如是,乃知得之家庭者固不少矣。因特採而傳之,以告世之為人父為人母者。

贈公名萃,字集之,號近竹,年五十有四。太恭人,父杜母施,年九十有七。嗚呼!是父是母是子,即以軌範千秋,可也。

涇皋藏稿第二十卷

無錫顧憲成著

哭莫純卿文

嗚呼！傷哉純卿！傷哉純卿！憶己卯之冬十一月二十六日，予與家季將北征，就子而別。當是時，寒雲盈空，凍雪積野，徘徊四顧，意態蕭颯。子進予而觴之曰：「丈夫有事四方，茲其始矣。」予感其意，飲立盡，而以其觴觴子，子復以其觴觴予，意甚壯也。既別，予心甚喜。今年四月，予弟騰書言純卿疾病，時擁重裘猶冷冷稱寒，予大驚。無何予弟言純卿就藥吳門，予益驚。又無何有客從錫中來者，謂七月二十日過莫氏之里，見里人聚而咨嗟，入其里者狂若奔，出其里者悵然若有失也。予聞之如醉如夢，目不知所視，耳不知所聽，心不知所之，忽不自知其涕泗之橫流也。予聞客言，心又益驚，就而窮其所以，客嚅嚅不肯答。無何而蒼頭來訃，純卿七月之十四日卒矣。稍定，乃爲位而哭之。又一月始勉爲文，俾予弟告之純卿。

嗚呼純卿！天道之無知也，自昔而已然矣，何待至於子始信也？子伎不如甘，敢冀早達！子營不如頓，敢冀有家！子暴不如跖，敢冀有年！子戕不如湯，敢冀有後！予所痛者，予與子交數年矣。憶予始居涇里之上，數日不見子輒思，思輒題尺素以通，比發而子之問亦至，猶以爲次於見也。自是而予歸，涇水

如昨，子不可得而思矣！始予由涇里入邑中，輒過子，過輒爲盃酒歡，微言縱論，無所不傾倒。自是而予歸，入子之門，登子之堂，榱題棟桷如昨，子不可得而見矣！始予過子，時時與楊生士初、陳生釋登、鄒生彥文偕，即過三子必時時與子偕。自是而予歸，三子如昨，子不可得而偕矣！予與子頗負嘐嘐，其所相契，蓋不在形骸；其所相磨，蓋不在榮顯；其所相要，蓋不在一旦一暮以爲似，異乎人之友也。是故有予可而子否，有予否而子可，將以是庶幾於輔仁，而互期其成。乃今求子之一可一否而不可得矣！予性簡，頗不樂於風塵，而子惟恐其失之枯也；予性狹，不能漫與人同可否，而子惟恐其失之矯也，切切而規之。予誦其言，未嘗不發深省，以爲子固非誨予阿世也。乃今求子之一鍼一砭而不可得矣！嗚呼純卿！奈何使予不痛子也！

且予非特痛子也，而又爲子痛。雙親在堂，自是左右而承懽者誰？其可痛一也。煢煢嫂氏，自是終身而仰望者誰？其可痛二也。僅息二女，自是春秋而俎豆者誰？其可痛三也。嗚呼！若是乎天道之無知，至於子而極也。子如知此，何爲乎好爲義而不好爲營乎？胡爲乎好爲大而不好爲佞乎？胡爲乎好爲德而不好爲暴乎？胡爲乎好爲戒乎？子不克早達。前子而不克早達者，若馬氏之援，非一人也，予不敢怨也。然而援也有家也，子之家何如矣？子不克有家。前子而不克有家者，若原氏之思，非一人也，予不敢怨也。然而思也有年也，子之年何如矣？子不克有年。前子而不克有年者，若賈氏之誼，非一人也，予不敢怨也。然而誼也有後也，子之後何如矣？而獨使子至此也？予其奈之何哉！維天蒼蒼，何所不覆？維地茫茫，何所不載？維萬物芸芸，何所不遂？而獨使子至此也？予其奈之何哉！

祭陳雲浦先生文

嗚呼傷哉！已矣乎！先生其遂不可得而起乎！嗚呼！先生之不可得而起也，天下莫不悲，而況於鄉乎！

環先生之居，東西南北可數十里，莫不聚而嗟，泫然而繼之以涕泣，而況於不肖憲乎！

嗚呼！憶先府君徙涇里而家也，里人有狎其新而齟齬之者，有嫉其倨直而傾之者，又有外為曖而內為搆者，其態前後非等，而獨先生善先府君，四十年一日也。先府君既以貧故令予兩兄次第任家，不克究於學，後稍令憲究之，又令弟允究之。里人有逆其無成而嗤之者，有逆其成而妬之者，又有陽為助而陰以觀其何若者，其態亦前後非等，而獨先生左提右挈，惟恐其不即底於成，二十年一日也。嗚呼！何其德於予父子也！

先生嘗令寧鄉矣，能為德於寧鄉；嘗守寧州矣，能為德於寧州；又嘗令寶雞矣，能為德於寶雞；嘗守光

嗚呼！予羈跡天涯，病不能視子，死不能送子，而已矣。予呼子而子不應，茫茫者、芸芸者以問子，而又不應，但仰而見夫日月之黯然，俯而見夫山川之寂然，中而隱隱若見夫子之若父、若母、若嫂氏、若二女、若宗姓、若姻黨、若二三友生，莫不改容而變色，與日月山川相應而淒然，而子亦彷彿往來乎上下之間，追而呼之，而子卒不予應也。

嗚呼！予言有盡而意無盡。有盡者書而告子，其無盡者俟予異日歸而謁子之墓，呼而告之也。當是時，子能憐予而應之耶？嗚呼！予顧生憲成也，告子者予家季允成也。嗚呼純卿！嗚呼純卿！尚享。

州矣,能爲德於光州。當其居田,能爲德於宗,用其材者,恤其寡者,教其少者。何則?既已受天子之命,乘堅策肥,儼然而居人上,固人理之所宜爾也。木有本,水有源,人有始,故范文正公曰:「自祖宗積德累世,而有今日,吾奈何專享之?」此人情之所宜爾也。其德於予父子何哉?且固未也。始先府君不禄,適先生棄官而歸,未抵家遽入拜先府君於帷,爲之出涕。又先府君方疾病時,聞先生歸也,喜見於色,曰:「是固當,自是諸郎君得一意而修《詩》《書》之業矣。」及先生再出,予舉以告,先生曰:「是真愛我者」復爲之出涕。已從乞先府君傳,良久報曰:「噫!吾不忍也。每一下筆便須心折,姑徐之。」是先生之於先府君死生一日也。當先生由光州扶病而歸,至殟矣,其道涇輒問予兄弟無恙也。及兩兄趨而視之,輒問憲客游無恙也。爲我語之,努力自愛。」已緘一幣寄焉。而不得與子之訣。」又目予弟曰:「吾幸與子訣,而不得與子之弟訣。」是先生之於予兄弟,死生一日也。是安得而無痛乎!嗚呼!人之痛先生也以公,屬於公者,其情可得而言,其言可得而盡也。予兄弟之痛先生也以私,屬於私者,其情不可得而言,即可得而言矣,其言不可得而盡也。

先生識之卓,足以凌千古之上下;材之雄,足以備國家之緩急;文之奇,足以頡頏作述之材;氣之豪,足以傾動一世,咸樂與之共肝膽。憲等寧不知哀之惜之,而獨先生之所以德於予父子者,愈思而愈傷,愈久而愈不能解,何則?衆之所共在彼,而予之所專在此也。嗚呼!泰華誠高,仰之可陟;江海誠深,俯之可測。悠悠我懷,無方無極!呼彼昊天,不可致詰。人也可贖,百身奚恤?第不知先生之晤先府君也,有如先府君問曰「孺子何以報先生」矣,則先生將何以爲答也耶?嗚呼!尚享。

哭劉國徵文

萬曆十有二年四月初七日，劉國徵先生卒於家。越一月，其友顧憲成得其訃於其兄司農君，既為位而哭之矣。又一月，移書告之曰：嗟乎！國徵何以死哉！若是其啞也！其命也夫！其命也夫！始吾來燕中，有意乎天下之士也，見魏子懋權，與之語大悅，恨相知晚。懋權曰：「若欲知閩中劉國徵乎？」因又知國徵也。國徵恂恂耳，就而叩其衷，憫俗之仁，居貞之檢，邁往之勇，藻物之哲，無所不具，於是喟然嘆國徵之不可測也。當是時，天下滔滔，上下一切以耳目從事，士習陵遲，禮義廉恥頓然欲盡。吾三人每過語及之，輒相對太息或泣下。客謂國徵：「若奈何與狂生通？」國徵笑不答，相得益歡。蓋國徵之所存遠矣，吾何能忘也！

嗚呼！死生一也，無有二也。國徵何選焉而置取舍於其間！惟是今之天下什一可喜，什九可憂，方諸疇昔，相去不能以寸度，國徵不免于懷也。國徵其悉之乎？南皋鄒氏之烈焉而徙，定宇趙氏之懇焉而違，復菴吳氏之亮焉而誹，勺原丁氏之切焉而詰，芸能董氏之犯焉而挫，對茲黃氏之感焉而投，健齋曾氏之剴焉而播，蓮洙孟氏之挺焉而擯，希宇郭氏之勤焉而搖，鴻泉范氏之詳焉而削。此時事之有形者也，猶可知也。若乃內權漸隆，外權漸替，君子小人，如水如火，強而平之，幸須臾無恙耳，何以能日？此時事之無形者也，不可知也。國徵其悉之乎？庸得宴然而已哉！

嗚呼！死生一也，無有二也。吾跡國徵之生而知其死也，未嘗不以天下為念。又跡國徵之死而嘆世

之食肉者，殊爲徒生而可愧也。不寧惟是，今夫國徵之所自許何如也。業已第進士，未嘗一日在職，居恒撫膺扼腕，欲有所爲，輒不果。其修諸身者，又見其進未見其止也。繇此觀之，國徵之誼，其猶自以爲徒生而可愧也。雖然，國徵往矣，而予及懋權所與國徵左右切磋，相期於聲氣之間者，固耿耿在也。而今而往，即國徵之所未究而懋權究焉，猶之自國徵也。又或懋權之所不究而予究焉，亦猶之自國徵也，夫何愧之與有？獨念材如國徵，立志如國徵，猶僅僅若是，而況予之不敏，將何以謝國徵也！其惟懋權乎！異日者，予當就懋權而裁焉。國徵有知又將何以牖我二人也！

嗚呼！死生一也，無有二也。惟國徵實深圖之。憲成再頓首白。

哭魏懋權文

萬曆十有三年七月初一日，吳人顧憲成頓首致書於魏懋權先生，曰：嗟乎懋權足下！何意足下乃遂與我長別哉！悠悠我心，誰復與語？吾見世之知足下者不乏耳，要其至，與不知等，何則？其知之者，未也，計獨吾知之耳。足下上必欲堯舜其君，下必欲堯舜其民，故常憂。信心而言，信心而行，一切榮辱毀譽不以滑其胸中，故常樂。足下亦誰復與語？吾之所以知懋權也，天下孰從而窺之？

嗟乎！世衰道微，人心離喪，浮破殼，枉蔑貞，淫掩良，爭蔽讓。智者相與借《詩》《書》以文其奸，愚者謬以爲固然，步亦步，趨亦趨而已。當吾爲諸生，業惻然傷之，時時思有以矯其弊，莫能振也。既博一第，從縉紳先生游，時時私求其人，鮮遇者。乃獨足下之指與吾不異耳。徐而察之，非直不異而已，殆有甚焉，中

心自以爲不及也。已而從足下得閩中劉國徵耳,居平相謂:「吾三人者,或先之,或後之,或衷之,其有濟哉!即不濟,卷而藏之,何恨?求善價而沽,枉尺直尋,非吾質也。」顧造物者昨年奪吾國徵,今年又奪吾懋權,吾其可如何哉!

嗟乎!天下之務,國家之故,懋權念之熟矣,而未及究也。間嘗歸而治其文,辭不求工,意獨好爲聲詩耳,又非其急也,直土苴畜之耳。吾欲就君家伯氏、叔氏問訊遺笥,揚榷而表章之❶,不足以昭懋權,是吾之所痛也。吾欲省覽生平之言,勉砥素心,償其未究,又能薄,不足以稱懋權,是吾之所懼也。懋權何以圖之?

嗟乎!懋權足下:吾生長蘆菰中,習氣深重,惟足下是賴。足下誠弗我替,一降一陟,在帝左右,吾尚有望也。吾昔者稍修《詩》《書》之緒,每遇古之高賢偉士,輒掩卷太息,仰摩俯擬,庶幾想見其爲人,久之恍然若有遇也,思若有啓也,行若有挾也,何況懋權乎?蓋嘗聯軫而游,接袂而語,握手促膝,委輸肝膽,揭日月而薄山河者哉!其忘之也?爰奉尺素,薦諸几筵,足下其聽之,且爲我語國徵焉。

再哭魏懋權文

維萬曆十有三年,魏懋權先生卒,其友顧憲成既從其兄光祿君薦之尺一矣。越一年,憲成戒裝而北,顧

❶ 「揚」,原作「楊」,據光緒本改。

瞻燕趙之間，黯黯欲墮，遂迂道而趨南樂，上戀權卮酒，灑淚而告之曰：「憶昔予之謝病而南也，騰書邀足下會于清源之上，至荊門而始成別。當是時，晝則聯席，夜則聯衾，促膝把臂，靡所不竭，何其懽也！今者予再來而足下已矣，天乎！天乎！何其痛也！當是時，足下謂予曰：『吾儕嘐嘐自負，所覩天下之事不當于心，一正人退，一佞人進，意氣勃發，輒欲攘臂而起，請尚方之劒而後愉快。是不廣也。于是乃遂入山求深，入林求密，獨寐獨寤，寂然不復問人間馬牛。又無奈其嘐嘐者何！子以奚而可？』予笑不答。已訪孟司馬我彊論學，兩日夜津津不休。余謂足下曰：『得此入手，何所不可？何取何舍？』足下亦笑不答。蓋其際微矣。不虞足下之遽然以逝也！嗚呼！已矣！今者予且登足下之堂，憑足下之几，弔足下之靈，進而謁于太公，穆穆落落，嗟足下之所以逝也。坐對伯氏，侃侃之氣隱見眉睫，嗟足下之所以弟。問訊季氏，方奉三尺活人河洛間。次第見二子，戚而莊，敦固而多奇，嗟足下之所以父。周行環堵，秋草一庭，嗟足下之所以爲家。出門長叫，傍徨四顧，白雲亂流，落日將半，退而檢其囊，得故《上申相國書》及《論救周別駕》遺草，嗟足下之所以爲國。又得贈予一詩，中有曰：『要憐天下顧叔子，不爲人間吏部郎。』倚梧而思之，寸心欲碎，萬象俱失，不復能自持，嗟足下之所以爲友。嗚呼！足下已矣！予亦哭足下而去矣。荊門在此，清源在彼，爾我之言，實共聞之。昔何以南，今何以北？日月不停，往來如昨，其誰能堪！即予敢替戀權，有如茲水。嗚呼！尚享。

祭王澤山太親翁及陳太親姆文

嗚呼哀哉！不肖從令子伯氏、仲氏遊，猶兄弟也，其視吾翁猶父也，其視太姆猶母也。不孝往于歲丙子哭吾父矣，❶昨者歲己丑又哭吾母矣，今又哭翁，哭太姆耶！嗚呼！

不肖嘗侍翁，竊見朴乎其容也，坦乎其言也，廓乎其衷也，有古長者之遺焉，蓋與吾父絕類。比小女歸翁家，爲翁家孫婦，還而稱述太姆之懿，又種種不減吾母也。而今俱已矣！令子顧影自憐，不肖顧影自憐，且以憐令子，茫茫天壤，俯仰俱失，其忍哭翁，哭太姆耶！雖然，不肖更有傷焉。

不肖之失吾父也幾何時矣？前乎翁十五載於斯矣。不肖之失吾母也幾何時矣？前乎太姆一載於斯矣。均覆均載，何厚何薄？均怙均恃，何延何促？此不肖之所以更有傷也，傷吾父之不得爲翁，吾母之不得爲太姆也。乃令子猶然以淹在青衿爲恨，何也？吾母主中饋，朝夕供具惟謹，最勞瘁也。羔鴈玄纁，不惜稱貸以奉。已幸而舉於鄉，而吾父已矣。已成一第，碌碌風塵，又無能左右承吾母歡。中間僅僅請告三載，又大半奪於酬酢。尋奉譴而還，半載耳，而吾母已矣。乃令子少成若性，不教而閑，翁與太姆雍雍而坐觀其進，今即偃蹇諸生間乎，却得時時膝下宛轉周旋，究舞斑之樂。天性内也，功名外也，古人不以三公易一日，此耳。此不肖之所以益有傷也，傷不肖之不

❶「孝」，文淵閣本作「肖」。

得爲令子也。其忍哭翁哭太姆耶！涇泉可烹，涇蘋可摘。顧瞻几筵，萬感紛結。有懷欲摧，有言欲咽。神其鑒茲，庶幾我即。尚享。

祭中丞魏見泉先生

嗚呼！先生古之遺直也！嗚呼！先生古之遺潔也！如其道也，如其義也。非其道也，非其義也，千駟萬鍾弗視也。是故爲司理則眞司理，非若夫人之司理而已也者；爲直指則眞直指，非若夫人之直指而已也者；爲中丞則眞中丞，非若夫人之中丞而已也者，可謂巍巍堂堂，磊磊落落，宇宙間偉丈夫矣。惟我皇上之遇先生也，亦若異然。斧鉞在前，弗避也；鼎鑊在後，弗駭也。非其道也，非其義也，千駟萬鍾弗視也。是故爲司理則眞司理，非若夫人之司理而已也者；爲直指則眞直指，非若夫人之直指而已也者；爲中丞則眞中丞，非若夫人之中丞而已也者，可謂巍巍堂堂，磊磊落落，宇宙間偉丈夫矣。繼而出塡三晉，念太公老乞歸，於時格，未敢望旦夕遷也，無何而遂不次擢用，使先生得進而畢其忠。允也，無何而遂有俞命，使先生得退而畢其孝。鬼神；至誠之極，可格天地。」先生當之矣。此天也，非人之所能爲也。語云：「無欲之至，可動人之徒然生而已也者；先生之死也，海内士無間識與不識，莫不相顧吁嗟而流涕焉，非若夫人之徒然死而已也者。信可謂巍巍堂堂，磊磊落落，宇宙間偉丈夫矣。先生復何憾哉！獨計先生一腔憂國憂民之心，耿耿未有已時。茲行晤崑濱、雲門兩先生，不知何以相慰。憲等辱公家金玉道義之好，違兩先生且二十年，用之無補於行，舍之無補於藏，倘兩先生問及，又不知何以爲憲等解也。相望千里，欲即無從，聊寄一巵，薦我素衷。先生有靈，上之所以周旋帝側，下之所以擁衛蒼黎，中之所以夾持我二三友生者，豈其忘之

祭龍崗施老師

嗚呼傷哉！夫何奪吾師之亟也！雖然，天之奪吾師，不惟見于今而已，見于昔；其奪之也，不惟在于天，而又在于人。固有從而予之者矣，得其細而不察其大，覩其顯而不核其微，是亦與于奪者也。當吾師之守毘陵也，無以異於黃氏之潁川、龔氏之渤海也。其心思無所不暨，而其惻怛愷悌無所不入。訟者至，折以片言，輒歡然解散，庭中嘗虛。已乃築室而造士焉，士莫不洗濯志慮，求麗于昭明，曰：「是真能成我者也。」為之民者莫不曰：「真能生我者也。」于是擢東粵兵憲以行，又莫不相與咨嗟嘆息，曰：「是奈何其驟去我也？」無何而難作矣，故曰：「天之奪吾師也，不惟見于今而已，見于昔。」且方其難作，始不過獲戾于一人而已，莫不能知其誣也。士訟于庠，農訟于野，商訟于市，旅訟于途，莫不能言其誣也。而當路者業有成心，逆揵不聽，或曰：「夫有所受之矣，可若何？」相與掇拾浮偽，剝亂本實，而難成矣。故曰：「其奪之也，不惟在于天，而又在于人。」

今夫世之知吾師者，其指可覯也，曰：「是何才而敏也！」又曰：「其好士也，不遽吐哺握髮矣，何其大也！」愚以為此其昭然者耳。吾師提身廉潔，一介不苟，而特不好為皎皎。嘗語所知者曰：「人言毘陵故沃郡，乃不能令吾囊之不桍然者何？」又吾師洵好士，要以其暇及之耳。其所最注意無如民，其所最功德至于今隆積而不墜者，亦無如民也。若夫顒顒焉而語才則遺操，顒顒焉而語士則遺民，固已昧矣。而況于今之

哉！豈其忘之哉！嗚呼！尚享。

時，其瑣而無能者，類飾爲小廉曲謹以干大利；其健而有力者，往往競于奇，見能於刀筆之間，而弁髦《詩》《書》以爲吾不欲借興賢育材博名高也。時趣如彼，其知吾師者如此，適足以相戾耳。故曰：「得其細而不察其大，覩其顯而未核其微，是亦與于奪者也。」

嗚呼！吾師其遂齎志以沒矣乎！雖然，毘陵即東南一彈丸之壤，而其中林林總總，不知幾何，率家戶祝，飯食必禱。吾師即中道齟齬，不克究其施設，而嗣賢翩翩有文，一日奮而翱翔，所以光大吾師之緒未艾也，亦足快矣。獨憲等辱在吾師，誼兼生成，乃吾師之存也，既不能明目張膽白見冤狀，揭之日月之下；及其一旦而溘然也，又不能走千里，酌卮酒以薦几筵，伸無涯之感。進而有慚于欒生，退而有慚于孺子，其何以謝吾師也！吾師誠不我忘，庶幾乘翔風，軼飛雲，時上下于六龍之墟，使憲等憑而見之乎！不惟憲等，其亦使林林總總者得憑而見之乎！嗚呼！尚享。

涇皋藏稿第二十一卷

無錫顧憲成著

先贈公南野府君行狀

嗚呼傷哉！我家大人之逝也，不肖孤等自惟積戾弘深，及于大故，日煢煢在疚，無所愬語，罔極之謂何，而曾不得伸一朝之養；竭力之謂何，而曾不得如五尺之裳，方尺之履，猶然相從以殉。若復湮墜懿美，薄諸草萊，無能徼寵靈于賢豪長者之側，以照臨其泉壤，是不肖不復得數于人子也。于是不肖孤奉伯兄、仲兄之命，抆淚而狀曰：

嗚呼！家大人姓顧諱學，字文博，南野其別號也。顧之先爲棘道之石紐鄉人，至宋而將仕郎百七者遷邑之上舍里，十餘傳而爲處士公夔，娶于朱，寔生家大人。家大人生而倜儻負氣，不耐博士家言，獨遊于諸稗家。喜羅氏《水滸傳》，曰：「即不典，慷慨多偉男子風，可寄憤濁世。」又喜《南華莊子》，曰：「即不經，瀟灑自在，不受人間世諸約束，孔孟之後固應有此。」居閒與客論天下事，往往抗手掀髯長太息。里人壯之，推爲亭長。屬其耆老子弟約曰：「舊日之事衆爲政，新日之事我爲政。❶不然，我無愛乎一亭長，其舍我。」衆

---

❶「新」，光緒本作「今」。

曰：「可哉。」稍稍來白事，一切據理曲直之，亭中稱平。有攜豕酒爲壽，則謝曰：「是區區者，而以爲余伐魯仲連，直應尸而祝之矣。」人益附。

會里人爲邑長吏輸稅，遂偕里人北遊天子都，見宮闕之美，官司之富，欣然曰：「可以廛矣。」已而曰：「吾不可使壠上之木北向而懷我也。」乃歸，日黯然不樂，不問家人生產，通累累集，其附家大人者曲周之家大人以爲醜，即日告諸墓，傾其產輸之所勾貸家，徙涇水之上居焉。居甚陋，風雨至輒犯于寢帷，日一糜，夜一蓐，行道之人相呼爾汝，兄弟無知者。已試爲酒人、豆人、飴人、染人、漸能自衣食。環而居者睥睨之，齮齕百端，莫可難也。宵而謀諸室，聲發于甍，瓦躍，家大人窬驚，獲免，違而至于石村，三年產落無所存。家大人不勝憤，猛然欲有以自震于世，曰：「由此廢，必由此興。奈之何其避人也！」再徙涇，俶廛而市，平物價，一權度，廓然不較贏詘，出片言，婦人孺子皆信之，市道驟行。是時也，方數十里間，其有財者，公知家大人無一塵之產，輒懷金踵門而貸之，惟恐其不諾。其貧者，公知家大人無一錢可以貸人，至緩急有無，不求諸人而求諸家大人。家大人亦自知無一錢可以貸人也，即其人倉卒亡，妻子有所不知，未嘗不息之而歸其妻子。而貸人財而後能幹，究竟駃孺子耳。嘗曰：「多財而後能幹，究竟駃孺子耳。」其貸于人也，即其人倉卒亡，妻子有所不知，未嘗不息之而歸其妻子。以故義聲流動，家大人遂隱然望于鄉云。

里傭有壯而無室者，所得力錢純費于酒食，家大人甚恨責其人，令輸力錢，歲爲息，而與之室。里中幾無曠傭。有逸金于肆之西偏，標而購逸者之名氏，得姑蘇跛人，召而歸之。他日來市，投三十金，退而發金，羨者半，亦召而歸之。洪人糴，既按價而輸之粟矣，越五日，粟價頓衰。家大人愀然爲貶其價，徵洪人于塗

而返金焉。張氏兒有積逋于我，積不償，一二怨家弱視而強食之，不能禦，大鬻其產，密懷直而屬諸家大人。事解而徵屬，如徵而與。蓋張氏兒至今德家大人，每遇人數其事，輒欷歔而欲涕也。或售其土田，未幾，售者欲謀而據之，詭辭以訟，弗克。家大人還而謂之曰：「爾何計之不精，爲此屑屑也？爾素號壯士，必欲得此者，其以膝與我。」售者跪而請，遽返之，不復言。

直不肖等就學，歲延經師而教之，所事之禮最虔，即富貴人以爲不及。允成補郡諸生，家大人戒曰：「孺子故少戇，脫令汝一旦儼然富且貴哉，驕大之色當不能侵汝，吾何所患之？患汝從市井學象恭歸耳。夫象恭之壞人心也，比之驕，甚矣，孺子無然。」福清施公龍崗守吾常，闢龍城書院，選五邑士而課之，不肖與弟並遊其中。臨川周公念庭令吾錫，數進不肖。時弟方垂髫，試之，奇其才。有客從涇西來，裝百金，造家大人所而行囑焉。怒曰：「若賈我，又賈我孺子哉！我誠不慚于壟斷，何至向有司爲市而以孔孟貨三尺法也？」他日有武陵客主于蒼頭奴家，欲因之以干家大人，蒼頭奴爲誦說前事，客愕然曰：「人言果矣。」逡巡而退。兩公聞其事，並賢之。周公又廉知其素，欲爲登名于義籍而置禮焉，吏胥陰以告。家大人呼不肖，謂曰：「我賈人，何短長于世，刑賞之所不得及也。今以孺子故，俾我姓名馳入于有司之庭，固已陋矣，將又竊孺子之餘艷以驚耀里閈，其何顏見吳越之士？必不可。」立遣不肖辭諸公。公愈賢之。❶

已而公知家大人故貧，時有賜于不肖，家大人曰：「異哉！公恩澤滿四境而勻泉不入于
──────
❶「愈」，文淵閣本、光緒本作「愈」，與下文合。

釜，獨奈何我以孺子故侵賢父母乎？」又遣不肖辭諸公，公悉不可，❶愈大賢之。

歲丙子，不肖與弟偕試留都，不肖有名，家大人間有憂色。始不肖之兩試而兩廢也，有喜色。不肖問曰：「大人何昔之喜而今之憂也？」曰：「吾聞士可以貧賤激也。激則耻，耻則憂，憂則動心忍性，長其不能。孺子挾策而試，有司以爲不才而廢之，孺子憂矣，老人安得不喜？今以一書生驟然爲東南最，閭閻之人盛容色而矜，道之所謂畫錦也，❷孺子喜矣，老人安得不憂？」不肖竦然起對曰：「兒也謹受命矣。」居無何，疾病，不肖等嘔問醫家。家大人曰：「年之短長，譬如鳧鶴之脛然，不可改也。里人聞其病也，夫扁鵲、倉公至今存乎？吾無所醫家。」不肖等泣而請，家大人不禁，及醫來以藥進，不服也。已而病大漸，乃語不肖曰：「孺子其知之乎？予流徙之民也，長汝四男子，蒸嘗無殄其庸多矣。願孺子孝弟力田，多行仁義。」且曰：「予家世屢空，人之無禮于予者衆。孺子苟得志，無修怨也。」言訖坐而起，命不肖等櫛，手自洮頰，理襟帶，談笑自若，明明不亂，可一二時而逝。嗚呼傷哉！

家大人廣額豐眉，巨目隆準，美鬚髯，吐聲如鐘。生平守甚介而意甚濶，與人交，肝膈肺腑一視立見。意有所蓄如噎物，必吐之而後已。或私焉戒曰：「勿洩也。」竟洩。人以爲尤，家大人不悔。久之，知其無他

❶「忞」，光緒本作「愈」。
❷「畫」，原作「畫」，據文淵閣本、光緒本改。

腸，更厚遇之。對人眉目灑然，終日不能造出一傁辭。遇有不善，必變色而戒焉，凜凜不少假。行里中，狼籍少年皆走匿。疾爲老氏、釋氏之言者，曰：「二氏與孔氏抗而爲三，必人傑也。因令其徒倚爲糊口計哉？」❶晚年讀閩人龍江林氏《三教會編》，大悅，自是排擯二氏必援以爲証。尤疾巫祝人。有癘人爲淫鬼所憑，能言人災祥，趨而叩者趾交錯于道。家大人曰：「有是乎？我其試哉！」往詢之，自晨迄于昏不答。明日，而癘人復人語。里人病，多媚于神，家大人過必訶之，曰：「夫神也而向人間索賂哉？可賂，當無踰萬乘之王、千乘之侯，何賴于汝矣？」里媪多事佛，最者持胎戒，春秋之祀不以犧牲。家大人曰：「何也？」曰：「懼傷物也。」曰：「若不穀食耶？夫禽獸草木無之而非物也。血食則傷禽獸之生，穀食則傷草木之生。若懼傷之，二者何擇矣？」人服其論。

嘗自謂曰：「吾有二癖，惡酒而喜事。」其說曰：「吾聞天、地、人名爲三才。才者，勇往力行之謂也。有如飽食而無爲，其亦不才也已矣。吾聞禹無間然之聖也。洪水之興，宇宙爲墊，禹不畏而獨畏酒。赫赫夏商，没入于酒池之中，莫之援也。矧于匹夫，其敢犯之？吾寧見嗤于竹林豪矣。」故家大人徙涇三十餘年，門無酗客。有觴之者，謝不赴，未嘗爲客于樽俎之前。間強起之，當之奇遇。其在三十餘年中，髮不暇握，食不暇哺，汲汲有所事則益健有力，爲之加飯，稍暇即言疲，事至則又爽然起，神躍于毛骨之間。

❶「因」，文淵閣本作「固」，恐非。

性孝弟。當先王父之困于貧也，叔父敦繾六歲，即寄食于邑朱家。頃之邑朱家覆，叔父莫可倚。家大人又適遊燕，不聞也。歸而失叔父所，大駭，奔覓之累日，遇于邑之南廊，相持哭，遂攜歸，衣以其衣，食以其食。叔父感勵自奮，克有樹立。家大人復人給之田，顧謂曰：「惜爾伯涼薄，無以厚汝也。」嗚呼！亦足以觀矣！

家大人生于正德丙子正月初九日，卒于萬曆丙子十月十二日，年六十有一。竊念家大人者，倘可謂之能自震者矣。非有一關一枋之寄，而能代人之憂；非有升斗之儲于家，而能急人之急，非有移風易俗之任，而能折人之邪；非有尋章摘句多聞多見之學，而擬是非，策成敗，動中乎《詩》《書》；非有沾沾煦煦之術，可以悅人要譽于井里鄉黨，而及其逝也，皆爲搤腕而嘆，閔然有不平之色。問諸古人，當必有似者焉。特其生于粗僻之鄉，長于賈，老于布衣，其知之者不過饑寒困窮之人，即有口舌碑，何足以當天下後世之輕重？而諸孤又多涼德，救過不遑，何足以恢張我大人之懿美，播之子孫？是用戰慄危懼，日夜悼心。伏惟先生挾四海九州之望，掌萬物之是非，蓄仁人之德惠，幸收其什一而旌之，俾我家大人憑藉休明，世世有辭焉，則豈惟孤等實受嘉貺，其將仕公而下，與有榮施矣。謹狀。

母氏錢太安人六十徵言

蓋母氏生十有九歲而歸我先君，業不得逮先大父矣，而其事先大母，微婉有則。先大母性甚莊，又欲試母氏才，往往故以意求多焉。母氏有方曲事之，自唯喏而上，靡不如先大母之指者。家故貧，悉貨簽中裝以

為供具。嘗一日大匱,先大母日昃不克飯,母氏捐帷而易粟。先大母甘之,竟不知其所自也。居恒謂先君:「是不獨有婦才,進於德矣。」先君念不得恢於《詩》《書》❶以爲男子有事四方,奈何浮沉井里間自頽廢。母氏知之,從容謂曰:「我在,君奚他虞?始吾請供爲婦也,今也請供爲子也。惟君所之耳。」先君遂慨然請行。凡再歷寒暑,先大母若不知先君之不在側也。而屬先大母病,則先君心動,疾馳歸,久之,先大母即世。母氏摧毀不勝,遂得心疾,迄今不有瘳,里人難之。已先君益貧,遷涇里之上,隱市賣漿。家所居,蔭一壁,爇一竈,人不堪其憂,母氏安焉。而時時目憲輩:「孺子識之!」性警敏,閑于大義,御憲輩甚慈而又甚肅。迨憲與弟允后先舉於鄉,益加肅,曰:「庶幾其免於墮乎?」素不習書,復曰:「是而大母之教也,吾不敢墜。」間則令立左右,擇其有關於閨德者,遞誦一章。先伯兄性,仲顧嗜書,聞憲輩誦聲,輒端坐以聽,移時乃已。誦訖,復令解說所以,以是爲懽。里媼有事佛者,時前爲佛家言。母氏嘆曰:「固也,雖然,與夫子之言不類。」亦曰:「與吾孺子之言不類。」卒謝去。其識如此。

今年六十矣,而憲幸舉南宮,隸官司農氏,欲請歸薦一觴爲壽,母氏呴賜命曰:「而忘而父之志乎?吾事而父且四十年,見而父每值其生之日,輒於邑不食,曰:『天乎!生我鞠我,今何在矣?』及其年六十也,猶是志也。吾又聞君臣之大也,孺子始委質而驟言私,不可!且而父常有慕乎燕,一再遊其間矣。成而父

❶ 「捐」,文淵閣本作「損」。

奉祝伯兄伯嫂雙壽六十序

萬曆庚子，予伯兄居然六十太平矣，而伯嫂陸孺人偕焉。里中父老翩翩相率攜卮酒而過之，美伯兄之仁讓暨伯嫂之懿和甚具。仲兄謂弟憲成曰：「外德備矣，其於内德猶有待也。弟盍言乎？」憲成對曰：「是弟之責也。」

憶昔吾父吾母自上舍遷涇里，拮据生理，至艱辛矣。乃伯兄故敏慧，甫就塾，輒日進數行。稍長，從故茂才嚴橫塘先生受業，課之文，斐然有章，先生異之。吾父吾母喜見於色。一日伯兄忽跽而請曰：「兒也儒，誠善，惟是大人勞矣，兒優游章句乎？請代大人息肩。」吾父壯而許之。已而伯嫂來歸，則中饋之事，吾母亦一切倚辦焉。伯嫂承顏順志，怡然無忤，是幹蠱之勤也。仲兄與予及季弟次第授書，吾父曰：「孺子庶幾其有尺寸樹乎！」值仲兄善病，所以督予及季弟兩人倍切，隆師惇友，不惜假貸以赴之。一二親交相謂曰：「羔鴈玄纁，累費在耳目之前；龍虎風雲，功名在歲月之後：奈何強其不堪而希其不必也？」伯兄伯嫂咸笑而却之，坦焉居己於瘁，而予輩則享其安；澹焉居己於菲，而予輩則茹其厚。用得專心致志，無他撓惑，是友于之愛也。當是時，伯兄伯嫂實柄家政。出入盈縮，悉其綜之，恒情於此，其孰能不波？乃伯兄自

者，孺子。」雖然，憲欲越三千里而自致於堂下者，終不可以已，惟是先君之志昭昭也，又不可以蔽。端意以思，不獲其處，庶幾先生長者儼然有賜言焉，其施大矣。

母姓錢，外祖曰愛月公，有隱操。

一錢而上悉登諸公焉，無以有己；伯嫂自一絲而上悉稟諸公焉，無以有己，是一體之公也。仲兄遇事能斷，伯兄有所疑輒就而謀焉，其可其否往往舍己而從之不吝。予與季弟後先成進士，伯兄若固有之，毫不以加於人。又矜縈恤困，天性也。每遇夏秋二收，即有年，毀甔而稱佃人之艱❶不求盈；有所推移不求遂，甚者并其本而負之亦不問。年來食指漸繁，入不副出，往往假貸以充；行之自若不為悔。伯嫂益以博大佐之，閨闥堂廡，門楣間巷，藹然慈覆。予之得以進而安於朝，退而安於野，伊誰之錫？是及物之恕也。語曰：「仁者壽。」夫勤以幹蠱，仁之則也；愛以友于，仁之施也；公以一體，仁之度也；恕以及物，仁之徵也。有此四美，壽不亦宜乎？

仲兄曰：「善。請誦弟之言以為伯兄伯嫂觴。」季弟曰：「善。請誦兄之言以為伯兄伯嫂觴。」伯兄聞之，愀然顧伯嫂而言曰：「夫吾兩人何以得有今日哉？則吾父吾母之賜也。吾父汲汲皇皇，終其身不得一日之暇，吾母幸而望七，又未嘗一日去藥石左右也。吾父吾母安在哉，而吾兩人晏然有此也？」言未訖，淚承睫而下。仲兄與予及季弟相對黯然，意不能自禁。稍間，予復進而言曰：「凡父母之愛其子也，甚於子之愛父母。吾父母昭昭在上，見吾兄吾嫂之履茲辰也，有不欣然樂乎曰『猶吾在也』。」人有恆言：長兄如父，長嫂如母。予兄弟之得事吾兄吾嫂也，其亦依然吾父吾母之猶在也。」伯兄默不答，良久，曰：「是則然，竟亦

❶「毀」，疑為「額」俗字，崇禎本《顧端文公集》、光緒本即作「額」。

涇皋藏稿第二十一卷

二九九

何以舒吾情？」於是偕伯嫂肅衣冠，拜吾父吾母祠下，手觴而獻者三，❶而後還，而次第受仲兄與予憲及季弟之觴。

鄉飲介大兄涇田先生行狀

嗚呼傷哉，吾兄乎！吾兄乎！已矣，不可復作矣！日居月諸，倏忽四更曆矣。諸孤卜得歲之十一月十九日，扶葬涇西阡，於吾父吾母乎依。將圖不朽於當世立言大君子，偕過予，屬予為狀，相對流涕覆面，不能出一語，各罷去。嗚呼，吾何忍狀吾兄哉！已而曰：「非吾其誰悉吾兄者？宜狀。」則又曰：「吾兄仁心為質，胞與為公，家庭之所習見，依然在目也，里巷之所流傳，昭然在耳也，若之何其委諸草莽？又宜狀。」謹次第而列之篇。

吾顧之先於吳爲著姓，遭元末之亂，逸其譜，莫能詳。相傳自宋將仕郎百七府君，實始家錫之上舍里。世業耕讀，以高貴雄里中，好行其德。三傳有諱廷秀者，益增脩而光大之。曾大父友竹府君諱緯，邑諸生，生平無他嗜，獨嗜書，家坐是廢，蕭然四壁，不爲意也。大父侍竹府君諱夔，淳謹自好，不幸早世，得年僅四十五。娶大母朱孺人，是生吾父贈承德郎戶部主事南野府君諱學，字文博，再遷涇里家焉，忠信直亮，環數里內外，兒童婦女皆能道之。卒之日，里

---

❶「獻」，文淵閣本作「顧」，疑非。

為罷市。娶吾母錢太安人，能以恭儉佐吾父，白首相莊，稱合德云。生四子，兄其長也，諱性成，字伯時，號涇田。兄生而通敏，六歲就塾師，受句讀，朗朗數行下。稍長善屬對，已而從里中嚴茂才橫塘先生習舉子文，落筆斐然，甚見賞異。時吾父方轉徙石村，意不樂，復還涇里。家徒四壁，寄身屠沽。兄一日搆「事父母能竭其力」題，苦思不就，喟然嘆曰：「吾不能行之，安能言之？」歸而請於吾父曰：「大人勞矣，兒優游筆舌乎？請得代事。」吾父憐其意，許之。於是慨然任家督之責，一切拮据，精心果任，不少怠也。而會吾兄善病，兄憂之，數言於吾父，延名醫調治，藥籠之需隨叩隨給，不少惜也。又言於吾父，延名師課予及季弟讀，供事惟虔，至稱貸以充羞雉，不少憚也。或謂「功名事安可知，而強為此矻矻」，兄笑而謝之。或又謂「今日之家子為政，他日之家眾為政，盍早自計乎」，又笑而謝之。蓋兄自受家秉以來，一出一入悉稟諸公，銖寸無私焉。非特無私而已，且於衣服恒居其敝者，曰：「吾所便也。」於飲食恒居其菲者，曰：「吾所安也。」而獨於予三人則加腆，曰：「是實羸弱，不可以我為程也。」吾父見而喜，以語吾母，交相慶也。

及予與季弟後先成進士，人情於此孰不冀有發舒以明得意？而兄謹約如故無改。惟是念吾父之壽僅踰六而遽見背也。念吾母之壽僅望七而復見背也，誠痛之深，悲之切，方在苦次，朝夕皇皇不少解也。迨既襄事，每上冢，俯伏哭泣盡哀，至於老不少衰也。路人聞之莫不感動，以為有終身之慕焉。又念吾父居恒喜稱范文正之為人，語及義田一事允津津不窒口出，如將步之趨之然者，竟限於力不果。及吾父卒，吾母擬以所遺田三百餘畝分受予兄弟四人。遂偕予仲兄請曰：「兒輩俱已長大，得自生活。願以此為贍族之資，何如？」吾母大喜，曰：「此爾父之志也。」於是每歲以春秋二時，差其等而分給之，其不能婚不能葬者，亦各量

有助焉。惟是所入常不足以充所出,所施常不足以滿所願,則又時時欿然不自得也。

其於人也,老者尊之,少者撫之,賢於我者下之,不如我者矜之,強弗友者容之。有以緩急告,必委曲爲濟,無或拒也。其人能償聽之,不能亦聽之,即不能而又以請,又應之如初,無或厭也。坐是產日削,迺且累累起矣,無或悔也。有以田產售,直必從優。如係親暱,越數收便令取贖。即力不能,預歸其產,令以漸而償,無或怪也。至其一念惻怛,與民同患,尤有異焉。見饑者則爲之憂無食,見凍者則爲之憂無衣。當東作時,雨稍慳則爲之憂旱,稍溢則爲之憂潦。幸而免矣,及西成時,又爲之憂曰:「終歲勤動,得一飽乎?公私之通,得相抵乎?」其於佃人,數叮嚀主者曰:「無求足,無求精,毋拘拘常額。耕者不食,食者不耕,可念也。」嘗有佃積逋不償,蒼頭以告,且曰:「歲行盡矣,無可待矣。」兄不答。復曰:「是且誨通,將人人相率而效尤,明冬庭可羅雀矣。」兄卒不答。予猶記歲在戊子、己丑間,連值大祲,兄檢篋中,得券數紙,一一手自裂之,曰:「當此朝不饔夕不飧,無令渠輩胸中猶有這些子在也。」又記一日遇公差繫一人於舟,時嚴寒深雪,視其色郎當甚,而且甚饑,詢之,則以官通二金故。兄惻然曰:「是不凍死必饑死,不然,亦必中傷寒死矣。久之,其人率妻子攜一檻來謝,仰天數十叩首而去。一日家被火,召匠者修治。時值農冗,無不欲竟此而後朝食。適市有許姓者,於藥肆中鋸木,忽倒

❶「方」,文淵閣本作「斗」。

其廊，徬徨無奈。兄聞之動色，遽停工，令與許修治。各役感兄之義，踴躍爭赴，不日而工竣矣。其急於爲人類如此。

里有爭，率就質於兄，兄爲悉心排解。或不從，徐徐爲設酒食勸諭之。間有事屬兩難，或已聞諸官，輒陰損貲調停於中，卒歡然請罷。往往既罷而兩家猶不知其所自。乃或有客緩頰言「某所某人丁某事，某當路若叔氏所善也，某司若季氏所善也，幸借一言居間，請得以不腆佐觴爲公壽」，則驚起曰：「此言何爲至於我？」輒掩耳走。又或左右倉卒言「某所某豪欺我摧辱我」，則又笑曰：「此物奚宜至哉？我不能爲汝馬牛也，若無誑我。」輒叱去。而特其性稍卞，遇所不當意，輒徵色發聲，人或有不能堪。少徐之，未嘗不覺也，既覺未嘗不悔也。既悔未嘗不自訟也。引罪負咎，刻切迫至，若踖踧無所容。非特於儕輩然，即於子弟亦忘乎己之爲行也，非特於子弟然，即於臧獲亦忘乎己之爲主翁也。溫顏款辭，就而相慰，無藏匿，無彌縫，無係吝，無矯飾，曠然如日月之食而更也。

仲兄臨事果決，是非可否無所依阿。兄有疑必就而商焉，往往舍己而從之，不以爲屈，曰：「吾不如仲之斷也。」予與季弟莽莽生計，兄代爲經理，不辭勤渠。數年來見兄精神稍不逮壯，不復敢以煩，亦既各有分主矣。偶有見聞，必就而語焉，曰：「某事當何如，某事當如何。」即與主裁，不以爲嫌，曰：「兩弟不如我之悉也。」始予官户曹，兄貽書來言曰：「是錢穀之地也，最易膩人，盍慎諸。」予爲之悚然。既而移銓曹，兄又貽書來言曰：「是鏡衡之地也，知人實難，盍勉諸。」予又爲之悚然。及予奉諱而南，謝曰：「弟無狀，負兄，奈何？」兄怒曰：「吾父吾母所望於吾兄弟者何如，而出此言耶？弟負貴人，不負兄也。」及予再還銓曹，復被

先是少宰柏潭孫先生官宗伯，時數向予詢兄起居，予具告之，先生嗟賞不去口。比予歸，先生緘一劄寄兄，曰：「聊借此以表緇衣之好。」予歸，具冠服而致之兄。兄謝曰：「先生之意美矣，吾不堪也。請辭。」已而邑侯柴父母廉知吾兄，爲旌其門曰「一鄉首善」，則又辭。今邑侯林父母舉鄉飲，則又辭。辭不得，卒不赴也。予詢其故，兄曰：「二弟視世艷若浼，兄視世艷若飴，不亦愧乎？」予聞之，更不覺恍然自失也。大率吾兄生平於「勢利」二字甚輕，於「天理人情」四字甚重。視其中，滿腔子一副慈悲；按其外，日用間一味方便，而又渾如純如，穆如廓如，纖毫無所爲也。是故爲子則不忍咈親之心，爲兄則不忍咈弟之心；處一家則不忍咈一家之心，處宗族則不忍咈宗族之心，處鄉黨則不忍咈鄉黨之心。至於懦我者或見以爲懦，智者或見以爲愚，巧者或見以爲拙，達者或見以爲梗，愚我者或嘗之以詐，拙我者或嘗之以滑，拘我者或嘗之以偷，而兄自若也。陶彭澤云：「無懷氏之民歟？葛天氏之民歟？」予不敢知。竊以爲列於古之所稱長者，庶幾其無愧也已矣。

兄生于嘉靖辛丑年七月十一日，卒于萬曆乙巳年正月十三日，得年六十五歲。娶陸氏，處士雲泉公女，子六人。曰與淑，邑庠生，娶黃氏，承隱公女。曰與滌，國子生，娶李氏，邑庠生養冲公女，繼娶邵氏，國子生寓寰公女。曰與渥，邑庠生，初育於仲兄，既而歸，娶陳氏，敬淳公女；繼娶朱氏，瑤琴公女。曰與浚，邑

奉壽仲兄涇白先生六十序

萬曆丙午，仲兄適週一甲子，榜於客座，曰：「六十而壽，人道之常也。然而在他人則宜，在吾則不宜。一以先伯兄之戚，不忍言壽。一以涼薄之德，不敢言壽。一以懶病之軀，不克承尊親歡而爲壽。敢辭。」予見之，謂弟季時曰：

仲兄爲尊親言耳。此家慶也，吾二人不得以是例。且仲兄之壽，道多矣，亦不得概以是辭也。憶昔吾父主家政，伯兄實佐之，備殫心力。迨吾二人治舉子業，師事原洛張先生，時仲兄善病，與藥石爲隣。一日

生三川陸公子立中，一未議。

嗚呼！吾父生我，吾母鞠我，吾兄成我，自惟薄劣，莫能報百一焉，庶幾大人先生憐而賜之一言，吾兄死且不朽，惟憲亦死且不朽，敢九頓以請。

庠生，娶華氏，原隆公女。曰與溉，國子生，則吾弟季時所育而子之者也。俱陸孺人出。曰與滋，娶夏氏，金吾恒所公女，側室康氏出。女三人：一議郡庠生混塵秦公子坊；一育於與潔，議慕劬倪公子德沾；一育於與淑，議邑庠生澹衷黃公子某，殤。俱側室康氏出。孫男六人。與淑出者四，曰棋，娶黃氏，邑庠生觀斗公女；曰棣，聘朱氏，九臺公女，曰檻，聘黃氏，逸所公女。與潔出者一，曰楷，聘胡氏，我維公女。與渥出者一，曰榴，未聘。與浚出者一，曰橙，聘錢氏，三洲公女，殤。孫女七人。與淑出者三，一議邑庠生廷俞唐公子道履，二未議。與滋出者二，一爲與淑所女，議國子新吾周公子士及。與浚出者一，今爲與潔所女，議

言於吾父曰：「兒不能佐吾兄，猶能佐吾弟。請得再理佔僅，以朝夕切偲其間，可乎？」吾父大喜。原洛先生試之，文立就，多奇警。試於郡邑，俱哀然前錄。及予成諸生，遂罷去，不復事。對曰：「始吾非真有功名想也，爲兩親耳。以爲不得之弟，將得之我。今弟幾得之矣，何必我哉。」至於朝夕切偲，則始終不替焉。吾父益喜，以語吾母。吾母亦喜，曰：「兄弟怡怡，吾老人復何憂？」其宜於吾父吾母有如此者。比吾父違養，伯兄亦倦于勤矣，仲兄曰：「吾始者佐吾弟，今請佐吾兄。」一切拮据，靡不毅然身任。上者虔祖廟，惇宗盟，下者營堂構，籌出入，井井繩繩，各有條紀。伯兄曰：「微吾弟，吾何以慰吾父也？」吾母多病，仲兄憂焦萬狀，檢方製藥，躬爲劑量，不以委左右。吾母間有不快，宛轉膝下，曲爲寬解，俟其釋而後即安。伯兄曰：「微吾弟，吾何以妥吾父吾母也？」已而吾母見背，後先兩大事並屬仲兄，仲兄盡瘁以將，必誠必信，勿之有悔。伯兄曰：「微吾弟，吾何以娛吾母也？」其宜於吾父吾母有如此者。吾二人相繼得第，二十餘年於斯矣，而仲兄不知有官，未嘗隻字溷公庭也。居無何，相繼獲譴，知吾二人之呕於求友也，而爲之擘畫。其相體也以情，其相扶也以義，不出戶庭而獲多助之益，抑何遭逢之幸也！其宜於弟有如此者。仲兄生平不二色，不華服，緩急，必協而濟焉。非徒然也，且知吾二人之不諳治生也，而爲之經理。其宜於兄有如此者。吾二人相繼不知有官，未嘗纖毫介於色也。間嘗集童子數人習梨園之戲，聊寄意耳，不時御也。少喜豪飲，叔父東野公面呵之，自是遂有節不佾味。迺年從同邑諸君子脩復龜山楊先生東林書院，又知吾二人之不諳治生也，而爲之蟄畫。相扶也以義，不出戶庭而獲多助之益，抑何遭逢之幸也！其宜於弟有如此者。仲兄生平不二色，不華服，相扶也以義，不出戶庭而獲多助之益，抑何遭逢之幸也！訓督子姪必軌於正，無敢以惰。見有不恪，惟恐聞之。待臧獲外嚴而內恕，有過輒原之，曰：「彼非故也，伎

俩有限耳。」不求備也。其宜於家有如此者。性開爽，不設機械。即有機械之者，冥不應。與人交，脫落形骸，不脩苛褥，驟而遇之，見謂簡傲，久而知其無他也，更歡然信愛。論事是曰是，非曰非，不肯含糊。遇貴不諂，遇富不忮。遇窮乏，矜憫周恤，無吝也；有叩，量力而應之，無却也。又往往負不償，無責也。遇橫逆亦能忍，無校也。性又喜客，客至，無問識與不識，迎而舍之，即終歲無厭也。其宜於人有如此者。由此言之，仲兄之壽道多矣。

季時曰：「善。」遂偕過仲兄，爲仲兄誦之，相與捧觴以獻。仲兄曰：「吾不堪也。」已忽泫然淚下，曰：「父兮生我，母兮鞠我，今安在也？」乃詣伯兄之几，再拜三薦觴焉。而後退自觴也，亦以觴予二人，曰：「孔懷兄弟，同氣連枝，今何以爲情也？」乃詣先祠，再拜三薦觴焉。又曰：「願共砥礪，以保暮齡，以答吾父吾母暨吾兄之靈無怠。」予二人跽而謝曰：「敢不奉教！」於是諸子侄輩若浹次第上觴，仲兄次第受之，而亦次第還授之，曰：「願共砥礪，以赴壯齡，以答爾祖爾父爾伯爾叔之勤無怠。」諸子侄咸拜而謝曰：「敢不奉教！」予視季時，語曰：「仲兄非特壽道多也，所以居壽，實家範也，安而能思，樂而能儆，天之祚我仲兄，曷可量哉！曷可量哉！」

涇皋藏稿第二十二卷

無錫顧憲成著

先弟季時述

嗟嗟！吾弟棄我而去，忽驚周歲矣，音容宛如，渺不可即。索居無賴，追念生平，時拈片紙書之，彌增人琴之感。不能詳也，聊存影響，無失本來面目云爾。

吾顧之先於吳爲著姓，遭元末之亂，失其譜，莫能詳。相傳自宋將仕郎百七府君實始家錫之上舍里，世業耕讀，以高貲雄里中，好行其德。三傳有諱廷秀者，義聲益著，鄉人誦說之，至今不衰。越我高大父如月府君諱麟，有長者風。曾大父友竹府君諱緯，邑諸生，以文行爲時所重。大父侍竹府君諱夔，淳謹不苟，不幸早逝，得年僅四十有五。娶大母朱孺人，是生吾父贈承德郎户部主事南野府君，諱學，字文博，再遷涇里家焉。忠信直亮，環數里內外兒童婦女皆能道之，卒之日，里爲罷市。娶吾母錢太安人，能以恭儉佐吾父，白首相莊，稱合德云。生五子，長爲予大兄伯時性成，次爲予二兄仲時自成，又次予憲成，又次殤，吾弟則最少子也。

吾弟少敏慧而頗好弄，年十四從予大兄張師習舉子業，師弗善也，以語吾父，吾父曰：「是兒恐非落人下

者。」張師曰：「吾亦知之，不激不奮耳。」吾父曰：「善。」遂令更他師。居半歲，忽謂予曰：「弟知過矣！弟知過矣！」請歸而稟繩墨。予大喜，言於張師而復之，衆未肯信。張師曰：「身請任之，無煩諸君慮也。」弟曰：「恐傷兩大人心之，果如所言。即耆艾宿儒，雅以端方見推者，皆謝不及。予因問弟何感而遽如是，耳。」予曰：「此是做人根子，當與弟共勖之。」

弟爲舉子家言，不甚經思而簡拔遒勁，自不可及，同里雲浦陳先生一見而奇之。弱冠游郡庠，每試輒冠其曹。如臨川念庭周公、福清龍崗施公、姚江梅墩邵公俱待以國士，又不獨賞其文也。

原洛張師嘗游毗陵荊川、方山兩先生之間，雅有聞。吾父令予與弟稟業焉，每語輒契，張師曰：「洙泗以業未足以竟子。」復帥之見方山薛師。薛師喜，亟呼其兩孫締兄弟之交，而授以《考亭淵源錄》。下，姚江以上，萃於是矣。」異日其無忘老夫也。」兩孫蓋海內所稱大薛純臺、小薛玄臺云。

弟性介，辭受取予，纖毫不苟。癸未自南宮還讓里，有蔡二懷者，篤行君子也。雅慕重吾弟，屬少弦張師爲介紹，率諸子北面稟業，且欲延致家塾。弟欣然從之。已而致束金。謝曰：「吾庶幾藉是避俗嚻，收拾身心，不爲不受惠矣。況此君非有力者。其以諸郎見屬，實欲相與切磨於道義，非顓顓爲攻舉子業，取青紫計也。吾奈何獨以利言乎？」壬辰，謫光州別駕，當路不欲煩以事，假差歸。曾景默中丞檄所司致俸薪，辭弗受。及沈太素中丞繼撫中州，復貽予書曰：「此不可以少佐三逕松菊乎？」屬予力却之。於是歷十四年餘矣。計前後所積，可千金。爲寄聲季君，勿拘拘也。」弟曰：「即爾，何以謝曾中丞？」屬予力却之。比吾弟歿，州守璩公復齎二百四十金爲賻，屬邑侯平華林公來言，此沈中丞意也，願無煩往返。兩孤乃以告於几筵而辭焉。

吾弟於身家事儘悠悠，惟是世道人心所係，則寤寐不忘。歲丙戌，赴大廷對策，指切時事不少諱，其略曰：「臣聞之，宋臣蘇軾曰：『天下無事則公卿之言輕於鴻毛，天下有事則匹夫之言重於太山。非智有所不能而明有所不及，緩急之勢異也。方其無事也，雖齊桓之深信其臣，管仲之深得其君，以握手丁寧，將死垂絕之言，而不能去其區區之三豎。至其有事且急也，雖以唐代宗之昏庸，程元振之用事，柳伉之賤且疎，而一言以入之，不崇朝而去其腹心之疾。何則？言之於無事之世者，易以改為而常患於不及見信；言之於有事之世者，易以見信而常患於不及改為。此忠臣志士之所以深悲，天下之所以亂亡相尋而世主所以不悟也。』臣誦其言，未嘗不反覆嘆息也。恭惟陛下虛懷若渴，采及葑菲，進臣等於廷，賜之策問，不知陛下於臣之言，將重之如太山乎？抑輕之如鴻毛乎？臣有言而君不庸，非臣之罪也；君有求而臣不言，實臣之罪也。況臣感時發憤，有慨於中久矣，今明問及之，乃忍緘默以欺陛下耶？凡陛下所以策臣者，無慮數十百言，究其指歸，賞罰二科而已。夫賞者，勸天下之意也；罰者，懲天下之法，然有不倚於罰者，所以懲天下之意也。然而德澤不究，法令不行，此無異故，則聖制言之矣：所以勸天下之法，然有不倚於賞者，所以勸天下之意也。有為者以運天下，無為者以宰天下。法常有為，意常無為。今陛下式古訓，遵成憲，賞罰之道甚具而有法。本也，實也，即臣愚所謂意也。臣愚竊觀當今之勢而根極其體要，所以累皇上之意者，大幾有二。皇上明以好示天下而此二者恆陰移其所好，皇上明以惡示天下而此二者恆陰移其所惡。二者何也？曰內寵之將盛也，曰群小之將逞也。夫人主席崇高，藉富有，無一不足以厭其欲，昏其志，而惟色為甚。色之中人也微，而其溺人也最沉錮而不可解，聖王之所亟遠也。昨者皇上以鄭妃奉

侍勤勞，特冊封爲皇貴妃。大小臣工，不勝其私憂過計，因而請冊立皇太子，因而請加封王恭妃。皇上不溫旨報罷，則峻旨譴逐矣。夫皇太子，國之本也；忠言嘉謨，國之輔也。兩者，天下之公也。鄭貴妃即奉侍勤勞以視天下，猶爲皇上一己之私也。今也以私而掩公，以一己而掩天下，亦已偏矣。偏則皇貴妃或得以愛憎弄威福於内，其威屬或得以愛憎弄威福於外。不獨此也，閹人侍妾又將乘其偏也，或得以愛憎弄威福於内外之間。若然，則賞罰云者將不爲皇上之好惡用，而爲内寵之好惡用，欲其信且必，未可也。夫人主之耳目惟一，而天下之耳目人主者且萬萬。雖甚神聖，其聰明宜未足以徧也，將必有所寄之。寄之得其人則安，不得其人則危，非細故也。邇年以來，皇上明習政務，聽覽若神，蓋辨及左高，察及淵魚，幾於徧矣。竊聞之道路，往往二三群小伺察而得之，此可謂寄得其人耶？私計皇上非不知不得其人而姑寄之者，其亦有不得已也，蓋曰：「朕向以天下事付張居正，而居正罔上行私，一時公卿臺省從風而靡，外廷之不足信明甚，故寄耳目於此輩，示天下莫能欺也。」臣以爲不然。夫善爲治者以全而收其偏，不聞以偏而益其偏。皇上懲居正之專，散而公之于九卿可也。若聚而寄之於此輩，則居正之專尚與皇上爲二，此輩之始用事，與皇上爲一。與皇上爲二則救之也尚易，與皇上爲一則救之也倍難，奈何其弗思也？且此輩之專且適皇上銳精求治之初，彼方見小信以自結，其所稱述指陳類多依于公義，猶若未害。久之，則陽公而陰私矣。又久之，則純出于私矣。若然，則賞罰云者將不爲皇上之好惡用，而爲群小之好惡用，欲其信且必，未可也。德澤之壅，法令之尼，有由也！臣愚以爲欲效忠於皇上，當自今日始；欲效忠於今日，當自兩者始。皇上視無事若有事，以臣言爲重于太山，則皇上之明也。皇上視有事若無事，以臣言爲輕于鴻毛，則臣之

愚也。

時讀卷官大理寺卿心泉何公見之，謚於衆曰：「此生之言何爲，便堪鎖榜矣。」大學士婁江王公取閲之，易置二百二十三名。吾弟退而輒自傷，以爲恨不得達於皇上也。誠得達於皇上，幸莫如之，何論其他？適南京右都御史剛峰海公屢爲房御史所詆，發憤曰：「臣下皆自處於私，奈何望皇上無私也？」於是與彭公曰陽、諸公景陽合疏言之，歷數其欺妄之罪，且曰：「人固有食穢自肥而幸人之不我攻者矣，未有執己之貪而不畏人之攻，反欲攻人之廉，且昌言於君父之前而無忌者。夫欲天下人爲寰甚易，爲瑞甚難。寰身享貪饕之利而反得笑瑞之迂拙，臣等之所痛心也。今觀寰之詆瑞千有餘言，大概不出此術之外。曰「侮慢自賢，舉世皆濁己獨清」，非所謂禦之以好勝者乎？曰「大奸極詐，欺世盜名」，非所謂禦之以好名者乎？曰「貶奪主威，損辱國體」，非所謂禦之以彰君過者乎？以寰之詆瑞，吹毛求瘢，宜無不至，而所據者不過如此。臣以爲適足以明瑞之無他瑕玷，而寰之陰險窺睨亦無所用其狡也。夫寰誠巧而合俗，瑞誠拙而忤世。然天理常存，人心不死，堂堂天朝，君子滿廷，明有禮樂，幽有鬼神，聖賢有名教，史册有公論，不意青天白日之下，有魑魅魍魎如寰者出于其間也。陛下方重瑞惜瑞，借其人以風天下，而寰乃欲逆銷天下之氣，節抑慷慨之士如瑞者，令無容足之地，是陛下之所褒，寰之所必斥也，士君子之所師，寰之所必擯也。以如此妬賢仇正，潑惡無恥之人，而晏然居師表之位，驅天下之士風而入于欺罔謟詐之俗，臣等有裂冠冕而去耳，不與之並立於朝也。臣等新進小生，發天下之清議，雖寰有奸如山，不可動搖。然公論既明，人心自快，寰雖頑鈍無恥，亦何面目一日立于東

南諸士之上乎？臣等何仇于寰？何私于瑞？但恐是非之公鬱而不宣，一房寰尚不足畏，小人如寰者相繼而指爲邪，則君子之道日消矣。一海瑞尚不足惜，正人如瑞者相繼而指爲邪，則君子之道日消矣。否泰之機，於是乎在，不可不爲之深慮也。

疏奏，得削籍歸。癸巳，官儀部。有詔並封三王，衆議洶洶，於是又與岳公石帆、張公文石合疏言之，其略曰：本月二十五日，皇上出禁中密札，付元輔王錫爵私邸，臣等不知札中所云是何天語。至次早禮部出聖諭，則元子暨皇三子、皇五子一併封王，而錫爵亦且入閣辦事，臣等始遂不能無疑。及聞人言嘖嘖，封王之諭乃錫爵以寸楮立就，即次輔趙志皋、張位並不得與聞，而禮臣羅萬化、科臣張貞觀、部臣于孔兼等，俱至錫爵私寓，乃不得其一面，始知今日之詔，皇上以一人議之。臣等不至病狂喪心，寧敢無言以負皇上？昔人有言，天下事非一家私事，蓋言公也，況以宗廟社稷之計而可付之一人之手乎？皇上試清心而籌，今日册立一事，其關係何如。前而祖宗九廟之靈，後而子孫億萬年無疆之業，近而四海臣民之注望，遠而九夷八蠻之觀聽，君子小人之所顧盻而咨嗟，宮闈近習之所望風而承旨，社稷安危在此一舉，皇上奈何易視之！而閣臣奈何嘗試之！臣且不敢言以激皇上，兼忤閣臣調停之意，亦不敢漫述漢宋故典及祖宗朝遠事以滋煩瀆，敬體皇上法祖一念，直據世宗肅皇帝、穆宗莊皇帝近事，請皇上法之。世宗肅皇帝於嘉靖十八年册立東宮，該禮臣具題。故實見在，並未有三王並封之事，而皇上創見之，臣故知皇上之必有不安於心也。且聖諭大旨惓惓以皇后生子爲言，則皇上不記昔年正位東宮之日乎？維時仁聖皇太后亦在盛年，而穆宗莊皇帝曾不設爲未必然之事以少遲大

计。法祖自近，此言皇上可思也。臣嘗讀聖祖寶訓，一字一句無非維持宗社，極慮後來。聖子神孫師得其意，則國本固而社稷賴之。不然而虛借文辭掩飾過舉，至良法美意徒以藉奸臣而資固寵，忠臣義士所飲血椎心，寧死不忍見此舉動，以負祖宗二百年養士之恩于地下！

已而考功郎趙公僑鶴司內計，盡公不撓，盡黜當路私人，當路銜而計去之。於是又與于公景素、陳公員嶠、賈公太石、薛公玄臺、張公文石各抗疏言之。先是己丑，薛玄臺因南都耿總憲定向以不送帖參御史王公藩臣，疏劾其阻塞言路。當路大恚之。座師內閣潁陽許公輒疏論玄臺，吏科都給事陳海寧復望風排擊。弟聞之，仰天浩嘆。上書許公，極言之，其略曰：閣下憤發于進士薛敷教之觸事陳言，至以貢舉非人自劾，且欲皇上敕下九卿科道，各陳紀綱何爲而正，風俗何爲而淳。允以爲無庸謀之九卿科道也。朱子謂紀綱之所以振，以宰執秉持而不敢失，臺諫補察而無所私，人主又以大公至正之心恭已于上而照臨之，是以賢者必上，不肖者必下，有功者必賞，有罪者必刑，天下之人自將各自矜奮，更相勸勉，以去惡而從善，而禮義之風廉恥之俗已丕變矣。惟至公之道不行於上，是以宰執臺諫有不得人，黜陟刑賞多出私意，而天下之俗遂至於靡然不知名節行檢之可貴，而唯阿諛軟熟奔競交結之爲務。一有端言正色於其間，則群譏衆排，必使無所容於斯世而後已。此其形勢如將傾之屋，輪奐丹臒，雖未覺其有變於外，而材木之心已皆蠹朽腐爛而不可復支持矣。由此觀之，紀綱之正，風俗之淳，不在於以勢相脅，在於以道相成，不在於使人不敢言，在於使人無可言耳。方今朝廷之上果何如耶？允不能詳，請舉其略。近見吏科給事中陳某言路一疏，大可異焉。彼悍然以言路自任，而謂出於臺省爲蕩蕩平平，不出於臺省爲傍蹊曲徑，不知言路者，天下之公，非臺省之

私也。出於公即蕩蕩平平，出於私即傍蹊曲徑。陳三謨、曾士楚輩曷嘗不臺不省，不言竟以爲何如也？其以今日爲臺諫者，上自乘輿，下及宰執，內從遊廈，外從閒閻，近由警蹕，遠至邊徼，何事不得言？言路不可謂塞。雖一學究得上書，一市井傭奴得擊鼓而訟，言路不可謂塞。其說美矣，然言者如李君懋檜、劉君志選、高君桂、饒君伸等，何不聞其舉得畢其忌諱之言，言路不可謂塞。其有攻無救，豈曰無謂？間有一二上攖聖怒，相率營救，亦誠有之，是乃杜欽、谷永附外戚而專攻上身之故智。其有攻無救，豈曰無謂？間有一二上攖聖怒，相率營救，亦誠有之，是乃杜欽、谷永附外戚而專攻上身之故智。正時，此路固未嘗塞也，何謂壬午以前爲諱言，壬午以後爲輕言也？其以近時行險僥倖之徒託身言路，功名富貴操左券而收，故躁妄者爭趨，頑鈍者爭附，以允釋褐後所覩記，如前所稱李、劉、高、薛、饒五人外，其建言者又不過黃君道瞻、盧君洪春、王君德新及允兄憲成耳。以庶官之夥，三四年之遙，僅僅幾人而止，何名爭趨？何名舉世輕言也？其以建言爲釣名，爲掩過，爲躐位，爲取捷徑。夫斯民也三代之所以直道而行，是非有真，名亦何易釣？過亦何易掩也？即如彼附曾、王又反罵曾、王，天下終不信其非權門之客，昏夜受遺，白日請禁，天下終不信其非二如其所譏者，要亦晚節不終，務爲容悅，抑一節自喜，袖手旁觀者耳。設守其故吾，矯矯不變，則進退維谷，坎坷萬狀，吾未見其位之躐，徑之捷也。信若彼言，必使天下盡效彼，無違夫子，以順爲正，京堂美職，操右契而收，乃爲不躐位，不捷徑耶？且近時建言者每每有觸而云，非無上事而喟然嘆也。倘臨江父老罪無

可矜,則道瞻不言;倘皇上不廢郊祀,則洪春不言;倘何尚書起鳴不搆陷辛左都自修,則德新等不言;倘邵給事庶不請申出位之禁,則懋檜等不言;倘戊子順天科場毫無弊竇,則桂等不言;倘耿右都定向不逢迎當事而以先發後聞參王御史藩臣,則敷教不言。何得詿建言者不啓蟄而雷鳴,不嚮晨而雞號也?其以今日時異勢殊,既無嚴嵩、張居正之威福,又無鄢、趙、曾、王諸人之阿比,何得有楊繼盛、艾穆、鄒元標之慷慨?夫以堯舜之世,克艱不輟誨,慢游不輟規,贊襄不輟勸,損益不輟警,其亦何嘗不慷慨也?豈如彼狃于陳三謨、曾士楚之從容,便以慷慨爲奇,而謂堯舜之世無得有是乎!且彼乞墦丐子,反復趨附以苟饜足,自其常態,宰執大臣富貴已極,豈有未饜?何苦爲彼曹所弄,徒以益人之富貴而損己之名實哉?蓋孔子告顏淵以爲邦深嚴佞人之戒。彼以方今第一佞人首置天垣,九卿科道咸若彼曹,賢否何辨?功罪何核?善者何慕?不善者何懲?朝廷之所爲紀綱風俗已掃地盡矣,更何以令天下?閣下欲爲根本之圖,講挽回之術,所願嘔遠佞人,務近莊士,一切曠然與天下更始,則主德可回,相業可廣,人心可收,紀綱風俗庶幾有瘳。否則,未知所稅駕也。昔孔子大聖人也,見南子則子路不悦,欲往公山佛肸則子路不悦,孔子且時復自喜,曰:「自吾得子路,惡言不入於耳。」聖賢師友之相與如此。允不肖,何敢望子路,而不敢不以孔子事閣下,懼以貢舉非人累閣下也。

又見童儒試於有司奔競成風,致孤寒往往遺落不得進,其在郡試一關尤爲喫緊,而取數甚窄,深爲扼腕,於是致書邊南亭郡伯言之。語云:「在廟廊則憂其君,在江湖則憂其民。」弟庶幾焉。李見羅先生坐雲南報功事被逮,竟麗大辟,輿論冤之。廣東布衣翟從先欲詣闕申救,不遠三千里特過涇上商諸弟,弟極口從

臾之。布衣又欲進澄海唐曙臺所輯《禮經》於朝，並爲代具疏草。海忠介被論，吳門李晉陽時爲庶吉士，憤然不平，具疏論救，會有尼者，不果。弟聞之，偕同年諸景陽、彭日陽訪晉陽邸中，因從容詢之。晉陽欣然出原草視弟，弟擊節稱善，遂採其十之六爲疏以上。至今語及，猶德晉陽不置。其赴義若渴，不分人我，類如此。

吾弟天性孝友，雅爲吾父吾母所鍾愛，雖曰憐其少，亦其一段誠意懇惻深至有以當吾父吾母之心也。不肖舉丙子，吾父遂棄養，每語及，輒相對歔欷，且曰：「吾父居恒好稱范文止公之爲人，津津不去口，此是萬物一體胚胎。念庭周師分俸佐讀，命無受，此是鳳凰翔於千仞風格。吾兄弟當無失此意。」癸未，舉南宮，遂移病歸，則以吾母善病也。丙戌成進士，坐言事罷，會南太僕繼山沈公、南臺警亭陳公，按院厚齋荆公先後奏薦，奉旨起江西南康府教授，特懇於按院雍野李公代疏請致仕，又以吾母年且望七，愈善病也。予兄行中居三，僅長弟四年，而弟事予甚恭，不減於事兩兄。當歲乙未，予病甚，且瀕於危屢矣，弟憂之，寢食爲廢。予一夕夢弟手捧書一卷，視之則《金縢篇》也，覺而異之。頃之，復夢吾弟誦聲朗朗，伏而聽之，即《金縢》篇語，益異之。詰朝以告吾弟，弟默不答，而察其色，甚喜。因再三詰之，乃曰：「弟頃者連夕私禱於上帝，願以身代兄，不可，願減筭益兄筭，即內人不知也。今既屢見兄夢，上帝其必矜而許之矣。惟是天機忌泄，願兄舍之。」予曰：「有是哉！」已而予果無恙，至於今且一紀而餘矣。每默自循省，何以承此出於弟哉！乃弟一日奄逝，適符減筭之請，而予竟不能爲弟代也，又安敢并弟一腔心事埋没！故特表而出之，且以示子孫無忘焉。

吾弟端毅清粟，不以私狗人，人亦不敢以私溷之。對客不作套語，與朋友交表裏洞徹。邇不狎，遠不忘，往來竿牘不作寒暄語。高存之曰：「吾篋中藏有季時手裁數十幅。即寂寥數字，必有關係。他如《上許相國》及《與羅布衣》等書，一段正氣凜凜逼人，足令頑夫廉懦夫立。至今讀之，猶有生色。」又曰：「季時真降魔手，今何處更得此人？」記得二十年前魏懋權嘗謂予曰：「君家季公涇凡，大是不凡。自其來都，數相通訊，雖復聊且游戲，率有趣味可諷。觀人必於其微，吾以此得季公矣。」

萬曆十六年邑大祲，餓莩盈道。時弟廩中僅有粟百石，輒捐其半以賑。一時士民翕然從風。是歲也饑而不害。邑侯李元冲《救荒錄》具載其事。

業師重所尤公歿，子甚幼。少弦張公歿，無子。並為經紀其喪。門人孫申卿以遺孤見托，悉力維護，不恤恩怨。為弟子則不負師，為師則不負弟子，故曰「一死一生，乃見交情」。

弟一日喟然發嘆。予曰：「何嘆也？」弟曰：「吾嘆夫今人講學，只是講學耳。」予曰：「何也？」曰：「在縉紳只是明哲保身一句，在布衣只是傳食諸侯一句。」予為俛其首。又一日，讀朱子集有曰「海內學術之弊只有兩端，江西頓悟，永康事功。若不竭力明辨，是天崩地陷，他也不管。」予曰：「然則所講何事？」弟曰：「此弊於今亦然。且昔也分而為二，今也合而為一，則其害更有甚焉。即令象山、此道無由得明」，謂予曰：「龍川兩先生見之，當為扼腕。」因取集中無極辨、王伯辨與凡論及兩端者，輯為一編，名曰《朱子二大辨》，予為序而行之。已又摘其論及治道者，輯為《惟此四字編》而自為之序，擬欲上之朝，不果。

弟居恒吶吶如不能出諸口，及遇是非可否紛紜膠轕處，一刀兩段，略無粘帶。與同志商搉義理，品隲古

今，衆論蜂起，徐出片言剖之，莫不豁然以解。其大指一依於正，不喜爲通融和會之說。嘗謂：「吾輩一發念一出言一舉事，須要太極上有分，若只跟陰陽五行走便不濟。」有疑其拘者，語之曰：「若大本大原見得透把得住，自然四通八達，誰能拘之？若於此糊塗，便要通融和會，幾何不墮坑落塹，喪失性命也？吾輩慎勿草草開此一路，誤天下蒼生。」聞者咸悚。

吾弟善知人。有世之所翕然共推而獨抉其隱，有世之所哄然交訛而獨闡其幽。往往於一言一動、一顰一笑之間斷人生平，毫髮不爽。又善論事，有衆之所共喜以爲必成而獨籌其敗，有衆之所共謫以爲必敗而獨策其成。初時聞者且信且疑，甚而且駭，徐而按之，如合符節。錢起莘嘗言：「吾黨殊不乏有心人，至推有眼者，須首季時。」以此也。

吾弟好以靜，每日兀坐一室，不問戶外事。好以整，案頭惟攤書一卷，既卒業而後再以一卷易之。諸一切文具及觹礪之屬，位置有常。予默記之，終歲如一日也。好以朴，衣不求華，食不求精，取給而已。左右使令，惟蒼頭一二人。間行里巷中，角巾布鞋，遇者不知其爲誰。自謂木石可居，麋豕可遊也。

弟讀書不局章句，惟時時將本文吟諷，彷彿意象氤氳而止，間拈一二語，迥絕蹊徑，如九方皋相馬，超然得之牝牡驪黃之外。有勸其著述者，應曰：「吳康齋先生嘗病宋末箋註之繁，先生亦曰：『儒先之言至矣，刪其繁蕪可也。』予竊深韙之，何敢復攘臂於其間？」比歿，檢其篋，及遍訪諸知交間，僅得策一道，疏四道，書七十三紙，劄記八十一則，講義三章，像贊一通，哀辭四篇，詩六十九首。因爲次第成編，而命之曰《小辨齋偶存》。小辨齋，弟所讀書處也。

楊龜山先生寓吾錫，建有東林書院，歲久圮壞。高存之一日檢邑乘見之，謂弟曰：「叔時嘗欲搆一讀書處，群二三友切磨其中，此殆造化留以待叔時也。」弟喜而告予。時予方臥病，聞之蹶然而起，遂偕安、劉諸君子請於當道而修復之。每歲一大會，每月一小會。弟進而講於堂，持論侃侃，遠必稱孔孟，近必稱周程。有為新奇險怪之說者，輒愀然改容，辭而却之，不少假借。退而與同志聚處，虛而能含，恭而能下，坦而有則，敦愨而無華。始見恂恂然，繼見穆穆然。久之，真誠溢出，不言而使人之意消。予丁衰年，方賴弟左右夾持。所欲求助於四方英豪，又賴弟密為聯屬其間。乃今失一愛弟，實并失一畏友。手足心膂，其將安托？正不知何以收之桑榆，送此餘生耳！

弟生而弱，夙不理於脾家，每有疾輒不食。舉家憂惶，莫知計所出。歲丙申九月，病大劇，不食者歷四十日。有以醫請者，默不答，有以祈禱請者，叱去之。予以間問曰：「弟中何如？」弟曰：「亦只如常。」曰：「有痛否？」曰：「無之。」曰：「有所欲言乎？」曰：「何言？此時弟只有凝神定氣，循循默默以待天機。若攪入他念，便是自暴自棄。且欲為此身計，此身非我有；欲為子孫計，一人各有一乾坤，吾無與也。」予服其達識。久之竟愈。嗣後亦時發，或一月愈，或半月愈，或旬日愈。予竊喜，以為精神漸固，血氣漸堅，晚景當益佳無虞矣。乃去歲夏五月，偶感微疾，至六月二十一日竟不起，謂之何哉？抑弟在丙申業已超然死生之際，視世之依依戀戀，握手叮嚀不能自割者，天淵矣，況去之十二年，其於斯日有進焉者乎！又何足以區區俗情為弟慟也？獨予與弟自少而長而壯，且駸駸白首，追念五十餘年間，或予倡而弟和，或弟倡而予和，或予所見以為可而弟以為否，或予所見以為否而弟以為可，相勸相規，忘爾忘汝，其怡怡也，既為道義中天親，

其切切偲偲也，又爲天親中道義，一旦永別，生趣頓盡，不復能自持耳。先是十九日之夕，有大星爛爛從空而下墜於小辨齋之後圃，時河旁居人相攜乘凉，咸見而異之。二十一日之早，弟謂其室華孺人曰：「大菩薩來訪，且及門矣。」俗稱睢陽張公巡爲大菩薩云。華孺人怪，不敢問，弟遂不復語，夷然而逝。家人聞和鸞之聲，隱隱從空而上，踰時乃已。噫嘻！信奇矣！乃知弟之去來應不偶然也。

有問於予曰：「昔明道、象山兩先生皆得年五十四歲。季時亦與之同壽，其到處可得言乎？」予默然久之，乃曰：「弟庶幾能見大意矣。」記得壬辰二月間，與弟燕坐，予問曰：「日來做何功夫？」弟曰：「上不從玄妙門討入路，下不從方便門討出路，畢竟如何是恰好處？」予曰：「吃緊只在認取自家。」弟曰：「居恆妄意欲作天下第一等人，不近狂乎？反而忖，半近狂，半近狷，如之何？」予曰：「試擧看。」弟曰：「粗之爲害亦正不小，猶幸自覺得耳。今但去密密磨洗，更無他說。一切病痛都是村魔野祟，見日自消矣。譬諸身處春秋，只認著孔子作主，五伯如何上前得？身處戰國，只認著孟子作主，七雄如何上前得？」弟曰：「此兄性善之指也。弟實死心搭地，信以爲決然。及反入身來，尋常無事，儘滔滔

自在去，一遇塵紛，向來種種病痛依舊又發。熟處難忘，如此奈何？」予曰：「這是你的事，與我說無用。」❶予曰：「我的事與你說亦無用。」弟擬再問，予莞爾而笑，弟懷疑而去。越日弟曰：「兄於此一一打得過否？」予曰：「原來這事只是如此，別無奇特。昨却多了一疑，攪得一夜不睡至天明。且如人欲適京，水則具舟楫，陸則具車騎，徑向前去，無不到者。其間偶遇難阻，只須從從容容，耐心料理。若因此便爾著忙，妄生懊惱，❷甚者且以爲舟楫車騎之罪。之個喚做騎驢覓驢，又喚做騎驢覓驢，展轉不已，直教你東馳西騖，一一二二三三，被那些葛藤纏弄到老並無下落，却只剩得一雙空手而歸，❹豈不大悞！」予欣然首肯，曰：「是，是，是。」弟遂出《孔壇四景圖》視予，一曰暮春風咏，一曰當暑絺紵，一曰江漢秋陽，一曰歲寒松栢。因請曰：「這是個鴛鴦譜，乞兄拈示金針。」予曰：「弟明明滿盤托出，何作商議未晚。」弟大豁然曰：「是，是。原來這事端的只是如此，端的別無奇特，端的無可疑也。何用白日說夢？」自是精神凝一，心境漸平。動靜云爲，日覺穩帖，日覺安閑，日覺輕省，日覺簡易，乃至死生之際更問人？設令有人還問汝譜鴛鴦的是誰，其何以對？我且櫛沐，弟且去，待此番再攪得一夜不睡，那時再

❶「此」，文淵閣本作「之」。
❷「妄」，原作「忘」，據文淵閣本、光緒本改。
❸「之」，文淵閣本、光緒本作「這」。
❹「老並無下落却」，原作「並無下落却老」，據文淵閣本、光緒本乙正。

都無纖毫粘帶。天假之年，尚安能測其所至哉！

吾弟名允成，字季時，別號涇凡。萬曆癸酉補郡諸生，己卯舉鄉試九十五名，癸未舉會試三十八名，丙戌廷試，三甲二百二十三名。是歲奉旨回籍。戊子，起南康府教授，不赴。尋丁吾母憂。壬辰再起保定府教授，陞國子監博士。癸巳，陞禮部儀制司主事。是歲三月，謫光州判官。生於嘉靖甲寅十月二十九日未時，卒於萬曆丁未六月二十一日未時，得年五十四歲。以己酉十一月十五日申時葬陽鄲圩新阡。娶華氏，處士承軒公女。已而得一子，名與演，娶吳氏，邑庠生揚華公女，禮科給事中震華公孫女。女三人，一適行人司副霽陽公吳公子郡庠生欽錫，慎齋公孫。一議光州學正玄臺薛公子邑庠生憲垂，選貢生少尼公孫，浙江提學副使方山公曾孫，殤。一議商丘知縣本素華公子肇殷，贈商丘知縣次菴公孫。孫三，曰杌，曰樑，曰杭，俱與溯出。樑聘萬氏，邑庠生卓如公女，國子生同菴公孫女。餘未聘。孫女二。與溯出者一，許字國子生心澤吳公子明，光祿寺監事浂湖公孫，右春坊右諭德兼翰林院侍讀澤峰公曾孫。與演出者一，未字。

「《儒藏》精華編選刊」選目

經部

周易鄭注
漢魏二十一家易注
周易注
周易正義
周易口義（與《洪範口義》合册）
溫公易說（與《司馬氏書儀》
《孝經注解》《家範》合册）*
漢上易傳
誠齋先生易傳
易學啓蒙
周易本義

楊氏易傳
易學啓蒙通釋
周易本義附錄纂注
周易集解纂疏
周易啓蒙翼傳
易纂言
周易本義通釋
易經蒙引
周易述
周易述補（江藩）（與李林松
《周易述補》合册）
周易述補（李林松）
易漢學
御纂周易折中

周易虞氏義
雕菰樓易學
周易集解纂疏
周易姚氏學
尚書正義（全二册）
鄭氏古文尚書
洪範口義
書傳（與《書疑》《尚書表注》合册）
書疑
尚書表注
書纂言
尚書全解（全二册）
尚書要義

讀書叢說
書傳大全（全二冊）
古文尚書攷（與《九經古義》合冊）
尚書集注音疏（全二冊）
尚書後案
毛詩注疏
詩本義
呂氏家塾讀詩記
慈湖詩傳
詩經世本古義（全四冊）
毛詩稽古編
毛詩說
毛詩後箋（全二冊）
詩毛氏傳疏（全二冊）
詩三家義集疏（全三冊）
儀禮注疏

儀禮集釋（全二冊）
儀禮圖
儀禮鄭註句讀
儀禮章句
儀禮正義（全六冊）
禮記正義
禮記集說（衛湜）
禮記集說（陳澔）（全二冊）
禮記集解
禮書
五禮通考
禮經釋例
禮經學
司馬氏書儀

左氏傳續說
左傳杜解補正
春秋左氏傳賈服注輯述
春秋左氏傳舊注疏證（全四冊）
春秋左氏傳讀（全二冊）
公羊義疏
春秋穀梁傳注疏
春秋集傳纂例
春秋權衡（與《七經小傳》合冊）
春秋尊王發微（與《孫明復先生小集》合冊）
春秋胡氏傳
春秋經解
春秋集注
春秋本義
春秋集傳

春秋集傳大全（全三冊）
孝經注解
孝經大全
白虎通德論
七經小傳
九經古義
經典釋文
群經平議（全二冊）
新學僞經考
論語集解（正平版）
論語義疏
論語注疏
論語全解
論語學案
論語注疏
孟子注疏
孟子正義（全二冊）

四書集編（全二冊）
四書纂疏
四書集註大全（全三冊）
四書蒙引（全二冊）
四書近指
四書訓義
四書賸言
四書改錯
四書説
廣雅疏證（全三冊）
說文解字注

史部

逸周書
國語正義（全二冊）
貞觀政要

歷代名臣奏議
御選明臣奏議（全二冊）
孔子編年
孟子編年
陳文節公年譜
慈湖先生年譜
宋名臣言行錄
伊洛淵源錄
道南源委
道命錄
考亭淵源錄
聖學宗傳
元儒考略
理學宗傳
明儒學案
宋元學案

四先生年譜
洛學編
儒林宗派
程子年譜
學統
伊洛淵源續錄
豫章先賢九家年譜
閩中理學淵源考（全三冊）
清儒學案
經義考
文史通義

子部

孔子家語（與《曾子注釋》合冊）
曾子注釋
孔叢子
新書
鹽鐵論
新序
説苑
太玄經
論衡
昌言
傅子
大學衍義
大學衍義補
朱子語類
龜山先生語錄
胡子知言（與《五峰集》合冊）
木鐘集
西山先生真文忠公讀書記
性理大全書（全四冊）
居業錄
困知記
思辨錄輯要
家範
小學集註
曾文正公家訓
勸學篇
仁學
習學記言序目
日知錄集釋（全三冊）

集部

蔡中郎集
李文公集
孫明復先生小集
直講李先生文集

歐陽脩全集
伊川擊壤集
元公周先生濂溪集
張載全集
溫國文正公文集
公是集（全二冊）
游定夫先生集
和靖尹先生文集
豫章羅先生文集
梁溪先生文集
斐然集（全二冊）
五峰集
文定集
渭南文集
誠齋集（全四冊）
晦庵先生朱文公文集

東萊呂太史集
止齋先生文集
攻媿先生文集
象山先生全集（全二冊）
陳亮集（全二冊）
絜齋集
文山先生文集
勉齋先生黃文肅公文集
北溪先生大全文集（全二冊）
西山先生真文忠公文集
鶴山先生大全文集
閑閑老人滏水文集
郝文忠公陵川文集
仁山金先生文集
靜修劉先生文集
雲峰胡先生文集

許白雲先生文集
吳文正集（全三冊）
道園學古錄　道園遺稿
曹月川先生文集
師山先生文集
康齋先生文集
涇野先生文集（全三冊）
敬齋集
重鐫心齋王先生全集
雙江聶先生文集
歐陽南野先生文集（全二冊）
念菴羅先生文集（全二冊）
正學堂稿
敬和堂集
涇皋藏稿
馮少墟集

高子遺書
劉蕺山先生集（全二冊）
霜紅龕集（全二冊）
南雷文定
桴亭先生文集
西河文集（全六冊）
曝書亭集
三魚堂文集外集
紀文達公遺集
考槃集文錄
復初齋文集
述學
揅經室集（全三冊）
劉禮部集
籀廎述林
左盦集

出土文獻

郭店楚墓竹簡十二種校釋
上海博物館藏楚竹書十九種校釋（全二冊）
秦漢簡帛木牘十種校釋
武威漢簡儀禮校釋

* 合册及分册信息僅限已出版文獻。